초현실주의 시와 시론

— 초현실주의 수용과 〈三四文學〉 시 중심으로

차영한

책머리에

"다다는 전혀 현대적이 아니다. 오히려 거의 불교적인 무관심의 종교로 돌아가는 길이다. 다다는 사물위에 인공적인 부드러움, 어릿광대의 머리에서 나온 나비모양의 눈을 올려놓는다. 다다는 격렬한 행동에 따라 표현되기 때문에 하나의 역설이다. 그렇다. 파괴로 말미암아 전염된 개인의 반응은 격렬하다. 이처럼 다다는 허무로부터 이별, 원하는 자발성, 현실적이며 병적인 악의에 대한 혐오, 그러한 혐오로부터 이끄는 죽음, 정신 상태로부터 긍정과 부정이 만나는 장소라 할지라도 편견이 없고, 이성과 언어의 관습에 의해 채워지지 않은 전 공간에서 공기의 요청에 따라 유도되는 순결한 미생물이다."

이상의 글은 다다이스트 트리스탕 쟈라(Tristan Tzara)가 1922년 9월 22일과 23일 그리고 1924년 1월 하노바에서 『메르즈』지에 발표한 다다에 관한 마지막 강연 내용 중의 한 대목이다.

흔히들 앙드레 브르통(Andre Breton) 계열의 쉬어리얼리즘(이하 쉬르라 함)은 다다정신을 계승한 것으로 보는 이가 없지 않다. 그러나 다다이즘을 계승한 것이라고 볼 수는 없다. 다만 다다이즘 다음에 쉬르 운동이 일어난 것으로 보아야 할 것이다. 왜냐하면 쉬르는 다다처럼 허무적이거나 파괴적인 격렬한 반응이 아닌 초현실과 정신, 신비한 꿈과의 결합에서 빚어진 불가사의한 아름다움이 경이롭게 하는 '가장 위대한 정신의 자유'라 할 수 있다. 여기서 말해진 사고, 즉 자동기술과 꿈의 기술은 우연일치에서 획득하는 언어의 유머가 있어야 하는데, 바로 이것을 마술의 비결이라고 했다. 특히 초현실적 이미지는 자연 발생적인 아편의 이미지와 같은 것으로 정신을 착란 시킨다는 것이다. 또한 유년시절의 재 체험처럼 풍부한 감정(환영, 환상 등)이 자기의 사고 속에 녹아 있어야 하며, 초현실적인 산문 등 기교가 아니더라도 보다 넓은 범위를 확대하는 초현실적인 목소리와 비순응주의를 요구하고 있다. 작품론에서는 헤겔의 변증법이 제공되었지만, 엄밀한 의미로서의 관념론과 결별할 필요성에 관한 문제는 필자의 문제 제기에서도 언급했지만, 상상력이 갖는 창조어 만이 극복할 수 있다는 언어와의 싸움이라고 할 수 있다. 그러므로 앙드레 브르통 계열의 쉬르 본질을 제시하는 한편 응용하면서 정신분석학적으로도 접근한 것이 이 책의 특징이라 할 수 있다.

첫째, 현재까지의 초현실주의 수용을 상당한 기간에 걸쳐 재조명하여 온 일부 연구사를 획기적으로 구명하여 치열한 반론을 제시하고 있다. 그것은 앙드레 브르통 계열의 초현실주의가 초현실주의의 본질임에도 일본에서는 이반 · 골계열의 초현실주의를 일본식으로 개조, 우리나라에 왜곡 파급함으로써 그동안 일부 연구자들이 답습한 인식적 오류를 과감히 지적하고, 이를 필자는 최초로 '일본식초현실주의'라고 지칭하였다.

둘째, 항상 주목되어오는 이상문학 연구과정에서 현재 과제로 남아 있는 것으로 보이는 그의 '수학기호와 수식의미'의 동인(動因)을 심리적 메커니즘 분석을 통해 제시해 보았다. 그 중에서도 숫자 '3'이 갖는 의미와 '0과 1'의 개념에 대하여 단순하게 보는 이진법에서 뿐만 아니라 심지어 헤겔의 '논리학', 프로이트, 자크 라캉의 주장을 비롯하여 『천부경』, 노장사상까지 총망라하여 심층 분석하여 아마도 처음으로 제시하였다. 특히 그의 문제작 「鳥瞰圖—詩第一號」의 13인의 아이에 대해서도 필자가 최초로 고운 최치원의 『천부경(天符經)』의 삼태극(三太極)·삼일(三一)논리학 중에 일석삼극(一析三極)을 적용한 결과, 흡사한 것을 발견 하였다.

셋째, 〈三四文學〉의 초현실주의적인 시작품들에 대하여 텍스트별로 집중분석한 결과, 여태껏 이상문학의 아류라고 폄훼한 기존 연구논문들의 지적과는 전혀 다른, 오히려 수준 높은 심리적, 초현실주의적인 시작품들이라고 본다. 뿐만 아니라 〈三四文學〉은 1930년대에 와서 우리나라 초현실주의를 집단적으로 주도하였고 본격화한 것을 구체적으로 제시하였다. 이러한 집단적 활동에 참여한 이상(李箱. 金海卿)은 일본에서 〈三四文學〉 동인들과 더불어 적극적으로 활동한 것을 부각시켰는데, 제5집으로 보이는 『三四文學』(1936)지에 발표한 시 「I WED A TOY BRIDE」를 정신분석학적으로 분석한 결과 필자는 이 시가 그의 대표적인 초현실주의 시작품임을 최초로 제시한 것으로 본다.

한편 이시우는 『三四文學』을 통하여 두세 편에 불과한 단문평론을 발표했지만 주지주의를 내세운 김기림은 물론 정지용의 시를 비롯한 당대문단의 작품흐름에 대하여 그 누구도 반박하지 못한 작품세계를 준열하게 비판했다. 다시 말해서 이시우는 김기림의 전체주의가 주관에 대한 객관, 즉 현실을 그대로 받아들여 현상적으로 본다면서 이러한 이미지의 단편적 결합, 인상주의 등등을 내세우는 객관주의는 객관에 대한 사고의 통속적인 것이라고 지적하였다. 이 전체주의는 우리의 정신부터가 전체적이 아니냐고 반문하는 등 아주 귀중한 비평에 대한 비평자료임을 필자는 이 또한 최초로 제시한 것이 특징이라 할 수 있다.

끝으로 이 책은 필자의 문학박사학위 취득논문을 중심으로 하였으되 대폭 증보하는 등 새롭게 연구한 자료들임을 밝히며 어려운 상황에서도 발간을 맡아주신 원구식 사장님과 노고하여 주신 한국문연의 여러분들께 고마움을 드린다.

2011년 7월

통영 미륵산 아래 한빛서재에서

차영한

목 차

초현실주의 시와 시론

— 초현실주의 수용과 〈三四文學〉 시 중심으로

Ⅰ. 들머리

1. 연구목적 및 문제 제기

초현실주의를 하나의 유파로 보거나 현대문학사적인 사조로 본다는 것은 진부한 생각이 되어버렸다 할 수 있다. 왜냐하면 앙드레 브르통(André Breton)이 말한 초현실성(sur reality)이란 "어떤 작시(作詩)를 노리는 특수 분야가 아니라 모든 게 집중되는 중심점, 즉 삶과 죽음, 현실과 상상, 과거와 미래, 친화성과 위화성, 높은 것과 낮은 것이 모순되지 않게 느껴지게 하는 어떤 정신의 지점일 수도 있다"[1]라고 할 수 있다. 의식의 혁명과 마음의 자세에서 찾는 자유로운 사고가 언제나 시도[2]에 있기 때문이다. 말하자면 하나의 운동에 그친 것이 아니라 초현

---

1) 트리스탕 쟈라/ André Breton, 宋在英 譯, 『다다/쉬르레알리슴 宣言』(문학과지성사 5쇄, 2000. 5), p.247. ▷ 필자는 본 텍스트를 인용할 경우, 다다와 초현실주의 저자를 구분 인용할 것을 밝힌다.

2) André Breton, op. cit., pp.122~123./ C·W·E·Bigsby, 朴熙鎭 譯, 『다다와 超現實主義』(서울大學校出版部, 1987. 2), p.10./ Maurice Nadeau, 閔憙植 譯, 『초현실주의역사』(高麗苑, 1985. 8), p.12./ Yvonne Duplessis, 趙漢卿 譯, 『초현실주의 Le Surréalisme』(탐구당, 1993. 5), p.161./ 吳生根, 「超現 實主義—꿈과 現實의 綜合」, 『文藝思潮』(문학과지성사, 1996. 4), p.249.

실주의의 본질과 초현실주의가 계속 존재하리라는 보증이 놓여 있는 것이다.[3]

특히 브르통이 말한 "그건 전부다 현존하는 모든 것이다. 매일 매일의 생활 속에 스며드는 것이다"[4]라고 한 것처럼 초현실주의의 궁극적인 목적은 모든 억압으로부터 정신의 자유와 해방임을 전제하고 있다. 자유와 해방은 상상력에서 찾아야 한다면 광기, 환상, 괴기성, 신비한 꿈들은 상상력의 동인(動因)이 된다는 것이다. 이러한 상상력은 무의식에서 출발한다는 것을 암시함으로써 무의식은 바로 초현실주의의 핵심이라고 할 수 있다. 지그문트 프로이트(Sigmund Freud)가 말한 의식으로 위장한 무의식은 재현의 문제에 관심을 갖는 등 현현(顯現)되는 모든 상상력을 통해 우리의 꿈과 환상들을 경이적으로 발휘하기 때문이다.[5]

한편 모던 시대에 억압되어온 성 본능에 대한 에로티시즘 부활은 시각적인 대상 속에서 성적인 것을 표출하고 현실에다 프로이트가 체계화한 무의식을 다루던 초현실주의에 대한 관심을 갖게 하였다. 이에 따라 에로티시즘에 대한 연구도 정신분석학적인 측면에서 활발하게 진행되고 있다. 뿐만 아니라 오늘날의 세계적인 추세도 다시 초현실주의에 새로운 관심으로 집중되고 있다. 이에 필자는 우리나라 현대시에 미친 영향을 브르통 계열의 관점에서 볼 때 일본으로부터 이입된 초현실주의의 본질은 수용부터 일부 왜곡 수용되었다[6]고 본다.

---

3) Maurice Nadeau, op. cit., p.11./ Bigsby, op. cit., p.111.
4) Maurice Nadeau, op. cit., p.15.
5) André Breton, op. cit., pp.112~121, p.245./ Marc Aronson 지음, 장석봉 옮김, 『도발 아방가르드의 문화사 몽마르트에서 사이버 컬쳐까지』(이후, 2002. 5), p.135.
6) 金允植, 「3 · 4문학파, 초현실주의—모더니즘의 변종들」, 『李箱研究』(文學思想社, 1997. 6), p.254.

대부분의 연구에서 단편적으로 논급되어왔을 뿐만 아니라 초현실주의를 하나의 광의적인 모더니즘의 한 분파 또는 모더니즘의 아류인가 아니면 영 · 미 모더니즘과 구별되는 유파로 보아야 하는 등 인식론적 편견을 넘어서지 못한 채 한계점을 드러내고 있다[7]할 것이다. 이러한 문제점은 초현실주의를 모더니즘적인 입장에서 다루려고 하기 때문에 더욱 혼란스러웠던 것으로 보인다. 모더니즘의 큰 흐름에는 완전히 상반되는 것은 아니지만 협의적인, 즉 초현실주의 계열의 작품마저도 애매모호하게 모더니즘적으로 분류함으로써 작품해석을 은폐하려는 등 혼란을 초래하여 왔다고 볼 수 있다.

초현실주의는 영 · 미 모더니즘에서도 구분 없이 혼용하는 일부 학자도 있지만 모더니즘의 상위개념으로 파악되어야 한다는, 즉 아방가르드[8]에 포섭되어야 한다는 주장도 있다.[9] 그러면서 한갓 레지스탕스적인 도발로 보는 아방가르드로 취급되기도 한다. 그러나 초현실주의 운동은 모더니즘의 건조하고 고답적인 엘리트주의로부터 탈출하여 욕망의 가치를 주장하고 그것을 자유롭게 해방시켜 인간의 모습을 새로운 차원으로 확대시키려고[10] 사실상 형식주의적인 모더

---

7) 金容稷, 「30年代 한국모더니즘 詩의 展開」, 『轉形期의 韓國文藝批評』(열화당, 1979),p.106./ 朴根瑛, 『三四文學』研究, 상명여자대학교 사범대학, 논문집(제18집), p.47.

8) "모더니즘도 아방가르드지만 (…) 실험성의 문제는 모더니즘과 아방가르드를 구분하는 데 간접적으로도 사용되기 때문"이라고 주장함. ▷ Astradur Eysteinsson 지음, 임옥희 옮김, 『모더니즘 문학론』(현대미학사, 1996. 12. 15), pp.181~197.

9) 참고사항 : 이즘(상징주의, 입체파, 추상주의)은 제1차 세계대전 이전으로, 이후는 아방가르드(표현주의, 다다이즘, 쉬르리얼리즘)로 구분하기도 함. ▷ 김욱동, 「역사적 아방가르드와 네오아방가르드」, 『모더니즘과 포스트모더니즘』(현암사 11쇄, 2001. 3), pp.140~144.

10) 吳生根, op. cit., p.249.

니즘을 반대했던 비판적 아방가르드로 볼 수 있다. 오생근의 글처럼 "과거를 부인하고 언제나 미래를 향해 열려 있으며, (…) 모든 이원론적인 사고방식을 거부하고 극단적인 모순의 융합"[11]이라 할 수 있다. 물론 그것은 연구주체의 관점에 따라 견해를 달리할 수는 있지만 이러한 문제점은 우리나라의 모더니즘 수용 양상에서 나타나기도 한다.

지금까지 작품들의 경향을 보면 다다 및 초현실주의 작품인지 주지주의적인 작품인지를 구분하기 모호한 우리나라 독특한 현대시를 잉태한 것으로 보인다. 물론 일본식 초현실주의의 영향이지만 김기림, 최재서, 이헌구, 임화, 홍효민 등을 비롯한 당대 비평가들의 이론들이 모더니즘과 다다 및 초현실주의의 성격을 충분히 이해시키지 못함으로써 전통성에 안주하려는 기성문학인들의 인식이 너무도 긴 시간을 경과해온 탓도 없지 않은 것 같다. 예를 들면 1934년 이상(李箱)의 한글 시 「오감도(鳥瞰圖)」를 이태준의 소개로 『조선중앙일보』(7. 24~8. 8)에 제15호까지 발표되었을 때 거센 반발로 불행하게도 연재가 중단된 것[12]도 간과할 수 없을 것이다.

그러나 이상은 대중의 반발에도 굽히지 않고 질 높은 많은 작품을 발표했다고 볼 수 있다. 그는 다다 및 초현실주의가 우리나라에 이입될 당시 전위미술이 앞서 소개됨에 따라 시각적인 예술의 영향을 받은 것으로 보인다. 어쨌든 이상 작품은 이미 지적되고 있지만, 오히려 미래파에 가까운 다다이즘 변종이거나 또는 기호학적 측면에서 본 포멀리즘이라고 할 수 있다. 지금도 그의 작품은 일본의 포멀리즘의 작

---

11) 吳生根, op. cit., p.248.
12) 高銀, 「구인회 그리고 '오감도'사건」, 『이상평전』(서울; 향연, 2003. 1), p.257./ 金允植, 『李箱研究』(文學思想社, 1997. 6), p.426.

품보다 논리성을 갖고 있는 등 오히려 우월하다는 지적이다. 또한 초현실주의 시작품이라는 측면에서 다양한 방법에 의해 집중 조명되기도 한다. 이러한 연구는 이미 지적되어오고 있지만 문예사조적인 측면만 보아도 이상의 문학에만 극단적으로 치우쳐 있다 할 것이다. 김춘수와 김윤식의 경우, 〈三四文學〉의 작품들을 '李箱研究'에 일부 포함시켜 심지어 이상문학의 아류라고 지적하고 있다.

김윤식은 "그의 문학에는 이른바 벤야민이 말하는 아우라(aura)가 에워쌌지만, 생리적 레벨에서 붓을 들고 있는 3 · 4문학자들에 있어서는, 정신운동 대신 자동기술이 가능하였다. (…) 자동기술이기에 그것에 모랄 의식이나 사회적 · 윤리적 책임이 따르지 않았다"[13]는 것이다. 이러한 지적은 브르통에 따르면 "진정한 미는 바로 도덕이며 인간이 어떻게 살아야 하는지를 가르쳐주는 수단이라고 하는, 즉 미는 바로 도덕이며 윤리"[14]라고 볼 때 〈三四文學〉의 초현실주의적 시들에 대한 김윤식의 지적은 자동기술, 즉 치열한 시정신으로 씌워지지 않았으며, 이상의 작품 수준에도 미치지 못하여 아류라는 지적으로 보인다.

그러나 김윤식은 〈三四文學〉의 초현실주의적 시들에 대한 이해는 현재 더 이상 구체적으로 제시한 자료가 없는 한, 그의 한계점이라고 볼 수 있다. 현재도 작품 수준을 논의할 때는 현대문학 측면에서 작품 위주로 평가되어야 한다는 것은 누구든지 이의가 있을 수 없을 것이다. 그러므로 〈三四文學〉의 초현실주의의 시적 경향이 이상문학(李箱文學)의 아류(亞流)인지 아닌지를 밝혀볼 필요가 있는 것이다. 아울러 〈三四文學〉

13) 金允植, 「3 · 4문학파, 초현실주의—모더니즘의 변종들」, 『李箱研究』(文學思想社, 1997. 6), p.252.
14) 吳生根, op. cit., p.263.

을 1930년대 최초의 아방가르드운동 차원에서도 살펴보기로 하겠다.

이상으로 위에서 언급한 초현실주의 수용에 따른 이상의 시세계에 대한 문제점이 되는 〈三四文學〉의 초현실주의적 시들이 결코 과소평가될 수 없다는 이의를 제기한다. 이를 해결하기 위해 기존 연구논문들을 답습하는 한계점을 과감히 탈피하고 적극적으로 구명(究明)하여 올바르게 재정립하고자 하는 데 그 목적이 있다.

2. 연구사 재검토

필자는 문예사조 측면에서 우리나라 모더니즘 또는 초현실주의 수용 양상 연구에 연관된 이하윤을 비롯한 김기림, 이헌구, 임화, 홍효민, 조약슬, 노자영, 김윤식 등 제씨의 연구사 검토는 제Ⅱ장 초현실주의 수용 양상에서 구체적으로 논의키로 하겠다. 이 장에서는 주로 우리나라에 유입된 다다이즘 · 초현실주의 연구과정에서 영향을 받은 이상문학과 〈三四文學〉의 초현실주의에 대한 그동안 논급된 자료중심으로 고찰하기로 하겠다.

먼저 초현실주의 작품을 통하여 본격적인 활동을 했다고 보는 〈三四文學〉의 태동이 있기까지 우리나라 동인지의 발생을 간단히 열거해 보기로 하겠다. 20년대는 문학의 본격적인 동인지 『創造』(1919)를 비롯하여 3 · 1운동 이후 일본문화정책의 영향을 받은 『廢墟』(1920), 『薔薇村』(1921), 『白潮』(1922), 『新詩壇』(1928) 등 사실상 20년대는 어쩌면 동인지 시대이기도하다.

이러한 동인지 시대가 30년대에도 이어져 『詩文學』(1930), 『九人

會』(1933년 구성, 1936년 3월 『시와 소설』 간행 발표) 다음에 『三四文學』(1934. 9. 1) 등 다수의 동인지가 태동된 것임을 알 수 있다.

그러나 30년대 문학운동 양상은 지성과 정서보다 언어의 기교나 형식미를 갖추려는 서정시 경향으로 나타나는 등 현대문학적 성격으로 변화하고 있음을 알 수 있다. 물론 서구의 문예사조가 밀려오던 20년대로부터 연관된 현대성에서 출발하고 있는 것은 사실이다. 그 중에서도 아방가르드적 다다이즘은 현대시를 보다 변혁할 수 있는 계기를 제공했지만 착근하지 못한 채 단명(短命)으로 끝났던 것이다. 그러나 이상은 1931년 6월 5일 최초로 『朝鮮と建築』에 일어로 발표한 「異常한可逆反應」 이후, 동년 8월 1일 일어로 쓴 시 「鳥瞰圖—興行物天使」[15]를 『朝鮮と建築』 '漫筆'난에 발표했다. 이 시를 김규동은 "다다도 아니며 쉬르도 아닌 서구모더니즘이 아닐는지요?" 했으며,[16] 정한모의 경우 역시 초현실적 혹은 다다이즘적인 경향을 보여주고 있다[17]라고 했다.

대부분 연구자들은 다다이즘과 초현실주의 사이에서 태동된 포멀리즘적인 이상문학을 크게는 모더니즘에서 다루어 오기도 한다. 이러한 과도기에서 1934년 9월 1일 『三四文學』 창간호가 발간되었다. 이미 지적되어 오지만 필자도 30년대에 들어와서는 초현실주의 활동이 본격적으로 전개한 것은 『三四文學』에서 출발해야 한다고 본다. 왜냐

---

15) 日文詩 「鳥瞰圖」에 총 8수로 이뤄진 계열 시며, 당시는 오감도가 아닌 원문에는 조감도로 발표되었음. ▷ 김주현 주해, 정본 『이상문학전집 1—詩』(소명출판, 2005. 12), p.43. ▷ 그러나 같은 책 김주현의 주해 중에는 일본어 원문 시를 이기하는 과정에서 「오감도, 鳥瞰圖」로 인쇄되어 오류로 보임. p.217 참조 바람.

16) 具然軾, op. cit., pp.107~110.

17) 鄭漢模, 『現代詩論』, 민중서관, 1973, p.124./ 이승훈 역음, 詩 원본 · 주석 『李箱문학전집 1』(문학사상사, 초판10쇄, 2003. 10), p.142.

하면 대부분의 동인지들은 단명으로 끝났지만 창간호부터 제5집(1936. 10)까지 줄곧 수준급에 해당되는 초현실주의 시와 시론을 집단적으로 발표하여 초현실주의를 표방하는 등 외국의 새로운 현대시를 받아들이는 데 큰 역할을 했다고 보기 때문이다.

여기서 주목해야 할 것은 그간의 연구자들이 창간호부터 『三四文學』을 동인지로 보는 것은 인식적 오류라는 점을 필자는 명확히 지적하여 둔다. 그것은 제3집 후기(後記)를 읽으면 제2집부터 동인제를 실시하였음을 명시해 놓았기 때문이다.

> "제2집에 이르러 同人制가 되자, 한 개의 「안대판단」의 形式으로 解放되었다. 그러나 그 純粹性을 잊였든 以前의 文學으로 도라 가는데서만, 참된 文學의 새로운 方向을 胚胎할 수 있다는 것만은, 우리들의 아울너 斷言하는 바이다. 이러한 意味로서만 『三四文學』의 同人은 制約되고 또한, 이러한 意味로서만, 우리들은, 새로운 同人을 반기는 것이다. 우리는 결코 友誼와 流波를 强要하지는 않는다. 이것은 友誼와 流波에 對하야, 洽浹[18]하다는 것과는 當初부터 意味가 달른 것이다. (…) ."(李時雨 · 鄭玄雄)
>
> —『三四文學』 제3집, 1935. 3. 1, p.86.

이 글의 내용을 살펴보면 종합문예지 성격을 띠고 있지만 당초 동인지가 목적하는, 즉 초현실주의 추구만은 변함없음을 밝히고 있다.

---

18) 흡협(洽浹):'洽博'과 같은 의미로써 '학문이 넓고 사리에 통 한다'는 것. 그러나 '冷淡'으로 誤記된 誤謬를 발견, 필자는 바로 잡음. ▷ 朴根瑛, 『韓國超現實主義詩의 比較文學的 硏究』, 檀國大學校 大學院 國語國文學科 博士學位請求論文, p.79.

특히, 속간된 제5집(1936. 10)에서는 이상, 황순원 등이 참여하는 초현실주의적 시들과 이시우의 평론 「SURREALISME」을 발표함으로써 완전히 에콜화되었다는 것은 현대문학사에서는 대단히 중요한 의의를 부여하고 있다. 그러나 〈三四文學〉에 대한 본격적인 연구는 극소하고 대부분의 연구는 제5집을 확보하지 못한 채 주로 제4집에서 그친 한계점을 드러내고 있는 것으로 보인다. 이에 따라 우리나라의 초현실주의 수용 양상을 〈三四文學〉의 초현실주의적 시작품들과 연관된 그간의 연구사를 선행검토하기로 하겠다.

첫째, 모더니즘 수용과 초현실주의 수용 등 문예사조 측면에서 논급한 자들을 보면 오세영, 박인기, 구연식, 천소화, 박근영, 조은희, 고명수, 심혜란 등등이다.

먼저 오세영은 그의 저서[19]에서 모더니즘 시운동을 구체적으로 1) 다다이즘 계열, 2) 초현실주의 계열, 3) 이미지즘 계열, 4) 네오 클래식 계열 등 네 가지 경향으로 구분하고 이상 시인과 〈三四文學〉의 일부 시인들에 국한하여서는 초현실주의 계열로 보고 있다.

브르통 연구가로 유명한 까루쥐(Michel Carrouges)의 분열(disintegration)과 재통합(reintegration)이라는 용어로 이시우의 「絕緣하는 論理」에서 '절연'이라는 개념을 비교하고 브르통이 말한 꿈과 실재(reality)가 결합된 사물의 어떤 존재의미 등이 내포된 이시우의 단평은 다듬어지지 않았다 하더라도 초현실주의 기본 태도를 천명한 것이라는 것이다.

또한 신백수의 시 「12월의 腫氣」, 한천의 「單純한 鳳仙花의 哀話」, 이상의 시 「鳥瞰圖 詩題十一號」를 함께 예시하면서 첫 번째, 사고의

19) 吳世榮, 『20세기 한국시 연구』(새문社, 1989. 3), pp.132~162.

논리성 현실성을 초월해서 어떤 꿈의 상태(oneiric state)를 표현하고 있다는 점, 두 번째, 시를 대상의 재현(represent)으로 쓰지 않고 내적 독백(interior monologue)으로 쓰고 있다는 점, 세 번째, 자동기술에 의해서 쓰여 지고 있다는 점을 구체적으로 예시하고 있는데, 〈三四文學〉의 초현실주의 시 일부는 초현실주의 본질에 매우 접근한다는 평가에 필자도 동의한다.

박인기는 『韓國現代詩의 모더니즘 受容研究』[20]에서 현대시는 모더니티를 전제로 하는 인식에서 출발해야 하고, 모더니즘은 모더니티의 실현인데 광의적인 모더니즘은 복합적이며 이질적인 여러 양식과 뒤섞여 있는 다원적인 계열체로 보고 있다. 이에 따라 무카로프스키의 '구조들의 구조' 개념을 결부시켜 문학작품을 인공물적인 텍스트로 인식하고 지각행위를 통해 의미를 지닐 수 있다는 견해를 제시하고 있다. 이와 같은 이론에 준하면 김용직은 이상 시에 대해 〈三四文學〉의 시를 하위 가치의 시[21]라고 비평했던 대목을 재평가할 수 있을 것이다. 또한 그는 초현실주의 수용에서도 논급하였는데, 이상과 〈三四文學〉의 초현실주의적 실험이나 질문이 이해를 촉구했던 김기림에 의한 초현실주의 수용 내지 옹호에 힘입은 바가 크다는 것이다. 그러나 필자는 이 글의 일부는 동의할 수 있으나, 이시우의 평론 「絕緣하는 論理」가 김기림보다 더 현실성을 확보하고 최초로 한국 현대시사에서 시창작방법론을 구체적으로 제시하였다는 점에서 매우 중요한 의미를 가져 있다고 보고 있다.

구연식[22]은 서구의 상징주의에 대한 개략과 이후 입체파, 미래파,

---

20) 朴仁基, 『韓國現代詩의 모더니즘 受容研究』, 서울大學校 大學院, 文學博士學位論文, 1987.
21) 金容稷, 「30年代 後半期 韓國詩」, 『韓國現代詩研究』(一志社, 1976), p.296.
22) 具然軾, 「三四文學과 超現實主義」, 『韓國詩의 考現學的 研究』(詩文學社, 1979. 3) 참조.

다다이즘과 초현실주의의 태동이 된 배경을 구체적으로 제시하는 한편, 이를 일본에서 수용하는 과정에서 왜곡되었음을 밝히고 있다. 일본으로부터 한국의 다다 · 초현실주의 수용 양상도 일본의 다다이스트의 작품세계와 비교하는 방법론에서 이상의 시를 다다이즘으로 논급했다.[23] 그러나 필자가 볼 때 반드시 다다이즘이라고만 볼 수 없는 것이다. 한편 그는 〈三四文學〉과 초현실주의에서 『三四文學』지가 호(號)를 거듭할수록 본격적인 동인지 성격을 띤다고 했다. 이러한 점에서 30년대 우리 문단에 다다 및 초현실주의 경향이 이상문학에만 나타났다고 보지만, 이시우의 「絕緣하는 論理」는 〈三四文學〉에서 초현실주의운동을 최초로 표방했다고 주장한다.

그러나 구연식은 제1집에서 제4집까지의 쉬르적 시들에 대해 구체적인 논의가 없었으며, 이시우의 시 「アール의悲劇」(제1집, p.8 참조)을 종전의 서정풍 시라고 지적[24]하는 등 시작품 해석을 구체적으로 제시하지 않은 한계점을 드러내고 있다.

천소화는 『韓國 쉬르레알리즘 文學 硏究』[25] 중에 다다이즘의 경우, 한국 초기문학론에서 하나의 문학적 가치와 의미를 부여하는데 자연스럽게 쉬르리얼리즘의 수용을 용이케 하였다는 것이다. 특히 '同人誌『三四文學』의 詩와 詩論'을 언급하면서 김용직의 글을 인용, "이들이 추구한 새로움이라는 것은 이상 시에서 나타나고 있는 쉬르레알리즘적인 요소와 유사한 형태를 지닌다"[26]는 것이다. 또한 구연식의

23) Ibid., pp.154~156.

24) Ibid., p.168.

25) 千素華, 『韓國 쉬르레알리즘 文學 硏究』, 聖心女子大學校大學院, 文學碩士學位論文, 1982.

26) 金容稷, 「30年代 後半期의 韓國詩」, 『韓國現代詩硏究』(一志社, 1974), pp.305~307.

주장대로 우리나라의 '초현실주의 제1선언'과 같은 이시우의 「絶緣하는 論理」는 한국문학사에 있어서 쉬르리얼리즘에 대한 최초의 이론으로 변증법적 방법에 의하여 시도되었다는 것이다.[27]

한편 1920년대 한국초기 문학론에 등장한 고한용의 다다이즘이론은 물론 쉬르리얼리즘의 요소가 내포되어 있다는 것과 〈三四文學〉과 조향(趙鄕)에 의하여 한국의 시를 현대시의 영역으로 발전시키려는 목적 아래 문학적 형상화의 기법 면에 치중되는 양상으로 전개되었다는 것이다. 그러나 우리나라 고한용의 다다이즘이론을 쉬르적이라고 보는 주장은 필자가 볼 때 브르통 계열의 쉬르리얼리즘과는 차이점이 있는 것으로 보인다. 오히려 이반·골의 쉬르리얼리즘에 가깝다 할 것이다.

박근영[28]은 모더니즘의 성격과 모더니즘 기점을 언급하면서 모더니즘의 특성을 역사적 시기를 떠나 그 본질을 표준으로 삼았다는 문헌적 실증을 제시하고 있다.

모더니즘 기점을 언급한 문덕수와 오세영[29]에 따르면 정지용은 1926년부터 그의 시가 발표되는 등 현대성이 있는 작품을 발표했기 때문에 모더니즘 기점을 1926년으로 보아야 한다는 문덕수와 오세영의 주장과는 다르게 그는 1930년대 초기의 현대성이 있는 동인지 『詩

---

27) 具然軾, op. cit., p.164, p.40.

28) 朴根瑛, 『韓國超現實主義詩의 比較文學的研究』, 檀國大學校大學院 博士學位論文, 1988.

29) 모더니즘 기점을 1926년이 되어야 한다는 각종 서지를 제시하면서 백철을 비롯한 제씨들의 주장에 대한 반론근거를 제시하고 있다. ▷ ① 白鐵, 『朝鮮新文學思潮史』現代篇,(白楊堂, 1950), p.228, p.238./② 李御寧, 1962. 5, 『思想界』「現代詩의 五十年」심포지움에서 주장함./③ 趙芝薰, 「韓國現代詩文學史」, 『趙芝薰全集』 7卷(一志社, 1973)./④ 기타 趙演鉉, 『韓國現代文學史』(成文閣 10版, 1990. 1), p.463, p.467, p.469. ▷ 吳世榮, 「韓國 모더니즘詩의 展開와 그 特質」, 『20세기한국시연구』(새문社, 1991. 5. 30), p.128 참조.

文學』에서 발표한 정지용의 현대성을 주장하고 있다. 말하자면 종전의 일부 학자들이 주장하는 모더니즘 기점인 1930년대를 다시 주장하고 있는 것이다. 이러한 주장 가운데에서 〈三四文學〉이 갖는 시사적 위치(詩史的 位置)에서 동인지로써 참신한 면모를 보여주었다고 지적했다. 그러나 이상 시인이 발표한 것 이상(以上)의 것을 시도하지 못했고, 시 형태면에서도 이상이 시도한 구두점, 띄어쓰기 무시 및 활자 변형은 물론 그 일부를 답습한 데 불과하다며, 완전한 자동기술법도 쓰지 못했다는 것이다. 또한 김춘수의 글을 인용하여 "李箱은 唯一한 韓國의 國際的 모던이스트"이고 나머지는 모두 그의 아류(亞流)라 했다.[30] 이러한 그의 결론은 권위 있는 비평가들의 글을 인용함으로써 〈三四文學〉의 초현실주의적 시작품 해석에 따른 그의 한계점을 드러내는 것 같다.

그가 지적한 구두점을 비롯한 띄어쓰기 무시는 우리나라에서는 이상 시인이 최초이겠지만, 이미 미래파[31]를 비롯한 일본식 다다이즘에서부터 초현실주의 운동의 일상적 기법이 도입되었다고 보는 것이다. 앙드레 브르통도 "주제를 미리 생각하지 말고 빨리 쓰도록 하라 (…) 구두점을 붙인다는 것이 (…) 필요 불가결하게 느껴질지도 모르지만, (…) 마음 내키는 대로 계속해 쓰도록 하라"[32]라고 하였다. 따라서 이상(李箱)의 독창적인 것이 아니라 일본에서 이입된 다다 · 초

---

30) 朴根瑛, 「三四文學』硏究」, 『論文集』 제18집, 상명여자대학교 사범대학, 1986. p.49.

31) 이탈리아의 미래파 시인 필리포 톰마소 마리네티(Filippo Tommaso Marinetti)는 그의 「자유로운 말(Parole in Libertá)」(1912)에서 "(…) 구두점의 바보스런 멈춤도 없고, 자기 스스로를 창조해가는 생동하는 문체의 지속에서는 구두점은 자연히 소멸된다. (…)." ▷ 鄭貴永, op. cit, p.71에의 Marinetti를 'Grolli Amalia'로 표기한 것은 오류로 보인다.

32) André Breton, op. cit., p.137.

현실주의 경향의 글쓰기를 그대로 수용했다고 볼 수 있다.[33] 그러므로 구두점, 띄어쓰기 무시 등의 지적으로, 〈三四文學〉의 글쓰기를 아류라고 보는 것은 이제 설득력이 없는 것이다. 또한 그는 〈三四文學〉의 동인제의 실시를 제2집부터임을 인식한 것 같으나 각종 도표에는 창간호부터 동인지로 분류 설명한 것은 오류로 보인다.

조은희[34]는 근대시의 해체를 의미하는 다다이즘이 문학사의 본론에 삽입되지 못했다는 점과 쉬르리얼리즘 역시 좁은 의미에서 하나의 글 쓰는 방식[35]으로서만 언급되어 자체의 범위는 축소되어 있다는 것이다. 이러한 배경은 일제탄압에서 오는 것인데, 20~30년대 주류를 이루었던 문인들은 대개가 중산층 이상의 뷰티 부르주아로서 고등교육이 가능했던 계층이었고 문학행위는 예술성 추구에만 시선을 돌리게 됨에 따라 다다이즘은 물론 초현실주의도 예외는 아니며, 다다이즘과 쉬르리얼리즘의 전개양상은 그 자체가 이미 한 특징을 형성했기 때문이라는 것이다.

한편 〈三四文學〉 동인들의 개별 작품 중에서 이시우의 시 「房」과 「第1人稱」만 언급하면서 의자동기술(疑自動述 : pseudo-automatism)의 함정에 빠진 것 같다고 지적하는 한편 이상의 작품 수준과 비교할 때 그 수준이 뒤떨어진다는 것이다.

그러나 필자가 볼 때 이시우의 작품이 이상의 시세계와 비교할 때 문체(스타일)가 전혀 다른 것으로 보이며, 이시우의 시가 갖는 특성은 그의 심리적 기법에서 오히려 찾아야 할 것 같다. 왜냐하면 그의 시세

---

33) 金文輯, 『批評文學』(靑色紙社, 1938), pp.39~40./ 具然軾, op, cit., pp.43~44, pp.109~112.

34) 趙恩禧, 『韓國現代詩에 나타난 다다이즘 · 超現實主義受容樣相에 관한 研究』, 서울大學校 大學院 文學碩士學位論文, 1987.

35) Marcel Raymond 著, 金華榮 譯, 『프랑스 現代詩史』(문학과지성사 6쇄, 1995. 5), p.363.

계는 매우 난해하여 이해될 수 있는 수준까지 밝혀내지 못한 것 같기 때문이다. 브르통도 자동기술법의 적용은 전혀 자동적이지 않다는 사실을 인정하기에 이르게 되는데, 결국 브르통은 특별한 방법이 없다는 것이다.[36] 그러나 필자가 볼 때 인간의 시냅스(자아)의 작용, 즉 이심전심적인 시냅스의 가소성 현상[37]이 신뢰성을 확보할 경우, 자동기술의 가능성은 앞으로 과학적으로 기대하는 바가 크다 할 수 있겠다.

고명수[38]는 다다이즘을 굴절된 변태적 수용과 초현실주의는 이상과 〈三四文學〉에 의해 구체적인 모습을 띠게 되었으며, 〈三四文學〉은 이 땅에서 처음으로 초현실주의를 표방하고 나왔다는 것이다. 그러나 홍정운의 글을 인용, 실험적 수법은 보여주었으나, 이상을 포함한 〈三四文學〉은 일본의 답습에 머물고만 있다는 것이다. 그러나 필자가 볼 때 충분한 준거 제시가 발견되지 않는 것으로 보아 한계점에 머문 종전의 연구자들의 견해와 일치하는 것으로 보인다. 또한 한천의 「잃어버린 眞珠」(제1집), 「프리마돈나에게」(제2집), 「단순한 鳳仙花의 哀話」(제3집), 신백수의 「Ecc Homo 後裔」(제4집) 등에 대해서 초현실주의적 시라고 일별 언급한 다음 1920년대의 낭만적 감상성을 탈피하지 못한 채 머물고 있다는 지적이다.

이러한 이율배반적인 해석의 문제점을 필자는 그들의 작품세계에서 제시하겠지만, 한천의 「잃어버린 眞珠」(제1집), 「프리마돈나에게」(제2집)는 데카당스적으로 보이기 때문에 당초부터 쉬르적인 시로 보

---

36) Georges Sebbag , 최정아 옮김, 『초현실주의(Le Surréalisme)』(동문선, 2005. 8), p.55.

37) Joseph Le Doux, 강봉균 옮김, 『시냅스와 자아(Synaptic Self -How Our Brains Become Who We Are)』(소소, 2005. 10), p.18, pp.493~528.

38) 高明秀, 「韓國에 있어서의 超現實主義 文學考察」, 東國大學校 大學院 碩士學位論文, 1986./東岳語文學會, 『東岳 語文論集』 第22輯 참조. p.247.

았던 것은 인식적 오류로 보인다.

심혜란은 그의 운동사 연구[39]에서 구연식의 글을 인용하여 지적하고 있다. "우리 현대문학사상 초현실주의 문학운동의 시발점은 〈三四文學〉에서 찾아야 할 것이며, 〈三四文學〉은 유파적 성격이 뚜렷한 순수한 동인지였다"는 것이다. 그러면서 "60년대의 안목으로 〈三四文學〉을 초현실주의 성격으로 규정한 것은 조연현의 선구적 업적"이라고 했다. 그는 구연식의 글을 인용[40]하여 "이시우의 「絕緣하는 論理」는 우리나라 최초의 초현실주의 이론이며 내용은 초현실주의 선언문이라고 할 정도로 독자적인 견해를 보여준 것"이라고 지적하고 있다.

그러나 『三四文學』은 1935년. 12월 제6집을 내고 폐간된 것으로 인식하고 있는 등 구연식의 지적을 그대로 인용하고 있지만, 오류임을 알 수 있다. 왜냐하면 『三四文學』은 1935년 8월에는 제4집, 1936년 10월에는 제5집을 간행했기 때문이다.

둘째, 〈三四文學〉을 한국현대문학사 연구 측면에서 개관적으로 다룬 조연현, 김용직, 김준오, 송현호 등에 한하되 다른 연구자들의 글은 전개과정에서 수시로 언급키로 하기로 하겠다. 그리고 전반에 걸쳐 심층적으로 다룬 강희근, 반수연 등의 연구논문을 함께 살펴보기로 하겠다.

조연현은 "〈三四文學〉은 抒情的 要素에 不滿을 품고 슈리알리즘을 主張하는 데까지 이르던 사람들이었다. (…) 聽覺的 要素보다 視覺的 要素를 導入시켰고 現實에 대한 超越的인 態度에 反하여 批判的인 積

39) 심혜란, 『한국초현실주의 문학운동사 연구』, 부산여자대학대학원, 석사학위논문, 1989. 12.
40) 具然軾, op. cit., p.184.

極性을 가져다 준 것은 韓國現代詩의 새로운 一局面을 開拓해준 곳에 重要한 意味가 있다"[41]는 것이다. 여기서 주목할 것은 〈三四文學〉이 초현실주의를 표방하고 있다는 중요한 지적이 아닐 수 없다. 그러나 그는 1949년 「문학과 전통」이라는 제하에서 〈三四文學〉의 시들은 "자기가 먼저 실망하고 절망하지 않을 수 없었던"[42]시들이라고 치명적으로 평가절하했다. 이는 『三四文學』에 발표한 쉬르적인 시들이 난해하여 접근방법을 시도하지 못했다는 개인적 비평 한계점을 드러낸 결과로 보인다.

그는 기타의 순수문학적인 제동인지의 활동을 논급하면서 "『三四文學』은 一號를 프린트로 낸 다음 二號 以後는 六號까지 刊行된 菊版 五0面 內外의 적은 同人誌로서 (…) 編輯體制의 斬新한 맛과 그 現代的感覺은 『斷層』과 一脈相通되는 要素도 있었으나 『斷層』처럼 同人이 確立되어 있지도 않고, 그 文學的傾向에도 統一性이 없고, 編輯目標도 作品發表가 重點이기보다는 文壇意識이 많이 作用된 至極히 저널리스틱 要素가 많았다. 同誌에는 (…) 有名無名의 各種 姓名이 每輯마다 그 目次에 올라 同人誌다운 統一性이 거의 破綻되어있었다 (…) 〈三四文學〉의 정확한 同人은 一號를 낸 전기한 이시우 · 신백수 · 정현웅 · 조풍연 네 사람이었으며, 同誌의 文學的方向을 代表한 사람은 申百秀와 李時雨였다. 이 두 사람은 超現實主義 傾向의 詩를 써서 文壇의 注目을 끌으려 했던 사람들이었다"[43]는 것이다.

그러나 동인회 구성은 제2집부터임을 동인들의 명단에서 밝혀져 있고, 제3집 편집후기에도 밝혀져 있음을 본다. 또한 그가 지적한 문

41) 趙演鉉, 『韓國現代文學史』(成文閣 10版, 1990. 1), p.503.
42) 趙演鉉, 「文學과 傳統」, 『文藝』, 1949년 9월호 참조.
43) 趙演鉉, 『韓國現代文學史』(成文閣 10版, 1990. 1), pp.510~511.

단의식이 많이 작용된 지극히 저널리스틱 요소가 많다는 것은, 즉 신백수, 한천의 시 한두 편에 저널이 나타나는 등 극히 몇 편에 불과하기 때문에 필자는 이러한 시들은 초현실주의시 연구에서 제외시켰다. 이와 유사하게 구연식도 당대 저널이 팽배한 사회적 배경에서 초현실주의를 널리 알리기 위한 순수한 수단으로 보아야 할 것이기도 하다.[44]는 것은 잘못 지적된 것으로 보인다. 또한 동인지다운 통일성이 거의 파탄되어 있다는 것은 필자가 볼 때, '3 4선언'의 정신이 함의되어 있기 때문에 동인지 통일성을 구태여 밝힐 필요성은 없는 것 같다. 그리고 그의 글에서 중요한 오류가 발견되는데 『三四文學』 창간호가 1934년인데도 1936년으로 기록되어 있다.[45]

김용직[46]은 문단에 미 등단한 〈三四文學〉 동인들은 창간호 머리말에 쓴 선언을 통해 새로운 것, 새로운 문학운동을 위해 모인 사람들임을 밝히고, 이시우 시 「アール의 悲劇」은 철저하게 거부 자세를 띤 이상의 초기작 시처럼 다다적인 작품으로써 종래 문학의 반시적, 비문학적인 성격을 띤다는 것이다. 또한 이시우, 신백수의 시에서 원거리의 사상(事象)들이 비교 또는 대조되는 수법은 강한 의미의 충격을 주거나 유머감각에 의해 난센스 등을 추구하는 등 초현실적이지만 이상에 비해 아이러니와 패러독스가 없는 등 작품의 질적인 면에서도 성공적이라 할 수 없다는 것이다.

한편 「초현실주의적 단면」[47]에서 이상과 거의 같은 무렵에 초현실주의는 〈三四文學〉 동인들에 의해서 수입되었다는 것이다. 여기서는 이

44) 具然軾, 「三四文學과 超現實主義」, 『韓國詩의 考現學的 研究』(詩文學社, 1979. 3), p.166.
45) 趙演鉉, 『韓國現代文學史』(成文閣 10版, 1990. 1), p.465.
46) 金容稷, 『韓國現代詩 研究』(一志社, 1974), p.302, p.307.
47) 金容稷, 『韓國現代詩史 1』(한국문연, 1996. 2), p.415.

시우의 초현실주의 이론적 수용시도가 가해진 바 있다면서 기성 미학에서 벗어난 의식 이전의 상태, 즉 기능적으로 파악된 셈이지만 수용시도가 단편적임을 지적하고 있다 그 이유는 무의식의 미학이 자리 잡은 과정이 생략된 데 있는 듯 보인다는 것이다. 그러나 이상은 입체파나 미래파, DADA 등 일련의 방황 및 모색기를 거쳐서 초현실주의에 이르렀지만 〈三四文學〉 동인들은 그 과정이 생략되었으므로 이상의 시가 초현실주의로 그 자리를 굳혀 문학사의 귀착점 같은 것이었다는 것이다.

그러나 이러한 주장을 이해할 수 있으나, 어느 시대의 작품이든지 무의식의 미학에서 승화된다고 볼 때, 이상(김해경)은 브르통이 내세운 초현실주의 운동까지 수순(隨順)을 밟았다는 의의는 설득력이 없는 것으로 보인다.

김준오는 「모더니즘과 프로이디즘」이라는 그의 글에서 "이상 시는 형태시고, 해체시고, 그리고 실험시다. 이상 시의 이런 실험적 징후들은 〈三四文學〉의 동인 시들에서도 산견된다. 이상 시의 시어가 다소 유희적이라면 그것은 필요이상으로 심각하고 진지하다"라고 지적했다. 또한 "그들의 실험은 언어구사에서 나타난다. 그들의 시는 통사적 국면에서 아무런 논리적 연결이 없다. 마치 머릿속에 무작위로 떠오르는 대로 언어를 선택·배열한 듯한 느낌을 준다. 그래서 초현실주의 자동기술법을 상기시키고 기상(奇想 : conceit)의 인상을 준다"라고 했다. 이러한 〈三四文學〉의 긍정적인 이미지는 선명하다. "그러나 (…) 그들에게는 시적 소양이 너무도 부족하다. 그들의 시는 난해를 위한 난해처럼 의사소통이 잘 되지 않는 과장과 기괴함으로 일관되어 있다"라고 지적했다. 뿐만 아니라 "이미지와 이미지를 비논리적으로 결합시키는 초현실주의의 자동기술법으로 보기에는, 그리고 잠재의식의 세계로 보기에는 그들의 언어구사는 너무 서툴고 거칠다. (…) 전통에 바탕을 두지 않은 변혁의 실패를 〈三四文學〉은 가장 극명하게 보인다"[48]는 것이다.

그러나 필자가 볼 때 그의 비평은 난해한 〈三四文學〉의 쉬르적 시들에 대해 비평 방법을 찾지 못한 한계점을 드러낸 것이라고 지적할 수 있다. 또한 그는 「우리시와 아방가르드」라는 비평의 글에서도 "〈三四文學〉 동인들의 전위 운동은 논리를 절단시키는 당찬 선언과 의욕에 전혀 미치지 못한 함량미달의 수준에 머물고 말았다"는 것이다.[49] 그러나 함량미달이라는 글마저 극단적인 비평가들의 일별 비평 방식이 남긴 오류로 보아지며, 현재까지 인식시키는 혼란을 가중시킨 것으로 보인다.

송현호는 이시우와 신백수 그리고 한천의 시에서는 그들의 초현실주의 경향에도 불구하고 종래의 낭만적 경향이나 감상성이 다분히 노출되고 있음을 발견할 수 있다는 것이다. 이는 다분히 전위적이고 시각적인 경향을 보여준 것일 뿐이라고 한다. 때문에 혹자는 초현실주의의 본질이나, 고민이나, 내적 분열을 이해하지 못한, 20세기적이거나 초현실주의적인 것이 아닌 가짜 초현실주의 시라고 비판을 가하기도 한다는 것을 지적하고 있다. 이상이나 〈三四文學〉파의 시는 언어의 무한한 가능성에 대한 실험으로 무의식과 꿈 그리고 상상력에 대한 깊은 관심과 무질서와 우연 그리고 직관의 세계에 대한 천착을 특징으로 한다는 것이다. 그것은 문학적 상상력의 폭을 그만큼 심화시켜준 것이며, 합리주의자들이 축소시켜놓은 현실의 세계를 원래대로 복원하는 데 성공한 것임에는 틀림없다는 것이다.

48) 김준오, 『문학사와 장르』(문학사상사, 2000. 3), pp.212~213.
49) Ibid., p.364.

때문에 초현실주의는 당대의 정신사적 맥락에서 이해해야지 현란한 기법이나 신기함의 차원에서 논의되어서는 안 될 것으로 보인다고 말했다. 또한 그들은 한국 현대시사에서 상당한 정도의 비중을 지닌 것으로, 모더니즘의 아류로 처리해 버리기에는 아쉬운 점이 적지 않다는 것이다.

또한 그는 "우리의 경우, 모더니즘이 영 · 미 이미지즘에 토대로 두고 있다고 볼 때 마땅히 초현실주의는 모더니즘과 분리되어 논의되어야 할 것"이라고 말했다.[50)]

한편 그는 한천의 시 「잃어버린 眞珠」와 「프리마돈나에게」를 초현실주의적 시에 포함시키고 있지만, 필자는 단순하게 이국정서 표출, 단순한 알레고리뿐만 아니라 산만하고 낭만적 요소가 다분하기 때문에 처음부터 〈三四文學〉의 초현실주의적 시에 포함시키지 않았다.

강희근[51)]은 『三四文學』 제1집부터 제4집까지의 발간 상황을 일목요연하게 도표를 통하여 한눈에 볼 수 있게 하였다. 『三四文學』 성격에서 발간별로 싣고 있는 작품현황을 열거한 후, 시를 중심으로 연구방향을 제시함과 동시 시의 몇 갈래의 모습으로 분류하여 밝히고 있다. 1) 범박한 서정시, 2) 현실의식이 강하게 드러난 시, 3) 지적인 이미지의 시, 4) 다다 · 초현실주의 계통의 시 등으로 구분하여 예시와 함께 시의 세계를 서술하고 있다.

여기서 중요한 것은 당시까지 이뤄져 있었던 시들의 일반적인 경향들을 거의 모두 수용하고 있는, 즉 특징 없는 동인지로 출발했던 것임을 지적하기도 했다, 그러나 동인들이 주도하는 다다 · 초현실주

---

50) 송현호, 『한국현대문학의 비평적 연구』(국학자료원, 1996. 1), p.302.
51) 姜熙根, 「三四文學 연구—詩를 중심으로」, 『우리 詩文學 硏究』(叡智閣, 1985. 3), p.150.

의 계통의 시들이 드러내는 은밀한 방향계도는 매우 소중한 의미가 있다고 보았다. 그러면서 에콜화 되어 가는 시들이 당대 문단적인 상황이 크게 압박이 있었다고 보아질 수 있다면서 재정적 뒷받침과 제한된 활동무대 등에서 더 이상 발간할 수 없는 한계점도 지적하고 있다. 다만 연구의 한계점이라면 제5집을 접하지 못했다는 것이 될 것이다.

반수연[52]은 이상의 실험적이고 파격적인 시도들이 보여준 초현실적 내면 풍경의 제시 위에 자리한 〈三四文學〉을 보면서 연구범위는 제1집에서 제4집까지로 정하고 있다. 한 작가, 즉 이시우의 시와 시론을 조명하게 되면 일관된 방향이 나타나고 시세계와 기법들을 알 수 있지만 시인들의 개인적 편차만큼 성격이 다양하고 하나로 묶기에 다소 무리가 있다하여 서정성, 우회된 현실, 주지성, 초현실주의적인 경향 네 부분으로 구분하여 살핀다고 했다.

그것은 1) 서정성에 속한 작품들은 전대의 작품 수준에 그치고 시적 형상화가 미숙하며, 2) 우회된 현실에 속한 작품들은 일제의 검열 등을 의식해 암시적, 상징적으로 표현하고 있으며, 3) 주지성은 제2집에 발표된 정현웅의 「CROQUIS—짧은 시간의 스케치(프랑스어)—필자」, 한천의 「프리마돈나에게」, 장서언의 「박」 등을 열거하면서 시각적이고 감각적인 이미지가 구사되었다는 것이다.

끝으로 이시우의 작품을 그의 시론과 함께 다루면서 초현실주의는 다다이즘의 연장선상에서 탄생되었다는 것이다. 이시우의 시론 역시 초현실주의로 보고 살펴본 결과, 이시우의 시세계와 그의 시론은 별개의 것이라는 것이다. 그 외 신백수, 한천, 최영해, 정병호 등의 시

52) 潘受延, 『三四文學硏究—詩作品을 중심으로』, 誠信女子大學校大學院, 碩士學位論文, 1998.

작품들도 초현실주의적이지만 그들의 실험이 합당한 철학이나 논리 위에서 시작되지 못했다는 것이다. 또한 막연하게 꿈/무의식을 종합하는 현실을 추출해내지 못했다는 것이다.

그러나 구체적인 작품을 분석한 결과에 대한 제시 없이 단편적인 작품분석에서 다른 논자들의 비평으로 넘어서지 못했고 특히 "『三四文學』은 1934년에 창간되어 1935년 12월까지 모두 6집이 나왔다"[53]는 등의 오류가 발견된다. 앞에서도 말했지만 현재까지 발견된 것은 1936년 10월에 간행된 제5집이 있기 때문이다.

셋째, 쉬르 시의 주된 표현양식론(表現樣式論) 등 표현방법론에 중점을 둔 문광영과 작품분석에 중점을 둔 간호배의 연구논문을 살펴보기로 하겠다.

문광영[54]은 한국초현실주의 시를 A. 自動記述의 技法, B. 오브제(objet)의 美學, C. 데뻬이즈망(depaysement)의 手法, D. 유머(humor) 추구로 나누어 접근하고 있다. 이에 앞서 그의 서론에서 이장희(李章熙)는 이미지즘에 가깝고 "李箱의 詩가 精神的外傷으로 인한 分裂性格의 作家的 詩 創作을 시도했기 때문에 그러한 경향이 극히 부분적으로 보일 뿐, 쉬르詩를 시도한 작가라고 볼 수 없다. 다만 창작형태가 쉬르적 요소를 담고 있을 뿐이며, (…) 여기에 당시 日本에서 만연되었던 西歐의 각종 새로운 文藝思潮, 곧 未來派, 다다이즘, 쉬르리얼리즘 등의 詩風이 그의 內面世界의 心理와 결합되어 나타난 것으로 보이는 것이다. (…) 이유는 이상의 시는 오이디푸스콤플렉스와 性倒

53) 潘受延, op. cit., p.2.

54) 文光榮, 「韓國쉬르리얼리즘詩의 表現技法論에 관한 小考」, 『인천교대 논문집』 19집, 1985.

錯的인 心理를 보여주고 衒學的이며, 巧智性과 硬直文體의 樣相을 强하게 보여 준다"는 것이다.[55]

또한 다다이즘이나 쉬르리얼리즘을 이상 쪽에만 초점을 맞추어 이상만이 극단적인 모더니티의 선구자로 보고, 〈三四文學〉의 쉬르 활동을 과소평가했다는 사실은 재고되어야 한다고 주장한다. 특히 이시우의 『絕緣하는 論理』는 초현실주의의 작시원리인 피에르 르베르디(P. Riverdy)의 시작법에 접근된 것으로 보아진다며, 부분적으로 데페이즈망의 수법과 오브제화한 시어들의 이미지 충돌을 발견할 수 있는 점이 특이하다는 것이다. 문광영은 이시우의 「アール의 悲劇」은 언어의 유희(pun)로 본 것과 자동기술법(automatisme)이 별로 눈에 띄지 않는다는 막연한 지적이 있을 뿐 구체적인 제시 없이 논급했다.

그러나 이장희 시가 쉬르시가 아닌 이미지즘에 가깝다는 것과 이상시 역시 처음부터 쉬르 시를 시도한 것이 아니라고 지적한 것은 타당하다 할 것이다.

간호배[56]는 〈三四文學〉의 전체 시작품들을 검토하여 초현실주의 계열의 시들을 1. 절연의 미학, 2. 부정성의 형상화 방식, 3. 자동기술법, 4. 오브제론 등으로 구분하여 해석학적 방법론으로 접근하고 있다. 여기서 2항의 1)에서 '데카당스의 시학'에서 본 초현실주의적인 작품 일부를 포함시켜 분석하는 등 초현실주의적인 시 일부는 데카당스 적인 것도 없지 않다는 것을 지적했다.[57] 또한 '절연의 미학'

55) 文光榮, op. cit., p.155.(논문의 본문, p.3) 참조.
56) 간호배, 『三四文學의 초현실주의 연구』, 아주대학교 대학원, 박사학위논문, 2000.
57) 간호배, op. cit., pp.51~52.

이라는 전제 아래 두 편의 평론에 대해서도 구체적으로 논급하고 있다. 그러나 시풍의 몇 갈래 모습으로 구분하여 동일한 작품을 중복적으로 조명한 것 같다. 이에 따라 한 작가의 추출된 작품세계를 명료하게 제시하지 못한 부분이 있는 것으로 보이고, 특히 제Ⅳ장을 별도로 설정한 '비논리의 시학과 원형 상징성'을 제Ⅲ장 '〈三四文學〉의 문학적 특성'에 포함시켜 논의할 수도 있었을 것이다. 한편 그가 편저한 '원전' 『三四文學』(이회, 2004. 4)의 경우, 원본에서 다시 이기하는 과정에서인지 오류가 다소 발견된다.[58)]

이상으로 한국의 모더니즘 수용연구와 다다・초현실주의 수용연구를 〈三四文學〉의 초현실주의와 병행해서 검토해본 결과 대부분 문예사조적인 측면에서 다루어진 것임을 알 수 있다. 다시 말하면 20년대에 이입된 다다이즘은 단명으로 끝났으나, 1930년대 초반에 이상문학의 태동을 볼 수 있다는 점이 지적된 것이다. 그러나 이상문학의 다다이즘적인 성격을 처음부터 초현실주의적 작품으로 다룬 연구자들의 자료가 차차로 증가하는 현상이 없지 않다. 이러한 문제점은 다다이즘과 초현실주의 본질을 명확하게 검증치 못한 데서 그 원인을 찾을 수 있다. 그러므로 일부 연구자들은 초현실주의 수용 역시 이상문학으로부터 보는 경우 또한 현재에도 전혀 없지 않음을 볼 수 있다. 심지어 다다이즘을 흡수한 브르통의 초현실주의와 흡사한 것으로 오인하는 경우도 있기 때문이다. 그러나 부정과 부인과 파괴 등을 내세운 다다이즘은 꿈과 현실의 합일 등을 내세운 초현실주의와는 구별된다고 볼 수 있다. 그렇다면 한국에서의 초현실주의 수용에

58) 간호배, 원본 『三四文學』(이회, 2004. 4), p.36, p.46, p.108, p.296, p.297, p.299. ▷ 오류는 간호배의 편저, 위의 합본한 영인본과 대조 때 정정 가능함으로, 지적된 내용 생략함.

따른 작품은 이상문학의 후기 작품으로 보이는 극히 몇 편에 불과한 데서 엿볼 수 있으나(본문; 다다이즘에서 초현실주의로의 이행 참조), 이상의 작품발표 시기는 〈三四文學〉과 그 궤를 같이하는 것으로 나타난다.

그러나 특색 있게 본격적인 超現實主義를 집단적으로 활동한 것은 〈三四文學〉에서부터라고 볼 수 있다. 그러나 지금까지 치명적인 문제점으로 남아 있는 것은 이상문학과 관련하여 〈三四文學〉의 초현실주의적 시들에 대하여 대부분의 연구자들이 논급하는 과정에서 〈三四文學〉의 초현실주의적 시들을 과소평가해왔기 때문이다. 이러한 문제점을 지적한 연구자들은 〈三四文學〉의 초현실주의적 시세계에 대하여 원인은 알 수 없으나, 심층적인 시작품분석을 극복하지 못한 데서 비롯된 것으로 보인다. 결론적으로 기존비평자료들에 의존하는 등 연구 한계점을 크게 벗어나지 못한 것이기 때문일 것이다. 이를 해결하기 위하여 〈三四文學〉의 초현실주의적 시작품에 대해서 적극적으로 구명(究明)해보는 것이 매우 타당하다는 판단이다.

3. 연구범위 및 방법

필자는 지금까지 초현실주의 수용 양상과 연관된 〈三四文學〉의 초현실주의에 대한 연구사를 바탕으로 하되 영 · 미 모더니즘에서 보는 주지주의적인 흐름, 즉 일본식 초현실주의로 보려는 데 반하여, 본 연구가 내세우는 브르통 계열의 초현실주의를 고찰하여 환기시키고자 한다. 이에 따라 초현실주의 본질을 통하여 왜곡된 수용 양상을 새롭게 환기시킴과 동시에 〈三四文學〉의 초현실주의적 시와 시론도 집중적으로 분석하기 위하여 연구범위와 방법은 다음과 같다.

연구범위는 첫째, 초현실주의 수용 양상을 브르통의 초현실주의와 이반·골의 초현실주의의 차이점을 살피는 한편 일본으로부터 왜곡된 초현실주의의 성격에 대한 각종 문헌을 검토하여 서구로부터 근황에 직접 번역된 문헌들과 비교하기로 하겠다. 또한 이상문학의 형성에 남아 있는 과제를 새롭게 고찰하겠다.

둘째, 『三四文學』을 창간호에서 제5집까지의 초현실주의와 관계되는 시들이 그동안 이상문학의 아류, 이류 또는 함량미달 된 시작품들인지 아닌지를 살펴보고자 한다. 특히 이상이 참여하여 시를 발표한 제5집을 중심으로 초현실주의적 시들을 조명하는 등 〈三四文學〉이 갖는 특성을 새롭게 제시하고자 한다.

연구방법은 실증주의와 문예사조사적 역사주의, 형식주의, 사회·문화적 비평과 시작품의 언어와 미학적 구조를 방법론적으로 접근하는 구조주의에 따른 분석은 물론 때로는 심리학, 정신분석학 등을 원용하여 기존연구 자료들을 전면적으로 재검토하는 한편 도출된 문제점은 필자의 관점에서 새롭게 논의하기로 하겠다. 이에 따라 본 연구를 위한 방법절차는 다음과 같다.

첫째, 초현실주의 본질을 올바르게 인식하기 위해 앙드레 브르통의 초현실주의 선언(1차, 2차, 3차)을 비롯한 관련 문헌을 고찰하여 이반·골 계열과의 차이점을 밝혀 보겠다. 이를 위해 초현실주의 수용에 따른 이론들을 구체적으로 제시하는 한편 이상문학과 〈三四文學〉의 초현실주의적 시작품들과 비교분석하여 아류인지 아닌지를 밝혀 보기로 하겠다. 아울러 현재도 남은 과제로 보이는 수학기호 및 수식의미의 다양성도 구체적으로 분석하여 연관성이 있는지를 분석하겠다.

둘째, 초현실주의 수용에 따른 〈三四文學〉의 초현실주의적 시들이 폄하되어온 문제점을 해소하기 위해 개인적인 시작품별로 집중분석하겠다. 그동안 피상적이고 간략하게 논의되어온 일별적인 이론들을 탈피하고자 심리주의 이론은 물론 정신분석학 중에서도 프로이트의 이론, 자크 라캉의 이론, 슬라보예 지젝의 이론 그리고 노장사상 등을 비롯하여 관련된 이론들까지도 필요할 때는 도움받기로 하겠다.

Ⅱ. 한국에서의 초현실주의 수용 양상

1. 다다이즘 수용 양상

먼저 초현실주의 운동을 언급하기 전에 일본의 다다이즘의 수용과정과 운동의 결과를 개략적이나마 살펴보고자 한다. 왜냐하면 수용 양상에서 서구나 일본의 다다이즘을 그대로 수용해야 한다는 것은 결코 아니나 왜곡되어서도 안 될 것이다. 다시 말해서 다다이즘이 초현실주의에 미친 결과를 분석하는 등 정확한 파악으로 올바른 인식을 재정립할 필요가 있다고 본다.

이미 연구된 다수의 자료에서 지적되고 있지만 일본의 다다이즘은 시인 고교신길(高橋新吉, 다카시 신카치)에 의하여 전개되었다.[1] 다다이즘을 수용한 고교신길은 1919년 8월 15일 잡지 『萬

1) 일본의 다다이즘 및 고교신길(高橋新吉, 다카시 신카치)▷ 미래파에 이어 새로이 나타난 다다이즘을 平戶廉吉(1922년 7월 사망)은 1921년 12월 時代錯誤라고 비난한 未來派 宣言에 對比되는 다다宣言을 詩의 形式으로 1922년 8월 「斷言은 다다이스트」라는 題目 아래 발표했다. 趙恩禧의 글에 따르면 다다 선언이라고 할 수 있는 단언은 '다다이스트'가 1921년 8월 14일 『週刊日本』이라는 잡지 132쪽에 실렸다고 하면서 1922년은 아니다 라고 주장함에

朝報』의 문예란에서 자란(紫蘭), 양두생(羊頭生) 등에 의해 소개됐는데, 고교신길은 최초로 다다 시를 발표하면서 다다이스트가 되었다.

구연식의 글에 따르면 고교신길이 다다이스트가 된 것은 다음 글에서 감명을 받았다고 술회하고 있다. "世界觀은 單語의 交雜이다." 즉, "文字의 配列이 (…) 같은 페이지에서 縱으로 橫으로 甚한 것은 傾斜로 되어 있어"라고 한 말에서 "어떠한 방대하고 理路整然한 철학서나 深遠한 佛典이 一擊下에 붕괴되어 낱말이 돌산으로 바뀌어 짐을 想像하여 말의 空虛함을 통감하였다. (…) 活字상자를 뒤집어버린 것 같은 잡다한 낱말이 거기에는 形骸를 들어낼 뿐으로 무의미하며 무가치해지는 것을 느꼈다"는 것이다. 여기서 '단어의 교잡'이란 선(禪)에서 말하는 '不立文字'의 사상이라고 믿게 되었다는 것이다. 다다이즘 역시 무한이며, 무(無)라는 것이다. 다다는 일체상(一切相) 자아로 보며, 일체가 불이(不二)이며 불타(佛陀)의 체관(諦觀)에서 일체라는 말이 나오므로 다다를 불교사상의 변형(變形)에 불과하다는 것이다. 불교의 선사상(禪思想)에서 새로운 다다이즘 정신을 발견함으로써 일본의 전통적 정신과 더욱 밀접한 연관성을 갖게 된 이유를 밝히고 있다.

또한 다다를 '藝術의 新아나키즘'으로 보며, 극단적인 향락주의(享

필자 또한 동의함. ▷ 具然軾, op. cit., pp.85~97 참조. / 한편 1922년 9월에 다다의 詩「귀머거리」,「장님」,「벙어리」3篇을『改造』에 4페이지 분량으로 발표한 것이 林和가『改造』를 통하여 다다를 알았다고 말한 것과 일치되며, 1923년 2월에 中央美術社 刊으로「다다이스트 新吉의 詩」를 辻潤 編으로 간행하기도 했다. 서울에 와서 高漢容의 집에 20일간 묵었다고 하며, 高橋新吉은 高漢容을 한국의 다다이스트로 만든 것이라 할 수 있다. 한편 고한용의「서울 왓든 딱따이스트의 이약이」에도 高橋新吉은 당시 조선의 서울에 온 것이 敍述되어 있다. ▷ 趙恩禧, op. cit., p.33 참조.

樂主義), 자연주의, 개인주의, 현실주의로 규정 지우는 것은 설명하지 않아도 서구의 다다정신에 대한 상당한 오류가 일본에서부터 왜곡되었다는 것을 알 수 있다. 특히 "다다이즘이 입체파와 미래파의 영향을 받은 것은 사실이나 미래파의 변태가 입체파와 같은 최신파 속에 들어 있는 느낌을 주는 최신예술의 일파가 소위 다다이즘"이라고 해석하는 것은 다다이즘을 일부 왜곡시킨 것으로 보인다. 이러한 사상의 중심인물은 앞에서도 말했지만 고교신길이다. 온찌 데루타로(遠地輝武), 하기와라 교지로(萩原恭次郎), 츠보이 시게지(壺井繁治) 등은 사실상 하층민의 비애를 격렬하게 표현한 아나키즘 시에 관련된다는 것도 이미 여러 연구자에 의하여 지적되고 있다. 어쨌든 일본의 다다이즘은 우리나라에 이입되면서 또 다른 변형으로 나타난 것임을 알 수 있다.

수용 양상을 보면 1924년 일본의 다다이스트 고교신길이가 우리나라에 건너와 고한용을 통해 전파하였고[2] 이어서 방원룡[3], 무위산봉 고사리[4]도 다다이즘에 대한 이론을 발표하였다.

또한 잠시나마 다다적인 작품을 발표한 자들로서는 김니콜라이[5],

---

2) 高漢容은 당시 22세의 開城 출신의 청년(『東亞日報』, 1924 12. 22)이었는데, 1924년 10월 『開闢』(p.24)에 한국 최초의 다다이즘이론 「서울 왓든 쌋싸이스트의 이약이」를 발표했으며, 1924년 11월 17일 『東亞日報』에 「DADA」 글을 발표하여 스스로 朝鮮 최초의 다다이스트로 自稱하기도 했다. 그러나 얼마 안 되어 다다 시를 쓰지 않고 동화, 동요, 대중소곡 창작에 경도되었다.

3) 方元龍(본명 : 方俊卿, 필명 : 金華山, 方元龍 또는 鷺峰山人은 조선프로예술운동小史 · 藝術運動 1號, 1945. 1〉에 의하여 밝혀졌음)은 1924년 11월 1일 『朝鮮日報』에 「世界의 絕望—나의 본 쌋싸이슴」이론을 발표했으며, 1925년 10월 28일 「文藝雜感—藝術의 內容과 其 表現方式(一)(二)」를 발표하였음.

4) 無爲山峰 고사리(金億 또는 高漢容이라고 하나 현재 본명은 명확히 밝혀지지 않았음)는 1924년 11월 24일 『東亞日報』에 「다다?」?, 「다다」!이론을 발표함.

김화산[6], 임화[7], 정지용[8] 등을 꼽을 수 있다. 그러나 김화산은 1개월 후 "프로레타리아藝術論을 지지한다"[9]면서 다다이스트가 아님을 발표했다.

연구자들의 관점에 따라 다르겠지만, 이미 공통적으로 지적된 한국의 다다이즘은 당대의 거센 비평논단에서 그 영향을 받았고, 프롤레타리아 예술이 갖는 전위사조에 일부 흡수되는 등 1927년은 카프(KAPF)의 목적의식을 내세우며 방향전환을 하던 때와 맞물려 있었던 원인도 있지 않을까 한다. 또한 표면에는 명료한 원인은 없지만 김

---

5) 金니콜라이(朴八揚 또는 김려수) : 1927년『朝鮮文壇』4권 1月號에 쉬밋도毅의「外套」와 鯊動의「飛行船 날러오는 이상한 風景」및 시「輪轉機와 四層집」을 발표함.

6) 金華山(本名은 鷺峰山人의 조선프로 藝術運動小史(藝術運動一號, 1945. 12)에서 본명을 方元龍이라고 했으나, 필명으로 보이며 본명은 方俊卿으로 봄. ▷ 朴仁基,「韓國文學의 다다이즘 受容過程」,『國語國文學86』,1986, p.127 참조./ 다다이즘을 부정한 이후 중단된 것 같다가「1930년 싸스 風景畵의 破片과 젊은 詩人」,『別乾坤』(1930. 5),「四月途上所見」,『別乾坤』(1930.6),「인플레이션」,『第一線』(1933. 3) 등 다다 계열시를 발표했는데, 내용과 형식이 통일되어 있지 않고 암울하고 퇴폐적이고 허무적이면서 어휘 또한 低級하다는 것이 이미 공통적으로 지적되고 있다.

7) 林和 :「어떤 靑年의 懺悔」,『文章』2卷 2號, pp.22~23 참조./ 金允植,「林和硏究」,『韓國近代文藝批評史硏究』(一志社, 1982), pp.546~547에서 재인용함. 임화의 다다 계열의 시 중 대표적인 것은 1927년 6월에『朝鮮之光』지에 실린「地球와 빡테리아」이다.

8) 鄭芝溶 : 일본의 同志社大學 英文科 재학 중에 작품 활동을 볼 수 있는데, 1926년 6월 일본(京都) 유학생 잡지인 창간호『學潮』에「카페—프란스」,「슬픈 印象畵」,「爬蟲類動物」, 기타동요, 시조 등의 작품이 있다. 文德守에 따르면 "前衛性을 띤 모더니즘詩다. 李箱의 先驅者임이 분명하다. 前衛詩, 곧 다다이스트인 高橋新吉, 아나키스트인 萩原恭次郎, 未來派인 平戸廉吉(1893~1922) 등의 前衛詩를 이미 접했던 사실을 말해준다. 前衛詩의 影響을 받은 것은 분명하지만 (…) 본격적 모더니즘詩라고 할 수 있다." ▷ 文德守,『韓國모더니즘詩 硏究』(詩文學社, 1992, p.27 참조.

9) 金華山,「階級藝術論의 新展開」,『朝鮮文壇』, 1927. 2.

화산의 변질과 같이 다다이즘 운동은 일시적인 관심에서 그칠 수밖에 없었던 것은 결국 다다이즘에 접맥된 이들이 서로 흩어지면서 중단된 것이라 할 수 있겠다. 우리나라에서의 고한용에 의해 다다이즘 수용 양상을 정리하면 다음과 같다.

첫째, 1924년 9월 『開闢』 51호에 최초로 소개되었는데, 다다는 아무 것도 의미하지 않으며, 파괴와 부정(否定) 그 자체에 그친다는 것과 하나의 새로운 세계를 추구한다는, 즉 "나는 엇지하여서든지 新鮮한 感覺과 情緖를 獲得하여야겟다고 생각한다. (…) 根本的 人間生活의 樣式이 지금 一大轉機에 기우러져 잇다. (…) 自餘의 藝術은 산송장에 지나지 못한다"라고 했다.[10]

둘째, 고한용은 현실의 세계를 긍정했다. "나는 矛盾의 織物을 몸에 두른 '泥人形'이다. 언제든지 過去와 現在와 未來를 交錯하야 살어간다. (…) 짜짜는 오늘날 自己의 生活을 構成하야 주고 잇는 存在를 사랑하고 잇다"[11]는 것이다.

셋째, 모순을 사랑하는 자는 누구든지 다다(Dada)가 되는 것과 짜짜이스트 되기가 가능하다는 것이다. 그것은 다다 자체 속에 모순이 포함되어 있기 때문이라고 한다. "다다인 것은 모도다 짜짜이다 矛盾을 사랑할 줄 아는 이면 누구든지 짜짜이기가 가능한 것이다. (…) 지금까지는 旣存한 一切에 관하야 너모나 過信을 하야 왓다. 너모나 파뭇쳐 지내온 것이다 대대로 내려오는 遺傳病 崇拜하지 안이 하는 以上 理論과 知識에도 侮蔑의 웃슴을 던저들 것이다."[12]

넷째, "價値와 意識의 觀念을 追出하는 곳에 새로운 世界가 展開되

10) 고한용, 「짜짜이즘」, 『開闢』 51호, (1924. 9. 영인본), p.8.
11) Ibid., p.6.
12) Ibid., p.6.

는 것이다. 空虛한 一切가 눈 안에 보이는 것이다. 表現하는 수 업는 旣存한 文字와 言語에 대한 咀呪와 한가지로 새로운 野蠻에 대한 激烈한 憧憬이 잇다"[13]는 것이다.

전술한 것을 정리하면 고한용의 다다이즘 이론은 현재를 긍정하면서 미래지향적인 세계를 향한 것임을 알 수 있다. 그는 자기생활을 구성해야 하는 모순을 사랑하는 자가 다다이스트가 되는, 즉 새로운 야만에 대한 열렬한 동경이 있어야만 변화된다는 것이다. 어떻게 보면 초현실주의적인 것 같지만 이러한 주장은 일본의 다다이즘 사상을 바탕으로 하는 극단적인 향락주의(享樂主義), 자연주의, 개인주의, 현실주의를 비켜가지 못한 것 같다. 꿈과 현실도 없이 파괴적이고 부정적이었다고 볼 수 있다. 특히 일본 강점기에 처한 우리나라 현실은 강경한 저항정신을 발휘하지 못하고 인간이 갖고자 하는 야망을 일시에 표출하는 데 그친 것으로 보인다. 이러한 원인은 두 가지 측면에서 찾을 수 있다.

먼저 고한용의 다다이즘 이론을 논박한 김기진의 「本質에 關하여」[14]에서 고한용은 다시 반박하기도 했지만 프로로 전향하였고, 일본의 프로문학에 심취한 임화는 다다적 의미를 정치성과 혁명을 위한 예술적 저항운동으로 이끌어 충돌하였다. 또 하나는 1927년 『朝鮮文壇』 1 · 2호에 발표된 김 니콜라이와 후일 아나키즘으로 전향한 김화산의 작품을 두고, 양주동은 「文藝批評家의 態度, 其他 三」[15]에서 유희문학의 개념으로만 파악하여 다다이스트의 시와 소설은 하등의 이익이 없고, 순수 예술적 감상에서도 감명이 없으며, 문예운동을 방해

13) 고싸싸, 「우옴피쿠리아」, op. cit., p.6.
14) 金基鎭, 「本質에 關하여」, 『東亞日報』, 1924. 12. 1.
15) 梁柱東, 「文藝批評家의 態度, 其他 三」, 『東亞日報』, 1927. 3. 2.

하는 문학이라고 규정했다.

이어서 그의 「歐洲現代文藝思想槪觀」에서는 "정형이 없고 막연한 분위기 속의 극단적인 파괴주의 (…)"라며 단순하게 다다의 속성인 허무주의로만 못 박아 강경하게 비판했다. 이러한 반론 자들은 오늘에 와서는 한국문학사에 간과할 수 없는 오류를 남겨놓았다. 어쨌든 1920년대의 다다이즘을 잘못 인식한 강경한 비판과 항일투쟁 및 자본주의와의 투쟁이라는 프로문학에 의해 더 이상 확장되지도 못했고,[16] 특징적인 것 또한 없었다고 볼 수 있다. 그러나 다다이즘과 초현실주의 사이에서 영향을 받은 이상의 독창적인 '이상문학'이 태동된 것은 매우 주목되는 성과라고 할 수 있다.

2. 초현실주의의 수용 양상

1) 일본에서의 이반·골 계열의 초현실주의 기법

여기서는 일본의 다다이즘에 이어 일본의 초현실주의가 프랑스의 초현실주의 운동을 어떻게 수용하였는지 그 차이점을 간단하게 살펴보기로 하겠다. 두 운동의 유파는 이반·골(Ivan Goll) 계열과 앙드레 브르통 계열이다. 이 두 유파에 대한 그들의 초현실주의의 차이점을 간략하게 살펴본 후, 일본이 어떻게 초현실주의를 수용했는지를 논의토록 하겠다.

---

16) 朴根瑛, 『韓國超現實主義詩의比較文學的研究』, 1988, p.47.

(1) 이반 · 골(Ivan Goll) 계열과 앙드레 브르통 계열의 차이점

이반 · 골은 브르통의 「초현실주의 선언」을 발표하기에 앞서 1924년 7월부터 초현실주의 이름을 먼저 사용하여 브르통에게 초현실주의 이름을 사용할 수 없다는 논쟁을 전개했으며, 같은 해 10월 이반 · 골이 폴 데르메와 함께 『쉬르레알리슴』 창간호인 소잡지(小雜誌) '머리말'에 초현실주의 선언을 삽입하여 간행하였다.

그러나 브르통은 이반 · 골의 초현실주의 선언은 "이론적 태만"이라고 무시해버렸다. 브르통은 같은 해 10월 11일 그르넬가 15번지에는 앙토냉. 아르토를 소장으로 하는 '초현실주의 연구소'를 설치하였고, 같은 해 10월 17일에는 시와 정신분석학적인 기법들의 중요한 영향을 강조한 그의 '초현실주의 선언'을 단행했는데 충격적이었다. 이어서 12월 1일에 브르통의 『초현실주의 혁명(La Révolution Surréaliste』지가 발간되었다.[17)]

정귀영의 글[18)]에 따르면 이반 · 골의 선언은 현실을 초극한 고차원에서 새로운 현실을 건설하려는 목적을 제시했지만, 현실을 초극하는 방법과 새로운 현실의 근거제시의 명료성이 보이지 않는다는 것이다. 여기서 '고차원의 새로운 현실'은 브르통 역시 같은 목적이다. 이반 · 골은 초현실주의 운동마저 정신 기반의 결여로 지속성이 단절되었고, 이반 · 골의 『쉬르레알리슴』 잡지마저 창간호로 마감했다. 이러한 이반 · 골의 쉬르와 브르통의 쉬르 차이점은 자연과 비자연 그리고 외부세계와 내부세계의 차이로 지적되고 있다. 그러나 모리스 나도의 글에 따르면 인간은 단순히 대자연에 사로잡힌 자이거나 자연의 정복자가 아니라

17) Matthew Gale, op. cit., p.217.
18) 鄭貴永, op. cit., pp.123~126.

자연 그 자체인 것이다[19]라고 했다. 여기서 정귀영의 주장인 자연과 비자연이 아니라 필자가 볼 때 욕망(le desire)을 절대적으로 하는 꿈과 현실에도 미지의 힘이 있는[20] 현실에서 차이점을 찾아야 할 것으로 보인다.

먼저 이반 · 골의 선언내용을 살펴 볼 필요가 있다. 이반 · 골은 그의 선언에서 "예술가가 창조한 모든 것의 출발점은 자연에 있다. (…) 입체파는 그들의 출발에서, 이렇게 현실을 上位面(예술적)에 바꿔놓는 일이 초현실주의를 구성한다. (…) 예술은 인간의 생명과 유기체의 한 流出이다. 〈그들이 말하는 꿈과 사고의 무사한 유희 그리고 그것에 기반을 두는 정신적 메커니즘〉은 (…) 우리의 육체적 유기체를 멸망시킬 정도로 유력한 것이 아니다. 우리의 초현실주의는 인간 최초의 감정인 자연을 승인한다"는 것과 "현실은 대 예술의 근본이다"[21]라고 했다. 그러나 현실을 예술로 바꿔놓으려는 이반 · 골의 선언과 브르통의 현실과 꿈의 합일과는 너무도 커다란 차이가 있는 것으로 보인다. 정귀영의 글에 따르면 이반 · 골은 현실을 예술로 바꿔놓는 초현실주의의 구성은 현실의 모더파이어밖에 되지 않으며, 그의 '고차적인 국면'이라는 것마저 결국 모더파이어의 국면임을 알 수 있다. 이러한 '고차적인 국면'의 정신적 근거를 브르통에 비할 때 명징성이 없고 운동의 지속성도 허술하다는 것이다.

이처럼 현실을 예술로 바꾸겠다는 이반 · 골의 맹점은 그의 선언문에서 프로이트의 무의식과 꿈을 이용한 정신분석적인 자동주의

---

19) Maurice Nadeau, op. cit., p.28.
20) Ibid., p.27.
21) 瀧口修造, 『シュルレアリスムのために』, セリか書房, 東京, 1970. p. 28. ▷ 鄭貴永, op. cit., p.125 재인용.

를 반대한 것에서 지적된다. 자세히 보면 이반 · 골은 현실은 늘 이성을 갖는, 즉 현실을 하나의 표현대상으로 하는 의식적인 사고를 주장한 것은 의식은 단면적이기 때문에 더 이상 공감대를 갖지 못한 것으로 보인다. 뿐만 아니라 구체적인 제시 없이 막연하게 "대상의 피안에 존재하는 것이 초현실이다"라는 등 현실을 무시하지 않는 초현실주의의 예술 활동을 주장한 것을 알 수 있다. 또한 이반 · 골은 P. 르베르디의 이미지론[22]을 신봉하였고, 또한 보들레르의 초자연주의와 아이러니도 이반 · 골이 수용한 것으로 보인다. 다시 말해서 1917년 보들레르의 초자연주의로부터 초현실주의 개념을 끌어낸 아폴리네르의 초현실주의 세계에서 자극을 받은 이반 · 골의 초현실주의는 위에서 논급된 것과 같이 표현대상은 현실에 뿌리를 두고 있다. 발레리가 말한 "의식을 집중해서 쓰는 쪽이 훨씬 바람직하게 생각한다"는 것과 그의 「雜錄」에서 "진정한 시인의 올바른 조건은 꿈의 상태와는 전혀 별개의 것이다"[23]라고 주장한 것에서도 커다란 영향을 받은 것으로 보인다. 바로 여기서 현실을

22) P. 르베르디(P. Reverdy) 이미지론 : "이미지는 정신의 순수한 창조다. 이미지는 비교에서 나오는 것이 아니라 정도의 차는 있을지언정 상호간 거리가 먼 두 개의 현실을 접근시키고자 하는 데서 생긴다. 접근된 두 개의 현실의 관계가 보다 거리가 멀고 적절한 것일수록 이미지는 보다 강렬해질 것이며, 더 한층 감동적인 힘과 시적 현실성을 띠게 될 것이다."(『남북(Nord—Sud)』, 1918년 3월호). 그러나 앙드레 브르통은 완강한 태도로 부정한다. "현존하는 두 현실의 관계를 정신이 파악했다"고 주장하는 것은 거짓이라는 것이다. 정신은 처음부터 그 아무것도 파악하지 않았다는 것이다. 따라서 브르통은 "한줄기의 특수한 광채가 발휘되는 곳은 어떤 점에 있어서는 우연적인 두 단어가 접근되는 점에서이며, (…) 이렇게 해서 얻어진 불꽃의 아름다움에 의하여 좌우되는 것이며, 그것은 두 개의 전도체 사이에서 발생되는 전위차(전위차)의 작용이라고도 할 수 있다"는 것이다. ▷ André Breton, op. cit., p.128, p.144.

23) Yvonne Duplessis, op. cit., p.68, p.71.

바탕으로 하던 일본은 팽배하는 군국주의의 배경도 전혀 무시할 수 없었던 사회적 환경에서 일본식 초현실주의를 태동시켰다고 볼 수 있는 것이다.

(2) 일본식 초현실주의 태동

일본식 초현실주의의 태동이 있기까지 배경을 간단하게 살펴보기로 하겠다. 1929년 9월 하루야마 유키오(春山行夫)가 주관한 계간지 『詩と詩論』에서 프랑스의 초현실주의를 대대적으로 소개하면서 일본의 초현실주의 운동이 일어난 것으로 지적하고 있다. 그러나 일본의 초현실주의 수용은 앞에서 말한 김윤식의 다음 지적과 같이 두 가지 굴절현상을 통해서 살펴볼 수 있다.

첫 번째는 일본의 초현실주의는 그들의 다다이즘과 마찬가지로 군국주의 그늘에서 크게 억압요소가 아닌 미술평론지 등을 통해서 소개되었다는 점이다. 미술이 갖는 시각적인 호소력은 둔감했던 사상적 · 문학적인 측면을 이끌면서 다다이즘 시각예술과 뒤섞인 현상도 전혀 없지는 않았을 것이다. 그것은 입체파와 미래파들의 활동이 다다이즘에 흡수되지 않은 채 초현실주의 운동과 겹쳐진 양상은 서구와 유사했다고 볼 수 있다.

두 번째는 브르통의 초현실주의의 혁명과 공산주의의 정치적 와중에서 갈등된 그룹멤버들의 분산을 다룬 소개 비판이 이루어지지 않았다는 것을 발견할 수 있는데, 바로 일본적인 수용 한계점이라 볼 수 있다. 일본적인 수용 한계점은 제1차 세계대전 직후의 정치적 사회적 혼란과 이성을 신봉하는 합리주의 등 논리적 측면의 한계성을 극복하려는 징후가 뚜렷하였다. 즉 모든 사물의 가치와 존재의 부정, 나아가서 사회의 부조리, 지성을 부정하는 한편 기존의 모더니즘에 대한 반동적인 초현실주의 운동이 정치적 측면에서 억제된 배경이라 볼 수 있는 것이다. 다시 말해서 일본의 경우, 당시의 공산주의 저항세력을 강력하게 단속하는 군국주의 그늘에서 수용된 초현실주의는 형식적으로 전위문학 등 전위예술로 불리었을 뿐 사실상 일본의 모더니즘의 큰 흐름에 흡수되어버린 예술지상주의적인 모습에 불과했던 것이다.[24]

이미 지적되었지만 우리나라도 일본식 한계 그대로 이입되었다고 볼 수 있다. 모든 작품들을 분류하기가 곤란하면 간혹 다다이즘을 초현실주의적 경향으로 보려하거나 모더니즘에 흡수시켜 비평하려는 등 아이러니컬한 점이 지금까지 전혀 없지는 않은 것으로 보아 그러하다. 그러나 브르통의 초현실주의의 특징은 전통미학인 사실주의를 신랄하게 비판함과 동시에 인과적(因果的) 내러티브를 파괴하며 상상력이 없는 것과 모더니즘의 형식적이고 미학적인 소극성 등에 매우 반동적임을 알 수 있다.

이러한 초현실주의 정신과 비교한 박근영[25]에 의하면 일본의 초현실주의 운동에 앞장선 니시와기 준사부로(西脇順三郎)는 1922년에서 1925년까지 영국의 옥스퍼드대학교에서 고대와 중세 영미문학을 연구하는 한편 T.S 엘리엇 작품을 탐독했다는 것이다. 니시와기 준사부로는 그가 판단한 시의 생명은 '豫期할 수 없는 이미지의 결합' 또는 보들레르의 '超自然과 아이러니'라는 이론을 내세웠다.

또한 그는 프랑스의 초현실주의 이론도 초자연·초현실적인 한 정

24) A. Breton, '超現實主義宣言'日譯版, 現代思潮社, 1961, pp.5~33.▷ 金允植, op. cit., p. 254 참조.
25) 朴根瑛, 『韓國超現實主義詩의比較文學的硏究』, 1988, p.38.

신의 현현(顯現)에 불과하다고 강조하고, 그는 자신의 생활태도와 작품 면에서나 절대적 초현실주의자가 될 수 없는데도 일본에서 초현실주의 시인이라고 부른다는 입장을 밝히기도 했다. 그의 초현실주의에 대한 확고한 주장을 보면 "나의 「超現實主義」論을 特定한 골의 理論이나 브르통의 理論도 아니다. 오히려 一般的인 근대詩의 原理를 敍述하려는데 不過하다"는 것이다.[26] 이런 점에서 니시와기 준사부로(西脇順三郎)는 브르통 계열보다 오히려 이반 · 골 계열에 가깝고, 감각적인 현대를 투사한 이미지의 시의 기법을 중시한 초현실주의자이다. 그가 영국에서 머물며 연구하던 기간에는 당시 초현실주의가 본격적으로 영국에 상륙하지 않았음[27]을 주목할 때, 그가 귀국하여 전개한 주지주의나 이미지즘에 치우친 영 · 미 모더니즘과 보들레르의 초자연주의적인 것을 내세운 것은 결과적으로 이반 · 골 계열과 가깝게 되었지만, 필자는 소위 일본식 초현실주의라고 지칭하고자 한다. 당시 일본의 초현실주의 계열에 의한 전개과정을 살펴보면 1) 위에서 말한 초자연계의 니시와기 준사부로(西脇順三郎), 2) 브르통계의 타키구 치조우조(瀧口修造), 3) 포멀리즘(formalism)계의 키타조노 가쓰에(北原克衛) · 우에다 도시오(上田敏雄) 등 세 갈래로 크게 구분할 수 있다.

그 중에 타키구 치조우조(瀧口修造)의 초현실주의는 브르통처럼 무의식의 세계를 통하여 영감의 기법을 제시하고 전통주의, 현실주의와 기회주의를 비롯한 이성주의, 비정성(非情性), 나아가서 극도로 발달된 합리주의 체계들에 대한 도전을 펼친 것으로 나타난다. 타키

---

26) 西脇順三郎, 『西脇順三郎 全集』 第五卷, 東京, 筑摩書房, 1980. pp.527~528.

27) Bigsby, op. cit., p.75.

구 치조우조(瀧口修造)는 특히 니시와기 준사부로(西脇順三郎)와 하루야마 유키오(春山行夫)의 초현실주의는 물론, 현실비판 의식도 없이 일본 언어의 전통미를 복원, 시에 있어서의 공간의 입체적 조형미, 언어의 유희성을 중시한 형태주의 시에 경도된 세력들로 확장시킨 키타조노 가쓰에(北原克衛) 및 우에다 도시오(上田敏雄) 등의 초현실주의에 대해서도 공격했다는 것이다. 그러나 그는 "시는 언어의 유희가 아닌 인간의 정신혁명임"을 호소했지만 공감대를 얻어내지 못했다는 것이다.

결국 브르통 계열의 초현실주의보다 이반 · 골 계열의 초현실주의가 수용되는 등 일본식 초현실주의는 상상력을 해방시키고 현실의 정의를 팽창시키지 못한 언어의 유희성에 중점을 둔 포멀리즘적인 동시에 주지주의적인 성격을 띠게 되었다고 볼 수 있다. 이러한 일본식 초현실주의는 사키모토 에쓰로(阪本越郎)의 글에 따르면, 니시와기 준사부로(西脇順三郎), 하루야마 유키오(春山行夫)를 중심으로 불란서의 초현실주의를 비판한 것을 알 수 있다.

그들은 초자연은 꿈 또는 무의식을 표현하는 현실이며, 포에지는 경험을 깨트리는 것으로 성립한다는 것이었다. 또한 순수한 포에지는 초자연주의가 되지 않으면 안 된다고 주장했다.[28] 그리고 현실과 거리가 먼 질서에 대한 감각자체를 도외시한 기법은 가치가 없는 것이라고 주장했다. A. 학슬리를 비롯한 일각에서도 어떤 대상을 표현하고자 할 때는 반드시 '언어'를 사용하는 이상, 무의식적인 표현이라는 것은 있을 수 없다는 것이다. 그러나 정신분석학자들은 무의

28) 阪本越郎, 「シュルレアリスムと文章革新」, 『詩と詩論—現代詩の出發』, pp.47~48. ▷ 이순옥, 『한국 초현실주의 시의 특성 연구』, 영남대학교 대학원 국어국문학과 박사학위논문, p.31 재인용.

식의 근저에서 모든 정신적 세계가 형성됨을 밝혀내고 있다.[29] 그중에 프로이트에 따르면 무의식은 어떤 표현을 하고자 할 때는 반드시 의식을 통해 표출된다[30]는 것과 다를 바가 없는 것이다. 자크 라캉이 말한 것처럼 "무의식은 언어로 구성되어 있다"[31]는 이론이 오히려 설득력이 있다 할 것이다. 그러나 이러한 이론은 당시 일본의 초현실주의자들에게는 충분한 인식수준에 도달되지 못한 것으로 보인다.

이제 누구든지 초현실주의의 정신적 출발점은 브르통이 자주 인용한 프로이트의 무의식과 랭보나 로트레아몽의 시 정신에서 비롯된다는 것을 인식하고 있다. 뿐만 아니라 일반적으로 초현실주의라 함은 브르통 계열의 초현실주의를 언급하고 있다. 이러한 사상은 현대문학의 세계적 경향이다. 그러나 당시 일본은 일본식 초현실주의를 주장한 것은 새로운 하나의 방법론이라고 볼 수 있는데, 앞에서도 말했지만 그들에게 초현실주의라는 것은 니시와기 준사부로(西脇順三郎), 하루야마 유키오(春山行夫)를 중심으로 한 주지주의나 이미지즘과 연관된 일본식 초현실주의에서 출발한데서 비롯되었다고 볼 수 있다.

---

29) 鄭貴永, op. cit., p.98.

30) 무의식에 있어서의 1차 억압 (1차 정신과정)이론 : 무의식 속에 존재하는 에너지들은 고정된 것이 아니라 유동적이며, 억압된 요소가 어떠한 형태로든 의식으로 되돌아 올 수 있게 된다는 이론이다.▷ 프로이트, 『정신분석학의 근본개념』(열린책들 재간 3쇄, 2005. 4), pp.155~214 참조.

31) 권택영, 「욕망에서 사랑으로」, 『우리 시대의 욕망 읽기』(문예출판, 1999. 5), p.66.

2) 앙드레 브르통 계열의 초현실주의 기법

브르통의 선언문에서 초현실주의의 정의[32)]를 제시하면서 논급된 정당성은 초현실주의 이념의 일부이겠지만 기존 문학 및 현실에 대한 저항임을 알 수 있다. 오생근에 따르면 "합리적 사고의 가치가 의심되고 과학을 초월한 새로운 인식규범으로서 직관의 중요성이 강조되기 시작한다. 그것과 더불어 프로이트의 정신분석이 내면세계에 대한 관심을 심화하게 된다"[33)]는 것이다. 말하자면 프로이트의 『꿈의 해석』(1900)을 통한 과학적인 성격과 독일 헤겔의 관념론을 원용하는 철학적 성격을 갖춘 반동이라 할 수 있다. 무의식을 통한 '영매의 등장'의 시도는 자동기술이라는 것으로 이미 공통적인 지적이다. 초현실주의의 주체가 되는 자동기술법은 설명하지 않아도 프로이트의 자유 연상기법과는 다름을 알 수 있다.

브르통의 자동기술[34)]은 상상, 꿈, 환상, 광기, 객관적 우연성, 신기(神奇) 또는 괴기함(the uncanny)[35)], 에로티시즘, 유머, 전위(轉

32) "쉬르레알리슴 : 남성명사. 마음의 순수한 자연현상으로서, 이것으로 인하여 사람이 입으로 말하든 붓으로 쓰든 또는 다른 어떤 방법에 의해서든 간에 사고의 참된 움직임을 표현하는 것. 이것은 또 이성에 의한 어떠한 감독도 받지 않고 심미적인, 또는 윤리적인 관심을 떠나서 행해지는 사고의 구술." ▷ André Breton, op. cit., p.133 참조.

33) 吳生根, op. cit., p.251.

34) 브르통은 "창문에서 몸이 둘로 잘린 한 남자가 있다"는 이미지의 뒤를 따라 끊임없이 일련의 문구가 잇따라 일어나는 〈말해진 사고〉로 필립 수포와 공동으로 펴낸 『磁場』에서 최초의 글쓰기형식 인데, 이중성의 움직임을 유용하게 인지, 꿈의 갖가지 요소를 취합함으로써 만족하며 회화적인 면에서 더욱 부각시키는 성질을 갖고 있다는 것이다. ▷ André Breton, op. cit., pp.128~131, p.143, pp.191~192.

35) the uncanny : '이상야릇함', '두려운 낯 설음', '괴기함', '무시무시함' 등의 뜻으로, 독일어로는 'Das Unheimliche'(1919. 가을 발간)이다. 이

位, dépaysement), 의식의 불연속의 연속, 오브제, 콜라주, 데칼코마니, 외상(trauma), 편집증적 비평방법(paranoia critical method) 등이 자동으로 작용하는 기법의 동인(動因)들이라 할 수 있다. 어떤 상황이 무의식으로 쌓였다가 표출될 때는 환상을 통한 자동적인 연결에서 친숙한 것과 낯선 것들이 겹쳐지는 이미지들의 병치와 의미들의 충돌을 통해 생성하는 것을 제시한다. 브르통은 그의 선언문에서 "절망에 빠진 정신은 우연성을, 즉 그 무엇보다도 막연한 신성(神性)을 추구하고, 그의 모든 미망을 이 신성의 탓으로 돌리는 것이다. 정신을 감동시키는 이 생각이 (…) 꿈과 결합시키는 것과, 실수로 인하여 상실했던 제 조건에 정신을 연결시키는 것 (…)"[36]이라고 주장하는 것은 결국 꿈과 현실의 결합을 시도하려는 것이라고 볼 수 있다.

여기에 더욱 중요한 것은 전위의 역할이다. 즉 데페이즈망은 초현실주의의 에너지로서 자동기술의 축을 이동시켜 환경을 바꾼다는 것이다. 전혀 뜻밖의 다른 장소에서 경이감, 공포감, 괴기함 등을 일으킨다는 것이다. 이러한 것 중에서도 신비가 내포된 객관적 우연성, 오브제, 유머 등에 대해서 보다 더 구체적으로 살펴보겠다.

(1) 객관적 우연(le hazard objectif)의 구조—자동기술 공동작업

브르통은 초현실주의 제2선언에서도 자동기술법이나 꿈의 기술에

것을 앨릭스 스트레이치(Alix Strachey)가 1925년 영어 번역본으로 번역하여 'the uncanny'라는 제목으로 『논문집』 제4권에 수록하였으며, 『표준판 전집』 제17권(1955)에도 실려 있음. ▷ 프로이트, 정장진 옮김, 『예술 · 문학 · 정신분석』(열린책들 재간, 2쇄, 2004. 2), p.401 참조.

36) André Breton, op. cit., p.120.

대한 보완적인 내용을 제시하고 있다. 그는 텍스트에 의한 부주의 또는 무의식 세계에 온전히 잠행하지 않은데 원인을 찾아야함에도 오늘날까지도 의식면에서 그 논리적 기능을 다하지 못한다고 지적한다.

그는 다다이즘에서도 우연의 본질인 자동기술법 텍스트를 인정했는데, 어떤 관념을 나타내고자 하는 문장 가운데는 관념 그 자체를 표현하는 하나의 어뢰공격에 집중한 다다이즘이라면 쉬르레알리슴은 유령선과 같이 공격으로부터 수호하려는 것이라고 했다. 또한 그는 쉬르레알리슴은 사회적으로 마르크시즘을 공식적으로 단호히 적용했지만 프로이트적 사상 비판을 소홀히 할 의사도 없다는 것이다. 뿐만 아니라 그는 쉬르레알리슴은 프로이트의 근본사상의 승화현상에 대한 사명수행을 위해 프로이트적 의미로서의 '귀중한 능력', 즉 영감과 같은 복잡한 메커니즘을 연구하는 데 열중하기를 요구한다면서 '영감'의 숭고한 필요성에 혼동할 것은 없다는 것이다. 다시 말해서 초현실주의의 문학혁명에 필요했던 프로이트의 『꿈의 해석』을 통한 무의식의 발견이었다. 이에 따라 객관적 우연성을 꿈 작업과 연결시켰다. 말하자면 우연성의 유발은 대치(substitution), 전치(轉置. 轉位; de'paysement. displacement), 수정(revision) 과정을 통해 연관시켰다. 이러한 과정은 의식과 연관되는 무의식 없이 꿈과 환상 또한 존재할 수 없기 때문에 이미지에 대한 표출의 전위(轉位)는 초현실주의 작가들 정신의 전적인 소유현상에서 유발된다는 것이다. 그는 영감을 외부에서 받는 존재가 아닌, 영감을 능동적으로 불러일으키는 존재인 것이며, 부재로부터 치유할 수 없다는 것이다. 무의식의 실현만이 가능하다고 말했다.

이러한 정신활동의 산물은 의사전달의 의지로부터 최대한으로 분리되고 제동기와 같이 항상 동작할 수 있도록 준비된 책임감을 가능한 한 벗어버리고, 또한 '지성의 수동적 생활(la vie passive de l'intelligence)'이라고 할 수 없는 일체의 것으로부터 독립되어야 한다는 것이다. 브르통은 이러한 정신적 활동을 자동기술법이라 하며, 꿈의 기술 그것자체라는 것이다. 그러므로 우연은 단순한 것이 아니며 다다이스트적인 우연과는 다르다는 것이다.[37] 모리스 나도의 글에 의하면, "우선 처음에 시적인 것의 혁명이 있다. 왜냐하면 시는 시를 초월하면서 시를 부정하기 때문이다. 시에 있어서의 언어의 배열은, 자동기술법에 의한 문장이나 무의식 그 자체의 순수하고 소박한 구술이나 꿈의 이야기에 자리를 양보하기 위해 쫓겨났다. 기교나 아름다움을 탐구하기 위해서 마음을 쓸 필요는 없다"[38]는 것이다.

한편 빅스비에 의하면 자동기술은 전혀 새로운 현상이 아니라는 것이다. 네르발이 독일의 낭만파 작가들로부터 표현을 빌려서 시도한 것이 초현실주의와 일치하고, 일찍이 정신주의자들도 초현실주의자들처럼 주역(主役)으로서보다는 대행인으로 메시지들에 의존해 왔기 때문에 조금도 놀라울 것은 없지만, 초현실주의의 꿈은 임의적이고 비논리적이고, 그리고 예측할 수 없는 우연히 가진 영웅적으로 파괴적인 본질과 활성적이고 본능적이며, 영혼을 불러일으키는 인간정열의 비합리적인 힘에 의존했다는 것이다. 이처럼 초현실주의자들은 우연의 구조가 작품 형태를 결정짓게 하고 무의식의 휘발성으로 하여금 무지개의 빛 효과를 거두게 한다는 것이다.[39]

37) André Breton, op. cit., pp.191~196.
38) Maurice Nadeau, op. cit., p.30.
39) André Breton, op. cit., p.137, pp.191~197./ Bigsby, op. cit., p.82, p.96./

또한 랭보가 말한 '사용된 언어'의 연금술에 대해서도 브르통은 "초현실주의의 심오하고 진실한 엄폐를 바란다. (…) 가령 어떤 정해진 시간에 많은 사람이 같은 방에서 공동으로 글을 써서 그것을 취합하여 얻어낸 초현실적인 문장이라든지, 그것들 중에서 단 한가지의 요소(주어, 동사, 속사—머리, 배, 혹은 다리)만이 모든 사람에게 다 통용되기 때문에 그 요소에 따라 하나의 완성된 문장은 대상을 가려내어 공동작업 '미묘한 시체'40)를 이룩했던 것이다. (…) 단지 우리들의 엄격성을 지킬 권리를 주장하는 무서운 백지 위임장만이 있다는 것과 새들한테 저주의 빵을 주는 자들을 타도하자"라고

Georges Sebbag op. cit., pp.55~82.

40) 미묘한 시체 : 일종의 언어적이고 시각적인 공동작업 또는 집단놀이 카다브르 엑스키(cadavre exquis : 미묘한 시체, 멋진 시체, 우아한 시체, 아시체, 아름다운 시체, 진귀한 송장, 우미한 송장 등 역자들의 해석차이—필자)는 1929년에서 1932년에 걸쳐 초현실주의자들이 창안한 놀이 결과를 『초현실주의 혁명』지(9. 10 합병호) 또는 『바리에테』지(1929. 6월호)에 실렸다. 1927년 10월17일 초현실주의화랑에서 '미묘한 시체' 전시회를 개최했다. "미묘한 시체는 새로운 포도주를 마실 것이다." 이 집단놀이는 의식 상태를 차단하고 구속받지 않는 상상력을 통해 행하여진 무의식의 비밀을 캐는 초현실주의 이미지를 만드는 한 방편이며, 사고의 공통성도 될 수 있고, 언어의 연금술에도 해당될 수 있는 결과 놀이다. 구성원들이 순수성과 자발적인 순서로 접은 종이의 조각을 돌리며 완성시킨 하나의 문장이 되거나 외양과 소리의 '우연 일치'를 발견한다. 예시를 보면 이브 탕기와 앙드레 브르통의 〈만약〉, 〈때〉의 게임에서 "불행이란 무엇인가?" "조용하고 맑은 물, 움직이는 거울이다." "낮은 무엇인가?" "여인이 밤에 발가벗고 목욕하는 것이다." 또 "여행이란 무엇입니까?" "여러 개의 반사면을 지닌 커다란 유리구슬", "달이란 어떤 것인가?" "그것은 굉장한 유리 상자이다." "봄이란?" "반딧불을 먹고사는 램프다." "자살이란 무엇인가?" "여러 개의 시끄러운 종소리" 등에서 알 수 있다. 이처럼 공동 작업이나 집단놀이는 상상력, 즉 브르통이 말한 유추의 광맥을 캐는 모험의 실천이다. ▷ André Breton, op. cit., p.213./ Bigsby, op. cit., p.97./ Yvonne Duplessis, op. cit., pp.57~58.

했다.[41] 다시 말해서 슬라보예 지젝처럼 "대상이 자아로부터 태어나기 위해서 백지상태에서 출발하는 것이 필요하다는 점"[42]과 같다고 할 수 있다.

(2) 초현실주의 오브제(objects surréalistes)의 실제

어떤 경이로움이나 꿈에서 만나서 믿기 어려운 사물들이 언캐니하게 다가오거나 갑자기 변형하는 것들은 초현실주의의 핵심이라고 지적한다. 이러한 관심을 더욱 갖게 된 브르통은 이데올로기적 논전을 강력하게 이끄는 조르주 바타유(Georges Bataille)가 그의 『도퀴망(Documents, 실록)』지에 발표한 "모든 완벽성에 열렬한 갈망"의 글에서 활동을 갱신하라는 도전에 직면했으나, "순수성을 배제하고서는 행세할 수 없다"[43]는 등 이를 구체적으로 반박하였지만, 그는(브르통) 많은 변화를 가져왔다는 것이다. 이에 따라 시와 회화 사이에서 유사점을 추구함으로써 시각언어의 자동기술 회화를 비롯하여 산문, 조각, 사진, 영화 제작 및 간섭주의자의 활동까지 포함하게 되었다.

이처럼 그들은 공통의 목적을 공유했고, 공동주제들과 내용을 탐구했던 것이다. 그러나 초현실주의는 결코 단순한 양식 그 자체는 아니었다. 그 중에서도 브르통이 말한 오랫동안 정신을 사육해왔고, 광적인 체념에 빠져 있었지만, 이제 모든 감각을 착란시킴으로써 상상력을 해방시키는, 즉 인간의 상상력으로 모든 사물(물체)에 눈부신 복수를 가할 수

---

41) André Breton, op. cit., p.213.
42) Slavoj Žižek, 이성민 옮김, 『까다로운 주체(The Ticklish Subject)』(도서출판 b, 2005. 4), p.62.
43) André Breton, op. cit., pp.216~221.

있는데 불과하다는 것이다.[44] 또한 그는 새롭거나 혹은 이제 완전히 무용한 것으로 인정되어온 대상을 사용해야 할 필요성에 직면했다는 것이다. 뿐만 아니라 그는 "쉬르레알리슴에 중요한 것은 단어의 단순한 재조합이나 시각적 이미지의 일시적인 재배열이 아니고, 오히려 정신착란 같은 건 거들떠보지 않는 어떤 상태의 재창조"[45]라는 것이다. 말하자면 프로이트의 괴기성(the uncanny)과 흡사한 것으로 정신착란에서 오브제와 데페이즈망의 방법을 강조하는 것으로 본다. 브르통은 자기가 저술한 『초현실주의 회화(Le Surréalisme et la peinture)』(1928) 서문에서 "눈은 원시적 상태에서 존재한다"는 내용은 30년대 중반의 초현실주의자들에게 가장 중요한 진전을 가져왔는데, 그림이 갖는 당초의 혁명의 원칙에 따르고 있는 것이라고 볼 수 있다.

벨기에 출신 르네 마그리트의 「이미지의 기만(Treachery of Image)—이것은 파이프가 아니다(Leci n'est pas une pipe)」(1928~1929)을 비롯하여 그의 그림에서 오는 '꿈만을 감지한 초혼적인 물체들'이 있는 작품들과 그리고 1929년 늦게 초현실주의에 가입하여 1939년에 추방된 스페인 출신 살바도르 달리의 「바닷가재」 외 그의 많은 그림에서 볼 수 있는 것은 중층 이미지들이라 할 수 있다. 이러한 이중 이미지 또는 중층 이미지들은 유명한 그의 편집병적 비평방법을 창안한데서 발견되는 것이다. 어찌 보면 그 물체들은 뒤샹[46]의 기성품이

44) Ibid., p.209.
45) Ibid., pp.209~210.
46) 마르셀 뒤샹(Marcel Duchamp, 1887. 7. 28~1962. 10 : 프랑스인)은 레디메이드(ready made; 기성품)로 유명한데, 앙데팡당전에 출품했다가 거절당했던 작품 「샘(Fountain)」(1917)은 변기를 거꾸로 세우고 검정 물감으로 'R. Mutt'라고 서명했다. 사망 후에는 '포스트모더니즘의 아버지'란 새로운 명예를 획득했다.▷ 김광우 지음, 『뒤샹과 친구들』(미술문화, 2001. 7. 20), p.148, p.176, p.371, p.376 참조.

연장된 오브제라고 할 수 있다.

그러나 달리는 '초현실주의 오브제'를 크게 여섯 종류로 분류하고 '달리식 오브제'라고 했다. 그것은 피오나 브래들리의 글에 따르면 첫 번째, 자동작용에 연유한 '상징적 기능의 오브제'로써 자코메티의 논문 「움직일 수 있고 소리 없는 사물(Objects Mobiles et Muets)」로 발표된 소리 없이 흔들리듯 「매달린 공」(1930)47)이 내뿜는 미묘한 성적인 은유와 같은 것이다. 욕망과 욕망의 좌절에서 흔들리는 유혹으로 무엇인가 갈구하는 상징성을 표출함을 알 수 있다. 이 작품에서 영감을 받은 살바도르 달리는 달리식 오브제의 목록을 작성하는 계기가 되었다는 것이다.

두 번째, 감정적인 원인에서 비롯된 '변질된 오브제', 세 번째, 꿈에 관한 것에서 연유된 '투사된 오브제', 네 번째, 몽상에 의한 '숨겨진 오브제', 다섯 번째, 실험적인 환상에 의한 '기계 오브제', 그리고 여섯 번째, 최면술에서 연유된 '본 뜬 오브제' 등을 나눠볼 수 있다. 그러나 초현실주의 오브제 중에도 유명한 '페티시즘적 오브제'는 파리전시회에 출품한 메레 오펜하임(Meret Oppenheim)의 『모피아침식사』(1936)이다. 이 작품은 보는 이로 하여금 찻잔에 입술을 갖다 대려는 순간 야릇한 욕망을 표출하는 우아하고도 촉각적인 오브제로 인식되고 있다. 성적 쾌감을 환상으로 재현한 페티시로 보고 있다. 페티시는 불가사의 한 힘을 갖고 있다고 여겨지는 대상 또는 특정 개인에게 각별한 성적 의미를 띠는 대상을 말하기도 한다. 복합적이고, 모호하고 병적인 공포, 광적인 집념, 감정이나 욕망에의 강박관념을 갖고 있거나 욕망의 물질적 구현으로 보고 있다. 이처럼 페티시는 꿈과

47) 브르통은 1931년 12월 『혁명에 봉사 하는 초현실주의』 제3호의 도판으로 실었다.

현실, 상상과 경험의 경계에 위치한다는 것이다. 작가의 가장 내밀한 생각과 욕망을 바깥세상으로 투사한 결과를 말하는 오브제는 작품내용을 지탱하는 기교[48]라고 인식되어 있다.

빅스비의 글처럼 초현실주의 오브제는 사실에만 편견된 관찰자의 현실감각을 교란시키기 위해 실재(實在)와 상상의 경계를 희미하게 함으로써 분간 가능한 사물(대상)들을 교묘히 조작하여 실용주의를 뒤엎고 '신비로운 것'에 대한, 한 번 흘낏 보는(一瞥) 충격효과를 노리는 것이다.[49] 무의식을 끌어낸 경이로움은 생명 없는 대상물에서 좌절된 성적 욕망의 병적인 기대심리, 즉 파편화된 사지절단 신체 일부를 성적 충동의 도착이나 편향 때문에 은밀히 원하는 사람을 대신할 물질적인 대용품에 고착하게 하는 성적인 속성을 지지한다는 것이다. 다시 말해서 성 심리의 가능성으로 충만된 미지의 영역인 꿈에 대한 물질적 증거를 현실공간 속에 삽입하는 것이다.

이러한 예를 보면, 1933년부터 초현실주의 그룹의 구성원으로 활동하고, 1936년에 '샤를 라통 화랑'에서 개최한 〈초현실주의 오브제〉 전시회에 출품한 독일의 초현실주의 작가 한스 벨머(Hans Bellmer)의 「구상관절(Jointure de Boules)」은 여성의 외음부를 연상시키기도 한다. 벨머의 「인형」들은 의도적으로 성도착된 그의 욕망에 대한 것을 중복하여 제작된 동시에 사지가 절단되어 재조립된 여자임을 알 수 있다.[50] 양면적으로 조립된 거세현상과 페티시의 형태에는 사도 마조히즘, 욕망, 죽음 등이 얽혀서 언캐니하게 유혹하고 있다. 당초부터 초현실주의는 여성을 지지하였고 활용하고자 하였는데, 1930년대 후반부

48) Fiona Bradley, op. cit., pp.43~44.
49) Bigsby, op. cit., p.72.
50) Fiona Bradley, op. cit., p.45.

터 마네킹의 인기에서 알 수 있다. 마네킹은 인형과 밀접한 관련이 있기 때문에 상상력이 빚어낸 가공의 젊은 여성인형이나 물신적 대상은 아이들 장난감으로서의 인형이다. 이러한 예는 실제의 여성을 소설화한 브르통의 이상적인 여성 「나자(Nadja)」에서도 볼 수 있다. 「나자(Nadja)」는 1927년에 『초현실주의 혁명』 표지에 「여자아이(Femme-enfant)」로 등장[51]하기도 했는데, 경이로움에 접근 할 수 있는 두 존재를 결합한 자신의 무의식과 접촉하고 있는 상상의 여성으로 되어 있다. 이러한 오브제는 에로티시즘과 직접적인 관계가 설정되기도 한다.

브르통은 그의 선언에서도 언급했지만 프로이트의 영향을 받은 초현실주의자들은 에로티시즘에도 심취하였다. 브르통은 에로티시즘을 마르키 드 사드(Marquis de Sade)의 사상과 생애의 완전한 순수성으로부터 찾고 있다. 조금 더 구체적으로 살펴보면 프로이트의 에로티시즘의 핵심은 인간사의 중심역할을 하는 성(性)이기 때문에 성적인 충동을 억제하는 것은 억제에 그칠 뿐, 잠재적으로 쇼크를 가하는 것이라고 했다. 이러한 영향을 받은 초현실주의자들은 성적 충동을 합리적 통제가 극한점을 지니고 있기 때문에 사회가 병든다고 판단, 합리적 통제에 대하여 반기를 들었다고 한다. 성은 누구나 가진 욕망으로 자연 발생적인 것, 본능적인 것 그리고 직관적인 것을 환기시킬 뿐만 아니라 인식세계를 확장시켜 주는 것이라고 한다. 다시 말해서 에로티시즘은 본질적으로 파괴적인 것으로 인식하고 있다. 그것은 공적인 문화가 거부한 경험의 영역, 즉 상류사회를 조롱하고 진리보다 중용을 더 가치 있게 생각하는 사회의 인간적인 감수성을 극단적으로

---

51) Ibid., p.48.

실험하는 것임을 알 수 있다.

이러한 에로티시즘은 초현실주의자들이 자동기술, 유머, 오브제를 통해 강렬하게 표출시켜왔던 것이다. 주로 시인 루이 아라공, 앙드레 브르통, 르네 샤르, 그리고 영화인 루이 브뉴엘, 미케란젤로 안토니오니, 알랭 레네, 무대의 설계가 로버트 윌슨, 많은 화가들 중에서도 달리, 마그리트를 포함한 형이상학적이고 초현실주의적인 데 키리코는 물론 자동주의적인 막스 에른스트, 위그네, 스반 베르그, 엘뤼아르 등은 오브제들을 통해 에로티시즘의 환각능력을 실행하였음을 알 수 있다. 그들은 사랑의 옹호자로서 동성연애만은 거부했지만 합리적인 반응의 안티테제(antithese)라고 볼 수 있다.[52]

(3) 유머(해학)

이러한 오브제와 에로티시즘과 신비와 꿈은 우연적으로 일치하는 유머를 함축한다는 것이다. 프로이트에 따르면 유머의 본질은 감정의 표현과정을 재치 있고 침착하게 익살로 넘겨버리는 데 있다. 말하자면 자아의 불가침성 관철에 있다. 체념이 아니라 일종의 반항적인 것이다. 또한 현실로부터 자아를 해방시키는 힘을 가진다.[53] 자크 바셰도 "감춰진 음험한 생명에 항상 완전히 포착되는 일이 없는 것은 유머뿐일 것이다. 오, 나의 자명종이여,—눈이다—그러나 그것은 위선이다(…)"[54]라고 했다.

이본느 뒤플레스 역시 프로이트 이론을 다수 원용하고 있는데,[55]

---

52) Fiona Bradley, op. cit., pp.44~48./ André Breton, op. cit., p.209./ Bigsby, op. cit., p.97./ Georges Sebbag op. cit., pp.83~84.

53) Freud, 『프로이트 예술미학 분석』(글벗사, 1995. 11), pp.10~12.

54) Maurice Nadeau, op. cit., pp.40~41.

55) 필자는 프로이트의 글을 인용한 이본느 뒤플레스 글을 주로 인용하였음을

유머는 본질적으로 관습적 정신장치를 비롯한 기존질서를 파괴하고, 전복시키는, 즉 묵언 또는 직관적 비판이라고 했다. 뿐만 아니라 주변에 괴기한 새로움을 주고, 존재에 환각성질을 부여하는 등 예외적으로, 순간적으로, 즉 뜻밖에 정신을 일탈시켜 초현실적 관계의 현란한 놀이에 떨어뜨린다는 것이다. 유머는 새로운 질서를 창조해주고, 이미지와 환상이 충일하는 영역인 다른 현실, 즉 초현실성을 엿 볼 수 있도록 제공해준다는 것이다. 다시 말해서 우리를 상상의 세계, 즉 신비의 세계, 꿈의 세계로 인도하는 것으로 보고 있다. 이러한 유머는 실존주의자들은 외관과 절연함으로써 무(無)의 개념에 도달하지만, 초현실주의자들은 외관과 절연함으로써 새로운 미학(美學)을 발견한다는 것이다.[56] 유머는 회화보다 생의 연속적인 상황을 표현하기 좋은 것은 시(詩)보다 더 적합하다고 보고 있다.

그러던 중에 자장(磁場)이 발표되던 같은 해, 최초의 초현실주의 화가로 받아들여진 막스 에른스트는 콜라주를 통해 시적으로 표현한 작품이 바로 로트레아몽의 「말도로르의 노래」이다. 그것은 "해부대 위에서 박쥐우산과 재봉틀의 우연한 만남만큼 아름다움"이라는 신비스러운 시각적, 언어적 직조(織組)의 미(美)라고 할 수 있는데, "부조리한 평면 위에서 전혀 관계없는 두 실재 간의 우연한 상봉"이라고 묘사했다. 우산과 재봉틀의 만남은 다의성을 표출하고 있지만 그 중에서도 남녀관계의 섹스도 떠올릴 수 있다는 것이다.

모리스 나도 또한 차랴가 말한 유머를 원용하여 "해학은 세계의 4차원이다. 이 해학이 없다면 이 세상은 무의미하고 생기 없는 것이 되어 버린다"[57]는 것이다. 이러한 오브제적인 유머는 현실을 부정하

밝힌다.

56) Yvonne Duplessis, op. cit., p.35.

고 현실과 비현실을 뒤섞어 두 개념을 초월한다는 것이다. 소극적인 것과 적극적인 것 두 개의 양면성을 동시에 갖고 동일성의 원칙을 고발하고, 이미지의 예측할 수 없는 충격에 의해서 인간정신을 원초적 혼돈으로 돌려보내기도 한다는 것이다. 객관적인 유머는 객관적 우연의 지역으로 진입한다는 것이다. 객관적인 우연 일치가 되는 것이다. 유머는 사회적 편견을 따르지 않고 절망의 가면으로 보고 있다. 자기침몰을 방관하지 않는 특성을 갖기도 한다는 것이다. 개방된 현실주의, 즉 초현실주의가 나타나는 것이다. 앙드레 브르통에 따르면 인식개념으로 밀고나가는 유머의 철학적 의미와 "고도의 독립성에 도달하려는 개성의 욕구"에서 유래하는 유머를 주관적이라 하면서 결정론의 원칙을 좌절시킨 근대과학의 여러 발견과 일치한다는 것이다.[58]

3) 한국에서의 초현실주의 수용에 따른 이론전개

우리나라의 초현실주의는 일본으로부터 1920년대 말에서 소개되기 시작하여 1930년대에는 본격적인 활동으로 볼 수 있다. 다시 말해서 우리나라의 초현실주의는 1929년에 이하윤의 「佛文壇 回顧」[59]에서 불란서의 초현실주의를 소개했는데, 브르통과 루이 아라공이 마르크스주의에 경도되었다는 것과 불란서 문단이 급진적이라

---

57) Maurice Nadeau,, op. cit., p.56.
58) Yvonne Duplessis, op. cit., pp.38~39.
59) 異河潤, 「佛文壇 回顧」, 『新生』 15號, 1929. 12. 10. ▷ "초현실파, 다다들 이 루이 아라공, 안드레 브르통을 선두로" 해서 마르크스주의에 기운 사실을 들며 1929년도의 불란서 문단이 급속한 전신을 하고 있다고 소개하고 있다. ▷ 박인기, op. cit., p.129 재인용.

고 소개했다.

이헌구도 서구의 초현실주의를 “세기아의 고질이며 탈신되고 거세된 예술”이라 하면서 “말초적 첨단적 기계문명의 몽상세계”라고 비판했다.[60]

비판적인 한 사람인 홍효민도 그의 글에 따르면 초현실주의는 반주지, 반의지, 반 개성적이기 때문에 인간의 행동주의에 반한다는 것이다.[61]

김기림은 1930년 9월 30일 『朝鮮日報』에 최초로 「슈―르레알리스트」라는 제목의 시를 발표하여 초현실주의에 대하여 부정적인 시각으로 비판했다.[62] 또한 1931년에 『朝鮮日報』에 「‘피에로’의 獨白―‘포에시’에 對한 思索斷片」에서는 “슈―르레알리스트는 개인의 시각의 창으로 그 자신의 개인의 형이상학적 정신을 바라보려 한다”는 것과, ‘32. 슈―르레알리스트의 誤謬’에서는 ‘포에시’는 객관성을 잃었다는 것이다.[63]

---

60) 李軒求, 「佛蘭西文壇縱橫觀」, 文藝月刊 2, 1931. 12./「佛文壇의 현상」, 『朝鮮日報』, 1933. 5. 2./「現代 世界文壇總觀―超現實主義」, 『東亞日報』, 1933. 6. 18./「佛文學思潮의動態」, 『朝鮮日報』, 1935. 1. 2자 등에서 과도기의 정신적 반역아들로 보고 있다.

61) 洪曉民, 「行動主義 文學運動의 檢討」, 『朝鮮文壇』 24, 1935. 7, pp.134~144./「行動主義文學의 理論과 實際」, 『新東亞』, 1935. 9.

62) “그에게는 생활이 업습니다. / 사람들이 모―다 생활을 가지는 때/ 우리들의 피에로도 슬어집니다./(…)/ 그는 그 뒤를 딸흘 수 업는 가엽슨 절름바리외다./(…)/ 그는 차라리 여기서 호올로 서서/ 남들이 모르든 수상한 노래에 맞추어.” ▷ 金起林, 「슈―르레알리스트」, 『朝鮮日報』, 1930. 9. 30.

63) (유토―피아 : “당신의 머릿속에서만 당신의 꿈이 집을 지을 때 ‘可憐한 超現實主義者여’ 나는 당신의 骸骨의 灰屑을 봅니다. 나러단니는 꿈을 보여주세요.”), p.19, (32.‘슈―르레알리스트’의 誤謬). ▷ 『朝鮮日報』― 評論』, 1931. 1.27 발표. ▷ 金起林, 「‘피에로’의 獨白― ‘포에시’에 對한 思索의 斷片」, 『金起林 文學批評』(푸른 사상, 2002. 11), p.13, (7. 構成), p.14, (14. 本質), p.15, p.16 참조.

또한 같은 해에 「詩의 技術, 認識, 現實 等 諸問題」에서는 시의 형태를 필연적으로 강조하면서 "다다이즘은 詩를 破壞하엿다. 破壞自身이 目的의 全部며 동시에 行動의 全部 엿다 슈—르레알리즘— 이것은 한 개의 경향이다. 그래서 一般的 슈—르레알리즘이라는 것은 업다. 브르통의 슈—르레알리즘 또 누구의 슈—르레알리즘 등 個別的 슈—르레알리즘만은 잇다—은 單語와 단어 상호간의 衝突 反撥 등 人巧的 交互作用에 依하야 생기는 델리케이트 한 쎈쓰— 이것이 詩의 形成過程이라 한다" 하고, 정지한 상태의 주관은 관념할 수 없다는 것과 주관과 객관의 문제는 인식의 문제로 전환한다면서 자신의 소리에 언제나 탐익(耽溺)하려 한다는 쉬르를 비판하고 있다.64)

같은 해 『東亞日報』에도 김기림은 「象牙塔의 悲劇—'싸포—'에서 超現實派까지」를 발표한 내용 중 '1. 뮤—즈를 니저버린 現代'의 글에서 브르통이나 수포나 쉬르레알리즘에 관한 이야기보다는 주책없는 풍문에 관한 화제를 즐긴다는 등 독자층이나 관객 없는 '아방갈트'의 미술도 마찬가지로 고객은 벌써 먼 곳에 있다는 것이다. 또한 '7. 슈—르레알리즘의 悲劇'에서는 "벌서 그들에게 건설에 갓가운 무엇을 期待하는 것은 無意味하다"면서 모스크바에서 열린 국제프로문학대회에 초현실주의자인 루이 아라공이 인터내셔널위원으로 선출되었다는 것은 "결코 근대시의 갱생을 의미하는 것이 아니다"라고 회의적인 글을 담고 있다.65)

---

64) 金起林, op. cit., pp.20~28.▷『朝鮮日報』, 1931. 2. 11(一)/ 1931. 2. 12(二). / 1931. 2. 13(三). / 1931. 2. 14(四).
65) (八) 7. 슈—르레알리즘의 悲劇, 「象牙塔의 悲劇」, 『東亞日報』, 1931. 8. 5발표.▷ 金起林, op, cit., pp.49~51 참조./ 1933년 7월 「포에지」와 「모더니티」를 『新東亞』 3권 7호에 10개항으로 나눠 본격적인 모더니즘 이론

그러나 김기림은 1934년 『朝鮮日報』에 「現代詩의 發展」[66]이라는 제목 아래 초현실주의를 구체적으로 소개함으로써 초현실주의에 대한 의욕은 긍정적이었다.

새로운 시를 독자 사이의 이해를 돕기 위해 브르통의 초현실주의 선언들은 초현실주의자의 좋은 주해(註解)의 임무를 다했다고 생각한다면서 그는 '초현실주의 방법론'을 제시하고 있다. '질서에의 의욕'은 다다정신과 다른 현대시의 혁명적 방법론이라고 전제하고 구라파의 암야(闇夜) 속에서 헤매는 사람들에게 꿈의 문을 열어주었다는 것이다. 로맨티시즘이 추구한 꿈과 다른 꿈으로, 의식적 활동과 꿈의 활동이라는 모순된 활동을 초월하고 해결하는 종합의 세계라는, 즉 실재와 꿈의 상태를 통일하는 절대적 실재라고 본 초현실주의의 본질을 어느 정도 소개하고 있다. 여기서 자동기술과 언어에 대해서도 기술하고 있는데, 초현실주의는 사람이 가진 최대의 비밀이라고 할 무의식 세계를 속 깊이 탐구해 들어가서 이것을 분석해 밝혀 보여주려고 한다는 것이다.

언어도 문장의 요소로서의 단어보다 언어의 기호로서의 기능을 높이 평가하면서 언어의 사용은 대상을 예상하지 않는다는 것이다. 언어의 기호 자체가 갖는, 전혀 새로운 의미를 염출(捻出)한다는 것과 단어와 단어의 결합 혹은 반발시킴으로써 돌연한 의미를 빚어낸다는 것이다. 바로 브르통의 초현실 속에 작시법으로 제시한 것인

에 대한 소개.

66) 金起林, op. cit., pp.97~114. (三)항에 '超現實主義의 方法論' 〈1934. 7. 14〉, (四)항에 '—꿈—, 美와 醜—, —超現實—〈1934. 7. 15〉, (五)항에 '自動記述', '言語'〈1934. 7. 17〉, (六)항에 '—形態美—, — 形而上學—'〈1934. 7. 18〉, (七)항에 '1. 스타일리스트의 例, —運動—李箱'〈1934. 7. 19〉.

데, '이미지(김기림은 '映像의 광선'이라고 함)의 광선'이란 이것을 가리킨 것이라고 지적한다. 그러나 김기림은 형태미를 언어가 기호로서 쓰여 지는 이상 형태주의라고 보고 있다. 말하자면 형태의 독립한 가치를 주장하는, 즉 형태자체가 가치요 그것은 형태 그것 외에 아무런 대상도 미리 부여되어 있지 않다는 것이다. 형태 자체의 결합과 구성에 의하여 전혀 다른 의미로 표출되고 있을 뿐이라는 것이다.

초현실주의의 형이상학도 기술하고 있는데, 의미에서 해방된 시(詩), 그것은 드디어 시에서 정신까지를 거부한다. 이러한 정신활동은 주관적일지라도 순수한 작자 자신의 주관적 창작적인 것이라고 제시하면서 시가 창작되는 과정은 주관의 가장 독창적인 일에 속하나 시가 지어진 결과는 인간의 선험(apriori)한 어떤 보편적 약속에 일치한다는 것이다. 그는 인간의 정신이 선험적인 어떤 통일을 가정(假定)하고 정신활동의 가장 순수한 형태를 추구하는 초현실주의는 형이상학적인 시파(詩派)라고 보고 있다. 결국 그는 일본의 포멀리즘을 수용하는 회화의 한 형태, 즉 또 다른 극단의 포멀리즘에 무게를 둔 것 같다.

또한 시리즈 마지막에 '速度의 詩 文明批判'이라는 제목 아래 그의 시 '西班牙의 노래…'67) 를 발표함과 동시 해설을 곁들였는데, 기법은 쉬르의 방법을 응용함과 동시 어떠한 주제에 의하여 의미의 통일을 시도하였다는 것이다.

여기서 주목해야 할 김기림의 초현실주의에 대한 수용은 앞에서도 논의되었지만 결국 포멀리즘과 주지적임을 알 수 있다. 1933년 4월

67) 金起林, op. cit., p.121.

『新東亞』에 「詩作에 있어서 主知的 態度」68)에서 발동하는 자신의 주관을 애적(愛的)이거나 격정적이고 자연발생적 시가(詩歌)보다 하나의 독창적인 방법론(의식적)으로 가치를 나타내야 한다는 것이다. 한편 그의 주장은 「포에지와 모더니티 1~10」69)에서 특기할 것은 우리나라에서 최초로 모더니즘에 대하여 논급하였는데, 형이상학적인 것은 즉물적이 되어야 하며, 시 속에는 시적 정신만이 움직여야 하는 활동은 생명이요 진보이며, 그 자체가 미(美)라 하고, 감정적인 것은 이지적이 되어야 한다는 것이다.

그러나 이시우는 당대 평단에서 김기림의 평론에 대한 유일한 반론자로서 '감정'과 '이지'에 대하여 "감성을 심리적으로 본다는 것은 한 개의 주지의 작용이지만, (…) 요컨대 슈르 · 레아리슴을 통과하지 못한 金氏가, '주지'라는 말을 '이지'라는 말의 정도로 이해할 능력밖에 없다"70)라고 치명적인 비판을 가했다. 대단히 중요한 이 대목을 지금까지 어느 누구도 문제점으로 지적하지 않고 간과하여 온 것은 사실이다.

그러나 김기림은 다다 이후의 직관적인 감각은 새로운 관념(人類의

68) "詩人은 詩를 製作하는 것을 意識하지 안으면 아니 된다. 詩人은 한 개의 目的! 價値創造에 向하야 活動할 것이다. 그래서 意識的으로 意圖된 價値가 詩로써 나타나야 할 것이다. 이것은 '나이브'한 表現主義(人間主義)的 態度에 對蹠하는 全然 別個의 詩作상의 態度다. (…) 自然發生的 詩는 한 개의 '자인(存在)'이다. 그와 反對로 主知的 詩는 '졸렌(當爲)'의 世界다. (…) 시는 위선 '지여 지는 것'이다. 詩的價値를 意慾하고 企圖하는 意識的方法論이 잇지안으면 아니된다. 그것은 詩作上의 態度라고 불러도 조타." 『新東亞』三卷 四號, (1933. 4), p.13 ▷ 金起林, op. cit., pp.57~58.

69) 金起林, 『新東亞』三卷, 七號, (1933. 7) ▷ 金起林, op. cit., pp.60~70.

70) 이시우, 「SURREALISME」, 『三四文學』 제5집, 1936. 10, p.30. ▷ 감정과 이지에 대해 더 상세히 알려면, 김광명(金光明), 「감정과 미적 판단」, 『삶의 해석과 미학』(문화사랑, 1996. 10), pp.22~36 참조.

財貨)을 구성하는데, 새로운 시인에게는 이런 감각이 필요하며 한 편의 시는 그 자체가 한 개의 세계라고 제시하면서 시에 나타나는 현실(혹은 초현실)은 의미적 현실이라는 것이다. 그는 이어서 「(上)現代藝術의 元始에 對한 要求」 및 「(下)現代詩의 性格原始的 明朗」[71] 등을 통해 주지적 태도를 거듭 밝히고, 마침내 「1933년 詩壇의 回顧와 展望(一~六)」에서 확연히 주지적 태도를 밝힌다.

시의 회화성에 천착하게 되는 김기림은 일본의 니시와기 준사부로, 하루야마 유키오를 중심으로 하는 초현실주의의 영향을 받아 주지적 성격을 띤 형태주의를 수용했다 할 것이다. 또한 후반기는 그의 초현실주의에 대한 깊은 관심에도 불구하고 초현실주의를 모더니즘에 포함시키고 영 · 미 모더니즘을 적극적으로 주도하면서 브르통의 초현실주의를 주관적이고 현실 도피적 태도라고 비판하고, 아폴리네르나 콕토를 내세우는 이반 · 골 계열의 의식적인 초현실주의에 머무는 결과를 초래하였다.[72]

조약슬 역시 1934년 『每日申報』에 「초현실주의문학—이반꼴씨의 所說」[73]을 발표했는데, 『초현실주의』지(1924. 10)에 발표된 이반 · 골의 강령을 요약한 것을 서두에 게재하고 브르통의 초현실주의에서 주장한 꿈, 잠재의식, 무의식적 표현의 비 논리성을 공격하며 "초현실적 작품을 창작함에는 반드시 현실이라는 대립적 영역 내에서"실현되어야 한다는 것이다.

71) 金起林, 「(上)現代藝術의 元始에 對한 要求」, 『朝鮮日報』, (1933. 8. 9) 및 「(下)現代詩의 性格原始的 明朗」, 『朝鮮日報』, (1933. 8. 10)▷ 金起林, op. cit., pp.71~75.
72) 金起林, op. cit., p.212, p.214, p.216, p.232, p.256, p.391.
73) 趙若瑟, 「超現實主義 文學—이반 꼴氏의 所說」, 『每日申報』, 1934. 3. 3~11.

노자영은 1936년 『新人文學』에 「슈울레알리즘 詩論—近代詩의 革命」[74]을 발표했다. 게재 요지는 초현실주의의 발생계보에 따라 개념을 제시했는데, 다다이즘에서 브르통의 초현실주의가 형성되었으며, 입체파에서 이반·골의 초현실주의가 형성되었다는 것이다. 그러나 이반·골의 초현실이란 추상적인 낡은 관념과 논리를 배제하기 위해 현실을 승화시켜야 한다는, 즉 "대상의 彼岸에 存在하는 것을 보여 줄 수 있을 때"라는 것을 인용하면서 "고차적인 국면에 현실을 전위(轉位)시킴이다"라는 것이다. 이러한 주장은 모리스 나도[75]의 견해와 같다. 노자영 역시 초현실주의에 대하여 이해가 부족한 탓으로 보인다. 이러한 가운데 김기림은 브르통이나 아라공이 주장하는 무의식적 심리상태에 기초를 둔 잠재의식 표현의 대상은 곧 현실로 보아, 이반·골이나 브르통의 초현실주의는 모디파이어의 국면에서는 합치된다는 것이다.

필자가 볼 때 김기림의 경우에도 초현실주의의 본질을 완전히 이해하지 못한 것으로 보인다. 이러한 현상은 바로 일본시단의 흐름이고 수용한 우리나라 역시 다를 바가 없다 할 것이다. 우리나라의 초현실주의의 수용 양상은 그동안 단순한 포멀리즘은 아닐지라도 지금은 30년대의 한계점으로 지적되는 새로운 시 형태의 발전 내지 혁명으로만 보려고 한 김기림의 주장을 보면 '형태의 사상성'에 벗어나지 못한, 즉 새로운 세계를 현실적인 의식이 창출하는 주지적 관념의 틀에 얽매여 상당한 기간 동안 의식이 갖는 단면만을 다뤄온

74) 盧子泳, 「슈울레알리즘 詩論—근대시의 혁명」, 『新人文學』 11,(1936. 2), pp.55~59. ▷ 시인. 수필가. 號는 春城. 황해, 장연생(1901, 2. 7~1940). 1934년 직접 『新人文學』을 발행.

75) 鄭貴永, op. cit., p.124 재인용.

것 같다.

그러나 앞에서 간단히 말했지만 이 시기에 김기림의 이론을 신랄하게 반박하는 비판을 보면 『三四文學』에 발표한 이시우의 평론이다. 그것은 「絶緣하는 論理」와 「SURREALISME」이라는 제하 비평으로서 본고의 Ⅲ장 3절 작품의 특징에서 구체적으로 제시하겠지만, 김기림의 전체주의 이론까지 지적한 것은 매우 주목되는 대목이라 할 수 있다.

그러나 김기림에 뒤이어 최재서의 주지주의 문학론[76]이 대두됨으로써 오늘날 한국의 초현실주의는 상당한 기간 동안 반역아로서의 냉소주의에 직면하게 되었다 할 것이다. 그러나 앞서 일찍이 이상문학의 태동은 다다이즘의 영향이지만 시각적이고 구조적인 의미는 물론 기호학적인 측면에서 볼 때 다다이즘적인 것만은 아닐 것이다. 이처럼 이상문학의 특질을 필자는 다시 살펴서 초현실주의가 이상문학에서 출발해야 하는지를 밝혀보기로 하겠다. 이에 따라 그동안 발표된 다수의 연구 자료를 선행 검토함과 동시에 그의 심리적 메커니즘은 물론 아직 남은 과제로 제기된 수학기호와 수식의미를 아울러 심층적으로 분석해 보기로 하겠다.

4) 이상문학 태동과 심리적 메커니즘분석

(1) 이상문학의 형성과 남은 과제

그동안 이상문학에 대하여 부분적으로 연구되어온 논문들은 다양한 연구된 자료들을 통해 상당한 수준까지 정립된 것으로 보인다. 그

76) 崔載瑞, 「現代主知主義 文學理論의 建設—英國評壇의 主流」, 『朝鮮日報』, 1934. 8. 5~12 ▷ 金允植 編, 『韓國現代모더니즘 批評選集—資料 編』, 서울大學校 出版部, p.10, p.24.

럼에도 불구하고 이상문학 연구가 다소 실험적이고 확대 해석된 점도 없지 않다는 문제점은 현재에도 공통적인 지적이다.

그러나 각자의 연구한 결과는 상당한 합리성을 띠고 있기 때문에 난해성을 갖고 있는 그의 작품에 대한 관심은 더욱 고조되고 있는 것 같다. 현재까지 연구한 분야에 따른 이상문학의 특징과 문제점을 간략하게 살펴보기로 하겠다.

첫째, 그의 생장기에 초점을 맞추고 고찰된 것을 알 수 있다. 작가의 환경은 그 작가의 작품을 배태해 있기 때문에 전혀 무시하는 평가는 고려되어야 하지만 너무 경도 되었을 경우, 작품의 가치평가는 절하될 수도 있다 할 것이다. 그러나 이상의 작품세계를 실증주의에 입각하여 불우한 것을 결부시키는 등 존재론적 동시성이 빚은 분열과 의미, 말하자면 작품의 난해성과 시대상실에 대한 연구가 오히려 심화되고 있는 것 같다.[77] 여기서 야기되는 문제점은 철학적 의미 확대 현상이 점진되는 것 같다. 왜냐하면 이상의 작품자체는 문학작품 가치체계로 순수하게 비밀로 남아 있기 때문이다. 노스럽 프라이도 문학이란 문학 그 자체에서만 그 형식이 기원할 수 있다[78]는 것이다.

둘째, 조두영, 김종은, 김종주, 권택영을 비롯한 권위 있는 정신분석비평가들의 연구가 활발해지고 있다. 그러나 몇몇 전문정신연구의 학자들에 의해서 이미 발표된 글을 보면 식민치하의 시대상황과 맞물려 빚어진 패배감에서 오는 정신분열증에서의 병리현상에 다소 치우친 점이 없지 않다. 그러나 바흐찐처럼 "우리의 모든 지식도 항상 의식

---

77) 김상환, 「이상문학의 존재론적 이해」, 『이상문학연구 60년』(문학사상사, 1998. 10), p.133.
78) N · Frye, 『문학의 원형』(명지대학교출판부, 1998. 2), p.28.

과 결부되어 있다."[79] 그러나 지식을 쌓은 인간은 자의식으로 행동할 때 필연적인 이중인격을 갖춘다. 우리가 상대적으로 우리의 이중인격을 철저히 감추고 합리적인 삶을 영위하려는 자아의 모습으로 나타나기 때문이다. 말하자면 인간은 자아의식으로 존재한다는 것이다. 문학예술 활동도 자의식으로 표출되기 때문에 질 들뢰즈(Gilles Deleuze)처럼 "사람들은 자신의 신경증으로 글을 쓰지 않는다"[80]는 그의 글도 설득력을 갖는다.

상상력에 의한 결과물은 얼마든지 전혀 다를 수 있기 때문에 그가 말한 문학자체의 언어유희일 수도 있을 것이다. 절망과 패배감 등의 정신분열, 즉 일종의 정신장애에서 쓴 작품세계를 해석하는 경우, 신경증에서만 볼 수 없을 것이다. 정신분석은 결국 에릭 에릭슨(E · H · Erikson)처럼 개인적 자아의 재발견에서 상실된 동일성을 회복[81]하는 행위로 볼 때 글 쓰는 자체는 건강할 수 있으며, 자의적일 수도 있다고 본다.

다시 말해서 "자의식은 다른 주체를 내면화하는 나의 능력이 아니라 저항하는 대상을 내면화하는데 내가 실패한 것이다. 자의식이 주체에서 대상으로, 대상에서 주체로 반영(反映)의 운동을 탐지할 수 있는 것은 대상이 그 차이를 보유하기 때문"에 자의식은 자기 투명성과 정 반대되는 것이다.[82]

---

79) 바흐찐 · 볼로쉬르프, 송기한 옮김, 『새로운 프로이트』(예문, 1998. 3), p.93.
80) 질 들뢰즈, 김현수 옮김, 「문학 · 삶 그리고 철학」, 『비평과 진단』(인간사랑, 2000. 11), p.19.
81) 에릭슨(E · H · Erikson)/ 曺大京譯, 「아이덴티티」(삼성출판사8판, 1977. 10.), p.220, p.221, p.287, p.360 참조▷ 이 글은 '동일성— 청년과 위기(Identity—Youth and Crisis)'인데, 삼성출판사는 '베르그송의 「時間과 自由意志」'를 함께 묶은 세계사상전집(42)임.
82) Slavoj Žižek / 이성민 옮김, 『부정적인 것과 함께 머물기』(도서출판 b,

셋째, 수학기호와 수식의미에서 해석해온 연구들이 진행되고 있다. 이어령의 이미지를 통한 시각측면에서 다룬 독특한 기호론적 접근[83)]은 물론 김용운, 송기숙을 비롯하여 현재는 김명환 수학전문 학자들에 의한 과학적 분석은 새로운 의미를 부여하고 있다.[84)] 상당수를 차지하는 수학기호가 이상 작품의 축을 이룬다고 보아질 때 의미망을 다각도로 도출하고 있는 것으로 보인다. 그러나 수학적 개념 단계의 분석은 제시되고 있으나, 숫자 기호가 함의하는 의미작용을 현재까지 구체적으로 제시하지는 못한 것 같다. 뿐만 아니라 이상연구에서 총체적인 연구는 시도되지 않고 현재도 부분연구에 머물러있는 것을 발견할 수 있다.

넷째, 입체, 미래파를 비롯하여 혼성된 다다이즘적인 이상의 포멀리즘 작품들[85)]은 시각예술 차원에서 시도한 연구가 수학기호 연구와 공동연구가 시도될 경우, 보다 더 쉽게 독자층에 가깝게 다가갈 것으로 보인다. 시각예술 연구는 자크 라캉 등 후기구조주의자들이 시도해왔던 시각(視覺)과는 다소 거리가 있는 것으로 보이지만, 상상계와

2007. 2), p.128.

83) 이어령, 「이상연구의 길 찾기」, 『이상문학연구 60년』(문학사상사, 1998. 10), p.8.

84) 김명환, 「이상의 시에 나타나는 수학기호와 수식의 의미」, 『이상문학연구 60년』(문학사상사, 1998. 6), p.179.

85) 이상은 입체파들이 추구한 기하학적인 예술이나 미래파가 추구한 도형시(圖形詩), 도식(圖式) 등 기계적인 속도감이나 역동성이 나타난 전위미술 영향을 받은 것 같으며, 그는 이러한 바탕에서 다다이즘을 수용한 것으로 나타난다. 다다는 우연의 본질인 동시에 무의식의 메커니즘이기 때문에 다만 쉬르리얼리즘과의 차이점이라면 행동방식에서 서로 차이점이 있다. 다다는 무조건 파괴, 부정에 의하여 자기 존재를 확인한다는 것이 더 강하다면 정신활동으로써 시의 추구에 다다의 방법론이 미치지 못한 것이 종말을 불러온 원인이기도 하다. ▷ 鄭貴永, op. cit., pp.52~72.

상징계의 뫼비우스 띠처럼 동시성을 갖는 각각의 주체를 묶거나 연결하는 관계를 도출할 경우, 입체파, 미래파, 표현파, 구성파, 다다이즘과 초현실주의의 특징을 밝혀낼 가능성은 있을 것이다. 이러한 점에서 이상의 문학에 대한 심리적 메커니즘분석을 시도할 경우, 좀 더 접근방법이 용이하지 않을까 한다. 따라서 자의식의 긴장을 통해서 부분적인 고찰이지만 새롭게 도출해 보기로 하겠다.

(2) 이상 시가 갖는 자의식의 긴장

이상의 생장기와 시대상황이 맞물려 있는 자의식[86]을 밝혀보기로 하겠다. 이에 따라 개인적 자아의 재발견에서 상실된 동일성을 회복하는 데 초점을 맞춰 그의 자의식이 갖는 수학기호와 수식의미가 그의 작품의 축을 이루는 동기를 중점적으로 다루기로 하겠다. 앞에서 말한 이상문학의 형성과 남은 과제에 대한 연구 자료를 중심으로 현재까지 구체적으로 논급되지 않은 수학기호가 갖는 의미, 즉 이상의 작품에서 다수 나타난 개인적 상징숫자라고 볼 수 있는 '1'과 '2', '3'과 '4'와 '19'의 발생 동기를 「肉親의 章」에서부터 그 연쇄적 의미를 파악해 보기로 하겠다.

또한 이상의 시 「運動」을 초현실주의로 보았던 김기림의 비평을 살펴서 왜 다다이즘적인 시작품인지를 밝혀보겠으며, 아울러 브르통 계열(파)의 초현실주의적 경향시로 보이는 것 중에도 『鳥瞰圖』의 「詩第

86) 헤겔은 "나는 나 자신을 구분하는 것이 (나와) 다르지 않다는 것을 (…) 타자에 대한 의식, 즉 일반적으로 대상에 대한 의식은 필연적으로 자의식, 자아의 반성, 타자 속의 자의식 그 자체이다"라고 했다. ▷ Howard P. Kainz, 이명준 옮김, 『헤겔철학의 현대성』(문학과지성사, 1998. 4), p.42 참조.

十二號」및 『三四文學』(제5집)에 발표된 이상의 시 「I WED A TOY BRIDE」에 한하여 살펴보고자 한다.

왜냐하면 우리나라의 초현실주의 수용 양상에 있어서의 이상문학에 나타나는 입체파, 미래파, 다다이즘이 〈三四文學〉의 초현실주의 흐름에까지 연관되어 있다고 보기 때문이다. 그렇다면 이상문학의 동인(動因)부터 살펴보기로 하겠다.

프로이트의 애제자인 오토 랑크 역시 '출생외상(the trauma of birth-1924)'[87]을 지적했지만 누구든지 출생 때 모체로부터 분리불안에서 출발한다는 것은 상식적이다. 김종은 역시 이상에 대한 출생불안 심리에 대하여 다소 지적했지만,[88] 이상하게도 이상(李箱)은 출생분리 불안증을 안은 유아기에서 양자입양에 따른 강제분리불안과 형제간의 분리불안(성장하면서 스스로 받은 외상), 사랑하여주던 양부의 사망으로 인한 사실상 입양 아닌 파양적인 분리불안, 여인들과의 만남에서의 분리불안 등 가정 불안을 비롯한 사회적인 불안분리는 물론 식민치하에서 오는 시대적 절망과 상실, 그리고 치명적인 폐결핵으로 인한 건강 상실에서 삶과 죽음까지 끝내 분리시키는 등 비운으로 요절한 시인이라고 볼 수 있다.

여기서 그의 자의식의 긴장을 읽을 수 있는 것은 그의 작품에서 이상야릇하게(uncanny) 평소 우리가 친숙하게 느끼던 것들이 낯설게 다가오기 때문이다. 마치 파괴되고 조각난 이미지들이 움직이고 있는 것이다. 언술마저 그가 성장하던 곳에서부터 절단되어 모호하게 살아

---

87) M. M. Bakhtin(1895~1975), 『새로운 프로이트』(예문, 1998. 3), p.119.
88) 김종은, 「이상(李箱)의 정신세계」, 『문학비평의 방법과 실제』(三知院, 1983. 11), p.327.

있는 형상으로 나타나고 있는 것이다. 그러나 그의 작품들은 자의식의 긴장에서도 동일성을 제시하면서 이미지가 뒤섞임하고 있다. 말하자면 보이지 않는 그의 육체는 어딘가에 살아서 지금도 생생하게 말을 하고 있는 것 같다. 시각 이미지는 언어를 통해 개인적 자아로 전달되고 있다 할 것이다.

프로이트에 의하면 자아는 페티시즘이라는 그런 기이한 방법들을 통해서 자신을 보호한다는 것과 같다.[89] 괄호 내서 또는 반복, 동음이의어 등에서 상호 대립적인 충돌에서 중얼거림이 있다고 할 수 있다. 다시 말해서 신체와 정신의 경계에서 들려오는 무의식이 말하는 것이라 할 수 있다. 왜냐하면 이상의 시세계에 나오는 대부분의 "자아는 무의식적이기"[90] 때문이다. 그의 시는 살아 있는 무의식을 통해 아주 정상적인 자아의식 세계를, 즉 개인적 동일성을 진술한다고 볼 수 있다. 프로이트의 무의식을 재해석한 자크 라캉이 말한 무의식은 존재의 근원이요 타자의 담론이며, "언어처럼 구조되어 있다"[91] 라고 볼 때 언어와 같이 구조되어 있는 의식이나 다를 바가 없을 것이다. 따라서 필자는 의식으로 위장된 무의식의 구조에 동의한다.

> 나는24歲.어머니는바로이낫새에나를낳은것이다.聖쎄바스티앙과같이아름다운동생·로오자룩셈불크의木像을닮은막내누이·어머니는

---

89) Antony Easthope, op. cit., p.93.
90) E·H·Erikson, op. cit., p.366.
91) 권택영외,『욕망이론』(문예출판사, 1999. 5), p.18./ 라깡과 현대정신분석학회 편, 박찬부,「언어와 '같이'구조화된 무의식」,『우리 시대 욕망 읽기』(문예출판사, 1999. 5), p.17./ 김상환/ 홍준기 엮음,『라깡의 재탄생』(창작과비평사, 2002. 5), p.87.

우리들三人에게孕胎分娩의苦樂을말해주었다. 나는三人을代表하여

—드디어—

어머님[92] 우린좀더형제가있었음싶었답니다.

—드디어어머니는동생버금으로孕胎하자六個月로서流産한顚末을

告했다.

그녀석은 사내댔는데 올해는19(어머니의 한숨)

三人은서로들아알지못하는兄弟의幻影을그려보았다. 이만큼이나컸

지—하고形容하는어머니의팔목과주먹은瘦瘠하여있다. 두번씩이나

咯血을한내가冷淸을極하고있는家族을爲하여빨리안해를맞어겠다

고焦燥하는마음이었다. 나는24歲나도어머니가나를낳으드키무엇인

가를낳어야겠다고생각하는것이었다.

— 이상, 遺稿詩, 「肉親의章」, 『李箱全集』(林鍾國 編著, 1956), 전재.

이 시는 띄어쓰기가 있다면 '어머님', '그녀석은', '사내댔는데'에서만 볼 수 있고, 모두 띄어쓰기가 무시되어 있음을 볼 수 있다.[93] 그리고 이 시의 주해에서 이승훈은 이상이 24세 때 자신의 가족에 대하여 노래한 일종의 자전적 시라고 했다.

그러나 필자가 볼 때 이상은 가족에 대해 쓴 자전적(自傳的)인 시처

---

92) 이승훈 엮음, 詩 원본 · 주석 『李箱문학전집 1』(문학사상사, 1989. 3), pp.223~224. ▷ 1956년 『李箱 全集』(林鍾國)편에 수록된 遺稿詩로서 원문은 일문 시. 소명출판에서 간행한 김주현의 주해 〔정본 『이상문학전집 1—詩』(2005. 12), p.144, p.247 참조〕 의 원문과 비교하면 일부 오류가 있어 김주현의 주해에 따른다. ▷ 예시 : '어머니가 아닌 일어 : オカア サマ일 경우, 어머님으로', '냉정이 아닌, 냉청(冷淸—이승훈 엮음에도 冷淸임)으로' 주해했기 때문에 본문에 '어머님'으로 정정 게재 함.

93) 이 시는 이승훈 엮음이나, 김주현의 주해에도 일어 원문과 다르게 띄어쓰기 오류가 있음.

럼 느끼도록 자아를 무의식을 통하여 완전히 위장시킨 작품으로 보인다. 또한 이 「肉親의 章」 시는 반드시 24세에 쓴 작품으로 볼 수도 있겠지만, 자의적으로 24세에 쓴 것처럼 창작할 수도 있었을 것이다. 이 작품이 만약 24세에 썼다면 사후에 발표하도록 일부러 미루어왔다고도 볼 수 있을 것이다. 왜냐하면 『三四文學』 제5집(1936. 10)이 발행되던 해, 즉 1936년 10월에 『朝鮮日報』에 「危篤—肉親」을 발표했고, 「肉親」[94]의 내용과 유사한 「肉親의 章」[95]은 「失樂園」 계열의 총 6편 안에 포함되어 이상이 타계한 후에 발표되기도 했다. 그러나 위에 예시한 작품 내용과는 다른 어머니를 비롯한 형제간의 혈육적인 시이다.

이 작품을 살펴보면 피에르 르베르디(P. Reverdy)처럼 거리가 먼 이미지를 끌고 오는 것처럼 동생들이 먼 이국의 아름다움이라는 비유를 통해 심상치 않는 다의성을 함축하고 있다. 잉태한 어머니가 뱃속의 동생을 유산시켰을 때, 무의식적으로 내뱉는 어머니의 아파하는 중얼거림과 한숨 소리(3인은 알아듣지 못하고 상황판단마저 흐리다는 군소리도 역시 위장으로 보아짐)는 물론, 아주 중요한 주먹과 팔목

94) 이 작품은 1936년 10월 4일부터 9일까지 「危篤」이란 표제 아래 11편의 시를 발표하였는데, 그 중에 「육친」이 포함되어 있다. 이상은 육친과 관계되는 가족사적인 시들이 오이디푸스콤플렉스를 함의하고 있는 것처럼 보인다. 유사한 작품들을 예시하면 「烏瞰圖—詩第二號」(『朝鮮中央日報』, 1934. 8), 「烏瞰圖—詩第十四號」(『朝鮮中央日報』, 1934. 8), 「危篤—門閥」(『朝鮮日報』, 1936. 10), 「危篤—肉親」(『朝鮮日報』, 1936. 10), 「失樂園—肉親의 章」(『평화신문』, 1956. 3. 20, 遺稿詩), 「肉親의 章」(林鍾國編, 『李箱全集』, 1956. 遺稿詩) 등등 에서 알 수 있다.

95) 林鍾國 편저 『李箱全集 3』수필집에 '新散文'으로 附記되어 있는 것은 당시 일본에서 유행한 '신 산문시' 운동의 일환으로 쓴 시로 보임. 따라서 詩篇에다 재분류한 김주현의 판단에 동의한다. ▷ 김주현 주해, 『이상문학전집 1—詩』(소명출판, 2005. 12), p.126.

의 수척함을 내세워 시의 보편성을 획득하고 있다 할 것이다. 바로 피는 물보다 진하다는 것을 혈육으로 실토하고 있는 것이다. 유산으로 피를 흘리는 어머니, 한 번이 아니고 두 번 연속적으로 각혈[96]하는 이상의 초조함을 전이시키고 있다. 종족유지본능이라는 초점에 맞춰 결혼해야겠다는 것을 밝히면서, 반드시 아이를 낳는 것이 아닌 "나도(…)무엇인가를낳아야겠다"는 것이다. 여기서 이시의 특징을 발견할 수 있는 것은 어떤 결심을 완벽하게 위장하는 긴장감을 조성하는 것으로 보인다.

첫째, 이 시를 읽으면 뜨거운 혈육의 피가 계속 흐르는 것을 느낄 수 있다. 왜냐하면 아름다운 동생을 비유한 성 쎄바스티앙은 무수한 화살을 맞고 죽임을 당한 순교자임을 알 수 있다. 그리고 로자룩셈불크의 목상을 닮았다는 여동생을, 혁명에 앞장서다가 처형당한 로자룩셈불크로 비유하고 있다. 어떻게 보면 진정한 자유는 피 냄새가 난다는 것을 선동하여 흥분을 고조시키는 것과 같다. 바로 암울한 식민치하의 생존실체를 표출시켰다 할 수 있다.

둘째, 이상의 시에 많이 나타나는 상징적인 이미지 숫자 '1'과 '2', '3'과 '4'에 대한 궁금증이 풀리지 않은 채 현재 많은 연구자들의 과제로 남아 있는 것 같다.[97] 그의 시작품에 산재해 있는 숫자 '1'과 '2', '3'과 '4'는 이상 시의 비밀로 작용하기 때문이다. 물론 그 외의 숫자도 많이 있지만 '1'과 '2', '3'과 '4'에 대하여 필자 역시 그의 의

---

96) 이상, 「咯血의 아침」, 『李箱문학전집 3』(문학사상사, 2002. 5), p.329. ▷ 김윤식의 '해제'에서도 "이상문학의 한 가지 은유로 사용되는 결핵"이라고 보아 필자의 견해와 일치한다.

97) 김명환(서울대 수학과 교수)은 '몇 가지 궁금증—3의 비밀(?)'이라는 글의 일부분을 필자가 볼 때는 연구과제로 남긴 것으로 보인다. ▷ 권영민 편저, 『이상문학연구 60년』(문학사상사, 1998. 10), p.179 참조.

미망에 깊은 관심을 기울여왔다. 그러던 중에 이상의 가족사와 연관될 수 있다는 것을 발견하게 되었다. 그렇다면 숫자 '1'과 '2'는 무엇인가? 숫자 '1'은 양부 또는 혼자된 이상 자신과 이상 자신과 동일시하는 생부를 지칭할 수도 있다. 누구나 갖고 있는 나르시스적인 숫자로 보인다. 그러나 숫자 '1'은 다른 숫자처럼 상징적인 다의성을 갖고 있기 때문에 반드시 한정 지울 수는 없을 것이다.

피타고라스(570~490, B.C)도 '하나'라는 것은 수(數)라고 하면서 만물의 근원이라고 했다. 모든 점(點)보다 우선하기 때문에 '창조자인 일자(一者)'인 동시에 동일시하는 '존재'라고 했다.[98]

숫자 '2'는 부모(또는 양부모)와 2명의 동생을 의미할 수도 있는 역시 상징적인 기본 숫자로 보아야 할 것이다. 왜냐하면 이상 자신은 양자로 입양되었기 때문이다. 숫자 '1'은 숫자 '2'와 연관된다. 숫자 '2'는 피타고라스에 따르면 창조의 첫 번째 단계를 상징한다. 자신 안에 극을 이루고 있는 단일함이 '둘'의 이원성으로 분열된다. 인식의 주체와 인식의 대상인 대립으로 보았다. 즉 '흐른다(그리스어 : rhein—'2'는 신들의 어머니 rhea와 관련 있음)'의 뜻을 의미한 의식의 흐름이라 했다.

그러므로 극성(極性), 차이, 분열성, 상호성 등을 의미하는 숫자이다. 이처럼 존재의 원리는 어떤 시간에서는 어떤 방향이며 다른 시간에서는 다른 방향이다. 하나의 완벽함과 단일함을 파괴하는 것으로써 이것을 토르마(tolma), 즉 도전(daring)이라고 했다.[99]

1931년에 『朝鮮と建築』에 발표된 그의 일문시 「鳥瞰圖」[100] 숫자

98) John Strohmeier/ Peter Westbrook, 류영훈 옮김, 『피타고라스를 말하다』(퉁크, 2005. 5), p.86.
99) John Strohmeier/ Peter Westbrook, pp.87~88.

'3'과 '4'는 무엇인가? 숫자 '3'은 부모로부터 혈육을 나눈 4형제에서 남동생을 잃게 됨으로써 3형제가 되었다는 것과 또한 3세 때 입양이 되었다는 뜻이 담겨 있는 것 같다. 따라서 숫자 '3'은 이상의 시에 제일 많이 나타난다. 이상은 성장하면서 그 집안의 큰아들이라는 상처에서 '3'의 숫자는 파편처럼 뇌리에 박혀 계속 튀어나올 수 있기 때문이다. 이처럼 문학적 상상력은 유아기의 이마고(imago)적인 어떤 충격적인 외상(trauma)을 비롯하여 아주 사소한 것까지 떨치지 못하는 데서도 기인된다 할 수 있다.

(3) 수학기호와 수식(數式)의미 분석

이상의 시에 제일 많이 나오는 '3'의 숫자는 시간성에서 만날 수 있는데, 그것은 과거, 현재, 미래 등 통상적인 현실에서 사용되는, 말하자면 고정적인 어떤 전체성을 이루고 있다 할 것이다. 또한 1인칭, 2인칭, 3인칭 등 동사활용을 이끄는 인칭에서도 상황으로 출현하는 숫자라 할 수 있다. 한편 우리선조 때부터 안정과 조화를 상징해 오는 길수(吉數)로도 보인다. 출산을 다스리는 삼신(三神)할멈을 비롯하여

100) 이상(李箱)의 일문시 「조감도(鳥瞰圖)」는 1931년 8월에 『朝鮮と建築』에 발표되었는데, 그동안 일문시의 표제가 「오감도」로 계속 지칭되어 왔으나, 김주현(경북대학교 국어국문학과 교수 · 문학 평론가)에 의하여 「조감도」로 밝혀졌다(「이상문학 연구의 문제점— 텍스트부터 잘못되어 있다」 ▷지적은 『문학사상』, (1966. 11)간행물. 또한 김주현의 「텍스트부터 잘못되어 있다—이상문학연구의 문제점」, 『이상문학연구 60년』(문학사상사, 1998. 10), p.389 에 '(1) 일문시 「오감도」는 없다.'외 김윤식의 편저, 「이상문학의 텍스트 확정을 위한 고찰—일문시의 한글 번역본을 중심으로」, '이상연구의 대표적 논문모음' 『李箱문학전집 5—부록』(문학사상사, 2001. 8), p.9에 발표되어 있으나, 현재까지 정정되지 않고 있음.▷ 이승훈 엮음, 詩, 원본 · 주석 『李箱문학전집 1』(문학사상사 10쇄, 1989. 3. 27 초판 이후, 2003. 10. 30), p.118 참조.

세발 솥(三足鼎), 해 속에 산다는 고구려 때부터 전래된 삼족오(三足烏)의 전설, 삼재수가 들어 액막이용 부적 삼두일족응(三頭一足鷹), 삼년상(三年喪), 삼계(欲界, 色界, 無色界), 미인의 조건(三黑, 三白, 三紅), 일주문(一柱門, 不二門)의 태극과 양음, 즉 '3(三)'은 하나(1, 一)임을 현현하는 사주삼칸식(四柱三間式)의 문(門), 심지어 씨름 삼세 번 등 다양하게 적용되어온 우리민족과 의미 있는 전통 숫자이기도하다.

이미 널리 알려져 있지만, 서양에서도 삼신(三神)을 하나로 묶었다. 독일어로 트리아데(Triade)다. 즉, 종교 측면에서 보면 이집트의 오시리스(Osiris), 이시스(Isis), 호르스(Hors)와 그리스의 제우스, 하데스, 포세이돈을 각각 하나로 묶었고, 기독교의 삼위일체도 마찬가지다. 철학측면에서도 헤겔은 최초로 변증법의 발전단계인 정(正)·반(反)·합(合)의 3단계를 한 조(組)로 하여 트리아데라고 했다. 또한 B.C 530년경 피타고라스학파는 하늘의 신비가 수의 조화를 지배한다고 믿었다. 즉 우주의 음(音) 사이의 수적 비례는 아름다운 화음을 창조한다고 믿었다. 김태화의 글에서도 3, 4, 5를 생성의 수로 믿었던 피타고라스학파들이 제일 작은 수 3과 제일 큰 수 5와의 비가 황금비(φ, golden ratio)의 소수점 한 자리까지 같다[101]는 것이다. 뿐만 아니라 불교에서 회자되고 있는 회삼귀일(會三歸一),[102] 장자(莊子)의 내편(內篇) 제물론(齊物論)에 나오는 '3'의 숫자도 떠올릴 수도 있다.[103] 그렇다면 피타고라스학파에서 트리아데, 장자론에 이르기

101) 김태화, 「황금비와 인간, 짐승의 수」, 『부산일보』 제19473호, 2007. 5. 23, p.20.

102) 법화경(法華經)에서 유래된 성문(聲聞), 연각(緣覺), 보살(菩薩)이라는 삼승(三乘)을 통해 부처님의 깨달음인 일승(一乘)으로 인도한다는, 즉 3개를 모아서 하나로 귀결한다는 뜻.

까지 '3'의 숫자는 최치원의 『천부경(天符經)』[104]에 나오는 '3'(三)의 숫자와 그 궤를 같이하는 것으로 보인다.

이상(李箱)은 그의 나이 스무 살 전후의 예민한 감성을 감안할 때, 1916년에 계연수(桂延壽)라는 분에게 의해 일찍이 발견된 『천부경』을 사회적 환경의 자극에서 지득했을 가능성이 높다고 볼 수 있다. 일제강점기하에 절박한 민족적 각성의 구심점이 된 삼태극(三太極)·삼일(三一)논리학 중에 일석삼극(一析三極)의 심오함에 대한 수리철학(數理哲學)의 개념을 각 급 학교들 대상으로 당시의 민족지도자들이 민족주의정신을 고양시키기 위한 유인물 배포 또는 강연 등을 통해 애국정신을 함양했을 가능성이 높다 할 것이다.

이러한 '3'의 숫자는 그의(李箱) 자아에 대한 물음으로 그의 작품세계의

---

103) 天下莫大於秋毫之末, 而太山爲小. 莫壽於殤子, 而彭祖爲夭. 天地與我竝生, 而萬物與我爲一. 旣已爲 一矣, 且得有言乎. 旣已謂之一矣, 且得無言乎. 一與言爲二, 二與, 一爲三, 自此以往, 巧歷不能得. 而況其凡乎 故自無適有, 以至於三. 而況自有適有乎. 無適焉. 因是已. ▷ 莊周/ 宋志英譯解, 『莊子』(東西文化社, 1978. 6), p.65. ▷ 핵심은 주객미분인 상태의 체험이 1이라고 생각하는 순간 이미 3까지의 개념 발생.

104) 孤雲 崔致遠, 『天符經』: 槪略的 來歷은 天帝 桓雄의 神市때 설치된 蘇塗에서 敎化하던蘇塗經典 本訓이라는 기록을 보면 〈天符經天帝桓國口傳之書也桓雄大聖尊 天降後命神誌 赫德以〉이다. 이를 고운은 묘향산 雲遊에서 대동강 法首橋로 돌아올 때 睡眠에서 현몽하던 古碑石을 발견했는데 바로 환웅의 神誌篆古碑였다. 이를 다시 理化한 것이 최치원의 한자 81자 『천부경』이다. 〈錄圖文記之崔孤雲致遠亦見神誌篆古碑更復作帖而傳於世者也〉. 묘향산석벽에 새겨진 최치원의 古碑更復作帖碑를 1916년 桂延壽라는 분에 의해 탁본으로 대종교에 전함으로써 세상에 알려졌다. 천부경의 主題分類는 다섯 부분으로 나눈다. 이를 천부경도설에 따라 재분류하면 「一始無始一」, 「析三極無盡本」, 「天一一地一二人一三」. 「一積十鉅」, 「無匱化三」, 「天二三地二三人二三」, 「大三合六生七八九」, 「運三四成環五七」, 「一妙衍萬往萬來」, 「用變不動本」, 「本心本」, 「太陽昻明」, 「人中天地一」, 「一終無終一」. ▷ 문재현, 『天符經』(바로보인출판사, 1997. 3), p.29./ 최동환, 『천부경』(하남출판사, 1993. 12), p.100.

도처에 다의성 언어로 깔려 있는데, 그의 처녀작인 「異常한 可逆反應」(『朝鮮と建築』, 1931. 6. 5)이라는 표제로 된 일문시(日文詩) 「破片의景致—△은나의AMOUREUSE」[105], 「▽의遊戱—△은나의AMOUREUSES」, 「수염」, 「BOITEUX · BOITEUSE[106]」, 일문시 「鳥瞰圖)—神經質的으로肥滿한三角形」(1931. 6. 1), 유고작 일문시 「一九三一年(作品第一番) : 六, 七, 九, 十, 十一」[107]의 등에서 '3'의 의미를 다양하게 형상화하고 있다.

또한 주목되는 일문시 「三次角設計圖—線に關する覺書 1 · 2 · 3 · 4 · 5 · 6 · 7 —1931. 5. 1931, 9. 11~9. 12」(『朝鮮と建築』,1931. 10), 「鳥瞰圖—運動」(『朝鮮と建築』, 1931. 8. 11), 「鳥瞰圖—狂女의 告白」(『朝鮮と建築』, 1931. 8. 17)에서도 '3'의 의미가 나타나고 있다. "여자인S子孃한테는참으로미안하오.그리고B군자네한테감사하지아니하면아니될것이오"에서도 '3'의 숫자가 변용한다. 'S자양'과 'B군', 'B군을 자네라 부르는 자' 등 3명이다. 그리고 1934년 7월 24일자 『朝鮮中央日報』 「鳥瞰圖)—詩第一號」에서도 나타나고 있다. 필자는 현재까지 위의 문제시에 대해 일부 연구자들의 텍스트와는 전혀 다르게 처음으로 제시하지만, '13인의 아해'에서 '무서운아해와 무서워하는아해'로 집약되면서 무서운 아이(3)와 무서워하는 아이(3)를 각각 3인으로 구분한 후에 모순으로 반전시키는 "13인의아해가도로로질주하지아니하여도좋소"하였다. 여기서 무서운 아이(3)와 무서워하는 아이(3)는 『천부경』에 따르게 될 경우, '하나가 둘로 나뉘어 셋이 된다는 것은, 하나는 서로 대하는 다른 하나인 둘이 되고 두 개의 하나인

105) AMOUREUSE : 프랑스어로 '연인'이라는 뜻임.
106) BOITEUX · BOITEUSE : 프랑스어로 '절름발'이라는 뜻임.
107) 李箱의 遺稿作 日文 詩, 金潤成 譯, 『現代文學』 11月號, 1960. 11.

사이에는 이 둘을 연결하는데 둘이 공존하고 있음을 뜻한다(예 : 빵 한 개를 셋으로 나눠도 세 개인 하나의 빵)'. 그렇다면 "(…) 질주하지않아도좋소"라는 하나가 셋이 되어도 셋은 하나인 것이라 할 수 있다.

여기서 반드시 하나가 13인의 아해가 아닌 일석삼극(一析三極), 즉 하나가 세 개로 나누어지는 '13'의 숫자는 '1과 3'으로 삼일논리인 세 개의 하나로 나뉨과 같을 수도 있다. 피타고라스에 따르면 "실제성을 지닌 첫 번째 숫자이다. (…) 질료의 세계에 3차원의 형상을 준다. 또한 여기에 세 부분으로 나눠진 영혼을 불어 넣는다"는 것이다.[108] 말하자면 온전하고, 신성하고, 완전한 만물의 원리라고 할 때, 셋은 완성된 하나의 형상을 지닌다고 볼 수 있다.

자크 라캉에 따르면 나와 타자이다. 말하자면 랭보가 말한 나는 타자이고 타자는 나임을 말하는 것과 같다. 이 시에 나오는 13의 숫자는 아직도 미궁에 빠져있지만, 프로이트가 제시한 서양에서 꺼리는 금요일이나 숫자 13을 싫어하는 미신적인 것들의 이상한 전조로도 생각할 수 있을 만큼 이상은 프로이트의 입문서적 등을 통해 어느 정도 섭렵했다고도 볼 수 있다.[109]

그의 소설 「不幸한 繼承」(유고)에서 '3'에 대한 약간의 풀이를 암시하고 있다. "數자는 3이다. 二와 一이라는 짝 맞춤밖에는 전혀 方法은 없는 것이다. (…) 箱은 체념한 듯 또다시 레일 위에 걸터앉았다."[110] 여기 나오는 '3'은 두 가닥의 레일(京義線)과 이상 자신을

---

108) John Strohmeier/ Peter Westbrook, op. cit., p.89.
109) Freud, 「쥐인간—강박신경증에 대하여」, 『늑대인간』(1909), (열린책들, 2005. 11), p.84.
110) 김윤식 엮음, 「不幸한 繼承」, 『李箱문학전집 2』(문학사상사, 2006. 12), p.217./ 김주현 주해, 「不幸한 繼承」, 『이상문학전집 2—小說』(소명출

말한다. 결국 '3'은 하나임을 풀이하고 있다. 그 외도 그의 소설 「날개」에도 '33'이 겹쳐 나온다. 또 三十三 번지라는 것이 창녀들의 사창가 구역 같은 유각 구조와 흡사하다는, 즉 "내 안해의 명함처럼 제일적ㅅ고제일아름다운 것 (…)", "나는 밤ㅅ중 세 시나 네 시해서 변소에 갔다 (…)"라고 씌어 있다.[111] 한때 이상이 다룬 측량기의 시준판인 베인(vane)의 변환선점에서 역발상된 것 중에서도 '3'의 상징적 이미지 숫자는 빠트릴 수 없었을 것이다. 이처럼 다양하게 작용하는 숫자 '3'은 이상문학의 핵심적인 변수라고 볼 수 있다. 핵심적인 변수가 되는 숫자 '3'은 개인적 상징성을 띨 수도 있지만 '타자'로 나타나기도 하고, 길항(拮抗 : 서로 버티고 대항함— 필자)또는 겹쳐지기도 한다.

「三次角設計圖—線に關する覺書 2」(『朝鮮と建築』, 1931. 9. 11)를 살펴보아도 더욱 관심을 갖게 될 것이다. 1+3 3+1 (…) 등은 어머니가 유산한 남동생, 즉 4형제와 각각 부모를 떠올릴 수도 있을 기본적 상징 숫자도 되고, 『천부경』에 나오는 "세 개의 하나로 더함에서 셋이 넷으로 움직임"과 같을 수도 있다. 이런 현상은 자아의 외상(trauma)에서 찾을 수도 있는데, 주로 앞에서 말한 불안, 공포, 억압 등에서 발견되기도 한다.[112] 그러므로 '3'의 숫자가 갖는 변수는 『천부경』에 나오는 창조적 '3'의 의미와 3세 때의 입양과 함께 동시작용 한다고도 볼 수 있다.

한편 '0 과 1'개념을 고찰해 보면 이상은 그의 「建築無限六面角體(총

판, 2005. 12), p.206. ▷ 日文으로 된 글을 柳呈에 의해 번역됨. 이후 발표지면 : 『문학사상』, 1967. 7.

111) 김주현 주해, 정본 『이상문학전집 2—小說』(소명출판, 2005. 12), p.253, p.259.

112) 프로이트, 『정신분석학의 근본개념』(열린책들, 재간, 2005. 4), pp.276~277.

7개의 연작형식의 시작품 포함—필자)」(1932. 7) 중에서도 숫자판이 정상인 그의 일문시 「診斷 0:1 —어떤患者의容態에 關한問題. (…) 診斷 0:1 26 · 10 · 1931 以上 責任醫師 李箱」(『朝鮮と建築』, 1932. 7)과 「烏瞰圖」 중에서도 숫자판이 거꾸로 된 「詩第四號—患者의容態에 關한問題」(『朝鮮中央日報』, 1934. 7.28)의 '診斷0 · 1'[113]을 볼 수 있다.

여기에 나오는 '0 과 1'을 최치원의 『천부경』에 나오는 수리적으로만 풀이할 경우, 하나로 보는 이진법 '0 과 1'개념은 십진법 창제의 철학적 바탕을 이루는 삼태극(三太極), 삼일(三 一)사상의 법칙과 흡사하다.[114]

또한 헤겔은 그의 『논리학』의 '매듭점' 중에서 주장한 '하나의 일자'에 대해 일자(1)가 제로(0)의 기입으로 셈해지는, 일자가 제로사이의 역설적 관계를 설명하고 있는데, "대타(對他)존재에서 대자(對自)존재로의 이행은 스스로에 대한 사물의 근본적 탈 중심화를 수반한

113) 詩第四號의 0:1이 아닌, 거울에 비친 숫자라고 볼 때, 일부러 0 · 1로 기록한 것으로 봄.

114) 위(『天符經』 각주 참고)의 최치원 『천부경』의 수리 개념풀이 : 하나의 세상 있음(1)이 없음 (0)에서 나오는 것이고, 0이 1이 되는 하나의 흐름 0, ㄹ(=있음/없음이 공존하는 흐름)이 있고, 0에서 만물이 나오는 것을 화삼(化三 : 三 一)의 법칙으로 이해하는 사고의 틀이다. 0으로 이어진 하나의 없음(0)과 있음(1)이 0, 1, 2, 3, 4, 5, 6, 7, 8, 9가 되는 수 개념이다. 10진법의 수리 개념이, 하나가 3으로, 이 3이 거듭 3으로 분화하여 9를 완성수하는 삼태극(三太極)과 삼일(三一)사상(삼위일체의 三才인 天 · 地 · 人)을 논리철학바탕으로 한다는 것이다. 삼태극의 원(圓, 궤, 고리)이 1이 되는 0이다. 원(圓) 안에 0의 흐름은 계속된다. 이 1은 9로 나뉘어 하나의 누리/ 세상이 된다는 것이다. 세상이 완성되어 하나를 더 쌓으면 새누리(신세계)가 된다는 것이다. 이때 삼족오도 여기서 햇빛을 몰고 누리로 날아간다는 것이다. 하나가 둘로 나누어 셋이 된다는 것은 하나는 서로 대하는 다른 하나인 둘이 되고 두 개의 하나인 사이에는 이 둘을 잇는데, 둘이 공존하는 하나가 있음을 뜻함(예 : 사과 한 개를 셋으로 나눠도 세 개인 하나의 사과). ▷ 인터넷 Yahoo.com/ 최동환, 『천부경』, (하남출판사, 초판 6쇄, 1993. 12) 참조.

다. 즉, 자기동일성의 가장 내밀한 핵인 '자기에 대함(對自)의 '자기' 는 자의적인 기호적 표지 속에 다시 외재화되는 한에서만 실제적인 존재성을 획득(정립)한다. 말하자면 대자존재는 사물의 자기상징에 대한 존재와 등가이다. 우리가 지금 다루고 있는 일자는 양적인 하나가 아니라 일자는 이미 자기 자신과 자기 타자의 통합이기 때문에, 다시 말해 (…) 공백은 정확히 타자성의 자기 자신으로의 반영이다" 라고 했다.

그러나 슬라보예 지젝은 "공백은 일자에 대해 외재적이지 않다. 그것은 일자 한가운데 존재한다. 일자 자체가 '공백'이며, 공백은 일자 자신의 유일한 '내용'이다"115)라고 지적했다. 지젝은 자크 라캉의 이론을 인용하여, "일자는 '순수기표', 기의 없는 기표'라고 부르고 있다. 즉 대상의 실정적 속성을 지시하지 않는 기표이다. 왜냐하면 그것은 오직 이 기표 자체에 의해 수행적으로 발생한 순수한 개념적 단일성만을 지시하기 때문이다. 그렇다면 공백(0)이란 정확히 이 순수기표의 기의가 아닌가? 이 공백, 즉 일자의 기의는 기표의 주체이다. 일자는 다른 기표들을 대신해서 공백(주체)을 표상한다. 다른 어떤 것? 오직 이 질적 일자에 입각해서만 양적 하나, 셈의 연쇄에서 첫째 자리에 오는 하나에 도달할 수 있다.116)

그렇다면 '0 과 1'은 무한(없음, 무리수)과 유한(있음, 유리수)적인 의미로써 있는 것이 없는 것(A thing of nothing)이고 없는 것이 있

115) Slavoj Žižek 지음, 박정수 옮김, 『그들은 자기가 하는 일을 알지 못하나이다』, (인간사랑, 2007.11. 30), pp.211~212.

116) 우리가 셈하기 위해 예를 들면 "여기 첫 번째 하나가 있고, 두 번째 하나가 있고, 세 번째 하나가 있다"는 식으로 '질적 일자에서 양적 하나로의 이런 이행을 통해 공백은 제로(0)로 바뀐다'는 것이다. ▷ Slavoj Žižek, op. cit., p.213 참조.

는 것 즉, 불교의 '마하반야바라밀다심경'에 나오는 색즉시공(色卽是空), 공즉시색(空卽是色)도 될 수 있을 것이다. 뿐만 아니라 디지털의 전자회로 상으로도 '1 과 0'을 통해 이뤄지고 있음을 볼 때, 컴퓨터 그래픽이 만드는 가상세계를 한 겹 벗기면 '1 과 0'의 디지털 신호가 만드는 매트릭스 세계와 이상의 시세계는 카오스적으로 더욱 깊은 연관성을 갖게 될 것으로 보인다.

끝으로 숫자 '4'는 어떤 광기의 외상(trauma)적인 함의를 갖고 있는 결여된 숫자로 보고 있다. 말하자면 하나의 전체에서 잃어버린 외상을 충족하려는 숫자라고 이미 지적되고 있다. 그렇다면 이상의 숫자 '4'를 살펴보면 그의(이상) 생부와 양부, 생모와 양모 등 각각 2명으로 합하면 부모가 4명이 되는데 이를 암시한다고도 볼 수 있다. 또한 어머니가 남동생을 유산(사망)시키지 않았다면 형제는 4명이다. 따라서 숫자 '4'가 갖는 의미는 근본적으로 결핍된 개인적 상징숫자로서 많은 의미를 산출 할 수 있다. 필자는 앞에 말한 「線에關한覺書 6」(『朝鮮と建築』, 1931. 10)를 보면 '數字의 方位學(4 4 4 4), 數字의 力學, 時間性(通俗事考에依한歷史性), 速度와 座標와 速度(4 + 4 4 + 4 4 + 4 4 + 4) etc (…) '4 第四世', '4 一千九百三十一年九月十二日生', (…) 方位의構造式과 質量으로서의數字의性態性質에依한解答의分類.' (…) 1931. 9. 12' 이러한 숫자를 연구자들이 이미 분석하여 '방위' 또는 '광선보다 빠르게 달아나는 사람'을 비롯하여 상징적인 의미가 다양함을 지적하고 있다. 이승훈은 이 시의 해설에서 "본질적 사고가 발산하는 빛이 「죽음」임을 암시한다 (…)"라고 애매하게 주석했다.

이에 따라 연구사를 선행 검토해본 결과, 연구자들은 주로 방위각에서 본 이상의 시세계를 과학적으로 분석한 한계점에 머물러 있는 것 같다.

그러나 필자는 이 시를 생 · 노 · 병 · 사로 본다. 왜냐하면 '數字의 方位學'에서 숫자 '4'의 모습을 배열하는데, 동서남북으로 볼 수 있으나, 사람은 태어나 일어서고 (4), 늙으면 누워 있고(⊲), 병들어지면 엎드려 신음하는 모습(⊳), 넘어져 사망한 모습(ߤ)으로 보는 것이다.

다음은 '速度와 座標와 速度' 를 보면 생 · 노 · 병 · 사의 '생사(生死)'에 대한 관계를 제시하는 것으로 보인다. 즉, 늙으면 아프고 (⊲ + ⊳), 아프면 늙어지고(⊳ + ⊲), 탄생과 죽음(4 + ߤ) 또는 죽음과 탄생(ߤ +4)은 '광선보다 빠르게 달아난다는 사람'을 뜻하는 인생의 무상함도 내포하고 있는 것 같다. 그의 일문시 「三次角設計圖—線に關する覺書 5 · 7」(『朝鮮と建築』, 1931. 5. 31, 9. 11~9. 12)에서도 사람은 광선보다 빨리 달아난다고 언급하고 있다. 일찍이 괴테는 "쉬지 말라 (…) 숨을 거두기 전에 일어나 (…) 시간보다 빨리 움직여 인생을 정복하라"는 유명한 명언과 유사하다. 이러한 상징적 숫자 '4'는 피타고라스학파에 따르면 완성을 나타낸다. 1+2+3+4=10의 진행을 완성시키며, 코스모스를 숫자적으로 형상화한다. 또한 4계절은 물론 물 · 불 · 흙 · 공기의 4원소의 존재를 가리킨다. 특히 음악에 있어서의 음정은 숫자 '4'에서 기원한다는 것이다.

한편 「建築無限六面角體—AU MAGASIN DE NOUVEAUTES[117)]」(『朝鮮と建築』, 1932. 7)에도 숫자 '4'로 시작하는데, 이러한 4차원이라는 개념은 이미 서구의 신지학파의 신비주의적인 4차원에 대한 호기심으로 반물질주의자들인 수학자 앙리 푸앵카레(Henri Poincaré)의 「과학과 가설」(1902), 엘리 주프레(Elie Jouffret)의 「4차원 기하

---

117) Au magasin de nouveautés : 프랑스어로 '新奇性의 백화점에서'라는 뜻임.

학에 대한 연구」(1903), 가스통 드 파블로스키(Gaston de Pawloski)의 「4차원 공간으로의 여행」(1912)이라는 미술서적들이 널리 알려졌고, 마르셀 뒤샹도 "3차원 물체가 2차원으로 투영된다면 4차원 물체도 3차원으로 투영될 수 있을 것"118)이라고 했다. 이런 점에서 육면각체가 '四角形의內部의四角形의內部의 (…) 四角이난圓運動의四角이난圓運動의四角이圓運動 (…)' 등의 변형도 이상에게는 가능했을 것이다. 뿐만 아니라 최치원의 『천부경』(一積十鋸 참조)의 원용도 가능했을 것이다.

이와 같이 개인적 상징성을 내포한 숫자 '1'과 '2', '3'과 '4'는 이상의 가족사를 통하여 시대상황과 연관된다고 볼 수 있다. 하나의 예를 들면 이상은 경술국치가 있던 해에 출생(1910. 8. 20)했다. 출생년도에서 상징적인 '3'의 숫자로 마이너스했을 경우, 1907년이 되는데, 이 해 7월 31일에는 대한제국 황제 순종이 군대해산조칙을 내리던 해로서 더욱더 불안과 두려움, 억압은 가중되는 등 초조한 환경에서 태어나는 유아들은 성격형성과정에 깊은 정신적 외상(trauma)을 받을 수밖에 없었던 것이다. 어쨌든 우리 민족의 고유한 의미 숫자로써 『천부경』에서도 나타나지만, 특히 '3'은 이상의 작품세계에서는 핵심적으로 작용하는 것 같다. 따라서 '3'은 숫자 '1', '2', '4', '5', '6'과 '9', '10' 등 많은 의미를 연쇄하고 있음을 알 수 있다.

그런데 이 시에서 또 하나로 주목되는 숫자는 '19'이다. 그의 시 「肉親의 章」에 나오는 "그 녀석은 사내 댔는데 올해는19(어머니의 한숨)" 즉 이 말은 죽은 동생이 살아 있으면 19세라는 숫자다. 물론

118) Matthew Gale, op. cit., pp.27~28.

죽은 동생을 두고 어머니가 한숨으로 말하는 것이다. 그러나 그의 시를 유추(analogy)하면 간단하게 해석할 수 없는 다의성을 띠고 있다. 마지막 행을 읽으면 "나는24歲나도어머니가나를낳으드키무엇인가를낳어야겠다고생각하는것이었다"는 것은 단순한 육친적인 것이 아닌 무엇을 암시하는 것으로 보아야 할 것이다. 그렇다면 숫자 '19'가 상징하는 것은 무엇일까? 첫 번째, 이미 국권을 상실한 조선시대를 포함한 봉건적 도덕성이 강조되던 19세기를 말할 수도 있고 두 번째, 19세기의 서구 문예사조가 20세기로의 이행을 위한 진통을 앓는 때이기도 하다. 다시 말해서 발터 벤야민에 따르면 "초현실주의가 19세기의 죽음을 보여주는 희극"119)이라고 비유한 것과 같다. 말하자면 낡고 억압된 가치관을 가진 19세기의 이미지와 깨끗이 손을 끊었다는 상징차원에서 19세기의 죽음을 비판한 것으로 보인다.

이처럼 이상도 "家族을爲하여빨리안해를맞어야겠다고焦燥하는마음"처럼 「現代美術의搖籃」(『매일신보』, 1935. 3. 14~23)이라는 글에서 새 정신(esprit nouveau)120)을 발표한 것이다. "파리로부터 오는 한 장의 複製版에서 우리는 우리가 오늘 급행열차와 얼마나 힘든 경주를 하고 있는가를 자각시킨다. 자칫하면 우리는 現代라는 기관차에서 천리 뒤떨어지지 아니하면 아니 되는 공포 때문에 위협 당한다. 그것은 명랑한 암흑시대다. 에스프리 누보!"121)라고 하였다.

---

119) Hal Foster, op. cit., p.239.

120) 아폴리 네르와 폴 세류스(세르 쥐페라)가 발행하던 『스와르 드 파리(Les Soirees de Paris)』을 통해, 그들은 1917년의 가장 심한 폭풍 중에서도 아폴리 네르가 새 정신운동을 선언한 것임.

121) 김윤식 엮음, 隨筆 원본 · 주석 『李箱문학전집 3』(문학사상사, 2002. 5), pp.262~283.

김기림에게 보낸 「私信(七)」에서도 "암만해도 나는 十九世紀와 二十世紀 틈사구니에 끼여 卒倒하려 드는 無賴漢인 모양이오. 完全히 二十世紀 사람이 되기에는 내血管에는 十九世紀의 嚴肅한 道德性의 피가 威脅하듯이 흐르고 있소 그려"122) 하였다. 또한 소설 『날개』(1936. 9)에도 "十九世紀는 될 수 있거든 封鎖하야버리오 도스토에프스키精神이란 자칫하면 浪費인 것 같ㅅ오"123)라고 했다.

그리고 19세기라는 언어를 자주 쓰던 이상은 『三四文學』(1937. 4)에 발표된 「十九世紀式」글에서도 '정조', '비밀', '이유', '악덕' 등 소제목으로 구분하여 "곰팡내 나는 도덕성", "정치세계의 비밀", "(간음한) 내 아내를 버렸다", "용서한다는 것은 최대의 악덕이다"라고 하였다.124)

또한 소설 「不幸한 繼承」125)에도 "—나이 열아홉, 처녀란 말씀이야"라고 하고 있다. 어쨌든 숫자 '19'도 개인적 상징성을 띠고 있는 것으로 보인다. 이러한 숫자들은 존재의 단순한 〈사실〉 이상(以上)의 것과 관련되어 있는 자아동일성으로 보아야 할 것이다.126) 자아로 위장되어 동일시의 한 형태인 정체성이다.127)

그러므로 이상문학은 자의식의 긴장이 낳은 숫자는 최치원의 『천부경』에 나오는 천수지리(天數地理) 숫자, 피타고라스학파 등의 수학 기호들이 상징하는 의미와 합치 또는 상호 존재성을 띠고 있는가 하

---

122) Ibid., p.235.
123) 김주현 주해, 정본 『이상문학전집 2—小說』(소명출판, 2005. 12), p.253.
124) 김윤식 엮음, 隨筆 원본 · 주석 『李箱문학전집 3』(문학사상사, 2002. 5), pp.182~183.
125) 김주현 주해, 정본 『이상문학전집 2—小說』(소명출판, 2005. 12), p.209.
126) E. H. Erikson, op. cit., p.221.
127) '이 정체성을 라캉이 타자(The Other)라고 부르는 것으로부터 차용된 것이다' ▷ Antony Easthope, 이미선 옮김, 『무의식(The Unconscious)』(한나래, 2000. 7), p.103 참조.

면 언어와도 내적 연관성을 갖고 있는 것으로 보인다. 이처럼 작품의 생성환경은 몇 가지에만 한정된다고는 볼 수 없을 것이다.

한편 이상은 당시 일본에 유입된 서구문학 중에서도 보들레르의 시에서 많은 영향을 받은 것 같다. 보들레르는 그의 폭죽불꽃(fusées)에서 "예술이란 무엇인가? 매음. 군중 속에서 느끼는 쾌감이란 숫자가 불어나는 데서 생기는 신비로운 것이다. 모든 것은 숫자이다. 숫자는 모든 것 속에 있다 숫자는 개인 속에 있다. 도취도 하나의 숫자이다"[128] 라고 말했다. 특히 미래파의 표현기법의 하나인 거침없이 충격적인 방법을 사용한 전통적인 리듬의 거부, 통상적인 구문의 파괴, 시에서 수학이나 화학 기호의 사용, 기발한 글자 배열 등을 수용한 것 같다.[129]

(4) 다다이즘에서 초현실주의로의 이행

이상의 시는 입체, 미래파, 표현주의, 다다이즘시대부터 수용된 심리적 트라우마가 깊이 농축되어 있음을 볼 때, 앞에서 말한 이중구조적인 자의식의 긴장이 낳은 작품들이라고 할 수 있다. 이처럼 이상의 시 작품들은 기호론적이고 통시적 공시적 통일성을 이루고 있는 형태주의라는 것은 연구자들에 의해 이미 지적되어 오고 있다. 필자는 이러한 연구 중에 해석의 차이에서 심리적 메커니즘을 함의하고 있는 다다이

---

128) Charles Baudelaire, 이건수 옮김, 『벌거벗은 내 마음』(문학과지성사, 2005. 6), p.16.

129) 미래파는 1909년 이탈리아의 마리네티가 파리 일간신문 『피가로』에 '미래주의 선언'을 했다.▷ 이상섭, 『문학비평용어사전』(민음사, 2001. 11), p.109 참조.

즘과 초현실주의 사이의 몇 편의 작품들에 한하여 부분적이나마 살펴보고자 한다.

먼저 아래에 열거한 이상의 일문시 「運動」을 김기림은 그의 평론에서 "이 詩도 亦是 '슈—르레알리즘'의 詩라고 규정해도 조흘 것 갓다" 라고 전제하고 그의 형태주의에 따른 가시적인 언어의 외적 형태가 비약하지 않고 오히려 언어 자체의 내면적인 에너지를 포착하여 그곳에서 내면적 운동의 율동을 발견하려는 점에서 독창성이 엿보인다고 하며, 이상은 스타일리스트라고 하였다.

運 動

一層우의二層우의三層우의屋上庭園에를올라가서南쪽을보아도아
모것도업고北쪽보아도아모것도업길래屋上庭園아래三層아래二層
아래一層으로나려오닛가東쪽으로부터떠올은太陽이西쪽으로저서
東쪽으로떠서西쪽으로저서東쪽으로떠서하늘한복판에와잇길래時
計를끄내여보닛가서기는섯는데時間은맛기는하지만時計는나보다
나히젊지안흐냐는것보다도내가時計보다늙은게아니냐고암만해도
꼭그런것만갓해서그만나는時計를내어버렷소130)

— 金起林 飜譯, 『朝鮮日報』, 1934. 7. 19 발표.

---

130) 金起林, op. cit., p.112./ 이승훈 엮음, 詩 원본 · 주석 『李箱문학전집 1』(문학사상사 초판 10쇄, 2003. 10), p.132에 있는 「運動」은 원문인 일문시의 번역 내용에서 다소 차이가 있음. 1931년 8월 11일 『朝鮮と建築』지에 발표된 이름은 李箱이 아닌 김해경(金海卿)으로 발표되었으며, 원문의 일문시 제목도 오감도(烏瞰圖)가 아닌 「조감도鳥瞰圖—運動」로 발표되었음.

그러나 필자에게 위의 시는 쉬르리얼리즘의 시보다 오히려 구조적이며, 형태를 갖춘 다다이즘 시에 가까운 것으로 보인다. 무엇보다도 이미지와 언어 사이의 반복되는 긴장은 동시적인 부정과 창조로 연결된 구조이다. 이어령의 주장처럼 공간기호론으로 읽는 것[131]이 대립항의 이미지가 더 뚜렷해진다. 옥상정원을 오르내리다가 일층으로 내려왔을 때 하늘 한복판에 태양이 있고 시계가 서서 정오를 가리키고 있다. 서 있는 시계와 수직으로 정지된 이상 자신, 즉 자아의 동일성을 발견했을 때 주체로서의 자아가 왜소해짐에 따라 대립갈등은 일어난다.

비로소 움직이는 우주를 강렬한 태양이 가리켜주지만(자아의 재발견), 그저 시계만 차고 다니며 변함없이 반복되는 일상적인 이상 자신은 시계와 동일시한다. 이 시에도 '3'의 숫자가 반복되는데, 여기 '3'의 숫자는 '1'이 된다. 결국 하나(1)가 된 나(시계)를 송두리째 내던져 버린 것이다. 이러한 현상은 동일성의 혼란이라는 위기감에서 탈출하려는, 역설적이고 아이러니한 내면세계를 드러내고 있다. 어떤 변화를 시도하려는 몸부림에서 이 시작품도 꿈은 좌절되고 혼돈과 파괴적인 기법이 시도된 것이라고 볼 때 쉬르(Sur) 시보다는 다다이즘적인 시로 보인다.

그러나 위의 작품 「運動」의 시세계를 끊임없이 구경(究竟)한 결과, 니체의 중심적인 주제들이 갖는 전복의 범위를 비개념적인 개념에서 찾는, "영원, 응시, 둘로 변화는 하나, 다시 말해서 "하나가 둘로 변화는 "가장 짧은 그림자, 뉘앙스, 가운데, 거의[132]라는 것이다. 즉,

131) 이어령, 「이상 연구의 길 찾기」, 『이상문학연구 60년』(문학사상사, 1998. 10), p.8.

132) Alenka Zupančč 지음, 조창호 옮김, 『정오의 그림자(The shortest shadow)』,

니체의 "너머(jenseits : 가운데를 뜻함)가 둘을 초월하는 종합도 셋째 항도 아니란 점을 지적했다"는 것과 같을 수 있다. 또한 그는 "삶은 가치들 안에서 차이들을 생산 한다. 삶은 평가하는 힘이며, 삶은 활동 속의 분기이다. (…) 삶의 가치는 평가 될 수 없는데, 간단히 말해서 삶의 삶이란 없기 때문이다. 그 자체로는 단지 두 운동의, 현실화의 운동과 잠재화의 운동의 〈개재자〉로서만 생각되어질 수 있는 어떤 운동이 있을 뿐이다. (…) 삶이란 이름은 이 모든 비속성(nonproperties)을 합친 것에 상응 한다"[133]는 주장과 같다면 이상은 니체의 철학을 어느 정도 이해한 것으로 보이며, 이러한 흐름을 패러디한 시작품으로 보이기도 한다. 이를 뒷받침하는 알렌카 주판치치의 주장에서 접근되는데, "니체의 〈삶의 중립성〉이, 말하자면 모든 소(素)들이 까맣고 우리가 내키는 어느 방향으로든 즐거이 뛰어다닐 수 있는 어떤 넓고 꽃이 만발한 초원이 아니란 것 (…) 오히려 그것은 두 면을 분리하는 동시에 한데 붙들고 있는 종시장의 모서리와 훨씬 비슷해 보인다. 이 중립성은 일종의 기초나 근거, 차이들과 구별들의 바탕이 아니다. 그것은 이 구별들이 만들어지는 원질(stuff)로서 이 구별들의 한 가운데에 위치한다 (…) 그렇기 때문에 깨짐, 파열, 위기의 지점들은 종종 이 〈원질〉이 가시적이 되고 지각 가능해진다고 말할 수도 있는 지점들인 것이다."[134]

이처럼 위의 시 중에서도 "一層우의二層우의三層우의屋上庭園(…) 屋上庭園아래三層아래二層아래一層으로나려오닛가"에서 정원이 있는 옥상뿐 사방은 아무 것도 없다는 것과 유사한데, 니체에 따

(도서출판b, 2005. 11), p.131 참조.

133) Alenka Zupančč, op. cit., p.132.

134) Alenka Zupančč, op. cit., p.134.

르면 "바늘은 움직였고, 나의 삶의 시계는 놀라 숨을 죽였다"처럼 그가 말한 관점의 반전으로 제시되는, 현재적인 순간으로서의 정지 상태인 정오자체인 것 같다. "정오의 해방적 차원으로서 그것은 삶 자체로부터의 삶에 대한 관점이며,"135) 이 관점은 그가 정지되어 늙은 것 같고 시계는 젊어 있다는 어떤 질시, 즉 하나이자 동일한 것이 아닌 곳으로 '그만나는時計를내어버렷소'에서 오히려 해방적임을 알 수 있다.

그런데 이러한 이상의 시는 시각 이미지의 이중적 구조 일면에서 개인적 상징을 오브제화한 회화(繪畵) 측면을 더 깊이 있게 분석해볼 필요가 있을 것 같다. 왜냐하면 이상은 어떻게 보면 건축미술이 그의 전신이라고 할 수 있으며, 앞에서 말했지만 「現代美術의 搖籃」 등의 글을 읽으면 서양미술 평론지를 통해 더 큰 영향을 받았다고 볼 수 있다. 늦게나마 유입된 입체파, 미래파, 표현파를 거쳐 다다이즘 · 초현실주의에 이르기까지 열거할 수 없을 정도일 것이다.

할 포스터의 글에 따르면 첫 번째, 구원추(球圓錐), 원통(圓筒)으로 된 3차원적 공간존재를 주장한 세잔느를 비롯하여 데 키리코의 이중 의식은 물론 폐쇄공포에서 인형들을 통해 주체가 변장하는 자화상을 표출하는 등 수수께끼 같은 기표, 즉 일종의 유혹환상이 변형된 것에서도 영향을 받았을 것이다.

두 번째, 막스 에른스트의 모순된 이미지들이 발작적으로 겹쳐지는 애매한 성(性)의 모습에서 다뤄지는 외상(trauma), 광기적인 병치, 불안한 투사법에서의 정체성의 원리를 변형 또는 혼란시키는 등 주체의 보는 행위가 자신에게 되돌아오는 중간 상태에서 반복적인 기능을

135) Alenka Zupančč, op. cit., pp.238~239.

구사하는 기법에도 큰 영향을 받은 것 같다.

세 번째, 자코메티의 자아 파괴적인 기법에서 이중적인 오브제를 사도 마조히즘적으로 다뤄 페티시즘적인 애매모호하고 이질적인 이미지들, 즉 은폐된 기억, 사지절단, 경멸, 노골적인 성(性)의 이중성 폭로를 통해 이상의 새로운 시의 모티프로 현현(顯現)되었을 가능성도 배제할 수 없다.[136]

한편 집중적으로 조명되어온 이상 시에 나오는 거울(거울작품 예시는 기존연구 자료들에서 집중 조명되었음으로 본고에서는 집중조명을 생략함[137])에 대해서도 다양한 의미를 함축하고 있는 동인(動因)을 일부 누락시켜왔다고 본다. 따라서 이상의 거울에 대한 분석의미의 한계점을 극복하기 위해 다음과 같이 개략적이나마 열거해볼 필요가 있다 할 것이다.

거울의 존재는 불교의 지장경전에 나오는 업경(業鏡)은 물론 기독교의 바이블 고린도전서 제13장 제12절에도 거울이미지가 나온다. 즉 "우리가 이제는 거울로 보는 것같이 희미하나, 그때에는 얼굴과 얼굴을 대하여 볼 것이요, 이제는 내가 부분적으로 알지만 그때에는 내가 온전히 알리라"라고 계시되어 있다.

이상도 그의 시 「詩第十五號」 중에 '확실한내꿈에나는결석하였고 (…) 내꿈의백지를더럽혀놓았다'[138]라는 것은 일부분의 얼굴과 얼

136) Hal Foster, op. cit., pp.116~141.
137) 이상의 거울 작품 : 「거울」(『가톨릭 青年』, 1933. 10)./ 「烏瞰圖—詩第十五號 1, 2, 3, 4, 5, 6」(『朝鮮中央日報』, 1934. 8. 8)./ 「明鏡」(『女性』, 1936. 5)./ 「失樂園—面鏡」(『平和新聞』, 1956. 遺稿詩) 등이다. 그러나 그의 다수 작품에는 거울을 모티프 한 이미지들이 나타난다.
138) 李箱, 「詩第十五號」 김주현 주해, 『이상문학전집 1—詩』(소명출판, 2005. 12), p.93.

굴에서는 보이지 않는 자아를 순결한 전체를 보았을 때 더럽혀진 모습을 보는, 즉 자성으로 볼 수 있다. 이러한 맥락은 장자(莊子)의 내편 「內篇 德充符 第五」에도 거울이 밝으면 먼지가 끼지 않고 먼지가 끼게 되면 흐려진다고 언급했다.[139] 자기성찰을 뜻하며 태양을 상징하는 우리나라의 천제 환웅의 거울(天鏡)의 의미도 그 뜻을 같이 한다.

이상의 또 하나의 「거울」을 보면 "거울속에는소리가없소/ 저렇게까지조용한세상은참없을것이오/(…)/나는지금거울을안가졌소마는거울속에는늘거울속의내가있소"처럼 거대한 자연의 거울을 통하여 자아를 발견하는 등 자아의 변용을 보는 것 같다. 또한 그의 「明鏡」을 보면 "여기 한 페―지 거울이 있으니/ 잊은 季節에서는/ 얹은머리가 瀑布처럼 내리우고/(…)지문이 지문을 가로 막으며 (…)"는 바로 셰익스피어가 시(詩)는 자연의 그림자를 재생하고, 자연을 그 내포형식 속에 반영시킨다는 것을 「햄릿」을 통해 "시는 그 거울을 자연을 향해 내건다"[140]는 다의성과 다를 바가 없을 것이다.

한편 보들레르의 「벌거벗은 내 마음」에 나오는 "내 두뇌는 마술에 걸린 거울인가?"[141]에서도, 그리고 프로이트의 글에도 스물아홉 살의 청년인 강박신경증 환자가 면도칼로 자기 목을 베고 싶은 충동을 느끼면서 거실의 거울에다 자기의 성기를 꺼내어 비춰보았다[142]는

---

139) '감명즉진구부지鑑明則塵垢不止, 지즉불명야止則不明也'▷ 莊周, 宋志英 譯, 『莊子』(동서문화사, 1978. 6), p.135 참조.
140) Northrop Frye, 임철규 옮김, 『비평의 해부』(한길사, 2003. 2), p.184.
141) Charles Baudelaire, 이건수 옮김, 『발가벗은 내 마음』(문학과지성사, 2001. 1), p.37.
142) Freud, 「쥐인간―강박신경증에 대하여」, 『늑대인간』(1909), (열린책들, 2005. 11), p.59.

거울, 시인 막스 자콥의 "일뤼져니스트적인 도구를 사용하여 거울의 효과를 냄으로써 그 자신이 어디에 숨어 있는지 알 수 없게 만든다"143)라고 하는 거울들은 마술적인 힘을 갖고 있는 것이다.

이처럼 이상도 그의 시 「面鏡」에서 "靜物가운데靜物이靜物가운데靜物을점여내이고있다.殘忍하지아니하냐./(…) 유리덩어리에남긴指紋은甦生하지아니하면안될것이다—"라고 한 것은 다수인들이 갖는 강박관념에서 쓴 작품으로 보인다. 죽음의 경계에서 혈흔을 본 사람은 고대 이집트의 투탕카멘 같은 거울뿐이라고 비유하고 있는 것이다. 왜냐하면 난해한 끄트머리에 사인(sign)이 없는 정물인 거울을 하나하나 저미어내는 것은(베어내는 것은—필자) 불가능하다는 것이다. 즉 운전(運轉)하지 아니하는 한, 움직이지 아니하고 소생(甦生)할 수 없기 때문이다. 시퍼렇게 차갑고 냉철한 거울의 면(모습)을 정물을 통해 역설적으로 표출하고 있다.

이러한 작업은 피카비아의 「52개의 거울」(1917)144)에서도 접맥될 수 있으며, 뒤샹 또한 "정말로 그녀의 독신남자들에 의해 발가벗겨지기까지 한 신부"라는 『큰 유리』(1915)는 도발과 좌절을 의도한 다다이즘적인 거울그림이라고 말할 수 있다.

한때 파리의 다다이스트였던 브르통도 수포와 함께 공동작품인 「반사면 없는 거울(La Glace sans Tain)」, 『자장(磁場)』(1919년—자장의 책을 완성 발행은 1922년)은 마음상태에 대한 이미지를 말하는데, 우리들 자신의 눈이기도 하다. 배면 처리가 되어 있지 않은 유리나 거울이 갖는 의미는 새로운 세계의 문턱이라 할 수 있으며, 경이로움이라 부르는 무의식의 마음상태라 말할 수 있다. 즉 "자기 자신을 비춰

143) Marcel Raymond, op. cit., p.324.
144) Matthew Gale, op. cit., p.114.

보려고 해도 비춰지지 않는 거울이 정신 속에 있다. (…) 네가 사랑하는 것이 거기 살고 있다"[145]는 것이다. 또한 그의 소설 「나자(Nadja)」(1928)에서도 "그녀는 거울의 뒷면을 꿰뚫고 지나갔다"라는 것은 우연의 매혹을 말하는 것이다.[146]

이처럼 이상의 거울에서도 개인적 자아의 분열 또는 파편화 된 이미지들이 표출된다. 즉 "나는 드듸어거울속의나에게自殺을勸誘하기로決心하였다 (…) 왼편가슴을겨누어권총을발사하얏다"[147]라고 한 것처럼 작가와 사회현실과의 대결구도에서 거울이 갖고 있는 어떤 신비와 마술의 힘, 즉 인간의 심리적 관점(무의식과 의식)이 갖는 이중적인 동시존재의 의미와 크게 다를 바가 없을 것이다. 그러나 이탈리아 출신의 신경과 전문의이며 신경과학자 마르코 야코보니(Marco Iacoboni)의 발표에 따르면 '우리의 뇌에는 거울뉴런(mirror neuron)이라는 신경세포가 있어, 상대방의 마음을 자동적으로 모사(simulation)하며, 공감(empathy)하는 것은 행위주체성의 상호의존성과 독립성 모두를 구현한다고 한다. 즉 "자기가 없으면 타자를 정의할 의미가 거의 없고, 타자가 없으면 자기를 정의할 의미도 없다 (…) 우리는 거울뉴런을 통해 다른 사람들에게서 우리 자신을 본다"[148]는 것이다. 그렇다면 이상은 거울 앞에서 위험한 자기 인식만으로 자기가 바라는 욕구는 물론 자기와 타자를 분리하려고 시도 했지만 실패하는 것으로 보인다.

---

145) 여기서 자동기술법이 태동되었음. ▷ Andre' Breton, op. cit., p.215.
146) Fiona Bradley, op. cit., p.9, p.48.
147) 李箱, 「詩第十五號」. ▷ 김주현 주해, 『이상문학전집 1—詩』(소명출판, 2005. 12), p.93.
148) Marco Iacoboni, 김미선 옮김 『미러링 피플(Mirroring People)』(갤리온, 2009. 2), pp.142~144.

때묻은빨래조각이한뭉텅이공중으로날라떨어진다. 그것은흰비둘기의떼다. 이손바닥만한한조각하늘저편에戰爭이끝나고平和가왔다는宣傳이다. 한무더기비둘기의떼가깃에묻은때를씻는다. 이손바닥만한하늘이편에방망이로흰비둘기떼를때려죽이는不潔한戰爭이始作된다. 空氣에숯검정이가지저분하게묻으면흰비둘기의떼는또한번이손바닥만한하늘저편으로날아간다.

— 李箱, 『烏瞰圖—詩第十二號』(『朝鮮中央日報』, 1934. 8. 4), 전재.

이 시는 1934년 7월 24일에서 8월 8일 사이에 『朝鮮中央日報』에 연재된 「烏瞰圖」가 「詩第十五號」로써 중단되었는데, 그 중에 「詩第十二號」는 빨래하는 광경, 즉 움직이는 이미지를 통해 의미를 확장시킨 작품으로 보인다.

이 작품은 현실을 경이와 결합시키면서 반어적인 제목을 사용한 다다이스트 만레이(Man Ray)의 「움직이는 조각」(1920)[149]을 연상케 한다. 분석자의 관점에 따라 이미지즘적인 시일 수도 있다. 그러나 작품에 무조건 상상력이나 이미지즘, 그리고 무의식이 작용한다는 이유만으로 초현실주의적 작품이라고 단정할 수는 없을 것이다. 그러나 이 시를 대면하면 꿈의 비상과 현실이 경이롭게 만나고 우연과 신비가 충돌하여 분열되거나 이질적으로 어떤 빛을 발산하는 공간이 움직인다. 이미지가 조각나면서 비약적이다. 흰 비둘기는 아직도 세계의 꿈인 평화를 상징한다.

---

149) 빨랫줄에 혼란스럽게 펄럭이는 빨래들을 포착한 흑백사진으로, 「초현실주의혁명」6호(1926. 3. 1)의 표지를 장식. 프랑스의 혼란한 정치상황을 암시하는 '라 프랑스'라는 표제가 붙어 있음. ▷ Man Ray, 김우룡 옮김, 「움직이는 조각」(1920), 뉴욕미술관所藏. 『나는 Dada다』(미메시스, 2005. 7), p.125 참조.

상징적 이미지의 이중구조는 무수한 날갯짓으로 끝없는 꿈을 승화시킨다. 현실과 꿈이 이 손바닥만 한 조각하늘 저편으로 자신을 유혹하는 신비스러운 세계를 펼치고 있는 유머가 있다. 그곳에는 이미 마련된 평화의 고향이 있기 때문에 전쟁이 일어나도 흰 비둘기 떼는 저편으로 날아가면 된다.

이 시는 이상의 시작품들 중에 매우 밝은 작품이다. 공간적인 패러다임을 갖고 있다. 현실과 미래의 꿈을 동시에 보여주고 있기 때문이다. 바로 감정적인 추적을 피하고 우리들은 환상이 있을 때, 우리는 산다[150]라고 선언한 브르통 계열(파)의 초현실주의자들이 추구하는 방법론이다.

처음부터 '때 묻은 빨래조각', 즉 형태가 파편화되고 '그것은 흰 비둘기 떼'가 된다. 주체적 대상을 지워버린 이미지들만 평화가 어떤 색깔인가를 알리고 있다. 흰 비둘기 떼의 빛깔이 불결이 아니고 순결로 날고 있는 것 같다. 방망이 같은 무자비한 무기로 마구 두드리는 전쟁이 시작되어도 화자는 현실과 미래를 동시에 갖고 있는 '저편'에 꿈이 있다. 따라서 이 시는 이상의 작품에서 흔히 볼 수 있는 폐쇄적이고 비현실에서 오는 부인(否認)과 거부(拒否)가 상존(常存)하는 자의적인 에고는 거의 볼 수가 없다. 이 지구상에 필연적으로 일어나는 전쟁과 공포 속에서도 누구나 갖고 있는 신체와 의식의 경계에서 불사조처럼 해방감으로 날아오르는 평화를 보는 것 같다. 바로 나르시시즘의 희열에 의한 환상적인 기법이라 할 수 있을 것이다.

허구적인 서사들은 무의식적인 쾌감으로 제공하는 환상들로 보인다. 예술과 무의식의 공통요소는 환상이다. 환상은 꿈과 예술을 통해

---

150) Andre' Breton, op. cit., p.125.

표현된다.[151] 삶의 충동(에로스)과 죽음충동(타나토스)이 합일되어 반복충동(zwang)이 있기 때문에 앞으로 다가올 미래의 평화를 예언하고 있는 것으로 보인다.

한갓 빨래를 흰 비둘기 떼로 전이(轉移)시키는 등 현실과 꿈 사이를 비상하는 이상의 '초월적인 상상력[152]은 초현실주의적 이미지로써 대상을 자유롭게 하는 것 같다. 그 대상이 유머와 우연의 일치를 통해 재구성 또는 끊임없이 변용한다'[153]고 본다. 바로 초현실주의적인 시라고 할 수 있을 것이다.

끝으로 『三四文學』 제5집에 발표된 이상의 시 「I WED A TOY BRIDE」의 시세계를 밝혀보기로 하겠다. 이 시작품은 문학사상사가 『李箱문학전집 1』을 펴내기 위해 옮겨 쓰는 과정에서 글자, 띄어쓰기, 연의 배치 등 오류가 발생하여 본고에서는 앞으로의 정정(訂正)을 위해 『三四文學』 제5집에 있는 원전 그대로 다음과 같이 옮겼다. 다만 원전에는 우측에서 세로쓰기로 되어 있으나, 좌측에서 가로쓰기하였음을 밝혀둔다.

I WED A TOY BRIDE

1 밤

작난감新婦살결에서 이따금, 牛乳내음새가 나기도한다. 머(ㄹ)지

151) S · Freud, 정장진 옮김, 「창조적 작가와 백일몽」, 『예술, 문학, 정신분석』, (열린책들, 2004. 2), p.146./ Antony Easthope, op. cit., p.178.
152) Slavoj Žižek, op. cit., pp.52~62.
153) 吳生根, op. cit., p.30.

아니하야 아기를낳으려나보다. 燭불을끄고 나는 작난감귀에다대이고 꾸즈람처럼 속삭여본다.

「그대는 꼭 갓난아기와 같다」· · · · · · · · ·

작난감新婦는 어둔데도 성을 내이고대답한다.

「牧場까지산보갔다왔답니다」

작난감新婦는 낮에 色色이風景을暗誦해갖이고온것인지모른다. 내手帖처럼 내가슴안에서 따끈따끈하다. 이렇게營養分내를 코로맡기만하니까 나는 작구 瘦瘠해간다.

2 밤

작난감新婦에게 내가 바늘을주면 작난감新婦는 아모것이나 막 찔른다. 日曆. 詩集. 時計. 또내몸 내 經驗이 들어앉어있음즉한곳.

이것은 작난감新婦마음속에 가시가 돋아있는證據다. 즉 薔薇꽃처럼………

내거벼운武裝에서 피가좀났다. 나는 이傷차기를 이기위하야 날만어두우면 어둠속에서 싱싱한蜜柑을 먹는다. 몸에 반지밖에갖이지않은 작난감新婦는 어둠을 커틴열듯하면서 나를찾는다. 얼른 나는 들킨다. 반지가살에닿는것을 나는 바늘로 잘못알고 아파한다.

燭불을켜고 작난감新婦가 밀감을찾는다.

나는 아파하지않고 모른체한다.

— 李箱, 『三四文學』 제5집, 1936. 10, p.23 전재.[154)]

---

154) 『三四文學』(제5집, 1936. 10)에 발표된 시 「I WED A TOY BRIDE」 : 이 시작품을 이승훈 엮음, 시 원본 · 주석 『李箱문학전집 1』(문학사상사, 초판1쇄, 1989. 3. 27/ 초판10쇄, 2003. 10. 30), p.201에 수록시켜놓았다. 그

이 시는 '나는 장난감 신부와 결혼 한다'는 뜻으로, '1 밤'과 '2 밤' 등 두 편으로 나누어진 연작시다. 이 시가 갖는 특성은 대상으로 하여금 형태를 지우면서 심리적 자동성이 엿보인다는 점이다. 시의 전개 방법은 현재 진행형을 띠고 거의 무의식적인 것과 다름없는 동적인 자아와의 담론이다. 관념적인 언어의 현실을 충동하여 상상력을 유발시키되 연관성이 없는 비범한 대상을 병치시키고 있다.

첫 번째, '1 밤'을 살펴보면 '신부살결, 우유냄새, 아기 낳는 것, 촛불, 성냄, 목장, 색색이 풍경암송, 수첩, 영양분내' 등 이질적인 단어들이 연관되면서 제3의 의미를 산출한다. 그런데 이러한 단어들은 초저녁이나 새벽에 배달되는 우유냄새처럼 신선하고 생동감이 넘쳐흐른다. 도대체 이상에게 장난감신부란 무엇인가? 그의 「이 兒孩들에게

러나 『三四文學』(제5집, 1936. 10)에 발표한 정병호(鄭炳鎬)의 시 「여보소 鄭炳鎬의」 시를, 이승훈 엮음에서 이상(李箱)의 작품으로 잘못 판단, 삽입한 것은 오류로 보임. ▷ 이승훈 엮음, 원본 · 주석 『李箱문학전집 1』(문학사상사, 초판 1쇄, 1989. 3. 27~초판10쇄, 2003. 10. 30), p.203 및 김승희 편저, 현대시인연구⑥, 『이상—이상 시전집 · 산문집/이상평전 · 연구자료』(문학세계사, 1993. 3), p.224에도 정병호의 시를 「무제」로 수록한 것은 오류로 보임. 왜냐하면 필자는 『三四文學』 제5집 複寫分을 갖고 있으며, 필자가 검토한 결과 정병호의 작품이 틀림없음. 문제점은 특이한 제목 「여보소 鄭炳鎬의」로 되어 있기 때문이다. 필자처럼 오류로 이미 지적한 김주현의 설명을 감안해도 〈三四文學〉 동인 유연옥의 작품도 아님을 밝힌다. ▷ 이미 연구자들에 의해 오류로 지적했지만, 정정하지 않고 애매성을 내세워 방치할 경우, 앞으로 문학사 정리에 혼란 초래 예상됨. 또한 이상의 연보에도 〈三四文學〉 동인임을 누락시켰으며, 『三四文學』 제5집(1936. 10)에 발표한 시작품 「I WED A TOY BRIDE」 마저 연보에 누락되어 있다. ▷ 그 이외도 오류를 지적한 연구서는 김주현(金宙鉉)의 「이상문학의 텍스트 확정을 위한 고찰」, 김윤식 편저, '이상 연구에 관한 대표적 논문모음' 『李箱문학전집 5—부록』, p.35.에서도 볼 수 있다. 이후 정정된 새로운 이상문학전집으로서는 김주현 주해, 정본 『이상문학전집 1—詩』(소명출판, 2005. 12)에는 정병호의 시작품은 삽입되지 않아 다행이다.

장난감을 주라」[155]에서 나오는 아이들이 가져야 하는 장난감이기도 하다.

장난감신부는 생명체로 회귀한 순수한 자아를 일컫는다. 순수한 자아를 만났을 때 의미는 다의성을 갖는다. "이렇게 영양분 내를 코로맡기만하니까 나는 작구 瘦瘠해간다"는 것은 현실에 처해 있는 이상의 상반된 양극의 현상에서 순수한 자연이 내뿜는 생명력의 향기를 후각을 통해 맡음으로써 오히려 이데올로기는 야위어 간다는 것일 것이다.

촛불을 끄고 "그대는 꼭 갓난아기와 같다" 속삭이듯이 조롱할 때 장난감신부가 성낸다는 것은 목장까지의 낮 산보에서 색색의 풍경을 암송해 가지고 왔을 때 수첩처럼 따뜻한 가슴인 순수자아가 구태의연한 이상 모습을 싫어한다고 할 수 있다. 여기서 주목할 것은 생명체가 없는 인형을 꼭두각시에 불과하다고 보았지만, 가까이 할수록 생명을 갖고 오히려 성을 내면서 현실과 결합하는 이미지를 부각시킨다 할 것이다. 이것은 파편화된 페티시가 갖는 야릇한 원시적인 혼돈의 힘을 표출시킨다 할 것이다.

브르통의 소설 「나자(Nadja)」를 떠올릴 수 있다. 브르통의 이상적인 여성상은 '여자—아이(femme—enfant)'이었다.[156] 이 여자아이를 통하여 상상을 열고 경이로움 속에서 현실과 꿈 사이에서 교류가 성취되고 억압된 욕망을 해방시켰다[157]는 것이다.

---

155) 김윤식 엮음, 隨筆 원본 · 주석 『李箱문학전집 3』(문학사상사, 2002. 5), p.117.
156) 이 여자아이는 『초현실주의혁명』 제9-10호,(1927) 표지에 게재▷ Fiona Bradley, op. cit., p.48.
157) 마치 프로이트가 빌헬름 옌젠(Wilhelm Jensen)의 단편소설 『그라디바 : 폼페이의 환상(Gradiva : A Pompeiian fantasy)』을 분석한 그의 글에서

이러한 작품세계와 이상의 장난감신부는 사실상 베일에 가려진 여성이다.[158] 베일은 유혹을 말한다. 자크 라캉이 말한 "유혹이란 베일이요, 시선에 대한 응시의 승리에서 오는 것"[159]이기 때문이다. 어쨌든 브르통의 소설 「나자(Nadja)」의 여자아이와 이상의 장난감 신부의 의미는 유사한 점이 많은 것으로 보인다.

두 번째 '2 밤'에서 이상은 장난감신부에게 수수께끼 같은 바늘을 준다. 이 바늘은 무엇일까? 외계와 연계되는 이성으로 다듬어진 이성(理性)의 바늘이다. 바늘을 주면 도리어 이상을 마구 찔러댄다. 그러니까 일력, 시집, 시계, 또 내 몸, 내 경험이 있는 곳, 즉 그간의 낡은 의식과 인식을 찾아 찔러댄다. 이상이 얄팍하게 갖고 있던 무장된 오성이 오히려 공격을 당하여 피가 조금 흘렀다는 것이다. 장난감신부는 장미꽃처럼 가시가 돋아 있는 순수한 자아가 되어 투사(投射)하고 있는 것이다. 그러면 싱싱한 밀감은 도대체 무엇일까? 말하자면 이상은 자아가 몸으로부터 분리되어 있다고 고집하지만, 이제 감수성을 가진 장난감신부는 그 자체가 하나의 생명체로 현신(現身)하였기 때문에 장난감신부에 의해 이상의 몸은 건강해진다는 것으로 보인다.

호기심을 불러일으키는 것은 이 무장된 것이 상처를 드러냄으로써 스스로 치유되는 현상이다. 몸과 마음(정신)의 양면성을 보여주고 있다. 자크 라캉의 승화처럼 억압을 받아들여 상징계로 진입하는 것이다. 주체 혹은 상징계는 타자라는 이물질에 의해 전복되거나 신화적

유래했는데, 여자를 뮤즈로 이해한 초현실주의자들로부터 칭송을 받았다. ▷ Ibid., p.48 참조.

158) 사실상 인형 등 장신구는 베일에 가려진 여성이다. ▷ Madan Sarup, op. cit., p.144.

159) 권택영 엮음, 『자크 라캉 욕망이론』, (문예출판사, 1999. 5), p.33.

지식이 보여주듯이 형태를 바꾸면서 끝없이 타자가 주체를 순환시킨다는 것과 같다. 여기서는 건강한 객체(밀감)가 주체(육체)로 전환한다는 것이다. 자아가 아니고 주체가 되는 것이다. 주체는 더 이상 주인이 아닌 타자가 주인이고 주인이 타자가 된 셈이다.[160]

한편 장난감신부의 반지는 무엇일까? 이상은 반지를 사랑의 연결고리, 즉 증표(의지)임을 확인시켜 주는 것 같다. 그러나 한갓 몸에 끼고 다니는 상징에 불과한 것으로 가볍게 보아 넘긴다. 그런데 그 반지가 이제 몸에 닿아도 바늘이 찔러대는 것으로 오인하고 아파한다. 이 시에서 주목하게 하는 것은 '1 밤'에서는 촛불을 껐지만 '2 밤'에는 촛불을 켜고 밀감(생동감)을 찾고 있다. 장난감신부가 이상의 새로운 참모습[自覺]을 찾고 있다. 그러나 아직도 일심동체에는 거리가 있는 순수한 자아를 가까이 할 수 없어서 또 하나의 이상은 모르는 체한다. 꿈(1 밤)과 현실(2 밤)의 경계에 놓여 있음을 보여준다. '2 밤'은 싸르트르처럼 나를 대상화하려는 것만으로, 자기 속으로 초월하는 의식, 즉 대자존재(對自存在, Tre_pour_soi)와 즉자존재(卽自存在, Tre_en_soi)라는 극단적인 이원론에 입각해 있는 것처럼 자아를 타자로 인정하기 어려운 것과 같다.

그러나 '1 밤'에서는 메를로-퐁티처럼 나와 타인 간의 상호신체성(inter courporéite)은 유아론적으로 고립된 나의 독자성과 절대성이 근원적인 것이 아니라 나와 타인간의 공동성(共同性)이 근원적인 것임을 알려준다.[161] 즉 자아가 타자임을 인정한다. 그러나 이원론적인 이상의 갈등은 서양철학을 비롯하여 인도철학이나, 유가미학(儒家美學)적인 철학의

160) 권택영, 『몸과 미학』(경희대학교 출판국, 2004. 4), p.235.
161) 이거룡 외, 『몸-또는 욕망의 사다리』(한길사, 1999. 6), p.161.

숲속을 방황했지만 결론에 도달하지 못했음을 알 수 있다. 이 시가 '1 밤'과 '2 밤'이라는 밤에 대한 강렬한 의미를 제시하여 순수자아와 현실을 나르시시즘으로 시도해 보았지만 도달하지 못한 것으로 보인다.

브르통에 따르면 인간이란 잠에서 깨면서부터 무엇보다도 자기 기억의 장난감이 돼버리며, 정상적인 상태에서는 기억은 꿈의 상태를 희박하게 재생시켜주고, 기억은 모든 현실적인 중요성으로부터 꿈을 따돌린다는 것이다. 인간은 그만한 가치가 있는 그 무엇을 지속시킨다는 환상을 품고 있으므로 꿈은 밤과 같이 괄호 속에 묶여지고 만다는 것이다.[162]

그의 소설「童骸」,『朝光』(1937. 2)[163]의 글 중에 "실로 나는 울

162) André Breton, op. cit., p.119.
163) 동해(童骸) : 글자그대로 풀이하면 '아이 유해 또는 아이해골'이다. 이 뜻풀이는 김주현이나 김윤식의 해석과 일치한다. 또한 '童骸'를 '童孩', 즉 '孩'자를 바꾼 조어라고 볼 수 있다. 그러나 필자가 볼 때 장난감신부, 즉 여자아이 인형을 그대로 '童骸'로 보자고 제의한다. 왜냐하면 아이인형 자체는 하나의 페티쉬(fetish)에 불과하기 때문이다. 뼈처럼 보이는 용수철에 옷을 입힌 인형인지, 나무와 용수철로 합성한 아이 인형인지 확실히 알 수 없으나, 인형은 원래 생명이 없는 물신(物神, fetishism)적으로 볼 때 어떤 생명체임을 인정해줄 뿐이다. 따라서 여기서는 합일문자, 즉 모노그램(monogram)은 약간의 견해 차이로 본다. 그러나 소설「童骸」 제목 자체가 풍기는 것은 마치 살아 있는 아이처럼 그로테스크한 것은 사실이다. 이 소설에서 모노그램이 있다면 등장하는 '윤(尹)'은 재미있는 모노그램으로 볼 수 있다. 왜냐하면 漢字 '尹'은 사전적으로 '다스린다.', '바로 잡음.'의 뜻이 담겨 있고, '尹'을 자세히 보면 끄나풀이 있는 옷가방(suitcase) 안에 칼(여기서 칼[刀]은 잘 다듬어진 이성으로 봄—필자)이라고 볼 수 있다. 그래서 그 칼이 인형을 만들었다면 어떤 실증을 떠나 작품 자체에 한할 경우, 아마 칼이 나무를 깎아 만든 인형과 함께 살고 있다는 것을 이상은 질투하면서 인형과 결혼한다. 물론 칼도 인형도 이상 자신이기 때문에 이 소설의 핵심은 세 겹의 얼굴을 가진 삶의 속성과 죽음의 본능에 닿아 있는 검은 그림자인, 즉 에로티시즘을 통해 자아를 시험하고 있다. 조광제의 글에 의하면 "몸으로 등장하는 타인의 존재는 반성을 통해 자기 속으로 초월해 가는

창한 森林속을 진종일 헤매고 끝끝내 한 나무의 印象을 훔쳐오지 못한 幻覺의人이다. 無數한 表情의 말뚝이 共同墓地처럼 내게는 똑같아 보이기만 하니 멀니 이 奔走한 焦燥를 어떻게 점잔을 빼어서 救하느냐"[164]라고 절규하고 있다. 물론 연구자의 관점에 따라 이 소설(동해)이 갖는 성격은 전혀 다른 세계로 해석할 수도 있겠지만, 무엇보다도 이상은 순수한 자아의 탐구에서 스스로 '환각(幻覺)의 인(人)'이라고 자처하는 것 같다. 처음부터 끝까지 그의 총체적인 면을 보면 숨쉬는 개인적 자아탐구의 미흡함을 독백으로 쓴 것으로 보인다.

말하자면 인간의 인식 한계를 확장시켜 현실을 믿지 않는 정신착란

나의 정신적 자아 영역을 깨뜨리는 것이 아니다. 오히려 그 반대로 나의 몸인 나의 주체를 반성하게 함으로써 함께 공동체적인 주체를 형성하는 적극적인 역할을 한다"는 것이다. 어쨌든 이상은 울창한 삼림 속을 끝없이 헤매는 자살충동적인 개인의 자아탐구로 보인다. 한편 이 소설에서 '乞人反對'에 나오는 '근로직'의 주해는 한자로 적어보면 '勤勞職'으로 보아진다. 그런데 문제는 인형들이 버림받는 매춘부와 넝마주이, 즉 상품화되고 노동현장의 기계가 되어 돌아와서는 '가증한 인형(장난감)'은 현찰을 요구한다. 말하자면 페티시가 갖는 이중 의미구조는 인간의 신체를 물질문명에서 스스로 물어뜯거나 먹어버리는 동물로 변형될 수 있다는 것이다. '가축(皮)은 이제 싫다'해도 가축들에게 먹혀진다. "융(尹)이 날로 패아주몽 내사고마마자 주을란다"하면서 생생(牲生)하다가 결국 폭풍이 휘몰아쳐도 끄덕치않는 자아가 없으면 동해(童骸)가 되고 만다는 것이다. 필자가 이상의 소설 「동해」에 관심을 갖는 것은 『三四文學』 제5집(1936. 10)에 발표된 이상의 시작품 「I WED A TOY BRIDE」와 매우 흡사하기 때문이다. 따라서 이 소설이 갖는 핵심을 간단하게풀이했지만 소설 「동해」와 위의 시를 연계하여 집중 조명할 경우, 초현실주의를 지향한 동인지 『三四文學』의 위상은 새롭게 조명되어야 할 것이다.▷ 조광제, 「타자론적인 몸철학의 길」, 『몸—또는 욕망의 사다리』(한길사, 1999. 6), p.160.

164) 김주현 주해, 『이상문학전집 2—小說』(소명출판, 2005. 12), p.304./ 김윤식 엮음, 小說 원본 · 주석 『李箱문학전집 2』(문학사상사, 초판7쇄, 2006. 12), p.271.▷ 필자는 오류가 없다고 보는, 김주현의 주해에 준거했음을 밝혀둔다.

처럼 상상력에 의한 환상을 수동적인데 그치지 않고 오히려 그것을 이용하여 외부세계와 내면세계의 대상들을 현실에서 유리시키려는 것 같다. 그렇다면 자기의 환상과 동일화되어도 정상적인 행동을 다시 되찾는, 다수인이 갖고 있는 편집성적인 측면이 전혀 없지는 않다고 보아진다.[165)]

그의 작품세계는 자신의 이미지를 투사하기 때문에 다른 지점에서도 자꾸만 똑같은 것을 보게 된다는, 바로 공동묘지 말뚝이해골처럼 보이는 혼란스러운 환각을 동원해 소원을 성취하려는 환각(幻覺)의 인(人)으로 각인(刻印)되어 있다고 할 수 있다. 그의 「幻視記」(유고서설, 1938. 6, 『청색』지 발표)[166)]를 보더라도 환각을 더욱 뒷받침해주고 있기 때문이다. 필자는 이상의 소설 「童骸」보다 그의 초현실주의적 시 「I WED A TOY BRIDE」가 오히려 백미로 보인다. 왜냐하면 장난감 신부라는 페티시 대상이 경이로움을 빚어내는, 즉 꿈의 일부인 환상적인 역설과 해학을 원시적인 경외감으로 환기시켜 내적인 자아의 통합성과 직접성을 재생하는 등 꿈과 현실의 세계를 넘나드는 정신을 자유롭게 해방시켜주기 때문이다.

이상으로 이상문학에 대한 심리적 메커니즘을 부분적이나마 전 작품을 통하여 구체적으로 살펴보았다. 그의 전 작품을 구축하는 핵심적 요소는 분리 불안과 공포로 인한 초조감과 외상(trauma)이다. 이러한 초조감과 외상들의 강박관념은 식민치하의 시대적 상황과 맞물려 있다는 것은 이미 공통적인 지적이다. 여기서 이상문학을 지배하는 우울증과 공포 등, 외상 받은 대상들은 애매모호하고 낯설게 절단

165) Yvonne Duplessis, op. cit., p.54.
166) 김주현 주해, 정본『이상문학전집 2—小說』(소명출판, 2005. 12), pp.243~251.

되어 나타나기도 하고, 파괴되어 비틀어지거나 절름거리는 등 괴기한 모습으로 현현되기도 한다. 억압된 기호들이 성(性, 이상문학의 성은 섹스보다 나르시시즘적임—필자)과 절망을 마치 현실적으로 표출하지만 사실 그의 이중적 이미지는 유혹환상 중에서도 거세된 환상으로 보아야 할 것이다. 그것은 이중의식들이 겹쳐진 이미지, 즉 전치 또는 중첩되면서 대립되어 다시 생성되는 것으로 보아지기 때문이다. "어느 時代에도 그 現代人은 絕望한다. 絕望이 技巧를 낳고 技巧 때문에 또 絕望한다"[167]는 그의 작품은 비록 현실은 냉엄하게 배수진을 치고, 육체는 거듭되는 각혈로 하여 작품 자체가 절망하고 좌절하는 등 비관론적인 독백으로 절규하는 것을 보여주지만 파편화된 생명력을 통해 기교를 얻어내는, 즉 스스로 해체작업에서 만나는 자기의 참모습을 보여준다고 할 수 있다.

이는 바로 그의 골수에 박힌 개인적 가족사가 상징 숫자기호들로 파생된 오브제들이라고도 할 수 있다. 이러한 오브제들은 치명적인 상호충돌의 연쇄작용으로 말미암아 이상의 글쓰기는 오히려 건강한 창작의욕을 불러일으켰다고 보아진다. 한마디로 개인적 자아탐구의 미흡함을 독백으로 쓴 것 같다.

앞에서도 말했지만 이상문학은 바로 에릭 에릭슨(E. H. Erikson)이 말한 개인적 자아의 재발견에서 상실된 동일성회복이라 할 수 있다. 다시 말해서 자기를 초월하는 자기를 찾는 자기실현,[168] 즉 자유로운 인

167) 이 글은 『시와 소설』(1936. 3. 13)에 발표되었음. 이 잡지의 속표지 첫 장에 동인들이 자기 예술관을 드러내는 아포리즘을 적었는데, 이글이 이상이 쓴 글이다.▷ 김윤식 엮음, 수필, 『李箱문학전집 3』(문학사상사, 2002, 5), p.360./ 고은, 『이상평전』(향연, 2003. 12), p.268.

168) "분석심리학에서는 자아와 자기를 구분한다. 자아는 의식의 중심이지만 자기는 의식과 무의식을 통틀어 전체정신의 중심이다. 전체정신은 실현

간으로서 다양한 기능성을 빈틈없이 달성해나가는 생성(becoming)이라고 볼 수 있다.[169] 이러한 조짐(an omen)은 다다이즘에서 초현실주의로의 이행을 엿보이게 한다. 그렇다면 집단적으로 창작활동을 본격화한 〈三四文學〉의 초현실주의적 시작품들은 이상문학의 아류인지 아닌지를 다음 장에서 집중적으로 분석해 보기로 하겠다.

될 수 있다. 그러나 의식은 발달, 분화, 또는 강화될지언정 '실현'되는 것은 아니다. 자기실현(Selbstverwirklichung)이란 아직 모르는 크기의 전인격을 실현하는 것을 말한다." ▷ 이부영, 『자기와 자기실현』(한길사, 2003. 8), p.29 참조.

169) 김성배, 「인문주의 심리학의 방법과 이론」, 『현대학문의 조류와 그 전망』(연세대학교출판부, 1986. 5), p.286.

III. 〈三四文學〉의 태동과 특성

1. 〈三四文學〉의 태동

지금까지 주로 초현실주의 본질과 발생 배경을 통해 초현실주의 수용 양상을 살펴보았다. 그러나 앞에서도 말했지만 많은 연구자들은 이상문학에 대한 집중적인 고찰을 통해 〈三四文學〉을 부분적으로 평가하여왔음을 알 수 있다. 그러나 〈三四文學〉의 태동은 시대적 갈등과 대립이 맞물려 새로운 신념이나 철학을 갈구하는 등 기존의 질서에 반기를 들고 부정하는 정신의 일환으로 필연적인 요청이었다. 〈三四文學〉의 태동은 다다 · 초현실주의 영향은 틀림없으나 반드시 그것만은 아니다.

배경을 보면 당시 모더니즘운동을 주도한 김기림의 일부 왜곡은 물론 1920년대의 목적문학과 유사한 순수문학운동 등에서 회의를 느껴 태동된 원인도 없지 않을 것이다. 또한 식민치하의 시대적 상황을 벗어나려는 시도는 〈三四文學〉이 갖는 또 하나의 특수성임을 알 수 있다. 여기서 1930년대를 간략하게 살펴볼 필요가 있다.

오세영의 주장과 같이 1930년대에 들어서면서 세계적인 파시즘 영향을 받은 일본군국주의는 밖으로는 1931년 만주사변을 일으켜 동아시아를 강점하려는 침략전쟁을 자행하는 한편 우리의 3·1운동 이후 1920년대의 단기간 문화정책을 버리고 1931년 신간회(新幹會)의 해체, 1934년 조선농지령(朝鮮農地令) 공포, 불법단체로 규정한 프로문학의 카프맹원들을 검거한다. 1차 검거(1931)후 1934년의 '전주사건'으로 같은 해에 2차 검거 및 완전해산(1935) 등은 물론 심지어 카프운동의 반동으로 1920년대의 민요시(民謠詩) 운동과 연결된 우리시조부흥운동 등을 비롯하여 민족주의 운동, 즉 민족문학마저도 억압하는 군국주의 속성을 드러내면서 철저한 민족주의운동에 대한 탄압을 강화했다. 1936년에는 조선사상범보호령 공포 등 사상운동을 일체 금지하는 등 반대세력을 차단시키고 1937년 일본어 강제사용, 1938년 조선어 과목폐지 등 악랄한 폭력과 공포의 무단정치로 전환했다. 이처럼 급격한 혼류현상(混流現象)으로 말미암아 순수서정시운동, 즉 순수문학이 대두하게 된 것이다. 이러한 상황은 국권을 상실한 우리나라뿐만 아니라 일본에서도 이미지즘의 본래적 태도는 군국주의 국가체제를 비판한다는 점에서 기피되고, 1930년 이후의 모든 예술운동은 활력을 잃는 등 한계를 느끼고 있었음을 알 수 있다.[1)]

이와 같이 실의와 좌절의 굴종시대에도 1929년 조선어학회가 주축이 된 '조선어사전편찬회' 구성, 1930년 「한글맞춤법통일안」의 작성, 1933년 10월 19일 이의 공포로 인해 우리나라 역사 이래 최초로 그 질서를 찾게 되고 성숙된 지식인의 양적 팽창으로 독자층과 작가군으

---

1) 吳世榮, 「30년대의 문학적상황과 순수문학의 대두」, 『韓國文學硏究入門』(지식산업사, 2003. 3), pp.589.

로 구분해 볼 수 있는데, 일종의 뷰티 부르주아인 이들 작가[2]는 전통적 보수주의와 공식적 계급주의에도 전적으로 만족하지 못한 상태에서 국제주의를 지향하게 된다. 이에 따라 순수문학의 길을 걷게 되는 현상이 일어나고 문인들은 크게 충격을 받아 모국어의 사용에 대한 의식이 고조되었다. 또한 저널리즘의 증가현상(신문도 4종 이상 간행)과 많은 잡지들 간행 등 통속문학의 범람 성행으로 순수문학과 대중문학으로 더욱 뚜렷한 현상을 가져왔다. 목적문학을 완전히 극복하지 못한 1920년대 문학이 지닌 도식성, 정치성, 편내용성, 이념지향성을 거부한 1930년대의 순수문학 역시 목적문학이 아니라고 단정할 수 없으며, 파시즘으로 인한 목적문학을 벗어나지 못한 한계점을 지적할 수 있다.[3]

그러나 새로운 감성, 좀 더 자유스러운 형식, 수준 높은 예술성, 다양한 철학적 문학을 요구하게 되었다. 자아의 발견과 내면의 가치를 탐구하거나 미의 추구를 통한 개인적 주정적 심미적 장인 의식적 경향 등 기교주의적인 면에 경도되어간 것을 알 수 있다. 여기서 1930년대 순수문학의 선구자 역할을 한 최초의 문학유파는 '시문학파(1930)'임을 알 수 있다.[4] 이와 같이 민족의 언어를 완성시키는 등, 내면 깊이에는 민족애가 발휘되고 있었다. 그런데, 감상적 낭만주의와 프로문학운동과 순수문학운동과의 상관체계에 놓인 우리나라의 모더니즘 형성

---

2) 뷰티작가들 : "朴龍喆, 異河潤, 李軒求, 金煥泰, 白鐵, 金起林, 崔載瑞, 鄭芝溶" 등이다. ▷ 吳世榮, op. cit., p.594.

3) Ibid., p.596.

4) 『詩文學』 동인의 선언을 보면 다음과 같다 : "한 民族의 言語의 發達이 어느 程度에 이르면 單語로서의 存在에 滿足하지 아니하고 文學의 形態로 要求된다. 그리고 그 文學의 成立은 그 民族의 言語를 完成시키는 길이다." 『詩文學』 一號, (詩文學社, 1930), p.39.

은 여기서 결정적인 영향을 받은 것으로 본다. 김재홍의 주장과 같이 "임화의 기교주의 논쟁에 의한 김기림 비판은 프로문학과 상대적 위치에 놓이는 모더니즘의 특징을 단적으로 드러내 보여주기 때문이다."[5)]

이러한 순수문학운동 등 예술지상주의와 이데올로기적인 프로문학운동과 재래시의 한계[6)]를 벗어나게 되는 『三四文學』의 발간은 소위 침체된 당대의 조선 문단에 반항아적인 태동이라고 할 수 있다.[7)] 이

---

5) 金載弘, 「16. 모더니즘과 30년대의 詩」, 『韓國文學硏究入門』(지식산업사, 2003. 3), p.600.

6) 趙演鉉은 "모던이즘詩 運動은 『詩文學』派를 現實的 關心이나 責任에서 벗어난 文學上의 技巧主義로서 批判하게 이른 것으로 볼 수 있다. 以上과 같은 〈詩的價値를 意慾하고 企圖하는 意識的方法論〉 위에서 出發된 모던이즘詩 運動은 金起林 · 金光均等의 이 무렵의 시작을 통하여 구체적인 표현으로서 나타났고, 『三四文學』(一九三四年 創刊 뒤에서 言及 됨)은 그러한 모던이즘의 系統을 이어간 동인지였다. 特히 그 中心同人인 申百秀와 李時雨는 오히려 金起林이나 金光均의 抒情的 要素에 不滿을 품고 슈리알리즘을 主張하는 데까지 이르던 사람들이었다. 어쨌든 이러한 一連의 모던이즘 運動이 남긴 것은 (…) 그 聽覺的要素에 比하여 視覺的要素를 導入시켰고, 現實에 對한 態度에 反하여 批判的인 積極性을 가져다준 것은 韓國現代詩의 새로운 一局面을 開拓 해준 곳에 重要한 意味가 있었다."고 언급했다. ▷ 趙演鉉, op. cit., p.503 참조.

7) 월간 『상아탑』의 '신백수 특집 소설 「曆」'에 따른 李時雨는 「曆의 내력」이라는 글에서 신백수는 "朝鮮文壇이라는 것을 全的으로 否認하면서 한편으로는 그들에 對한 一種의 冷笑까지 먹음었었다. 그가 主幹編輯하던 『三四文學』은 이러한 意味로서 沈滯한 朝鮮文學에 던지는 하나의 돌이었고 無氣力한 文壇人에게 對한 警告와도 같었다. (…) 〈三四文學〉이 한때 沈滯한 朝鮮文壇에 한 개의 돌을 던져 窓을 부시고 淸新한 바람을 드리었다는 것과, 그 效用을 더 實際的으로 말한다면 朝鮮이 장차 外國의 現代文學을 바더드릴 準備를 하여 노았다고 하는 點만은 누구나 否認할 수 없는 事實일거라"(p.15 참조)라고 했다. ▷ 『象牙塔』 第七號, (象牙塔社, 1946. 6. 25), p.13, p.15. ▷ 『상아탑사, 영인본』(창조문화사, 1999. 10. 25), p.62, p.64 참조.

를 확고하게 한 것은 첫째, 이시우의 평론은 당대 문단상황에 반발적인 모랄 의식 또는 사회적·윤리적 책임감으로 보아야 하겠다. 둘째, 『三四文學』지에 발표된 초현실주의적 시들이 불과 20여 편이지만 특별하게 주목하게 하는 것은 제5집을 발간하기까지의 동인지 형태의 집단적인 초현실주의 시작품이 꾸준히 발표되는 등 완전히 에콜화 된 성과를 내었고, 고찰하는 과정에서 볼 때 그동안 폄하된 〈三四文學〉의 쉬르(Sur)적 시작품들이 대단히 우수한 작품으로 분석되었다는 점이다. 왜냐하면 뒤에 나오는 시작품의 집중분석에서 상술하겠지만 그들의 시들은 심리적인 시세계, 즉 내면의 깊이에서 생성되는 대상 자체가 대부분 오브제화 되었기 때문이다. 다시 말해서 주제와 거리가 먼 것은 오브제의 전치(轉置)에서 나타나는 주체(또는 주제)를 만날 수 있는 등 난해성을 띠고 있다 할 것이다.

태동이 있기까지 〈三四文學〉을 주도한 핵심멤버는 이시우, 신백수, 정현웅, 조풍연이다. 이들은 상호 소개와 함께 문예잡지를 간행한 것으로 보인다. 간행동기를 살펴보면 이시우, 정현웅, 조풍연의 남긴 글에서 확인된다.

이시우는 1946년 6월 『象牙塔』 제7호에 발표한 신백수의 소설 「曆의 내력」[8], 역시 1946년 『象牙塔』 제7호에 발표한 정현웅의 「申百秀와 三四文學과 나」[9]에서, 그리고 조풍연이 1957년 『現代文學』(3

8) 李時雨, op. cit., p.13, p.15.
9) 鄭玄雄은 그의 글 「申百秀와 三四文學과 나」에서 "申君을 내게 紹介하기는 趙豊衍君이었다. 그리고 처음으로 내게 同人雜誌를 만들어 볼 意思가 없느냐는 말을 끄집어낸 것도 趙君이었다. 그 때 나는 덮어놓고 좋겠다는 對答을 하였으나 이런 方面에는 아모런 經驗도 없어서 엄두도 나지 않었고, 또 지나가는 말같이 된 이러한 이야기가 直時 實現되리라고는 內心 생각되지도 않아서 말하자면 건성對答에 가까웠던 것이다 (…) 하여간 百秀가 나타난 뒤부터 동인지는 着着 進行 되어 갔다 (…)"는 것은 뜻을 같이 한 것이다. 『象牙塔』 第

권 3호)에 발표한 「三四文學의 記憶」[10])에서 각각 술회하고 있듯이 다음과 같이 신백수가 쓴 〈三四文學〉의 선언내용이 잘 반영되어 있기 때문이다.

「3 4」의 宣言

모듬은 새로운 나래(翼)다.
— 새로운 藝術로의 힘찬 追求이다.
모듬은 個個의 藝術的創造行爲의 方法統一을 말치 않는다.
— 모듬의 動力은 끌는 意志와 섞임의 사랑과 相互批判的分野에서 結成될 것이매.
이 한쪽의 묶음은 質的量的 經濟的…의 모든 的의 條件 環境에서 最大値를 年 二回에 둔 不定期刊行이다.

聲援과 鞭撻을 앞세우고 이 쪽아리를 낯선 거리에 내세운다. 「3

七號, (象牙塔社, 1946 · 6 · 25), p.15.▷『상아탑사, 영인본』(창조문화사, 1999. 10. 25), p.64 참조,

10) 趙豊衍은 「三四文學의 記憶」에서 "當時 내 나이 21歲. 小說創作에 뜻을 둔 나는 偶然한 기회에 申百秀라는 나보다 한 살 어린 靑年을 알게 되었는데 (…) 이 사람이 「同人雜誌」에 대하여 關心이 큰 듯하여서 무턱대고 雜誌를 내자는 데 合意되었다. (…) 어쨌든 申, 李, 鄭 그리고 나의 4명은 謄寫版 한 대를 購入하여 여기서 주서 모은 原稿를 대충 추리어 (…) 貧弱하기 짝이 없는 雜誌를 壹百部 가량 店頭(꼭 한군데, 安國洞 北星堂)에 내었더니 그것이 一週日이 못 가서 다 팔려 버렸다. 몽땅 쳐서 二百部인데, 그것이 다 팔린 것을 보고 「北星堂」書店主人 金氏가 다음號는 活版으로 내라고 勸하였다."▷『現代文學』 3권 3호, (1957. 3), pp.263~264.▷ 강진호 엮음, 「삼사문학의 기억」, 『한국문단 이면사』(깊은샘, 1999. 10), pp.189~192 참조.

4」는 1934의 「3 4」며 하나 둘 셋 넷…의 「3 4」이다.

(백수)

—『三四文學』第壹輯, (三四文學社, 昭和 九年 九月 一日), p.8.

위의 선언과 같이 이 문예지의 표제명도 특이하지만, '새로운 나래다.' '새로운 예술로의 힘찬 추구이다'한 것과 '개개의 예술적 창조행위의 방법 통일을 말치[11] 않는다'는 것을 분명히 한 것이 주목된다.

다시 짚어보면 당대의 무기력하고 침체된 흐름을 과감히 탈각하고 청신한 바람으로 새로운 미학창조를 위해 생동감 넘치게 추구하되 개개의 예술창조는 인간의 한 집단의 테두리에 얽매이지 않고 개인의 자유의지, 즉 개성 있는 창작행위로써 획일적인 모임들이 아님을 밝히는 것이다. 특히 모임의 동력은 끓어오르는 의지가 필요하고, '섞임의 사랑',즉 모임의 상호친목을 도모하는 동시에 작품을 통하여 비판할 때는 공감대는 더욱 튼튼히 묶어져야 한다는 것이다.

그러나 필자가 참여 필진을 살펴본 결과 당대의 기성문단 필진을 겉으로 포용하려는 의도가 엿보인 것과 원고확보의 빈곤 등으로 종합지의 성격으로 출발한 것은 시행착오인 것으로 보인다. '쪽아리[12]를 거리에 내세운다'는 어색한 내용을 숨기고 있는 것이다.

왜냐하면 〈三四文學〉을 '새로운 예술로의 힘찬 의지'를 주도한 신백수와 이시우를 비롯한 주도 멤버들이 처음부터 초현실주의 작품을

11) '말치 않는다'는 두 가지 뜻이 담긴 것 같은데, 하나는 말치레 않는다, 즉 '실속 없이 말로만 꾸미는 일'이 아니다 라는 것과 또는 '말리지 않는다.'의 뜻도 된다.

12) 쪽아리 : 쪼가리로서 조각난 것을 말함인데 일부 연구서에 '조아리'로 되어 있으나 오류로 보아짐.

발표하겠다는 결의와는 차이점이 있기 때문이다. 일부 연구자들도 이미 지적한 것이지만 창간호부터 초현실주의적 시를 발표한 이시우를 비롯한 일부 동인들이 제4집에 와서 쉬르적 작품들을 다수 발표하여 에콜화 될 가능성이 엿보인다고 하였다.[13]

그러나 제5집에서 비로소 동인들 전회원이 초현실주의적 시를 발표하여 완전히 에콜화 됨으로써 분명히 〈三四文學〉의 정체성을 확인시켜주고 있다. 먼저 〈三四文學〉의 총괄현황과 작품현황을 보면 각각 다음과 같다(도표1, 2 참조).

『三四文學』의 刊行 및 同人變動 現況 圖表 1

號數	發行日	版名·版型	頁數(페이지수)	發行人兼編輯長	印刷人 및 인쇄소	發行所	作品種類	作品 發表者		備考
								參與 및 同人	同人 外 名單	
第1輯	1934. 9. 1	謄寫版. 프린트本 4·6倍版	70 제3집에 명시된 페이지임	申百秀(그림: 현웅, 글씨: 풍연)	申百秀(京城府壽松洞四五番地)	三四文學社(京城府壽松洞四五番地) ※販賣所: 北星堂▷寬勳洞142	詩(9) 時調(2) 小說(3) 戲曲(1) 에세이(1) 計 16	참여필진: 金永基, 金元浩, 申百秀, 劉演玉, 李時雨, 李淙和, 鄭玄雄, 鄭熙俊, 趙豊衍, 韓相稷, 韓鐸瑾(11名)		제1집은 단순한 參與筆陣에 불과함(동인제 아님).
第2輯	1934. 12. 1	活字版本 4·6倍版	46 —제3집에 명시된 페이지임	申百秀(表紙書: 鄭玄雄, 扉繪: 申鴻休)	金鑛浩: 漢城圖書株式會社(京城府堅志洞三二)	三四文學社(京城府壽松洞四五)※販賣所: 北星堂▷寬勳洞142	詩(19) 時調(5) 評論(1) 小說(1) 計 26	同人名單: 金元浩, 申百秀, 劉演玉, 李時雨, 李孝吉, 鄭玄雄, 趙豊衍, 韓泉(8名)	張瑞彦, 崔暎海, 洪以燮, 杜春, 金大鳳, 金海剛, 늘샘, 金道集, 韓秀(9名)	제2집부터 同人制가 됨.
第3輯	1935. 3. 1	活字版本	88 — 겉표	申百秀(編輯人: 李時	朴仁煥: 大東印刷所	三四文學社(京城府	詩(13) 翻譯詩(1)	金元浩, 李時雨, 鄭玄雄,	韓秀, 孫明鉉, 李淙	李時雨 評論:

13) 姜熙根, op. cit., p.155.

		4·6倍版	지포함	雨, 鄭玄雄),(表紙·麗粧畵: 鄭玄雄)	(京城公平洞五五)	壽松洞四五)※販賣所:北星堂▷寬勳洞142	時調(4) 小說(2) 評論(4) 讀者反應說問(1) 計 25	申百秀, 趙豊衍, 韓泉, 劉演玉, 李孝吉, 崔杜春(新), 崔暎海(新), 洪以燮(新) 등(11名)*(新)3명은 同人會加入. ▷金元浩 작품미발표함.	和, 柳致環, 鄭榮水, 金正熹, 任惠羅, 張應斗(8名)	絶緣하는 論理」發表 崔杜春, 崔暎海, 洪以燮 同人加入.
第4輯	1935. 8. 1	菊版	36	李孝吉(編輯人:趙豊衍)	朴仁煥:大東印刷所(京城公平洞五五)	三四文學社(京城堅志洞七0)※販賣所:北星堂▷寬勳洞142	詩(13) 時調(1) 時評(1) 에세이(2) 計 17	申百秀, 李孝吉, 韓泉, 鄭玄雄, 李時雨, 劉演玉, 趙豊衍, 洪以燮, 崔暎海(9名)※본고는 金元浩, 崔杜春 등이 작품 미발표로 동인회 명단에서 제외.	鄭榮水, 鄭炳鎬, 林玉仁, 金晉燮, 張應斗, 李燦, 呂尙鉉(7名)	
第5輯	1936. 10.	目次·版卷 등은 물론 印刷面 없음	31	申百秀	日本東京으로구전되고 있으나, 신백수의 발행소번지로 보아 국내로 보임.	世紀肆(發行所:京城府壽松洞四五)	詩(10) 小說(1) 評論(1) 計 12	申百秀, 朱永涉, 劉演玉, 李箱, 李時雨, 鄭炳鎬, 黃順元(7名)		李時雨의 評論 Surrealism」發表.

『三四文學』誌 發刊別 作品現況 圖表2

구분	시·시조	평론·시평	소 설	에세이·기타
제1집	잃어버린 眞珠(한천)/アールの 悲劇(이시우)/喝采(한상직)/얼빠진, 무게없는 갈구리		乞人(김영기)/없는사람들(김원호)/對角線	생활의破片(정현웅)/風浪(한

	차고(신백수)/二重星(유연옥)/흐린 날의 苦悶, 찾는 밤, 실비오는 어린 봄날(정희준)/풀밭에서, 그물질(종화).		上의女子(조풍연)	상직)
제2집	第一人稱詩,續(이시우)/CROQUIS－일기장,교외사생,길,안개를거름(정현웅)/風景: I.로서아,II.박(장서언)/프리마돈나에게(한천)/떠도는－눈뚜덩이부푸러오르려고,어느혀의재간(백수)/九官鳥(최영해)/가을(유연옥),가을의 마음(홍이섭)/幽靈(두춘)/傷春曲－1.相殺,2.幻影,3.葉書한章(김대봉)/아름다운술을虛空에뿌리노니－1,2,3(김해강)/落照에물든구름(늘샘)/偶感二首－은행꽃(이효길)/秋愁(김도집).	發映聲畵藝術의根本問題(한수)	遊戯軌道(조풍연)	
제3집	단순한 봉선화의 哀話(한천)/鶴과 太陽－李秉絃氏에게(두춘)/房(이시우)/가을三題－秋雲,秋風,秋蝶(유치환)/여주(技技),東海에서(정영수)/보름달(김정도)/病監의딸(임혜라)/12월의腫氣(백수)/새벽길(홍이섭)/最後의停車場(유연옥)/아담第一世(이효길 譯)/갈매기－勝景,秋情(장응두)/ 첫눈(종화).	絶緣하는論理(이시우)/괴로움가운에의微笑(손명현)/ 寫實主義(繪畵漫步－courbet의周圍를(정현웅) / 劇藝術의本質問題(한수)	靈은零이니라(백수)/看板選手－優畵堂始末記(조풍연)	文藝同人에對하야 『三四文學』에對하야(倒着順) ※說問으로 봄 (본고 필자)
제4집	Ecce Home後裔(신백수)/ 紅菊(정영수)/어느日曜日날의話題(이효길)/수염 · 굴관 · 집신,憂鬱A,B,C(정병호)/ 城(한천)/ 孤獨(임옥인)/ 憂鬱의片片－近咏十章(이찬)/ 春調－兩章時調(장응두)/미－라祭(유연옥)/보리고개(여상현)/橋畔(홍이섭)/아무것도 없는 風景(최영해)/ 驪駒歌(이시우).	十九世紀의藝術至上主義와二十世紀의藝術至上主義－詩評(이시우)		雨頌(김진섭)/사 · 에 · 라(정현웅)
제5집	거리의 風景－세루로이드 에쓴詩, 달밤－停場車,傳說,急行列車(주영섭)/마네킹人形1,2(유연옥)/정병호의 여보소(정병호)/ I WED A TOY BRIDE(李箱)/ 봄과空腹, 位置(황순원)/ 잎사기가 뫼는心理(백수)/ 昨日(이시우).	SURREALISME(이시우)	體溫說(신백수)	※朱永涉의詩 「停場車」를 「停車場」으로 보임(본고 필자).

2. 동인지 성격

1) 동인회 구성

필자는 최초로 〈三四文學〉의 동인제(同人制)는 제2집부터임을 확인했다. 명실상부한 동인지가 되었다는 것을 뒷받침하는 것은 제3집의 편집인이 된 이시우와 정현웅이 편집 '後記'에서 "三四文學은 二輯에 이르러 同人制가 되자 한 개의 「안대판단」의 형식으로 해방되었다"고 밝히고 있다.[14] 이에 따라 제2집의 '목차' 상단의 좌측에 '同人' 명단을 명시하고 있는데(p.6), 다음과 같이 모두 8명이다.

同人

金元浩 백 수 劉演玉 李時雨 李孝吉 鄭玄雄 趙豊衍 韓 泉

그러나 대부분의 연구 자료에는 창간호 멤버들을 동인으로 포함시켜 오류를 범하고 있다.[15] 조풍연이 말한 당초 이 잡지가 간행된 것은 그의 노력에 의해 원고가 청탁된 참여 필진들임을 알 수 있다. 조풍연의 글에 의하면 "여기서 주서 모은 원고를 대충 추리어"[16] 신백수의 명의로 창간호가 출간하게 되었다는 것이다. 대부분 연희전문

14) 『三四文學』 第3輯, '編輯後記', p.86 참조.
15) 도표 등에서는 창간호부터 동인회로 포함시킨 오류지적. ▷ 朴根瑛, 『韓國超現實主義詩의 比較文學的 研究』, 檀國大學校大學院, 國語國文學科 博士學位論文, pp.77~79 참조.
16) 趙豊衍, 「三四文學의 記憶」, 『現代文學』 3권 3호, (1957. 3), pp.263~264.

출신자로 지적되고 있지만, 불과 몇 명에 불과하다. 이시우(연전, 1934), 조풍연(1938), 유연옥(연전, 1938) 등 3명이다.

다른 학교 출신의 참여필진은 편집과 발행을 주도한 신백수[17], 천재 서양화가로 이름난 정현웅[18] 그리고 한천(본명 : 韓鐸瑾, 생몰연대, 출생지, 학력 등 확인불능), 이효길(생몰연대, 출생지, 학력 확인 불능), 김원호(생몰연대, 출생지, 학력 등 확인 불능) 등을 비롯한 소설, 평론 등 각계에 종사하는 예술지망생들이 다양하게 참여했음을 알 수 있다. 이 창간호의 필진은 「3 4선언」의 앞쪽(p.7)에 동인이라는 표시 없이 먼저 참여한 11명의 명단을 보면 '가나다순'으로 밝혀놓고 있는데 다음과 같다.

> 金永基 金元浩 申百秀 劉演玉 李時雨 李淙和 鄭玄雄 鄭熙俊 趙豊衍 韓相稷 韓鐸瑾
> (가나다順)

위와 같이 당초의 참여자들은 동인이 아니고 순수한 참여필진이었으며, 제2집에 와서 비로소 동인명단을 밝히면서 동인제가 되었다. 그러나 창간호에 발표된 일부필진은 제2집에도 작품을 발표하는 것

---

17) 신백수(1915. 7. 5~1945. 4. 24) : 서울생. 파라티푸스에 의해 사망. 1934년 연희전문 영문 별과 입학, 2년 중퇴, 1935년 일본 동경 명치대학 신문연구과에 입학 1936년 졸업, 1944년 수원군청 근무 사퇴. 화신연쇄점 회사원, 시인 소설가, 『三四文學』 주간. 발행인, 동인지 『創作』, 『探究』 발행, 신세기사 편집원, 소설은 『三四文學』지 외 『創作』(제2집)에 「아름다운 고립의 배열」, 「무대장치」, 『探究』(제2집)에 「曆」이 있음. ▷ 인명사전 등에 누락되어 있으므로 본고의 필자가 정리함.

18) 정현웅(1911~1976) : 서울생. 이북에서 사망. 경성 제2고보졸업, 일본 동경 천단화학교 중퇴, 『조선일보』 기자, 월북.

을 볼 수 있다. 또한 제3집의 편집후기(p.86)를 보면 "이번에 追加 新入한 崔杜春, 崔暎海, 洪以燮 諸君을 紹介한다(李時雨 · 鄭玄雄)"고 밝히고 있다. 제2집부터 구성된 당초의 동인은 8명인데, 최두춘[19], 후일에 정음사(正音社) 사장이 된 최영해(생몰연대?, 경남, 1939년도 연전 졸업), 후일에 사학가로 활동한 홍이섭(1938년도 연전 졸업, 연대교수역임) 등 3명을 추가 가입시킴으로써 모두 11명이 된다.

제3집과 제4집의 경우에도 동인명단을 명시하지 않은 것으로 보아 변동이 없었던 것 같으나, 창간호에 1편을 발표한 김원호, 제3집에 1편을 발표한 최두춘은 작품발표가 단명으로 끝난 것으로 보인다. 그러나 당초 참여필진의 일부는 제4집까지 계속 발표한 것을 볼 수 있다. 장서언, 김해강, 유치환, 김진섭 등을 비롯한 기성문인들도 별도로 초대한 것 없이 자발적으로 참여한 것으로 보인다.

한편 1920년대 『新詩壇』(1928. 8. 創刊)의 동인들 작품도 눈에 띄었는데, 제2집(p.25)에는 시조시인 늘샘[20]의 시조 「落照에 물든 구름」을 볼 수 있고, 제4집(p.26)에는 월북한 이찬의 시조 「憂鬱의 片片」 등을 볼 수 있다. 이와 같이 『三四文學』은 기성 또는 신인들의 작품들이 다수 발표되었는데, 그 중에서도 후일에 유명한 한국화가로서 김영기, 후일에 시집 『흐린 날의 苦憫』(교육정보사, 1937)을 펴낸 정

---

19) 崔杜春, 본명 崔三漢麒(1908~?) : 경남 통영시 도남동에서 출생(속칭 되메 마을). 교사 발령지인 경남함양군에서 사망설. 연전 졸업(?), 중고등학교 교편 잡음. 통영여고 재직 때 靑馬 유치환과 함께 『生理』지 동인활동, 시 「유령」 발표. ▷ 인명사전 등에 누락되어 본고 필자가 정리함.

20) 늘샘, 본명 卓相銖(1900~1941) : 통영군 항남동(吉野町)에서 출생. 여객선 전복으로 사망. 통영에서 발행한 동인지 『참새』지 주도, 일제 강점기 때 길야정, 속칭 선창 골목 옆에 수남한의원(壽南漢醫院) 개설. ▷ 중요인명사전 등에 누락되어 본고 필자가 정리함.

희준, 후일에 〈貘〉 동인으로 활동한 김대봉, 후일에 시집 『曠野의 哀傷』(以文堂, 1932. 9)을 펴낸 정영수, 후일에 시집 『칠면조』를 펴낸 여상현, 후일에 유고 시조집 『寒夜譜』를 부산문인협회에서 펴내 준 장응두, 후일에 『文章』지에 3회 추천 완료하여 소설가로 등단한 임옥인 등등은 문단에 데뷔했거나 단행본 시집 발간, 동인활동 등을 통해 왕성하게 작품 활동한 것을 엿볼 수 있다.

처음부터 〈三四文學〉의 활동상황을 예의주시하던 김기림은 후기의 비평에서 초현실주의를 거의 부정적인 시각으로 비판하였음에도, 1935년 『朝鮮日報』에 〈三四文學〉을 조선시단의 진보된 일면을 증명해주었다고 호평한 것으로 보인다.

> 延專에서 몇 사람의 『三四文學』의 同人을 내고 잇어서 거기서 각각 希望잇는 搖籃의 노래가 들려오는 것을 느겻다. 그들은 한글 가치 전술한 「라듸오」體操의 無爲와 無價値에는 充分히 壓症을 느끼고 잇는 것을 그들의 詩作을 通하야 發見할 수가 잇섯다. 그들 各個人에 대하야 例를 들면 影像의 過剩이라든지 病的인 異國趣味等 말할 것이 만치만 그것은 다른 機會로 밀고 爲先 날근 詩에 대한 不滿과 詩 그것에 대한 情熱 그러한 것 때문에만도 그들은 朝鮮詩壇의 進步의 一面을 證明해주었다.
>
> — 金起林, 「新春朝鮮詩壇 展望— 四. 新人」, 『朝鮮日報』, 1935. 1. 4.[21]

위의 글은 동인지의 전망이 기대되는 비평으로 볼 수 있다. 창간호

21) 金起林, op. cit., pp.464~465.

부터 비평하기까지의 『三四文學』을 읽은 것은 틀림없는 것 같다. 낡은 시에 대한 회의감을 느껴 진부한 시를 쓰지 않고 새로운 시를 지향하려는 열정으로 라디오의 체조, 즉 흉내 내는 것을 가장 싫어하는 동인들의 시작 모습을 발견했다는 것이다. 또한 각 개인의 과잉영상, 병적인 이국취미 등을 지적하면서 다음 기회로 미룬다는 것은 그만큼 기대를 해본다는 것이다.

이어서 제4집을 살펴보면 많은 참여필진을 볼 수 있다. 여기서 동인들의 다수가 초현실주의적 시를 발표하여 동인지의 성격을 나타내고 있는 것 같다. 말하자면 일부 연구자들의 지적이지만 에콜화되는 과정을 보인다하겠다. 조풍연의 '後記'를 보면 "今月부터 編輯所를 京城府堅志洞七0 趙豊衍으로 移轉, 今月부터 月刊 斷行. 原稿期日 每月 七日限"이라고 밝히고 있다. 위의 글 중에 '今月부터 月刊斷行'을 하겠다는 강한 의욕을 밝히는 등 편집인으로서 굳은 결의를 나타내고 있다는 것은 창간호부터 독자층을 갖고 있었다는 것으로 보인다. 그러나 제5집 발간을 보면 〈三四文學〉의 기존 동인제가 자동적으로 해체되는 등 일대 변화가 일어났다고 볼 수 있다. 우선 탈락된 기존동인들의 명단은 김원호, 이효길, 정현웅, 조풍연, 한천, 최영해, 홍이섭, 최두춘 등 8명이다. 다시 말해서 『三四文學』에 이미 발표해온 신백수, 이시우, 유연옥, 정병호[22] 등 4명과 새로 영입된 주영섭, 황순원, 이상 등 3명을 포함한 7명의 작품이 발표되었는데, 신백수의 소설 「체온설」[23]과 이시우의 평론 '쉬르리얼리즘'을 제외하고 전회원이 초현

22) 정병호 : 전문교부 차관 鄭炳組의 실형. ▷ 구연식, op, cit., p.171 재인용.
23) 申百秀, 「體溫說」 : 1페이지만(2~16) 현존하고, 3페이지부터 16페이지까지는 어떻게 손실되었는지 확인은 불가함. 왜냐하면 17페이지부터 주영섭의 시 「거리의 風景」이 발표되어, 이시우의 논문 「SURREALISME」으로 끝맺는 31페이지 글이 게재되어 있음.

실주의적인 시들이 발표되어 있다.

이에 따라 〈三四文學〉의 핵심동인이었으며, 발행인 이효길과 편집을 맡아 제4집을 출간한 조풍연은 앞으로의 『三四文學』에 대한 편집 후기에 매월 발행하겠다는 편집방향 등을 발표해놓은 시점에서 그 이면사는 상세히 알 수 없으나 배신감과 아픈 기억을 남길 수밖에 없었던 것으로 보인다. 정현웅 역시 『象牙塔』 제7호(1946. 6. 25)에서 동인에서 제외되었다고 술회하고 있다.[24)]

여기서 조풍연의 글에 주목하여보면, 『三四文學』 제6집은 일본 동경에서 간행하였다는 것이다.[25)] 그러나 제5집에 대한 언급이 없는 정

---

24) 鄭玄雄은 「申百秀와 三四文學과 나」에서 "三四文學을 純粹한 文學誌로 만든다 해서 나는 同人에서 追出을 當한 셈이 되었다. 그런지 또 얼마 있다가 申君은 東京으로 가고 李時雨君도 뒤따라 東京으로 갔다"라고 한 것은 순수문학, 즉 초현실주의적 경향시를 써야 한다는 뜻에서 발진티부스로 인해 31세에 요절한 신백수의 성격은 물론 그간의 갈등을 그의 글에서 잘 표출시키고 있는 것 같다. ▷『象牙塔』 第七號, 象牙塔社, 1946. 6. 25, p.15. ▷『상아탑사 영인본』, 창조문화사, 1999. 10. 25, p.64 참조.

25) 조풍연은 그의 글 「三四文學의 記憶」에서 "그런데 이로부터 정현웅과 나를 제외한 동인들이 점차 경향을 같이하는 작품을 쓰기 시작하고, 발표보다는 창작에 힘써야 하겠다는 자각에서 각자가 열심으로 무엇엔가 몰두하고 있었었다. 이때는 이미 중심이 신백수였고, 그는 일본으로 가서 거기서 많은 문우를 사귀어 원고를 보내왔다. 이때에 기고한 이가 임옥인, 목일신, 정영수 등이었고, 김진섭은 이미 문단에서 수필가로 저명하였으나, 최영해의 권유로 수필을 기고하였다. 신백수는 『三四文學』의 제6호를 동경에서 발행하였는데, 이 6호에는 김환기, 길진섭, 김병기 등의 젊은 화가들이 삽화와 컷을 그리었고, 황순원, 한적선 들이 시를 썼으며, 이상의 산문이 실려 있었다. 이때부터 정과 나는 손을 뗀 셈이고, 『三四文學』은 폐간되었으나, 신백수는 『創作』이란 새 잡지를 동경에서 계속해 냈었다 (…) 이를테면 문학을 하고 싶은 20대의 청년들이 발표욕에 못 이겨 소꿉질처럼 잡지를 낸 것이 동기로, 몇 사람의 문학지망자들이 길 가다가 잠깐 머물렀다는 것이라 하겠고, 신백수라는 문학병자가 그곳에 짧은 족적을 남기었을 뿐이다 (…) 문단은 전혀 삼사문학의 존재를 알아주지 않았으나 (…)" 강진호 엮음, 「삼사문학의 기억」, 『한국 문단 이면사』(깊은샘, 1999. 10), p.192 참조.

황으로 보아 제6집이 아니고 제5집이 간행된 것으로 보인다. 이 글을 뒷받침하는 것은 1962년 12월 『現代文學』이 편집한 '特輯 · 作故文人回顧〈上〉'에서 「『三四文學』의 申百秀」라는 글을 통해 간접적인 유감을 사실상 표출하는 것도 나타나고 있다.

> 東京에 있는 동안, 서울에 남아있는 同人과는 한마디 의논도 없이, 李箱, 黃順元, 朱永涉 等을 同人으로 넣어버렸다. 그러나 우리가 조금도 섭섭하게 여길 수 없는 것은, 그런 新銳들이 끼움으로 해서 「三四文學」은 비로소 뚜렷한 모더니즘의 文學同人誌가 되었다고 느낀 때문이다. 나는, 第四輯이 내 손으로 編輯이 끝나면서 同人을 辭退하였는데, 그 대신 百秀 덕에 좋은 친구들을 많이 사귀게 되었다.[26]

김윤식과 송현호의 글[27]에서도 조풍연의 글 내용을 인용한 것으로 보이는 것은 "6호부터는 동경에서 내었는데 한적선, 황순원 등이 가입하였다"는 것이다. 그러나 황순원은 제5집(1936. 10)부터 가입하였음을 알 수 있는데, 이러한 전후가 불확실한 자료에서 인식적 오류가 발생된 것으로 보인다. 그러나 신백수와 가장 가까운 이시우의 글에서도 『三四文學』 제6집(1937. 1)이 간행되었다는 글을 보면 현재까지 발견되지 않았으나 발견될 경우, 기대되는 바가 크다.

---

26) 趙豊衍, '特輯 · 作故文人回顧〈上〉'—「『三四文學』의 申百秀」, 『現代文學』 통권 70호(1962. 12), pp.256~257.

27) 金允植, op. cit., p.248, p.252./송현호, 『한국 현대문학의 비평적 연구』(국학자료원, 1996. 1), p.299.▷ 필자는"제6집에는 한적선, 황순원 등이 추가되었다"는 것 중에 제5집에 황순원이 회원으로 가입, 작품을 발표한 것으로 보아, '제6집'이 아닌 제5집으로 봄.

한편 『三四文學』 폐간에 대해서도 당시 문단에 어떻게 전파되었는지는 알 수 없으나, 김기림은 1935년 12월 『學燈』(3권 1호)에 「乙亥年의 詩壇」을 통하여 『三四文學』(제3집)이 기성문인들에게 설문(p.60 참조)을 통하여 타협하려 한다는 것은 비겁하다고 지적하고, 독자층 또는 비판자의 경우 개인은 물론 발광하는 그 작품에 망원경을 집중시키려는 것임을 알아야 한다는 의미를 제시하면서 『三四文學』은 단기간에 폐간되었다는 것과 이시우의 「絶緣하는 論理」만 남았다고 지적한 것을 볼 수 있다.

> 오늘의 우리 詩壇을 이야기 할 때에 우리는 悲觀과 樂觀을 할 口實을 함께 갖이고 있다. 悲觀은 주로 詩의 周圍를 에워싼 混沌 때문이고 樂觀은 勿論 一部의 活潑한 斥候隊의 꾸준한 探究를 信賴하는 까닭이다. 만약에 이 探求의 精神이 죽었다면 그 詩壇은 무덤을 이야기하는 以上의 興味를 우리에게서 자아낼 수는 없을 게다 (…) 그것은 그것 自體의 發光에 依하야 그 身邊에 이윽고는 望遠鏡을 集中시키는 새 星望일 것이다. 스스로 나아가서 望遠鏡에게 妥協을 申請하는 것은 卑怯하다. 그러므로 그 不拔한 '에스프리'의 保育을 위하야 생겨난 『三四文學』이 旣成文人에게 향하야 忠告와 같은 것을 期待하는 說問을 보낸 것은 望遠鏡에 대한 握手의 申請에 틀림없다. 그것을 遺憾으로 생각하는 동안에 벌서 年齡을 느끼고 그만 廢刊이 되고 오직 李時雨氏의 '에스프리'의 發火가 남었다 (…) 28)

김기림의 글을 잘못 인식한 일부 연구자들은 『三四文學』지가 스스

---

28) 金起林, op. cit., p.470.

로 폐간된 것으로 보고 그 이후의 일부 연구자들마저 그대로 자료화하여 계속 인용해온 것을 알 수 있다. 왜냐하면 1935년 8월 1일 제4집에서 조풍연은 편집후기에다 매월 발행하겠다는 예고를 한 후, 그 해 12월까지 『三四文學』은 간행되지 않았기 때문이다. 뿐만 아니라 김기림의 단기간에 폐간된 것을 논급한 후에 1936년 10월 『三四文學』 제5집의 속간을 논의한 자들도 없었기 때문에 사실상 폐간된 것으로 인식되었던 것 같다.

이와 같이 폐간된 『三四文學』에 대한 원인과 배경을 살펴볼 필요가 있다.

폐간된 것으로 회자되던 『三四文學』 제4집(1935. 8. 1)은 동인이며 편집 겸 발행인 이효길(李孝吉)에 의해 간행되었다. 그해에 사실상 신백수는 일본 동경 명치대학 신문연구과에 입학하여 1936년 동 대학을 졸업하기까지 일본에 머물게 된다.

정현웅의 글에서도 "『三四文學』을 純粹한 文學誌로 만든다 해서" 이시우도 동경으로 뒤따라가는 등 동인들은 일단 해체되었다가 새로 결성되었다는 것을 밝혀주고 있다. 그렇다면 제4집이 간행된 이후 일년 2개월 만에 『三四文學』(제5집)이 속간[29]된 것은 초현실주의적 시를 쓰는 이들끼리 결성하기 위한 것일 수도 있었을 것이다. 그러나 일본 동경은 이상을 포함한 그들의 활동무대가 왜 그곳이 되었는지에 대한 것은 현재까지 알 수가 없다. 어쨌든 〈三四文學〉의 동인지가 초현실주의를 지향한다는 목적은 당초 창간호부터 주도한·신백

29) "새로운 포에지에 對한 科學的 認識과 및 그 詩的實踐에 있어서 三四文學同人들이 如何히 運動과 區別하는지 포에지의 回歸線을 測量하는 1936年度의 Compass를 爛漫한 이 開花를 보아라. 以上은 三四文學 續刊에 對한 廣告文이었으나" 하는 글에서 명백히 제5집을 밝임. ▷ 李時雨, 「SURREALISNE」, 『三四文學』 第5輯, (世紀肆, 1936. 10), p.27 참조.

수와 이시우를 비롯한 몇몇이 초현실주의적 시작(詩作)활동을 통해서 확인할 수 있다.

서구의 앙드레 브르통 계열이 내세운 「초현실주의 제2선언」에서도 복잡하고 당면한 현안을 안고 그룹을 쇄신하는 과정에서 심화된 내부 갈등으로 인해 거의 그룹이 해체되는 등, 위기에 처한 것과 같이 〈三四文學〉 또한 일대 쇄신을 통해 초현실주의적 시를 제5집에 발표함으로써 완전히 에콜화되었다 하겠다. 따라서 우리나라의 현대시문학사에 초현실주의를 표방한 동인지가 시작품을 통해 최초로 에콜화된 것은 높이 평가되었어야함에도 대부분의 연구 자료에서 이상 작품에만 편중되면서 폄훼되는 등 거의 누락되어온 것은 사실이다.

제5집에 작품을 발표한 동인들을 보면 모두 7명인데, 신백수, 주영섭,[30] 유연옥, 정병호, 이상, 황순원, 이시우 등이다. 조풍연의 글에서도 알 수 있듯이 주영섭, 황순원, 이상 등 3명도 동인임을 밝히고 있다.

특히 주목되는 회원은 이상이다. 구인회(1933)[31]의 회원이던 이상은 1936년 3월 그들의 동인지 『시와 소설』(제1권 제1호, 창문사刊, p.40)을 도맡아 창간호를 낸바 있으며, 그해 7월에는 김기림의 시집 『기상도』를 만들기도 했다. 뿐만 아니라 그해 이상은 이화여전에서 중퇴한 변동림(卞東林)과 결혼하기도 했으나, 그해 10월에 갑자기 일

30) 朱永涉 : 평양생. 생몰 연대 미상. 시인 朱耀翰, 朱耀燮의 동생. 시인. 『三四文學』 제5집 및 『創作』 同人詩 「포도밭」, 『創作』 1호,(1935.11). 「세레나데」 『創作』 2호,(1936.4). 「해가오리」, 『創作』 2호, (1936. 4). 「망각의 계절」, 『朝光』 27호, (1938. 1). 「섬들의 탄생」, 『春秋』 17호, (1942. 6). 「東方詩」, 『朝光』, (1942. 11). 희곡 「창공」, 『春秋』 3호, (1941. 4) 등이 있다.

31) 九人會 : 정지용, 박팔양, 이태준, 김상용, 김기림, 박태원, 김유정 이상(3차), 김환태 등.

본으로 건너갔다. 일본 동경에서 이상은 그곳에 있던 〈三四文學〉 동인들과 교감하면서 제5집에 시 「I WED A TOY BRIDE」(1936. 10)도 발표했다.

동인활동은 단기간이지만 이상이 타계하던 그 해의 4월, 제6집으로 보이는 『三四文學』(1937. 4) 에는 그의 '新 散文詩' 성격인 「十九世紀式」[32]을 발표한 것을 보아도 동인임을 알 수 있다. 김윤식의 글에서도 "3 · 4문학 동인에 이상 자신이 이미 가입한 것임을 짐작할 수 있다. 그렇지 않고는, 김기림더러 동인가입을 종용할 수가 없었을 것이다. (…) 동경에 있는 3 · 4문학 동인들이 없었더라면 이상이 귀국했을 가능성이 컸을 것"[33]이라고 지적했다.

다음은 『三四文學』의 참여필진의 연령에 대하여 다수 연구자들이 유치연령으로 지적한 것에 대하여 필자는 이 유치연령을 재고해볼 필요가 있다고 본다.

이시우는 출생연도는 알 수 없으나 대부분의 동인들 연령은 1910년, 1913년, 1914년생이기 때문에 1934년 연전졸업 연도에 비교하면 1910년생으로 보아지며, 〈三四文學〉(1934. 9. 1)의 태동 때를 기준하면 이시우의 나이는 24세로 보인다. 또한 신백수의 경우는 1915년 생으로 1934년을 기준으로 했을 때, 20세가 되던 해이기도하다. 그동안 신백수를 두고 일부 연구자들은 연희전문학교 재학생의 유치연령(幼稚年齡)이라고 지적한 것으로 보인다. 그러나 젊은 그들은 자

32) 수필로 분류되어 있으나, 필자는 당시 일본에서 유행한 '신 산문시'성격으로 보아짐. ▷ 김윤식 엮음, 隨筆 원본 · 주석 『李箱문학전집 3』(문학사상사, 2002. 5), p.182.
33) 金允植, 『李箱研究』(文學思想社 5쇄, 1997. 6), pp.243~245.

연 연령을 가질 수도 있고, 감수성이 날카로운 연령을 감안하면 결코 유치 연령은 아니라고 보아지며, 문예활동욕구가 가장 왕성한 시기라고 할 수 있다.

다다이즘 운동을 주도한 트리스탕 차라는 다다이즘이 태동되던 해인 1916년으로 기준할 때, 신백수 연령처럼 20세가 되던 해였다.

또한 최초 초현실주의에 가담한 자들의 연령을 브르통과 수포가 1919년 시집 『磁場』을 발간한 연도를 기준할 경우, 앙드레 브르통(23세), 수포와 아라공(22세)을 제외한 브뉴엘(19세), 크레벨(19세), 로베르 데스노스(19세), 수잔 뮈자르(19세), 앙토냉 아르토(19세), 이브 탕기(19세) 등 그들의 연령은 역시 20대의 초반이었으며, 또한 그들은 모두 기성작가가 아닌 문학열에 불타는 청년 지망생들이었다.[34] 그렇다면 〈三四文學〉 동인들의 유치연령뿐만 아니라 기성작가도 아닌 지망생들이라는 지적은 이제는 설득력이 없다고 본다.

2) 동인지 형태

1934년 9월 1일 『三四文學』의 창간호가 발행되기 전까지의 경위는 현재까지 구체적으로 기록된 것은 발견할 수 없으나, 편집후기를 비롯한 이시우, 정현웅, 조풍연 등의 글에서 간행하게 된 동기와 발간 내역은 어느 정도 짐작할 수 있다. 앞에서도 말했지만, 「3 4선언」은 '年二回에 둔 不定期刊行이다'라는 것을 밝혔고, 편집후기는 없지만 '작품모집'을 밝혀놓고 있는데, '作品募集' "規定은 廣範한 文學範圍

34) Georges Sebbag, op. cit., p.177.

에서 取捨는 一任할 것(但 返送은 返送料 添附에 限함) 期限은 九月 末日 發表는 『三四文學』 第二輯"이라고 씌어 있다.

중요한 것은 창간호의 발행에 대한 사항인데, 발행일과 발행인 겸 인쇄인 그리고 인쇄 겸 발행소(전화 번호 삽입)와 판매소는 전화번호를 포함하여 등사판 프린트본인 것을 명확히 했다.[35] 이러한 자료를 뒷받침해주는 것은 정현웅(「申百秀와 三四文學과 나」)[36]과 조풍연의 「三四文學의 記憶」[37] 및 「『三四文學』의 申百秀」[38]라는 글에서이다.

---

35) 『三四文學』 創刊號發行記載事項(세로 쓴 글씨를 가로 쓰기로 移記 함—본고 필자 이하 같음). ▷ ◎ 三四文學 第壹輯/ 頒価 拾五錢. // ◎ 昭和九年 八月 十日 印刷/ 昭和 九年 九月 一日 發行// ◎ 京城府壽松洞四五番地/ 編輯發行 兼 印刷人 申 百 秀// ◎京城府 壽松洞四五番地 印刷 兼 發行所 三四文學社 電話(一光)一九一七番.// ◎京城府 寬勳洞 一四二番地./販賣所 北星堂 振替(京城)一六0八二番.

36) 鄭玄雄은 「申百秀와 三四文學과 나」에서 "하여간 百秀가 나타난 뒤부터 同人誌는 着着 進行 되어갔다. 一切의 經費에서부터 物質購入에 이르기까지 모든 것을 申君이 도맡아서 정작 雜誌의 이야기를 끄집어낸 趙君이나 나는 縱的存在밖에 아니 되었다"는 것은 신백수가 해결한 것으로 보인다. 『象牙塔』 第七號, 一九四六. 六. 二五, p.14 참조.

37) 趙豊衍은 「三四文學의 記憶」에서 "어쨌든 申, 李, 鄭 그리고 나의 4명은 謄寫版 한 대를 購入하여 여기서 주서 모은 原稿를 대충 추리어 (…) 貧弱하기 짝이 없는 雜誌를 壹百部 가량 店頭(꼭 한군데, 安國洞 北星堂)에 내었더니 그것이 一週日이 못 가서 다 팔려 버렸다. 몽땅 쳐서 二百部인데, 그것이 다 팔린 것을 보고 「北星堂」 書店主人 金氏가 다음號는 活版으로 내라고 勸하였다." 『現代文學』 3권 3호, (1957. 3), pp.263~264(강진호 엮음, 「삼사문학의 기억」, 『한국문단 이면사』, 깊은샘, 1999. 10, pp. 189~192 참조).

38) 趙豊衍은 「『三四文學』의 申百秀」에서 "申百秀는 나보다 한살이 아래니까 一九一五年生이다. 이 사람이 언제부터 文學에 취미를 두었던지, 스무 살 되던 해 봄에 나하고 또 몇 사람하고 『三四文學』이란 同人誌를 내었다 (…) 이 貧弱하나마 몹시 건방진 모던 文學同人誌는, 순전히 申百秀가 자기 어른한테서 타낸 돈을 가지고 만들었던 것이다. 第五號부터는 百秀가 日本東京으로 가서, 거기서 내고 아마 七號까진가 내고 그만 두었는데, 이때 그는, 亦是 同人誌인 『創作』에 關係하였고, 亦是 同人誌인 『探究』에 關係하였고,

그들은 회고를 통해 창간호의 발행은 물론 제5집까지의 편집방향을 어느 정도 알 수 있다.

다음은 『三四文學』 제2집을 보면 활자판본(活字版本)으로 발행되었다. 제2집 편집후기를 보면 앞으로 발간 사업비가 부족한 것 같았다. 2개월마다 발간할 경우 발간비의 확보방법을 제시하고 있다. 또한 원고 모집규정은 물론 배포망(配布網)을 밝혀서 이 동인지가 개성 남대문 내, 대전구, 전주읍을 비롯한 일본 동경시 본향구(日本東京市本鄕區)까지 배포되었던 것으로 보인다.[39] 그러나 제3집부터 제8집까지 발간계획을 내세워 사업비 확보방안을 제시하고 있지만, 너무 현실과 동떨어진 계획으로 보인다. 그것은 발간비의 부족함을 여실히 드러내는 것이다. 이러한 문제점을 해결해온 것은 신백수가 경비조달

돈이 어디서 났는지 單行本도 出版하고 있었다. 黃順元 第二詩集『骨董品』은 一九三六年 申百秀가 東京에서 出版한 것으로 알고 있다 (…) ." '特輯·作故文人回顧〈上〉'—『現代文學』 통권70호, (1962. 12) p.257 참조.

39) 第2輯 編輯後記 : (세로로 活字된 글씨를 가로로 옮김 —본고 필자) '4輯 以上의 誌代를 前納한 本誌 直接讀者를 社友로함 / 社友에겐 本誌郵稅와 特輯의 增額을 免除함 / 社友의 作品은 社友 原稿로서 特別取扱을 함. / 社友는 作品 考選 提示에 依하야 本社準同人, 或은 同人으로 入社할 수 있음 / 詳細는 要二錢切手 ◇ 3輯 1935年1月發刊 / 4輯 1935年 3月發刊 / 5輯 1935年 5月發刊 /6輯 1935年 7月發刊 / 7輯 1935年 9月發刊 / 8輯 1935年 11月發刊 ◇ 3輯—4輯 誌代 參拾錢 / 3輯 —6輯 誌代 六拾錢 / 3輯—8輯 誌代 九拾錢 / 送金은 本社宛, 小爲替로 ◇ 每輯5部以上 先金注文者에겐 二割引함 ◇ 支社는 每輯10部以上 先金注文者에게 許함. / 詳細한규定은 要二錢切手. 本誌 見本을 必要로할時는 誌代와 送料를 此에 附加함을 要함 ◇ 本誌의 配布網은 現下 左와 如함. / 開城南大門內 文 英堂 / 大田區 東町 二丁目 安 中 炅 / 全州邑 大正町 中外書院 / 東京市 本鄕區 韓鐸瑾. 投稿規定 種類 評論, 詩, 小說, 戲曲, 想華, 其他 / 枚數 四百字詰 原稿用紙로 評論은 十枚, 小說, 戲曲은 二十枚, 詩, 想華는 五枚以內 / 期限 十二月 十五日 / 發表『三四文學』第3輯(1935年 一月) / 注意 被封에 · 應募原稿 · 라 朱書할것 / 誌上匿名은 可하나, 稿尾에 住所 姓名을 明記할것 / 採否는 一任할것 / 質疑, 返還等은 返信料添付에 限함./ 但 採用될時에는 此에 應치않고 揭載誌 一部 贈呈.

한 것에서 확인된다.

제2집(p.67)에도 동인지 형태 변화를 시도했지만 제3집에 와서는 편집내용이 특이하다. 한 작품이 끝나는 여백부분에다 창간호에 참여한 명단과 장르별 작품명, 표지 · 병(屛) · 장화(粧畵), 사자(寫字), 발행연월일, 책형, 본문지질, 페이지, 가격 등을 밝혔다(p.24). 그리고 앞으로 발간하게 될 제4집 발행계획을 여백부분에다 간단히 밝혔는데, "三四文學 第四輯 昭和 十年 五月 發行 限定 千 五 百部 菊版 100頁 頒價 20錢 · 郵稅 4錢(세로 씌어 있는 글자를 가로쓰기로 옮김 : 본고 필자)" 등이다. 그러나 제4집 발행은 8월 1일, 국판, 속표지 36페이지, 가격은 1부에 15전, 우세 2전이며 발행 한정 부수는 알 수 없다.

제4집의 페이지 축소분량 등 발행계획 차질은 알 수 없으나, 조풍연의 여언(余言), 즉 편집후기를 보면 "三四文學은 第三輯이 나온 지 滿 四 個月이 지난 今日에야 겨우 第四輯이 나오게 되었다. 그러나 이것은 同人들의 誠意가 不足하거나 또는 怠惰하였기 때문만은 아니다. 實際 當하야 본이는 누구나 느끼는 바일 것이나, 이러한 일은 單純한 熱과 誠意 뿐만으로 이루어지는 것이 아니다. 남모를 努力과,(誇張해 말하면) 犧牲을 다하건만, 여러 가지 不幸한 條件이 다음으로부터 다음으로 圍繞하야 못살게 구는 것이다(띄어쓰기 : 본고 필자)"(p.36)라고 하였다.[40] 여기서 위요(圍繞)하다는, 즉 주위를 둘러싸고 있는 것이 못살게 군다는 것이 무엇인지 알 수 없으나 발간사업비의 부족은 물론 잡다한 것도 없지 않으나, 무엇보다도 주축이 된 동인들 간에 초현실주의적인 작품위주로 동인지가 새롭게 태어나야 된다는 갈등

40) 필자는 제4집 편집인은 편집후기를 쓴 조풍연 1명으로 보인다. 그러나 일부 문헌에서 컷을 한 정현웅을 포함시키는 등 오류로 보인다. ▷ 具然軾, op. cit., p.169.

도 배제할 수 없었을 것이다.

이러한 의미는 제3집의 편집후기에 이시우와 정현웅의 글에 주목하면, "우리는, 決코 友誼와 流派를 强要하지는 않는다. 그러나 이것은 友誼와 流派에 對하야, 洽浹하다는 것과는 當初부터 意味가 달른 것이다"(p.86)에서 주축동인들 간의 내부분열 조짐이 엿보이는 것 같다. 우의와 유파는 흡협(洽浹), 즉 박학다식한 것과는 다른 어떠한 어려움이 있더라도 초현실주의 유파는 초현실주의 시들을 발표하겠다는 것으로 보인다. 이러한 갈등은 매월 발행하겠다는 조풍연의 일방적인 뜻과는 거리가 먼 것 같다.

그러나 단기간에 폐간된 것으로 인식된『三四文學』제5집이 일 년 2개월 만에 속간되어 거의 전면에 초현실주의적 시작품들이 발표됨으로써 초현실주의의 동인지임을 확인시켜주고 있다(서지기록에 필요한 작품 종류, 작품 수 등 누락부분은 앞의 도표1. 2 참조 바람). 그러면『三四文學』동인지를 발행별로 구분하여 좀 더 구체적으로 살펴보기로 하겠다.

(1) 제1집

창간호의 발행 연월일은 1934년 9월 1일이며, 편집발행 및 인쇄인은 신백수다. 또한 발행소 역시 삼사문학사(三四文學社)로 되어 있다. 총 페이지 수는 70페이지이다. 여태껏 일부 연구자들에 의해서도 창간호의 경우, 목차를 포함한 65페이지으로 보는 자와 63페이지으로 보는 자들의 견해 차이로 인해 계속 오류가 발생되었다[41] 왜냐하면 제3집(p.24 참조)에 명시된 창간호의 본문지질과 함께 '七0頁(혈)',

41) 朴根瑛, op. cit., p.52./ 간호배, op. cit., p.4.

즉 70페이지임을 본고가 처음으로 확인하였기 때문이다.

판형(版型)은 4 · 6배판(倍版)이며, 본문의 인쇄체형은 등사판 프린트 본(本)이다. 본문지질은 일어로 라후치(ラフチ) 대지(代紙)이다. 필자의 견해는 등사판 글씨의 달필(達筆)로 보아서 『三四文學』지 창간호의 원본을 보존하는 차원에서 서지 관리를 강구할 필요가 있다고 본다.

표제기사를 그대로 옮겨 보면 상단에 등사판글씨로 우측에서 좌측으로 시작한 가로쓰기를 '3 4 LITTERATURE'라고 쓴 다음에, 제목은 특이하게 우측에서 좌측으로 시작한 가로쓰기로 된 표제명으로 한자 '學文四三'이다. 4 · 6배판에 따른 표제 글씨 크기는 현행 컴퓨터의 112포인트로 도안체로 쓴 글씨로 보인다. 표제 글씨 아래인 중앙 위치에 로마숫자 'Ⅰ'를, 그 아래 좌측에 적절한 네모 칸 안에 추상적으로 그린 정현웅의 그림이다. 표제의 색채 여부는 당시 등사판으로 보아 색채가 없는 것 같다. 신명조체에 가까우나 글자 모양은 등사판 글씨에 따른 한계점을 발견할 수 있다.

본문은 모두 우측에서 좌측으로 시작된 세로쓰기였고, 등사판 글자 크기는 당시 사용하던 5호보다는 큰 글씨, 즉 현행 활자 인쇄본의 10포인트에 해당되는 것 같다. 목차만은 가로쓰기가 특색이다

그런데 겉표지 다음의 속표지의 글자 도안 내용이 독특하게 보인다. 상단에 도안된 '3 4 LITTERATURE'의 글씨 아래 'Picasso'라고 사인한 스케치 그림을 볼 수 있으나 정현웅의 기법으로 보이며, 그림 아래에는 'NUMERO 1 SEPTEMBRE 1934' 도안 글씨와 병회(屏繪)한 여장(麗粧)을 볼 수 있다. 여기서 'NUMERO'는 고대 로마에서는 1년을 10개월로 하여 3월부터 시작한데서 사용되어온 것으로 이

를 반영한 것 같다. 목차를 보면 '그림 · 현웅' '글씨 · 풍연'임을 밝혔고, 본문의 컷 역시 정현웅의 사인으로 알 수 있는데, 시편(詩篇)들의 상단에 에로티시즘 적인 컷을, 소설을 비롯한 장르별로는 제목과 적절한 컷으로 꾸몄는데 그가 쓴 에세이 「生活의 破片」만은 컷을 그리지 않았다.

(2) 제2집

제2집의 발행연월은 1934년 12월 1일이다. 편집 겸 발행인은 신백수이며, 발행소는 삼사문학사이다. 총 페이지 수는 46페이지(頁; 혈)이며, 필자가 발견한 본문지질은 역시 제3집(p.67 참조)에서 페이지 수와 함께 밝혀놓은 지권판후지(地券判厚地)이다. 판형은 4 · 6배판에 활자 인쇄본이며, 목차를 포함하여 본문은 우측에서 좌측으로 시작된 세로쓰기이며, 글자크기는 당시 5호보다 큰 글씨, 즉 현행 활자 인쇄본의 10포인트에 해당되는 것 같다.

표지기사는 창간호와 마찬가지로 정현웅의 도안으로 되어 있는데, 표지 중심부의 상단에 'LITTERATURE34LITTERATURE34LT'를 우측에서 좌측으로 시작한 가로쓰기와 그 밑에 고딕체인 도안으로 표제명 '三四文學'을 창간호와 다르게 현행의 좌측에서 우측으로 썼다.

표제 글자 크기는 현행 컴퓨터의 112포인트로써 가로쓰기며, 그 아래 중심부에 아라비아 숫자 '2'를 표제글자 보다 약간 작게 씌어 있다. 표지상단 삼분의 일 여백에는 여인의 누드곡선미를 정현웅은 세련된 스케치로 꾸며 놓았다. 맨 아래쪽을 보면 'ECEMBRE MCMXXXIV Prix20se'라고 좌측에서 우측으로 시작한 가로쓰기 도안 글씨를 볼 수 있다. 여기서 주목되는 것은 'Decembre'의 앞 글자'D'를 생략한 것과 'Prix20se'는 'sec'에서 일부러 뒤에 'c'글자를 생략한 것으로 보인다.

특히 'Member of Congress Magazine 3 4'를 'MCMXXXIV'화하는 등 표지 처리를 현대감각으로 참신하게 부각시켰다. 속표지의 병회(屛繪)는 목차에서 밝힌 신홍휴(申鴻休)의 그림이다. 제일 상단에 '3 4 LITTERATURE'는 좌측에서 우측으로 시작한 가로쓰기이며, 바로 그 아래는 다리를 꼬고 앉은 누드여인으로 아웃라인만 스케치했지만 생동감 넘치게 하였고, 맨 하단에는 'NUMERO', 그 아래에 '2', 또 그 밑에 'DECEMBRE, 다시 그 아래는 'MCMXXXIV'를 넣었다. 컷은 'PICASSO'라고 밝혀 두었다. 그리고 목차 위에는 컷이 있지만 본문에는 컷이 없다.

(3) 제3집

제3집의 발행연월일은 1935년 3월 1일이다. 편집 겸 발행인은 신백수이며, 발행소는 심사문학사이다. 총 페이지 수는 겉표지와 함께 광고지의 뒷면을 포함했을 경우 88페이지다.[42] 판형은 4 · 6배판에 활자 인쇄본인데 제2집을 인쇄한 '漢城圖書株式會社'가 아닌 '大東印刷所(印刷人 林仁煥)'로 변경되어 제4집까지 인쇄된 것을 알 수 있다. 목차를 포함하여 본문은 우측에서 좌측으로 시작된 세로쓰기이며, 글자의 크기는 당시 5호보다 큰 글씨, 즉 현행 활자 인쇄본의 10포인트에 해당되는 것 같다.

그런데 한천의 「단순한鳳仙花의哀話」와 이시우의 「房」 등 두 편의 시작품에 대한 글자의 크기는 현행 12포인트 정도로 한 것은 초현실

42) 具然軾은 86페이지로 보고 있다. ▷ 具然軾, op. cit., p.168.

주의적 시들임을 돋보이게 한 것으로 보인다.

표제 글씨는 바로 남녀 그림 좌측에 세로로 글자크기는 현행 컴퓨터의 112포인트로 쓴 '三四文學 3'으로 되어 있다. 표지기사는 우측상단에서부터 세로로 남녀 삽화 위에 겹친 'L—ANNEE2NUMERO3MARSMCMXXXIV'를 도안된 글씨다. 이 글씨 우측하단에 가로로 '15 Sé'를 넣은 도안글씨를 볼 수 있다.

속표지 역시 우측에서 좌측으로 세로로 쓴 '三四文學'과 그 밑에 가로로 쓴 '第二年 第三輯'과 그 아래에 가로로 쓴 'LANNEE 2 NU'를 볼 수 있다. 또한 그 다음 페이지에 가로로 스케치한 말(馬)의 그림이다. 말의 그림아래에 가로로 'O3 MARS MCMXXXV' 도안 글씨 등을 볼 수 있는데, 'MCMXXXV'은 〈三四文學〉을 뜻하고 있다. 메고꾸민 그림(麗・粧畵)들은 목차에서 정현웅으로 밝혀놓았다. 목차에는 컷이 없고 상단에 가로로 쓴 글꼴을 보면 '學文四三'과 '詩'를 쓴 다음에 우측에서 좌측으로 모두 세로로 쓴 글씨다. 또한 본문의 컷은 일부 작품 제목 위에 그려져 있다.

(4) 제4집

발행연월일은 1935년 8월 1일이다. 편집인은 조풍연이고 편집 겸 발행인은 이효길이며, 발행소는 삼사문학사이다. 총 페이지 수는 겉표지를 포함하여 36페이지다.

판형은 국판(菊版)에 활자 인쇄본인데, 글자 배열과 크기는 우측에서 좌측으로 시작된 세로글자로서 현행 활자 인쇄본 10포인트 정도로 보아지나, 일곱 편의 초현실주의적 경향 시작품들에 한해서는 12포인트 크기로 돋보이게 한 것 같다.

표지기사에 있어서 표제 명을 상단우측에서 좌측으로 시작하여 가로로 '學文四三'으로 쓰여 있다.

글자 크기는 현행 컴퓨터의 112포인트이다. 또한 표지를 보았을 때 좌측 하단에 표제명보다 작은 글자 크기 '4'자를 네모 칸 안에 넣어 제4집을 표시했다. 표지의 그림은 바로 그 아래에 여자의 누드삽화이다.

속표지를 보면 우측에서 좌측으로 시작한 세로로 인쇄된 '三四文學', 그 아래에 '八月 · 第四輯'이 있고, 역시 세로로 된 중심부에 버티고 서있는 남성누드 삽화가 흑백처리 되어 있다.

목차를 보면 우측에서 좌측으로 시작한 세로글씨이다. 본문의 컷은 산문 한 편에의 제목 위에 그려져 있을 뿐이다. 그림은 정현웅의 작품이다.

(5) 제5집

제5집의 발행연월일은 1936년 10월(이하 일자는 확인불가)이다. 왜냐하면 제5집에 발표한 이시우의 평론「SURREALISME」의 서두에 속간『三四文學』제5집을 출간한 것을 밝혀놓고 있기 때문이다.

그러나 앞에서도 말했지만 결격된 서지(書誌)임은 사실이다. 목차도 없으며, 신백수의 소설로 보이는「體溫說」이 앞 3페이지에서부터 시작된 것으로 볼 때 4~16페이지까지는 검열에 의해 삭제되었는지 그 연유는 현재까지 알 수 없으며, 페이지 매김도 없다. 그러나 필자가 소장하고 있는 제5집 영인본에 의해 페이지를 매김한 결과 총 페이지 수는 31페이지며, 발행사는 표제하단에 외국어로 기록된 세기사(SAIQUI. 世紀肆)이다.

이를 좀 더 구체적으로 살펴보면 다만 발행사는 주소도 없이 표지기사 하단에 한자 표제가 아닌 프랑스어로 인쇄되어 있고, 표지 상단에 'La littérature des 'TROIS QUATRE', 또한 그 아래이며 삽화 위에는 5 AUTOMNE으로 되어 있다. 삽화 하단에는 'LIBRAIRIE SAIQUI'로 되어 있다. 그런데 위의 표지제목 글자가 종전과 전혀 다른 글자, 즉 3박자의 뜻을 가진 TROIS와 4의 뜻을 가진 QUATRE를 그려 넣어 3 4문학을 표시하고 있다. 그러니까 표지는 그림을 곁들여 『3 4문학』 제5집 · 가을호, 世紀肆(도서출판사)'라고 한 것을 볼 때 세기사(世紀肆)는 제5집 『三四文學』의 발행소임을 알 수 있다. 그렇다면 주목되는 '世紀肆'의 주소를 확인할 필요가 있어 확인한 결과 이 세기사는 신백수가 일본 동경에서 발행한 동인지 『創作』[43]을 판매하기 위해 서울에 둔 '총판매소인 세기사'의 주소와 동일하다. 창간호부터 제4집까지의 삼사문학사의 주소이며 동시에 신백수의 주소였던 '京城府 壽松洞四五'와 일치한다. 이런 점에서 볼 때, 『三四文學』 제5집의 발행 및 편집인도 신백수로 보인다. 설령 일본 동경에서 편집했더라도 발행소는 경성부 수송동 45번지가 된다. 어쨌든 본고에서는 『三四文學』 제5집으로 확인했기 때문에 연구과제에 포함시켰으며, 따라서 서지(書誌)도 살

43) 『創作』 : 창간호 발행 연월일은 1935년 12월이며, 제2집 발행 연월일은 1936년 4월 18일로 되어 있는 데(박근영, 『三四文學』 연구, 논문집 18집, 1986, p.60 참조), 〈三四文學〉의 동인이었던 한천(韓泉)은 동인지 『創作』의 편집인 겸 발행인이었으며, 발행사 및 발행인 주소는 '東京市 淀橋區 上落合二丁目六二四靜修園內'이다. 또한 창작의 창간호 및 제2집 인쇄는 〈三文社〉인데, 주소는 '東京市淀橋區 三文社'로 되어 있다. 이 동인지의 창간호 및 제2집 동인은 신백수, 황순원 주영섭 정병호, 한천이다. 『創作』 다음에 『探求』가 발간되었는데, 창간호의 동인은 신백수, 이시우, 주영섭, 정병호 등이다. 〈三四文學〉의 동인들은 〈三四文學〉이 해체되면서 〈創作〉 또는 〈探求〉의 동인으로 활동한 것을 알 수 있다.

펴보게 된 것이다. 판형에서 책 제본은 창간호부터 일관된 우철(右綴)로 된 책형(冊型)이다. 4 · 6배판에 활자 인쇄본인데 지질과 지질 두께는 알 수 없다.

본문의 글자 크기는 현행 활자 인쇄본의 9포인트에 해당되는 것 같고, 신백수의 소설 「體溫說」, 주영섭의 시 「달밤」, 황순원의 시 「봄과 空腹」과 「位置」, 이시우의 평론 「SURREALISME」은 좌측에서 우측으로 가로쓰기로 나타났으나, 나머지 시들은 종전과 같이 우측에서 좌측으로 세로쓰기다.

표지기사 모양새를 보면 상단에는 좌측에서 우측으로 가로쓰기 글자다. 좌측 최상단에서 시작된 'la littérature dé'를 쓰고 행을 바꿔 그 아래 도안글자를 크게 'TROIS QUATRE'를, 그 아래에 '5'를, '5' 바로 아래에 작은 글자 'AUTOMNE'를, 그 아래에 표제화의 기하학적인 추상화를 그린 것을 볼 수 있다. 그림 우측 위에는 영어로, 아래 좌측에는 한자 '金煥基'로 사인되어 있는데, 김환기[44]의 그림임을 알 수 있다. 그림 아래에 도안 글씨 'LIBRAIRIE SAIQUI'라고 씌어져 있다. 이 글자의 아래에다 '1936. 10. 世紀肆 三四文學 申百秀'라고 삽입하여 『三四文學』 제5집임을 밝히고 있지만 누군가의 가필인 것 같다.

본문에서는 이시우의 평론 「SURREALISME」의 문장 속에 기립해 있는 여인의 누드 삽화를 삽입 한 것이 특이한데, 그림 하단의 사

44) 金煥基(1913. 2. 2~1974. 7. 25) : 전남 무안생. 서양화가. 號; 수화(樹話). 도쿄 나혼다대학(일본 대학) 예술학부 미술과 졸업. 서울미대교수역임(1946~1949). 홍익대교수역임(60년대). 대표작품; 「사슴」(1958), 「학(1962)」, 「섬」(1963), 「작품」(1971) ▷작품세계 : 1970년대 渡美 後 시각에 호소하는 서정적인 추상세계로 변모. 서울에 김환기미술관 운영. 부인(후처)은 수필가 故 金鄕岸(本名 : 卞東林). 한때 李箱의 妻임.

인을 보면 한자 '吉鎭燮'으로 되어 있다. 길진섭은 1937년 4월 17일 동경제대부속병원에서 타계한 이상의 데드마스크를 뜬 화가로도 유명하다.

그런데 현재까지 의문점으로 남아 있는 것은 지질의 두께의 경우, 제1, 2집은 정확히 알 수 없다. 원본으로 보이는 제3집은 접은 모조지 100파운드(100lb)정도, 제4집은 접은 화지(畵紙)로 구십 파운드(90lb)정도이며, 결격이 많은 제5집 역시 영인본이므로 지질은 알 수 없다. 이러한 자료는 제1집 제2집은 1984년 5월 현대사(現代社)가 신문지질로 간행한 영인본이고, 원본으로 보이는 제3집 제4집은 동아대학교 구연식 명예교수의 소장본임을 덧붙인다.

또 하나의 문제점으로 남아 있는 것은『三四文學』제6집이 간행된 것은 확실한 것 같으나 현재까지 발견되지 않고 있다.

조풍연은 "第五號부터는 百秀가 日本東京으로 가서, 거기서 내고 아마 七號까진가 내고 그만 두었는데 (…)"라고 썼고, 이시우는『象牙塔』제7호(1946. 6)에 "1937년 1월에 제6집을 내이고『三四文學』이 廢刊된 後 申百秀의「曆」은 발표할 곳을 잃은 채 서랍 속에서 몇 해를 굴렀다"45)는 글을 보면 더욱 신뢰성을 준다. 특히 이시우는 마지막까지 신백수와 함께『三四文學』제6집을 간행한 것으로 보이기 때문이다. 이처럼 제6집이 발행된 것으로 믿음을 주는 것은 임종국 역, '李箱全集' 隨筆 三卷(p.177)에 있으며, 이 책에서 그대로 이기하였다는 김윤식 엮음으로 된 '李箱문학전집 3'(p.182)과 김주현 주해로 된『이상문학전집 3—隨筆其他』(p.103)에 있는 '「十九世紀式」,『三四文學』(1937. 4)'이 발표되었다는 기록을 미루어 볼 때, 이시우의

45) 李時雨,「曆의 내력」,『象牙塔』第七號, (象牙塔社, 1946. 6) p.14. ▷『상아탑사, 영인본』(창조문화사, 1999. 10. 25), p.63 참조.

글을 더욱 뒷받침해주는 것이다.

그러나 발행연도는 같으나 발행일자가 다른 것이 문제점으로 남는다. 즉 이시우의 글에는 1937년 1월에 『三四文學』 제6집이 발행되었다는 것과 임종국의 李箱全集 隨筆 三卷에는1937년 4월로 되어 있다. 그러나 필자는 이를 해결하기 위해 김윤식 교수와 김주현 교수에게 혹시 『三四文學』 제6집을 소장하는 여부를 전화로 직접 문의한 결과 "林鍾國 譯, 『이상전집 3』 수필에서 그대로 옮겨 썼으며, 『三四文學』 제6집은 소장하고 있지 않다"[46]는 답변을 받은 바 있으므로, 제6집은 본 연구에서 제외되었음을 밝힌다.

이상으로 『三四文學』 서지(書誌)를 모두 살펴보았다. 창간호부터 다양한 판형의 변화를 과감히 시도한 것은 새로움을 추구한다는 당초 '3 4의 선언서'다운 현대잡지의 특색이었다. 정리하면 다음과 같다.

첫째, 1930년대에 앙드레 브르통 계열의 초현실주의의 본질에 가까운 에로티시즘을 도입하는 등 주로 여인들의 누드를 삽입하여 관능적인 이미지를 촉발시키는 등 현대잡지의 면모를 부각시켰다 할 것이다.

---

46) 본고의 필자는 2007년 12월 8일(토) 오전 10시 30분경 김윤식 선생께 직접 전화로 문의한 결과 임종국 역, 『李箱全集』에서 그대로 옮겼으며, 그는 일본 갔을 때도 제6집을 계속 찾아보았지만 발견하지 못해 남은 과제로 본다고 함. ▷ 김윤식 엮음, 隨筆 원본 · 주석 『李箱문학전집 3』(문학사상사, 2002, 5), pp.182~184.참조./ 또한 김주현 교수(재직, 경북대학교 인문대)에게 직접 전화한 결과, 제6집을 발견치 못하였다고 함. ▷ 김주현 주해, 정본 『이상문학전집 3―隨筆 其他』(소명출판, 2005, 12), p.103. ▷ 林鍾國 譯, 『李箱全集』 第三卷 隨筆集(1956), pp.177~182 참조.

둘째, 이러한 시도는 독자층을 가까이 하기 위한 것은 틀림없다. 특히 서구 초현실주의자들처럼 정현웅, 김영기, 신홍휴, 김환기, 길진섭 등 개성이 특출하고 후일 우리나라 미술 대가들이 된 그들이 직접 참여하여 일부는 글을 발표하고 표지제화와 컷을 그리는 등 소그룹이지만 브르통 계열의 유사한 면모를 보여주고 있다.

셋째, 시작품에 있어서는 만부득이 한 경우에만 한자 삽입을 한 것 외는 대부분 한글 위주로 본문 활자본의 대소 변화와 세로쓰기를 원칙으로 하였다. 그러나 산문(散文)은 2단 세로 · 가로쓰기를 혼용한 것을 볼 수 있다.

넷째, 표지제화와 컷에도 외래어와 한자를 의도적으로 사용하여 대담하게 변화를 시도하는 등 기성잡지 등 종전의 통념을 파괴하여 참신한 모습을 보여주고 있다.

3. 〈三四文學〉의 작품특징

『三四文學』 제1집에서부터 제4집까지는 앞에서 간단히 언급한 종합지 성격을 띤 채, 주로 주정적인 서정시류 등 잡다한 작품들이 페이지를 채운 것으로 보인다. 바로 이것이 이 잡지의 품격을 격하시킨 것 같다.

그러나 이 동인지를 깊이 있게 검토해보면 이 잡지의 핵심멤버인 신백수와 이시우는 제1집에서부터 제4집까지의 편집과정에서 초현실주의적인 시와 평론을 곁들여 발표하는 등 그들 본래의 뜻이 담겨 있다. 이시우는 제3집 편집후기에서 제2집부터 동인제가 되자 안대판단으로 해방되었음을 밝히고, 이전의 순수한 모습으로 돌아가야 참된 문학의 새로운 방향을 잉태할 수 있다는 것이다. 이러한 의미로서 동인들의 입회는 제약되지만 새로운 동인을 반긴다는 것을 표방하고 있다(p.86). 말하자면 초현실주의를 끝까지 고수하는 동인지임을 밝히고 있다.

이를 뒷받침하는 것은 제2집에 발표된 동인들은 다시 해체되면서 속간된 제5집에서 볼 수 있는데, 새로운 동인 7명 모두(신백수와 이시우 포함)가 초현실주의적 시들을 발표한 것으로 보인다. 이시우는 제5집에 발표한 평론 「SURREALISME」의 서두에서 "여기서 내가 말하고자하는 것은 새로운 포에지이에 對한 科學的認識과 및 그 詩的實踐에 있어서 三四文學同人들이 如何히 運動과 區別하 는지 포에지이의 回歸線을 測量하는 1936년度의 compass와 爛漫한 이 開花를 보아라 以上은 三四文學 · 續刊에 對한 廣告文었으나 (…)" 하면서 속간된 『三四文學』지와 완전히 에콜화된 초현실주의 동인지임을 밝히고 있다(p.27).

이에 따라 필자는 초현실주의와 연관된 이시우의 평론을 포함하여 초현실주의적 시들에만 한하여 집중적으로 분석해보고자 한다. 왜냐하면 현재까지 일부 연구논문들은 연구방법에서 중복 또는 유사성은 다소 있지만 서정시, 주지적인 시, 초현실주의 계열의 시 등으로 이미 분류하였기 때문이다.

그러나 일부 연구자들은 작품을 분석하는 과정에서 초현실주의적 시들에 대하여는 이상문학에 대한 아류(epigonen)의 시, 또는 이류

(二類) 시(minor poet), 함량미달 시, 자기가 먼저 실망하고 절망한 시들이라고 지적하고 있다. 이처럼 과소평가된 초현실주의적 시작품들과 이시우의 시론을 심층적으로 분석하기로 하겠다.

1) 초현실주의적 시작품 집중분석

『三四文學』지에 발표된 시들은 대체로 1) 서정시, 2) 현실의식이 강하게 드러난 시, 3) 지적인 이미지의 시, 4) 초현실주의적 시 등으로 나타나고 있는데 본고에서는 초현실주의적 시들에 한정하여 집중적으로 살펴보고자 한다.

초현실주의적 시를 쓴 동인들은 이시우, 신백수, 한천, 정병호, 유연옥, 주영섭, 최영해, 황순원, 이상 등이다. 이들 중에 이시우는 창간호부터 초현실주의적 시를 발표해왔고, 신백수는 시와 소설을 발표했음을 알 수 있다. 한편 이상의 시 「I WED A TOY BRIDE」는 앞장에 이미 심층적으로 살펴보았기 때문에 이 장에서는 생략한다. 먼저 이시우 시세계부터 분석해 보기로 하겠다.

(1) 이시우의 시세계

1. アール는거울안의アール와같이슬프오

2. 喫煙을爲한喫煙에서煙氣의儼然한存在를認識할수없는0과같은

アール의一生이다

3. 쟈미없던어적게에서밖에ローマンチズム을發見하지못하는アール

는오늘도亦볼쟈미없는ローマンチズム을맨들고있더라(ローマン

チズ

ム을爲한ローマンチズム인0과 같이쟈미없는아,0같이쟈미없는0—

과—같—이—쟈—미—없—는.......)

4. 書架에낀겨져있는書籍과같은アール의憤怒는—アール는彪大한

辱의思想인化石을거울에빛오일뿐이다

5. 너조차잠작고있으면또한개의アール는大体너에게다무엇을속삭

일수있단말이냐. アール의비보

— 이시우, 「アール의 悲劇」, 『三四文學』 창간호, 1934. 9. 1, p.8.

전재.

먼저 'アール'라는 어휘가 갖는 의미가 무엇인지에 대한 궁금증은 아직도 남아 있는 것 같다. 그러나 구연식의 연구논문에서는 "アール는 사람의 이름이라고도 볼 수 있으나 일어로 表記한 「アールヌーボ(Art Nouveau)」에서 딴 'アール', 즉 藝術을 말하고 있다"[47]라고 볼 때, 'Art'는 '기교성(技巧性)'의 뜻도 있기 때문에 예술이라는 표현보다 더 친근하게 느껴지는 제목이 될 수도 있을 것이다.

그러나 본고에서는 그것보다 다른 의미에서 강구해보기로 하겠다. 그것은 쉬르리얼리즘을 일어로 「シユルレアリスムと」이므로 역순(逆順)에서 본 글자 'ア'와 'ル'를 'ア—ル'하는, 즉 신조어로 볼 수도 있다. 그것은 김기림의 평론 '슈—르레알리즘의 悲劇'[48]이라는 제하, 비판하는 글에서 역설적으로 동기유발 될 수도 있었을 것이다. 이러한 예는 이상의 '鳥瞰圖'를 「鳥瞰圖」로 바꾼 것처럼 섬

47) 具然軾, op. cit., p.180.

48) (八) 「슈—르레알리즘의 悲劇」, 『象牙塔의 悲劇』, 『東亞日報』, 1931. 8. 5. 발표. ▷ 金起林, op. cit., p.49 참조.

뜩하게 의미를 창출하는 광의의 모노그램(monogram)이라 할 수 있을 것이다. 왜냐하면 쉬르리얼리즘에 대한 이시우의 집념은 비논리적인 측면에서 해석하고 있는 데서도 알 수 있다. 만약 'アール'를 아르(Art), 즉 藝術이라는 어휘로 단순하게 그대로 차용했다면 오히려 치졸한 시제(詩題)일 수밖에 없을 것이다. 그러므로 그의 작품에 나오는 '0 과 같은' 'アール'는 다의성을 함축하고 있다 할 것이다.

그렇다면 'アール'를 '0'으로 보는 경우, 영(零)은 '멀고먼(영원, 무한)' 뜻도 있지만, 물(프랑스어 eau)의 뜻도 함의하고 있다. 또한 헤겔이 말한 "자신에게로 회귀한다"는 '무한'에 대한 '원(圓)들 속의 원(circle of circles'[49])을 말할 수도 있다. 이런 점에서 'アール'는 예술만이 아닌 철학이나 어떤 아이러니, 풍자, 조롱과 공격적인 해학 등 알레고리가 다양하게 형상화된다고 볼 수 있다. 「アールの悲劇」 의미 자체가 사실상 비극을 거부하는 역설적인 심리가 깔려 있기 때문이다.

그의 평론 「絕緣하는 論理」(제3집, p.10)에서 말한 보들레르의 "神과 같이 숭고한 무감각 혹은 Moi(자아)의 소멸"과 같은, 즉 모호하고 신비스런 자아의 무아(無我)로 보인다. 앙드레 브르통이 프로이트의 Sur Moi(초자아)를 적용한다는 것과도 같을 수 있을 것이다. 말하자면 자크 라캉의 텅 빈 실재계라 할 수 있다. 이처럼 이시우의 '0과 같은アールの一生이다'라고 말할 수 있는데, '0과같이쟈미없는아,0같이쟈미없는0—과—같—이—쟈—미—없는' 반복된 구어에서 알 수 있기 때문이다. 0에다가 몇 만 배를 곱해도 영(0)일 뿐이므로

49) Howard P. Kainz, 이명준 옮김, 『헤겔 철학의 현대성』(1998. 4), p.132.

변화하지 않으면 0과 같이 재미없는 0에 불과하여 비극이 아닐 수 없다는 것이다. 이 말은 0에서 다시 생명력의 발아(發芽)를 꿈꾸는 역설적일 수도 있다.

엘리너 쿡은 미국의 시인 월러스 스티븐스(Wallace Stevens : 1879~1955)의 시 「뉴 헤이븐」(1948)의 '노래 24'에 나오는 'R' 는 혀로 굴리는 언어뿐만 아니라 수수께끼 및 돌고 도는 것도 되고, 반사경을 통해 보는 거울—이미지도 되는데, 성서의 동사에 나오는 '바라보기', 즉 사도 바울의 유명한 텍스트에 "수수께끼에서는 반사경을 통해서 지금 바라보는 것이다"라고 그의 비평에서 논급하고 있다.[50] 그러고 보면 이시우의 'アール'을 0(零. 空), 알(卵), R(round), 거울 등으로 보는 동음이의어가 갖는 의미의 확장력은 오히려 시인 월러스 스티븐스보다 놀라운 상상력이 아닐 수 없으며, 이시우의 시작법은 스티븐슨보다 14년이나 앞선다고 볼 수 있다.

이 시의 구성을 보면 행별로 일련번호를 붙인 것은 특이한 것이 아닌 것으로 보인다. 이미 김화산은 1933년 2월 『第一線』에 「인플레이션」이라는 다다이즘적인 시의 시행(詩行)마다 일련번호를 부여했다. 이러한 시풍은 일본의 『詩と詩論』 동인의 한 사람인 북천종언(北川終彦)의 「어름」, 죽중욱(竹中郁)의 「덕비」에서도 읽을 수 있는데,[51] 이러한 번호 붙임을 활용한 것 같다. 그렇다고 이시우의 시 「アール의 悲劇」을 다다 시풍이나 에피고넨으로 본다[52]는 것은 설득력이 없다. 왜냐하면 정신분석

---

50) 엘리너 쿡, '월러스 스티븐스의 시 읽어내기의 방향' ▷ Chaviva Hosek, Patricia Parker, 『Lyric Poetry : Beyond New Criticism(1985)—윤호병 옮김, 서정시의 이론과 비평』(현대미학사, 2003. 6), p.514.

51) 趙恩禧, op. cit., p.51. p.53.

52) 朴根瑛, 『三四文學』硏究, p.77./ 金允植, 「3 · 4문학파, 초현실주의—모더니즘의 변종들」, 『李箱硏究』(文學思想社, 1997. 6), p.252.

비평 대상에서 볼 때 초현실성이 많은 것으로 보이기 때문이다.

위의 번호 1의 시는 アール가 거울 안의 アール와 같이 슬프다는 것은 アール가 외부세계로부터 이중적인 인격체로 나타나서 정체성을 동일시하고 있다. 자크 라캉적 관점은 능력이 아닌 허약성(debility)이 인간의 중심에 위치한다는 점을 강조한다. 정체성이 동일시의 한 형태이며, 대상 속에 주체의 자아가 반영된 것이라고 본다.

다시 말해서 대상을 얻는 순간, 즉 상징계로부터 내면화되어 또 다른 나로 간주되는 정체성이다. 바로 "나는 타자이다"라는 랭보의 말에 라캉은 동의하고 있다. 왜냐하면 거울은 타자이기 때문이다.[53] 따라서 거울단계는 대상을 실재라고 믿고 다가서는 과정, 즉 상상계에서 자아와 상황을 구분 못하기 때문에 슬픈 アール는 거울 속의 アール와 함께 슬프다는 것이다. 동시에 분리되는 두 주체의 슬픔이 아니라 프로이트에 따르면 대상의 상실에 대한 슬픔, 즉 애도(哀悼)로 보인다. 이 애도는 기능상 다시 대상을 찾게 되는 일종의 삶의 충동이다. 이러한 애도를 라캉은 욕망(desire)으로 보았다. 그러므로 애도하는 주체는 욕망의 주체이다.[54] 이에 따라 첫 행의 시는 미묘한 의미망을 펼치며 충동하는 긴장을 암시하는 것 같다.

번호 2의 시는 동일시현상에서 오는 애도가 욕망의 주체가 되어 연기처럼 꿈틀거리지만, 존재를 알 수 없는 영(零 또는 空)과 같은 アール의 일생이라고 반복한다. 여기서 담배연기 중에 둥근 공백을 나타내는 영으로 보는 허무감, 어떤 패배감이 아니라 라캉에 따르면 자신

---

53) Antony Easthope, op. cit., pp.103~104.
54) 권택영, 『몸과 미학』(경희대학교 출판국, 2004. 4), p.74.

의 현실로부터 자신의 소외를 극복코자 하는 환상에 의존한다는 것과 같다. 영(零, 0)에 접근하지만 결코 거기에 도달하지 못하는 그래프와 같이 자기의 개념이 자신의 존재와 일치할 수 없는 마치 담배연기처럼 사라지는 텅 빈 삶의 실재계를 보여준다는, 즉 자기 외부에 있는 어떤 것이라는 것이다.[55]

욕망의 주체가 결핍이기 때문에 텅 비어 있는 것은 우리 인생 자체를 말한다는 것이다. 따라서 アール의 일생도 영(또는 空)과 같이 텅 빈 것으로 보아야 할 것 같다.

이시우의 이러한 자의식은 라캉의 후기사상에 따른 우주만물의 텅 빈 공간에 대한 사상으로 보인다. 텅 빈 발화에서 꽉 찬 발화로의 담론이다.[56] 텅 빈 공간이 만물의 발생지요 끝없는 순환의 근원이 된다는 도(道 : tao)의 사상이다. 실재계의 윤리는 도의 윤리인 '무위(無爲)'를 실천하는 것이다.[57] 이런 사상은 이미 동양의 노장(老莊)사상을 수용한 것이며, 니체의 허무사상과도 연결되어 있는 것으로 보인다.

번호 3의 시를 보면 アール는 텅 빈 0 상태에서 제자리걸음만 한다는, 즉 동일한 상실에서 노골적인 불쾌감을 표출한다. 여기서 주목할 것은 반복되는 '로만티즘'을 만들어, (로만티즘을 위한 로만티즘인 0과 같이 재미없는 아, 0과 같이 재미없는 0—과— 같—이—재—미—없—는…) 등 다섯 번이나 '재미없는 언술(énonciation : 말하는 행위)'이 반복과 생략기법으로 처리한다.

마치 죽음에 사로잡히는, 즉 라캉의 견해에서 본 언어가 '생명을 넘어선 여백'에다 유서를 쓰는 것 같은 절박감을 느끼게 한다. 바로

55) Madan Sarup, op. cit., p.106.
56) Ibid., p.91.
57) 권택영, op. cit., p.154.

더듬거리고 뒤뚱거리는 것은 무기력한 좌절감이 아니라 무의식이 갖고 있는 진실[58]을 내세워 주체를 전복시킨다는 것과 같을 것이다. 로만티즘은 주로 쾌락을 동반하는 경우가 많기 때문에 쾌락을 본질적으로 추구하는 무의식은 소망과 환상을 통해 자신을 쉽게 표현하려 하는, 즉 심리적 현실로 외부세계를 대체하고 있다 할 것이다.[59]

번호 4의 시에서는 アール의 분노를 볼 수 있다. 동일시는 대상과의 감정적인 결합을 보여주는 최초의 형태이기 때문에 '거울 속에 박힌 화석처럼 굳어 있는 욕된 사상'인 동일성을 경계한다고 보아야지 비극적인 분노로 볼 수 없을 것이다.

끝으로 번호 5의 시는 アール는 또 하나의 アール를 보고 꾸짖는다. 꾸짖는 것도 두 가지로 볼 수 있는데, 'アール의 비보'라고 꾸짖음은 다시 태어나야 한다는 생명력을 제시하고 있다 할 것이다.

우리가 우리 자신을 바라보는 방식과 우리가 관찰되고 있는 지점간의 차이가 상상계적 동일시와 상징계적 동일시의 차이점이 되는데, 여기서 アール는 "누구를 위하여 주체는 이 역할을 수행하는가?"라는 질문을 던지는 것과 같다.[60] 다시 말해서 대상을 얻는 순간(상징계) 대상을 실재라고 믿을 수 없어 다음 대상을 찾고 있는 것과 같다. 그러나 대상을 실재라고 믿고 있다는 주체를 배신적인 것으로 국한시킨 것이 아닌, 미래지향에 중점을 두고 불안을 자아내어 환기시키는 역설적인 시라고 할 수 있다.

---

58) 프로이트는"진리는 무의식에 속한 것이며, 이것은 꿈, 농담, 난센스, 말장난에서 발견된다는 것이다." ▷ Madan Sarup, op. cit., p.136.
59) Antony Easthope, op. cit., p.71.
60) Madan Sarup, op. cit., p.156.

현재까지 역사주의적 실증연구 쪽에 너무 치우쳐, 이시우의 「アール의 悲劇」은 평가절하되어온 것만은 사실이다. 또한 띄어쓰기 무시를 비롯하여 이상의 거울 이미지를 흉내 냈다는 일부 비평은 설득력이 없다 할 것이다. 왜냐하면 이상의 거울 이미지와는 거리가 멀기 때문이다. 이시우의 거울단계는 자신의 형태가 없는 것으로 보인다. 이시우는 오히려 반복 언술을 통한 무의식을 가시화했으며, 이중이미지를 통해 주체를 전복시키는 등 죽음에서부터 시작되는 삶의 충동을, 즉 꿈을 영(또는 空)에서부터 새롭게 제시하려고 한 것 같다. 따라서 이시우는 프로이트의 심리학 등 문학이론에 대한 깊은 지식과 초현실주의적인 시작 기법을 알고 있었던 것 같다.

그러므로 앞에서도 언급했지만, 만약 アール를 '예술'로만 해석할 경우, 이류시(二流詩)에도 못 미치는 습작으로 전락될 수도 있을 것이다.[61] 이시우의 일부 시들은 대체적으로 난해한 시들임은 틀림없다. 존 키츠가 말했듯이 "시인은 현존하는 어떤 것 중에서도 가장 비시적(非詩的)이다. 왜냐하면 그에게는 정체성이 전혀 없기 때문이다. 즉 그는 어떤 다른 형체를 끊임없이 형성해주고 채워주고 있기 때문이다"[62] 라고 말했듯이 이시우의 시들은 비유와 이미지도 대상 속에 숨겨져 있기 때문에 언뜻 의미가 없는 비시적(非詩的)으로 가볍게 보아지기 십상이다.

"심리학에서는 '이미지'란 말은 정신적인 재현, 즉 딱히 시각적이 아닌, 과거의 감각적이거나 인식적인 체험에 대한 기억을 의미한

61) 金容稷, 「30年代 後半期 韓國詩」, 『韓國現代詩研究』(一志社, 1976), p.296./ 金容稷, 『韓國現代詩 研究』(一志社, 1974), p.302, p.307./ 金容稷, 『韓國現代詩史 1』(한국문연, 1996. 2), p.415 참조.
62) René Wellek & Austin Warren, 『文學의 理論』(文藝出版社, 1987. 7), p.126 재인용.

다"[63]라고 할 때 그의(이시우) 평론[64]에서 그가 말한 소위 감성을 심리 측면으로 끌어들여서 합성시키고 바깥 현상을 그대로 안으로 끌어들이지 않는, 오히려 안에서 밖으로 향하는 새로운 힘이 동시에 주지작용을 통해 객관화된 작품들로 보인다. 특히 그의 시들은 노장사상에서 찾을 필요가 있는데, 「第一人稱 詩」와 「續」, 「驪駒歌」 등도 유사한 기법으로 보아지며 정신분석비평도 가능할 것이다. 그러나 「房」과 「昨日」은 심리학을 통해 정신분석 방법으로 접근할 필요가 있다.

① 내가ソノコ하고제비초리의이야기를하고있으면, 나의제비초리
의三人稱悲劇°

제비초리는가을이면은가을이기때문에슬픈것이라고,　나는ソノコ
한테슬픈제비초

리의辨明을하는도다°　肉體를稀薄히하는나의形而上學이두려워서,
나는나의피

의不純함을슬퍼하고자눈물을내일냐고, 작고만작고만하품을하는도다°
— 이시우, 「第一人稱 詩」, 『三四文學』 제2집, 1934. 12, p.4. 전재.

② 아아나의永遠은나의조을님속에계절같이숨었는도다°

63) René Wellek & Austin Warren, op. cit., p.270.
64) 李時雨, 「Surrealisme」, 『三四文學』 제5집, 1936. 10, p.30 참조.

아아나의apriori는소나무처럼작고만작고만成長을하는도다°

— 이시우, 「續」, 『三四文學』 제2집, 1934. 12, p.5. 전재.

19세기 낭만주의는 한때 1인칭의 표현형식을 중요시했다. 이러한 1인칭을 원용하였는지 알 수 없으나, 이시우의 시 「第一人稱詩」를 살펴보면 감각적으로는 그 존재를 알 수 없는 관념에 대한 불만으로 보인다. 제1인칭을 사전적 정의에서 보면 사물의 본질이나 존재의 근본 원리 따위를 사유나 직관에 의해 연구하는 것을 형이상학으로, 그 사유의 형식은 동시에 실재(實在)의 형식이라는 것이다.

그러나 감각으로는 그 존재를 파악할 수 없는 것, 시간과 공간을 초월한 관념적인 것에 대해서는 불만이다. 오히려 형체를 갖추어, 감각으로 알 수 있는 것, 시간이나 공간 속에 형체를 가지고 나타나는 자연현상이나 사회현상에 더 깊은 관심을 갖게 된 것으로 보인다. 이처럼 1인칭은 자신의 내면세계뿐만 아니라 심리적 변화를 추적하는 데 영향을 준다. 관찰자는 자신을 서술하되 관점은 외부세계이다. 여기서 전이현상이 일어나고 있는 것이다.

이 1인칭 시의 모티프를 장자(莊子)의 내편(內篇) 제물론(齊物論)에 의하면 '자연 그대로 맡기라'[65]고 한 구절과도 흡사하다. 도(道)에 비춰보면 천하에 가을철 가늘어진 짐승의 털끝, 즉 제비초리보다 큰 것이 없다는 것이다. 천지와 나와는 한 몸뚱이요 만물과 나는 하나인 것, 즉 삼위일체인 천 · 지 · 인을 1인칭을 보고 쓴 시라고 볼 수

65) 天下莫大於秋毫之末, 而太山爲小. 莫壽於殤子, 而彭祖爲夭. 天地與我竝生, 而萬物與我爲一. 旣已爲一矣, 且得有言乎. 旣已謂之一矣, 且得無言乎. 一與言爲二, 二與, 一爲三, 自此以往, 巧歷不能得. 而況其凡乎 故自無適有, 以至於三. 而況自有適有乎. 無適焉. 因是已. ▷ 莊周/ 宋志英譯解, 『莊子』(東西文化社, 1978. 6), p.65 참조.

있을 것이다. 그러니까 1인칭이 함의하는 분열의 의미로 보인다. 이런 점에서 이 시는 1인칭에 자신을 1이라고 생각하면 벌써 새로운 1이라는 개념이 생겨난 것이 된다. 거기에는 응시하는 하나(1)의 세계와 1이라는 개념에서 볼 때, 즉 '소노코(ソノコ)하고' 이야기하는 2라는 개념이 생기고, 2라는 개념과 1이라는 개념으로부터 3이라는 개념이 생긴다. 무(無)에서 유(有)로 넘어가는 순간 3이 되었으니, 이 3인칭 시점이 곧 위의 시에 나오는 '3인칭 비극'이다. 왜 3인칭 비극일까? 유에서 유로 향할 때는 얼마나 혼돈에 빠지겠는가. "육체를 희박히 하는 형이상학을" 벗어나야 하는, "나의 피의 불순함을 슬퍼하는 눈물을 흘리려고 자꾸 하품을 한다"는 것에서 알 수 있다. 즉, 차별의 세계로 향하지 말고 도(道)에 의지해야 한다는 것을 우리에게 보여주는 것이다. 말하자면 1인칭 화자의 개입 없는 역동성이라고 말 할 수 있을 것이다. 여기서 '하품'은 일종의 무의식적인 몸짓이기 때문에 이것을 표출시켜 결국 하나로 돌아가려는, 즉 역설적으로 시인의 심상을 가을 철 가늘어져 보잘것없는 제비초리를 형상화했다고 할 수 있다.

라캉의 이론에 따르면 프로이트의 무의식을 실재계로 파악하여 파괴와 생성의 동인(動因)이라는 보편성을 끌어냈는데, 위의 시 「나의 제비초리의 3인칭 비극」은 라캉의 상징계에서 다음 대상을 찾는 실재계이다. 즉, 상상계와 상징계라는 음양을 잇는 세 번째 고리이다. 이 세 번째 고리에 의해 만물이 순환한다는 것과 같다. 여기서 낯선 것과 친숙한 것이 하나로 있기에 결핍과 넘침이 있다. 다시 말해서 시차적 관점에서 볼 때 하나가 셋이 되고 셋은 하나라고 할 수 있다. 대상을 얻는 순간 다시 대상을 찾는 「나의 제비초리의 3인칭비극」은 역설적으로 반복강박을 낳는 것이다. 순환이란 앞선 것을 시간이 흘러 다르게 반복하기에 일어나는 것과 같다.[66]

불교의 '법성게(法性偈)'에 나오는 '일중일체다중일(一中一切多中一), 일즉일체다즉일(一卽一切多卽一)' 의미와도 상통될 수 있다. 또한 노자(老子)사상에 나오는 '德篇'의 우주생성론에서도 '도는 하나를 낳고, 하나는 둘을 낳고, 둘은 셋을 낳고, 셋은 만물을 낳는다'[67]라는 말에서도 알 수 있다. 이처럼 3인칭은 무에서 유라는 개념에서 시작(생성)되는 것과 유사하다 할 것이다.

독일의 화가 막스 에른스트는 마치 누군가가 다른 이에 대해 이야기하듯이 3인칭으로 서술함으로써 전쟁 중의 일시적인 죽음에서 열망하는 젊은이로서 1918년 11월 11일에 소생했다고 그의 자서전에 기록했다.[68] 질 들뢰즈도 "문학적 발화의 조건 구실을 하는 것도 두 1인칭이 아니다. 나를 말할 수 있는 힘을 우리에게 앗아가는 3인칭이 우리 내부에 태어날 때만 문학은 시작 된다"라고 말했다. 어쨌거나 이시우의 1인칭 시는 19세기 때의 낭만주의자들이 즐겨 사용한 1인칭을 내세운 것만은 아닌 것 같다.

이시우의 시 「續」편도 그의 시 「第一人稱詩」를 뒷받침하는 것으로 보인다. '아아 나의 영원은' 선과 악의 이분법 너머에 있는 힘에의 의지가 있는 니체의 영원회귀라고 말할 수도 있을 것이다. 또한 "나의 조을님 속에 계절같이 숨었는도다"는 라캉이 말한 "삶이란 끄떡끄떡 졸다가 반쯤 깨었다가 삶 자체가 다시 끄떡이며 조는 것"[69]이라는 것

66) 권택영, 『몸과 미학』, (경희대학교 출판국, 2004. 4), p.56. p.208.
67) 道生一, 一生二, 二生三, 三生萬物. 『老子』 42章. ▷ 陳鼓應, 『老莊新論』 (소나무, 2001. 3), p.122.
68) Fiona Bradley, op. cit., p.11.
69) 권택영, 『몸과 미학』(경희대학교 출판국, 2004. 4), p.246.

과 같을 수 있다. "아아나의 apriori는소나무처럼작고만작고만成長을 하는도다"라는 것은 선험(선천)적으로 '힘에의 의지'의 대상이 되는 주체가 고립되지 않고 타자를 만들어내는 것을 암시하는 것 같다. 왜냐하면 타자는 주체에 결핍을 불러오는 삶의 동인이기 때문이다.[70] 이와 같이 니체와 라캉에게 미학은 만물이 영원히 순환하는 생태계의 윤리라고 말하는 것과 같을 수 있다.

한편 이시우의 시 「驪駒歌」는 '가라말', 즉 검은 말(黑馬)의 노래이다. 가라말은 검은 머리가 빛나는 여자로도 비견되는데 사나이들의 애마(愛馬)라고도 불리어온다. 그러나 크게는 인생의 청춘을 일컫는다.

> 幸福에對한우리들의이야기속에서,不幸의全部를뺀댔자남는것은決코幸福은안이다그女子를탠幸福의汽車는,十年같은山너머로떠나는날이다.幸福은,다른이에게도없는것이닛가,필연코나에게도없는것이겠지.나는그女子의生日날을외이고솔밭에는바람이부는날이다.
> 幸福과같은. 不幸과 같은.
> — 李時雨, 「驪駒歌」, 『三四文學』 제4집, 1935. 8, p.35. 전재.

이 시에도 화자(이시우)는 여자로 등장한다. 행복과 불행이라는 두 필의 말을 나란히 세워 멍에를 매움 하였지만 한 마리의 검은 말을 보내는 마음이 담겨 있는 것으로 보인다. 이 시에서 그 검은 말 대신 기차가 등장한다. 십 년 같은 산 너머로 떠나는 상여기차다. 장자사상 「外篇—至樂 第十八」[71]에도 장자 아내가 죽었을 때 장자가 노래 부르는 것

---

70) Ibid., p.203, p.278.
71) "본원을 살펴보니 본래 생이란 없었으며, 본래는 형체도 없었다.(察其始

처럼 화자는 또 하나의 화자, 즉 여자를 보내는 마음이다. 말하자면 화자의 자신의 젊은 날을 보내는 것이라고 볼 수 있다. '무(無)에서 왔다가 무(無)로 가는 게 인생'임을 상기시킨다. 다시 말해서 삶과 죽음을 하나로 본 장자의 사생관(死生觀), 즉 순리순환을 읊은 시라고 볼 수 있다.

원래 장자의 「外篇—知北遊 第二十二章」을 보면 "人生天地間 若白駒之過郤(=隙), 忽然而已(즉 인간이 하늘과 땅 사이에 산다는 것은 마치 준마(駿馬)가 문의 틈새(隙)를 홀연히 지나가는 순간과 같다)"라는 뜻이 담겨 있는 것 같다. 이 장(章)에서는 검은 말이 아니고 '白駒', 즉 흰말이 등장한다. 장자의 이 문장에서 출전(出典)되어 흔히들 '인생여백구극과(人生餘白駒隙過)'라고 말한다. 필자가 볼 때 「驪駒歌」는 장자의 이 글에서 패러디한 것으로 보인다.

자크 라캉에 따르면 사랑은 오직 단 하나 너뿐이라고 말하면서 그 여인은 이미 지나간 옛 일이라고 말하는 것과 같다. 또한 프로이트가 무의식의 발견을 통해 삶의 모순과 양가성을 말하는 것과 같을 수도 있다. 즉 무의식이 자신의 타자를 품는 것과 같다.[72] 이처럼 이 시가 갖는 신비는 솔바람 부는 날의 무시무시하기도 하고 이상야릇함을 주는 것은 전이된 이미지들이 부딪치는 경이로움으로 보아야 할 것이다. 꿈과 현실 경계를 넘나드는 환상이 겹쳐지는 기법으로 볼 때 초현실성을 엿볼 수 있다 할 것이다.

而本無生,…而本無形."▷ 莊周/宋志英譯解, 『莊子』(東西文化社, 1978. 6), p.280 참조.

72) 권택영, 「욕망에서 사랑으로」, 『우리 시대의 욕망 읽기』(문예출판사, 1999. 5), p.57.

세월갓흔벽에일이의키가나날히자랄적에일이의부서진작란감은쏫과갓치나날히늘어갓다. 일이의부서진작란감이쏫과갓치늘어가든날일이의아버지는부서진작란감처럼길우에서절명한것을일이는모른다. 약병마테세월갓치싸혀잇는부서진일이의작란감들. 일이는공일날갓치싸듯한미다지박그로작고만나가겟다고하고, 일이의어머니는작고만나가지를말나고한다. 아아房처럼슬픈일이의작란감들. 이럴때마다일을는이약이하지안흔이약이갓흔아름다운이약이를房처럼담북진이고잇섯고, 일이의어머니는일이의얼골을房처럼물그림이바라다보고잇기만하는것이엇다. 일이는엇지하야작란감을부시는게제일조흐냐. 겨울에서부터봄으로. 날마다오른편책상사랍에는가위와고무공과오색가지색종히가, 외인편책상사랍에도만년필과편지와약이다아말너붓흔옥도명긔의약병들이너혀잇섯스니까, 가위와고무공과오색가지색종히도너혀잇섯든것이엇다. 겨울에서부터봄으로. 결국달은쓰지를안코, 밤마다벽에서는별의소래가버레소래갓치들니여왓다. 이러는동안에세월갓흔房은일이의房이철이의房으로바귀여지는날은과연어느날일넌지. 화원과갓흔일이의향수등.

— 이시우, 「房」, 『三四文學』 제3집, 1935. 3, p.40. 전재.

위의 시는 그의 평론 「絶緣하는 論理」와 함께 발표된 산문시다. 바로 이시우가 주장하는 "순수한 산문의 기능, 즉 운율에서 독립하는 순수한 '의미'가 불가결하다는데서, 진정한 의미의 산문시는 출발한다(제3집, p.12 참조)"는 것에서도 연관되는 것으로 보인다.

심리적인 이 작품은 현실과 꿈의 작용을 자동기술화하고 있는데, 이시우의 「방」은 몸의 연장으로 보아야 할 것 같다. 몸의 블라종과 동일한 은유, 환유법이라 할 수 있다. 자아와 현실의 융합이 되어야 하는 내밀한 삶과 사랑, 꿈이 있는 공간이어야 하지만. 개인적 자아분열이 일어나는 것 같다. 내적으로 파괴된 자아들 사이의 대립을 해체하려고 하는 것은, 자크 라캉에 따르면 '방' 그 자체도 거울단계로 보기 때문에 상상계에서 상징계로 진입하려는 것과 같을 수 있다 할 것이다. 이처럼 시에 나타나는 자아들은 방으로부터 벽, 일이, 부서진(또는 슬픈) 장난감들, 부서진 장난감처럼 길 위에서 절명한 아버지, 일이 옆에 있는 어머니, 철이 그리고 책상 서랍, 약병, 가위, 고무공, 오색종이, 만년필과 편지는 물론 뜨지 않는 달, 벽에서는 별의 소리가 벌레소리같이 들려오고, 화원과 같은 일이의 향수 등인데, 절단되고 파편화된 괴기한 것들, 즉 신체 없는 기관(器官)들로 가득 차 있다. 일이의 방이 철이의 방으로 바뀌지기를 바라지만 바뀌지지 않는다는 절박감을 표출하는 것으로 보인다.

이 시를 주목하면 벽이 있고 미닫이(밀문)가 있는데, 폐쇄된 공간에 부서졌거나 죽은 창백한 사물들이 뭔가 친숙한 것들로 나타나면서 낯설게 보이는, 즉 박탈된 환영을 페티시즘적 오브제화한 시작품이라 할 수 있다. 이러한 외상(trauma)적인 사물들은 사실상 일이의 심적 외상(心的外傷)들이다. 말하자면 일이의 억압당한 무의식의 파편들이다. 자크 라캉에 따르면 자기애적 환상적인 자아의 상상계에서 상징계로 진입하면서 굴절된 사회적인 자아가 외상적인 쇼크를 받아 그 경계에서 머문다는 것[73]이라고 볼 수 있다. 그러나 상상계, 상징계, 실재계가 뫼비우스 띠처럼 변증법으로 연결되어 있기 때문에 일이는 '세월 같은 벽'에 키만 자라고 '세월 같은 방'은 일이의 얼굴이라고 할 수 있다.

73) Madan Sarup, op. cit., p.159.

즉, 비활동성 또는 고착된 상태 등을 나타내는 완고한 이성주의가 버티고 있다 할 것이다. 여기서 방은 아버지가 부재(freclosure)된 방이다. 하나의 법이 되는 아버지가 부서진 장난감처럼 길 위에서 절명했기 때문이다. 왜냐하면 상징계인 인간관계의 세계 속으로 편입된 근원(아버지의 장소, 자기 자신의 이름, 가족정체성을 포함)은 늘 공백상태이기 때문이다. '길 위에 절명한 아버지를 일이는 모른다'는 것은 아버지의 이름이 제외되었음을 지칭한 배제, 즉 상징계로서 일종의 병리적인 징후라는 것이다. 이에 따른 주체(아버지)가 방에 없는, 즉 자아를 찾을 수 없어 어머니에게 눈을 돌려 겨울로부터 봄이 올 때마다 일이는 밀문(미닫이)을 열고 밖으로 나가고 싶어 할 때 일이의 어머니(방 또는 거울단계)는 못나가게 한다. 어떻게 보면 오이디푸스콤플렉스도 엿보인다. 그래서 일이는 피학적으로 고생한다는 것은 '약병 맡에' 부서진 장난감들과, '다 말라붙은 옥도정기의 약병들이 널려' 있다는, 즉 파편화된 자아를 지칭한다 할 것이다. 방에만 칩거하니 근본적인 결핍, 즉 아무리 차단된 방이지만 구멍이 생겨 '결국 달은 뜨지를 않고, 밤마다 벽에서 별의 소리가 벌레소리같이 들리어왔다'는 것이다. 다시 말해서 자크 라캉이 말한 것처럼 욕망으로 하여금 끊임없이 불러일으키는 허구적 대상들, 즉 환시와 환청들이 동시에 일어나는 것이다. 자신의 현실로부터 자기의 소외를 극복하기 위해 환상에 의존하는 것이다.[74)]

프로이트에 따르면 "환각이 원래는 외부세계에 대한 자아의 관계에서 균열이 발생했던 장소에 덧붙여진 조각처럼 적용된 것으로 발견되어짐을 알게 된다"[75)]는 것과 같은 것이다. 「房」이 갖는 의미는 벽이

---

74) Madan Sarup, op. cit., p.106,
75) Madan Sarup, op. cit., p.162.

있고 문마저 차단되어 그 너머로 찬란한 별들도 보지 못하지만 '밤마다벽에서는별의소래가버레소래갓치들니여왓다'는 것은 절묘한 표현으로 보아진다. 이처럼 이 시는 브르통이 말한 순수한 내부를 향해 "바깥쪽을 내다본다"[76]는 것과 같을 수 있다. 차단된 방안을 보는 것이 아니라 바깥풍경을 엿보려는 불안전한 대타자(상징적 구조)의 결여는 관음증이면서 쾌락을 느꼈을 때 주체가 아닌 객체가 되는, 여기 저기 흩어진 도구가 되어 도착증후도 일으키는 것으로 보인다. 이와 같이 다양한 의미의 산출에서 그가 주장한 '절연하는 어휘, 절연하는 복수적인 이미지' 등의 기법을 통한, 즉 절단되고 파편화된 오브제들끼리의 병치라고 할 수 있다. 물론 전치(轉置, dépaysement), 반복, 전복(顚覆) 등이 동시에 동원되고 있다. 그의 평론에서 말한 것처럼 바로 '새로운 질서'라고 볼 수 있는, 자동기술적인 '순수한 산문시'로 보인다.

왼쪽으로왼쪽으로별들이기우러지거나로망티그의나무나무요
오—마담.보바리와같이祈禱書의一節은紙幣와같이갈갈이찌
저버리었으나薔薇와같이붉은꽃들의송이송이
오날도아름다운하날멀—니
女敎員은少女와같이가는목소래로로오레라이를 부르거나 昨
日과같이눈물을흘니거나…나도정말은울고있었다.

— 이시우, 「昨日」, 『三四文學』 제5집, 1936. 10. p.26 전재.

76) Max Ernst, Beyond Painting(New York, 1948), p.20. ▷ Hal Foster, 『욕망, 죽음 그리고 아름다움, 원서명 : Compulsive beauty』(아트북스, 2005. 7), p.110.

필자는 이 시작품을 인생의 숙명적인 시라고 본다. 누구든지 지난 어제의 날들은 슬픈 것도 있지만, 지금도 어제는 벌새처럼 날고 있는 별들을 볼 때 더 황홀하게 빛난다는 것을 환기시켜준다는 것으로 보인다. 그러나 화자는 별들이 기울어 질만큼이나 바른 길을 걷지 못하고 '왼쪽 왼쪽으로' 걷는, 마치 푸른 잎들은 빛나고 미풍에 흔들리는 낭만주의 숲속을 거니는 것과 같이 환몽적인 어제를 '로망티크한 나무나무요'라고 표출하고 있다.

이 시를 읽으면 플로베르가 지은 「마담 · 보바리」(1857)의 소설을 떠올리게 한다. 미모가 뛰어난 마담 보바리(본명은 Emma)는 상류층 부르주아의 딸들처럼 교육받는 수도원에서 탐독한 낭만주의 서적에 빠져, 즉 달콤한 환몽에 사로잡혀 있던 중 샤를르 보바리(Charles Bovary) 와 결혼했다. 그러나 싫증을 곧 느껴 거듭된 불륜관계에서 걷잡을 수 없는 환멸과 그보다 빚진 돈으로 말미암아 마침내 비소를 훔쳐 먹고 자살한다. 그녀가 낳은 유일한 딸을 위해 살려던 남편마저 아내의 추문에서 뒤따라 자살하는 등 비극을 그린 인간의 숙명적인 소설이다.

이 소설에 나오는 마담 보바리의 사연을 '보바리즘'이라고 하는데, 이러한 심리가 엿보이는 이시우의 시 「昨日」은 보바리를 패러디한 간접화법의 형태를 취하고 있다고 볼 수 있다. 간접화법이란 현상에 있는 대상을 그대로 객관화하지 않고 주관성에서 주지작용으로 대상이 나타나는, 즉 유추에서 상상력을 통해 형상화하고 있기 때문에 앞에서도 말한 발화자가 독자에게 들키지 않으려는 하나의 기법이라 할 수 있다. "오—마담. 보바리와 같이 祈禱書의 一節은 紙幣와 같이 갈 갈이 찌저버리었으나 薔薇와 같이 붉은 꽃들의 송이송이"라고 묘사한 화자(이시우)는 지난날의 비애와 절망도 있지만, 새빨간 장미꽃 송이처럼 정염(pathos)에 불타는 사연들은 더욱 아름다워 하늘 저 너머에 있다는 희망을 준다는 시각적인 감각을 표출시키고 있다. 피터 부룩스에 따르면 "시각은 언제나 중심적 기능이었고, 중심적인 은유로 작용해왔다"[77]는 것과 같을 수 있을 것이다. 바로 화자의 신경이 뻗는 그곳에 소녀가 가느다란 목소리로 로렐라이 노래를 부르는 듯 하는, 즉 작일 같은 눈물을 흘리는 화자는 이미 여성이다. 시각은 인식을 통해 동일시되는 것이다.

무의식적인 이미지들이 파편화되어 박히는 일종의 히스테리 환자가 된 것이다. 문학담론에서는 성(性) 차를 자유자재로 다루려는 수단으로 히스테리아를 이용하려는 경향이 있으며, 초현실주의자들도 예술과 연관시켜 히스테리아를 발전시켜온 것을 알 수 있다.[78] 보들레르야말로 히스테리아의 가장 좋은 예라 할 수 있다. 샤를르 보들레르는 「86 폭죽불꽃」에서 "나는 나의 히스테리를 키워왔다, 공포와 희열을 느끼며"라고 고백했다.[79] 프로이트도 각 히스테리 사례 중에서 "히스테리는 예술창조의 캐리커처(caricature)다"[80]라고 말했다. 이처럼 이시우 역시 자신의 내적 경험에 의해 언어적 발화, 즉 어깨를 흔드는 마담 보바리의 긴 흐느낌처럼 화자가 여인으로 나타나는 등 '나도 정말은 울고 있었다'라고 재현한다. 이러한 재현은 일종의 무의식적이기 때문이다. 마치 플로베르처럼 자신의 소설 「마담 보바리」를

---

77) Peter Brooks, 이봉지 · 한애경 옮김, 『육체와 예술』(문학과지성사, 2000. 10), p.195.
78) Hal Foster, op. cit., p.102.
79) Charles Baudelaire, 이건수 옮김, 『벌거벗은 내 마음』(문학과지성사, 2005. 6), p.61.
80) Freud, 이기원 옮김, 『종교의 기원』(열린책들, 2005, 4), p.129.

자신과 동일시하여 “엠마 보바리는 바로 나 자신이다”81)라고 고백한 것과 같은 것으로 보인다.

자크 라캉에 따르면 거울단계의 동일시에서 일어나는 이행성(transitivism)과 같은 것이다. 마치 옆에 있는 아이가 매를 맞으면 다른 아이가 자신이 맞았다고 울어버리는 것과 같은 것이다. 오인으로부터 출발하는 거울단계에서 환영적 이미지에 의한 자기 착각의, 그리고 함락의 순간이다. 말하자면 미래와 과거는 모두 환영에 뿌리를 둔다82)는 것과 같은 것이다. 이 점에서 이시우의 「昨日」은 초현실주의자들처럼 여성성의 아름다움을 히스테리아를 통해 카타르시스하고 있다 할 것이다. 다시 말해서 보바리즘을 패러디하여 자신의 어제를 환기시키려는 작품이라고 볼 수 있다.

이상으로 이시우의 시에 대하여 깊이 있게 분석 검토한 결과 대부분의 시는 다다이즘이 아닌 초현실성을 띤 심리적 메커니즘으로 드러난다.

그의 시는 프로이트와 라캉의 정신분석에서 살펴봄으로써 근접되는 것 같다. 또한 노장사상이 얽혀 있어, 라캉의 이론과 함께 원용되는 난해한 시들이라고 할 수 있다. 앞에서도 말했지만 이시우는 소설에 깊은 관심을 갖고 있으면서 이미 프로이트, 칸트를 비롯한 철학뿐만 아니라 초현실주의에 대해서도 상당히 섭렵한 것 같다.

그의 평론 「SURREALISME」에서도 김씨는 “要컨대 슈르 · 레아리슴을 通過하지못한 金氏가, 主知라는 말을 理知라는 말의 程度로 理

81) 김화영 옮김, 『마담 보바리』(민음사, 2006. 6), p.534./ 김동규 지음, 『플로베르— 삶과 예술』(건국대학교출판부, 1995. 4), p.82./ René Wellek & Austin Warren, op. cit., p.126.
82) Madan Sarup, op. cit., p.131.

解할 能力밖에 없다는 곳에 그의 根底가 있다"(제5집, p.30 참조)라고 치명적으로 비판한 것만 보아도 알 수 있다. 김씨란 김기림을 지칭한 것으로 보인다. 따라서 이시우의 시작품들이 그동안 이상의 시세계를 흉내 낸 작품으로 지적되어온 시들은 그의 시세계를 잘못 해석으로 인한 막연한 지적임을 알 수 있다. 암시적이고 이질적인 이미지들은 대부분 오브제로 드러나는 것으로 보인다. 좀처럼 주체(대상)의 모습은 찾을 수 없으나 오브제에서 만날 수 있기 때문이다. 대상들이 서로 뒤섞여져 그가 말한 심리적인 주관성을 주지작용을 통하여 간접적이거나 객관적인 진술을 시도하고 있음을 볼 수 있다. 뒤늦게 『三四文學』 제5집, (1936. 10)에 발표된 이상의 시 「I WED A TOY BRIDE」가 오히려 먼저 발표된 이시우의 시 「房」(제3집, 1935. 3)과 유사한 점이 많은 것 같다.

(2) 신백수의 시세계

필자는 신백수가 발표한 시작품 총 7편 중에 「12월의 腫氣」, 「Ecce Homo 後裔」, 「잎사기 뫼는 心理」 등 3편의 시세계에 대하여 초현실성 여부를 살펴보고자 한다.

이외 4편은 경향시로 보이기는 하지만, 단순한 알레고리 또는 저널이 다소 함의된 것으로 보아 연구대상에서 유보하였음을 밝힌다. 유보된 시작품은 『三四文學』 창간호에 발표한 「얼빠진」(p.12), 「무게없는 갈쿠리를 차고」(p.13)이며, 제2집에 발표한 「떠도는」(p.12), 「어느 혀의 재간」(p.13) 등 4편이다.

① 젖내를퍼트리는귀염둥이太陽

입김엔近視眼이보여준돌잽이의꿈이서린다

hysteria 徵候를띄운呼吸器의嫉妬

또할

나의心腸이太陽의白熱을許容하면

熱帶가故鄕인樹皮의分泌液이rubber質의비명을낳다

어제의方程式이適用될1934年12月14日의거품으로還元한나

하품

기지개는太陽의存在를認識치않는다.

— 신백수, 「12月의 腫氣」, 『三四文學』 제3집, 1935. 3. 1. p.50 전재.

② 日記를輕蔑헐수있는鸚鵡의神經인侮蔑의두두래기로기여들때
多感헌Ab— 尖銳헌주둥아리는網膜들이南極과北極에서
무색해진것을모를리없다.

움속에싹튼양배추가溫室에맺은파나나앞에꾸려앉어,
Hebe의香薰을詔望[83]하든極片[84]의季節을共鳴하였고

두나래의榮華를爲헌鸚鵡는앵무로變節하였다.

— 신백수, 「Ecce Homo 後裔」, 『三四文學』 제4집, 1935. 8. 1. p.4 전재.

③ 바다에로다다르기 그림을그리라면鄕愁를모르는까치의葉書보다 허물없는하품 그늘을가리어서걷기로하자 잠이든가장기 여름이되면바다바다바다바다바다와葉書型

— 신백수, 「잎사기가되는心理」, 『三四文學』 제5집, 1936. 10, p.25 전재.

위의 세 편의 시 중에서 ①, ②항의 공통점은 이성(理性)에 대한 역설적이고 조롱적이며, 안이한 삶의 진부성을 질타하는 것 같다. 작품 내용면을 보면 이질적이고 절연된 이미지들이 혼란스럽게 형태를 파괴함으로써 제목을 자주 주목하게 하는, 오브제이거나 콜라주 기법을 연상시키기도 한다. 다시 말해서 우리들의 보편적인 상식을 초월한 비논리적이고 모순적인 작품이라 할 수 있다.

어떻게 보면 김춘수가 주장한 무의미 시(nonsense-poetry)일 수도 있다. 한 마디로 말해서 무의식의 시학으로 보인다. 야콥슨(Borch-Jacobsen)은 "무의식은 모순적일지라도 스스로 자신은 확고한 논리를 가지고 있다"[85]는 것과 같다. 무의식은 어떠한 진술이나 설명도 초월한다는 것을 인식한다면 위의 시들에서 쉽게 만날 수 있는 해답은 역시 주제 자

83) 謟望 : 의심할 정도로 바라보는 것, 즉 기대하자 않는다는 뜻(謟 : 의심할 '도'字임).
84) 椏片 : 나무의 가장귀(椏 : 나무의 아귀 '아' 또는 가장귀.'아'(수목의 分岐를 말함).
85) Antony Easthope, op. cit., p.259 재인용.

체에 있는 것 같다. 이미 대상을 해체한 상태에서 흩어진 이미지들이 오히려 주제를 쳐다보고 있는 격이다.[86] 어쨌든 아이러니를 통해 우리를 당혹하게 하지만, 자아가 자신의 집에서 결코 있지 않고 밖에서 오히려 내부를 투시하는 것과 같다. 다시 말해서 보이지 않는 얼굴이 혼자서 밖을 향해 중얼거리는 것과 같다. 화자 자신을 타자로 인정하기 때문이다. 자크 라캉에 따르면 상상계를 벗어나 상징계에서 실재계의 경계를 넘나들며 상상계를 응시하는 것과 같다.

먼저 ①항 시작품을 좀 더 구체적으로 살펴본 결과 주제 자체가 독자를 당혹하게 한다. 왜냐하면 12월에는 거의 종기가 사라지는 계절이다. 그러나 화자는 부스럼을 들고 나온다. '젖내—귀염둥이 태양', '히스테리아—호흡기의 질투' 등등 이질적인 이미지를 아이러니컬하게 서로 충돌시키는 그 자체가 12월의 부스럼으로 보아야 할 것 같다. 주체는 주제 속에 숨어 있는 조각난 몸으로 떠돌고 있다. 말하자면 오브제 안에서도 실체를 드러내지 않는 것으로 보인다. 왜냐하면 시의 형식에 담은 의미는 패러디한 이미지들 자체가 내포하고 있기 때문이다.

고름이 분출하고, 호흡기가 망가져 히스테리를 일으키고, 부스럼은 번져 열대가 고향인 그곳에 고무나무마저 비명하는 것으로 보아야 할 것이다. 하품을 하고 기지개를 켜보지만 부스럼이 낫지 않는 한, 나는 태양이 될 수 없다는 것과 같다. 말하자면 피부병을 앓고 있는 자아를 말할 수 있는데, 의식으로부터 현실적 감각을 이끌어내야 하는 개인적 자아는 물론 집단적 자아의 방향을 암시하는 것 같다. 이와 같이 ①항의 시는 심리적으로 아이러니를 통해 마술적 상징성을 띤 연상적

86) Madan Sarup, op. cit., p.104.

인 힘을 분출하는 작품인 것 같다. 자기는 진실하다고 주장하는 자일수록 완벽하게 무의식을 위장하는 것처럼 신백수는 위의 작품을 자의적으로 썼다고 주장할 경우에도 무의식적으로 반복강박성의 환상기법이라고 할 수 있다. 즉 꿈과 실재의 변증적인 신비 속에 감춘 페티시 오브제 작품이라 할 수 있다.

위의 ②항의 시작품 「Ecce Homo 後裔」를 보면 주제가 성경 요한복음 제19장 5절에 나오는 빌라도가 가시면류관을 쓴 그리스도를 가리켜 한 말로 '이 사람을 보라,' 즉 'Ecce Homo'를 패러디한 작품으로 보인다. 그런데 『차라투스트라는 이렇게 말했다』(1883~85)에 이어 두 번이나 출판된 프리드리히 니체의 철학적 자서전이라 할 수 있는 『Ecce Homo』(1888, 1908)가 있다. 그렇다면 이 시는 기독교적인 측면에서만 단순하게 해석할 수 없는 다의성을 띠고 있는 것 같다.

이 시에도 역시 발화자(주체)는 쉽게 나타나지 않는다. 이 작품을 주도하는 두드러기를 통해 전혀 알 수 없도록 혼란시키고 있는 것 같다. 정신과 육체를 초월하는 상상력을 통한 초인적인 것을 환기시키는 것 같다. 이처럼 환상을 창조하는 아이러니가 갖는 의미는 주제에서 출발시키고 있는 것이다. 왜냐하면 이 시는 이미지를 전도(顚倒)시키는 것이 아니라 콜라주 기법으로 전혀 다른 이미지 세계를 만들어내기 때문이다. 다시 말해서 앵무새의 신경이 모멸의 두드러기로 드러내고 있는 것이다. 이 두드러기가 앵무새의 날카로운 주둥아리로 보아진다. 주둥아리 역할에 어디든지 무색해진 것을 앵무새 자신은 잘 알고 있다는 것이다. 서양의 문명끼리 다투는, 즉 양배추는 파나나 앞에 굴복하고, Hebe의 향훈을 흠모하든지 간에 나무의 가장 귀의 계절을 공명하고 있고, 두 나래의 영화를 위한 앵무새는 완벽한 앵무새로 변절했다는 감정적 현상을 흡인하는 유머가 넘치다 할 것이다.

일부 연구자들은 그리스도 후예들에 대한 단순한 비판으로 해석하는 것 같다. 그러나 이 시가 던지는 질문의 표면 뒤에는 위장된 모순이 도사리고 응시하는데, 바로 진부한 집단적 자아를 꾸짖는 주술적 환기기법이 시도되고 있다 하겠다. 다시 말해서 니체가 말한 '신의 죽음'에 대한 그리스도교 비판은 '그리스도교'와 순수한 '예수'를 분리시켜야 한다는 데서 원용한 시작품으로, 직접적인 공격이라기보다는 현대성과 철학적 자명성에 대한 공격의 일환으로 전개되는 것을 지적한 것 같다.[87] 어쨌든 이 시가 갖는 예수의 심리적 특성을 통한 알레고리를 띤 오브제 작품으로 초현실주의적 시로 보인다.

이어서 ③항의 시작품 역시 초현실주의적 시의 모습을 띠고 있다. 꿈과 현실을 심리적 자동기술화 한 것 같다. 이 시에도 하품이 나오는데, 무의식을 통해 글을 쓴다는 것을 자의적으로 표출하는 것으로 보인다. 사실 글을 쓸 때는 의식적으로 글을 써야 함에도 일부러 '하품'을 삽입한 것은 무의식적인 것을 나타내는 것 같다. 이시우, 황순원의 시에도 하품이 나타나는 것도 마찬가지일 것이다. 이 시에도 시의 주제를 구어(句語)에서 만나게 하는 작품이다. 이질적인 이중 이미지가 겹치면서 전치, 전복되고 반복성으로 생기발랄한 새로운

---

87) 백승영, 『니체, 디오니소스적 긍정의 철학』(책세상, 2005. 5), p.272 참조.

의미를 콜라주하고 있다. 나무 잎사귀라면 잎사귀들이 그림 그리는 바다로 가서 바다로 모이고, 모인 바다는 만나면서 새로운 바다가 수많은 엽서형 바다가 된다. 지금도 살아서 글 쓰는 바다! 신백수의 바다는 생동감이 넘치는 생명력을 결집하여 신비스런 메시지를 전달하고 있다.

이 시는 경이로움이 있는가 하면 꿈도 있다. 엽서가 있는 현실은 꿈과 합일로 빛난다. 바다에 다다르기까지의 그림 그린다는 환상은 어떻게 보면 프로타주다. 또한 '향수를 모르는 까치', '하품 그늘을 가리어서 걷자', '잠이든 (나무) 가장귀' 등에서는 유머가 반짝이고 있다. 이 시작품은 구두점도 없으며 띄어쓰기도 무시되어 있는 등 자동기술화 된 바로 초현실주의 오브제라고 할 수 있다.

⑶ 한천의 시세계

한천의 시를 창간호부터 제4집까지 살펴본 결과 각각 한 편씩 발표된 것을 볼 수 있다. 열거하면 「잃어버린 眞珠」, 「프리마돈나에게」, 「단순한 鳳仙花의 哀話」, 「城」 등이다. 먼저 「잃어버린 眞珠」는 데카당스적인 시풍으로 보아진다. 6월, 건강, 장수를 상징하는 진주에 대해 잃어버린 회의감, 비장감을 자아내고 있다. 물론 욕망이란 잃어버린 것이나 없는 것에서 찾는, 즉 장자론에 의하면 잃어버린 흑진주를 찾아 헤맸는데, 무(無)가 갖고 있다는 것이다. 그러나 이 시는 어떤 패배감의 한계를 드러내고 있는 것으로 보인다.

'검은 바다', '천사들의 나래', '슬픈 캐라반의一隊조차', '유리의 고전적인 제단', '유리의 근심 속에', '붉은 잔이 파동 치는 케이프타운의 都城에' 등등 이국에 대한 동경으로 시의 효과를 찾는 이국정서

(exoticism)적인 의미만 전달하는 한계점을 드러내는 것으로 보인다. 그의 시 「프리마돈나에게」가 갖는 스타일도 앞에 말한 데카당스적인 시작품으로 보인다.

그러나 「단순한 鳳仙花의 哀話」, 「城」 등은 이러한 스타일에서 벗어난 초현실주의적인 시에 근접된 작품으로 보인다. 왜냐하면 브르통이 초현실주의와 낭만주의 사이의 연계는 밀접한 것으로 보면서 초현실주의는 다만 낭만주의가 "쥐기에 적당한 꼬리"에 불과하다고 주장했기 때문이다. 말하자면 낭만파의 영웅적인 개성을 내세우지 않고 초현실주의는 경험을 흡수하는 자신을 내세웠다[88]는 것이 차이점이라 할 수 있다. 이처럼 초현실주의는 1770년대에 일어난 독일낭만주의에서 유래되었다고 인식되어 있는 자들은 초현실주의 시를 간혹 무의식의 해방과는 거리가 먼 의식의 감정해방에서 더 전진하지 못한 상티망(sentiment, 감정 · 정서)의 문학[89]이라는 등 때로는 낭만주의 시로 오인하는 경우가 더러 있기 때문이다.

① 어머니의일만정열속에서신성한瞳孔이신선한宇宙를낳았다. 海氣의닢닢으로짠舞衣를날리면서부푸른象牙의海心을껴안어보려들든,(중략) 비—나리는아부르항구를가웃거리는독크에서서, 오—랜世代의진실로낡은世代의어머니가물려주시든흰비단치마폭을쓴바다ㅅ바람에펴ㄹ펄펄날리면서,(중략)

退色한초록빛寢室인山脈들사이로서壯한白雲의나래를펼치든전날밤, 흰希望의흰로케트는나의동무계순(桂順)이가고히잠든火星가까

88) Bigsby, op. cit., p.80.
89) 鄭貴永, op. cit., p.138.

운酒幕, 오리부山城에서산산히바스러떠러지고말었단다.(중략)

眞珠의아기들은줄난부끄럼군이기에고요히오로라의안개속으로기어저버리었다.(중략) 殘忍한水夫는아폴로를그리워하는庭園에園丁을시켜서,鳳仙花와白馬를카메라에넣어갔다.(중략)

알파와 오메가의 肺炎으로 因하야, 天國과幽宮다락을 세레네—드하는巡禮詩人마리아를에워싼 사의 强情曲이무르녹기에,(중략) 온천만에거미줄이어찌끼였든지그만저—오리온의별들이, 내에나멜의구두코끝에서어느한아가씨의임종을슬퍼하겠지.(중략) 마자근한 溫突夜半은신선한아침의五月에서업싸이드의宣言을받은菖蒲밭에幽靈의침실인가!

싸포의不朽의 烟氣난, 百家의古典과放恣한아침을이나뭐—의言語속에다몬타주한다. 永久한文法의接續詞와가치한없이便利를주는이놈은, 永遠한스핑스이다. 이윽고나의주머니속에간직한바다는종달새의알토를드르면서,그윽한빠리톤으로새벽을招來한다. —세피어의海岸을잊자! 나의言語의意義는너의머리의數에지나지않는다(하략)

— 韓泉, 「단순한 鳳仙花의 哀話」, 『三四文學』 제3집, 1935. 3. 1. pp.32~37. 일부.

② 우리들의城의성성城과같은여러개의城의마련은세계의눈동자였다.오늘건강치못한城이라고불러
지고만城기슭에는, 맘마의부드러운하눌처럼바람떠난나의풍선이허우적거리고, 지난시절의너와나와의城의城을싸고도는, 자욱한城의비밀

이, 금붕어의온실그늘의꼬리처럼운명의얄구진눈보라속에서, 집시의 히망높이꾸부러저가는, 이태로운리즘속의보람없는오후여!

너울너울비단나뷔의나름도헛되고, 스처가는제비의나름도헛되고, 오월을치례하든봉선화의오월도헛되고, 목장의고요하고푸른빛도헛되고, 세월같은온돌방의아리랑그후의이야기는, 오늘어느城안의퇴ㅅ마루우에서, 거문고의줄줄을뜯고있을가, 우중충한성서에도, 봄마중따러나가보아도, 그길로바루맴매잔빠고다공원의벤치에서, 티없는세월을갈거먹어보아도……파파와맘마의일긔장과, 순히와나의그것이어찌면, 그리도들장없는울타리안에서그늘진천국으로거닐고있는지……
짠城안의비긋난윤리의지애비인수리개에는, 울안의병아리들의유방아닌유방보다나은, 황홀하고섹스인아라베스크는자인치않는가보이! 짠城기슭에지느레미와같은율똥이답보로—할때우리는근성에다이바지하는에스페란토는강변의반딧불이다. 언어와언어의울타리밖으로가로넘는언어와언어의, 미끄러운스타일의글자와글자의, 또한언어와언어의……공일날하이킹은, 추녀모스리의수정고드름처럼곱게나넨둥쓰지말었으면……

화원같은레토리크의큐피트의화살마저그리워질녁인, 님의펜끝에서설레는그네는, 숙성한공주보담더—아름찬, ㄱㄴㄷ……레반틴의뼈속에사모친세월같은반만연의그네의세월도, 잠깐외딴섬속으로휴양시켜보내자! ……노을빛낀바비론의城벽이여! 그속에잠자든……진주와가나리아의아츰이들창을제치고, 벌레먹은임금꽃이새록새록피어나고새가울면……봄이오며우리들의城의성성城과같은여러개의城의마련은우주의태양이리라.

— 韓泉, 「城」, 『三四文學』 제4집, 1935. 8. 1. pp.12~14. 전재.

①항의 시작품 「단순한 鳳仙花의 哀話」는 5연에 45행으로 된 산문시다. 이 시의 특징은 다소 산만성은 없지 않으나 아이러니한 기법이 두드러지게 현실과 꿈이 있다 할 것이다.

이 시는 접근하기가 퍽 난삽한 작품으로 모순어법끼리 충돌되고 있는 것 같다. "신성한 瞳孔이 신선한 宇宙를낳았다.", "알파와 오메가의 肺炎", "내 에나멜 구두코끝에서 어느 한 아가씨의 임종을 슬퍼하겠지", "창포밭에 유령의 침실인가!", "나의 주머니 속에 간직한 바다는 종달새의 알토를 들으면서" 등 생경한 상상력을 합성시키고 있다. 상반된 이미지를 다시 병치시켜 아이러니(irony)하다. 아이러니란 본뜻을 감추고 반대되는 언어(反語) 표현인데, 축서법, 곡언법, 과장법, 어의 역용, 재롱법, 조롱법, 냉소법, 말장난, 역설, 심지어 패러디까지 함의 된 것으로 보인다.

프로이트의 정신분석에 따르면 무의식에는 서로를 없애버리려는 병치와 모순과 대립적인 의미들이 들어 있다는 것이다. 이러한 아이러니한 단어들이 꿈 · 농담 · 실수 등에서의 단어 제시는 의식적이고 사물 제시는 무의식적이라는 것이다. 다만 단어의 의미 대신 단어의 소리에 집중함으로써 단어를 사물로 취급할 수 있다[90]는 것이다. 가령 "내 에나멜 구두코끝에서 어느 한 아가씨의 임종을 슬퍼하겠지"에서 구두코끝에서 아가씨의 임종은 단어를 사물로 본다고 할 수 있다. 어쨌든 한천 역시 자신을 숨긴 채 이미지 속에서 그의 모습을 드러내는 모호성을 갖고 있는 것 같다. 말하자면 심리를 전이시키고 있는 것

---

90) Antony Easthope, op. cit., p.73.

이다. 현대시의 관건이 된다는 의미의 중첩이 심하게 드러나고 있는 셈이다.

위의 1연을 쉽게 풀어보면 다음과 같다. "신선한 우주는 海氣의 이파리로 짠 舞衣를 날리면 코끼리 이빨 같은 하얀 파도, 비 내리는 르 아브르 항구를 갸웃거리는 도크에 서서 낡은 세대의 어머니가 물려주시든 흰 비단치마폭을 쓴 바닷바람에 펄펄 날리면서 (진력을 다하다가)흐려진 동공을 흰 비단치마자락에 싸안아 들고 거미 알을 잡순 아류(亞流)씨들이 하얀 이트를 반사하는 황혼의 거리…조약돌 위에로, (신백수는 쉬어리얼리즘으로) 신선한 충격을 가 한다"는 것이다.

여기서 주목되는 것은 첫째, '르 아브르' 항구의 원용이다. 외국어를 사용하여 이국정서에서 시의 효과를 노린다는 것은 많은 다의성을 갖기 때문이다. 이 시에 나오는 '르 아브르' 항구를 보면 다다이스트 뒤샹이 1920년 12월 27일 뉴욕으로 가는 배에 승선하던 항구이다. 승선하기 전에 그곳에서 '파리의 공기 50cc Paris Air 50cc'를 넣어 선물하려는 세 번째의 레디메이드가 각인된 항구이다.[91] 따라서 신백수가 초현실주의를 당시 우리 땅에 본격적으로 이식하려는 몸짓과 같다고 보았기 때문이라 할 수 있을 것이다.

둘째, '알파와 오메가의 肺炎'이다. 알파와 오메가는 성경의 요한계시록 제1장 8절, 제21장 6절, 제22장 13절 등 세 번이나 나오는데 "나는 알파요 오메가요 처음이자 끝이다"라고 기록되어 있다.

독일의 철학자이며 낭만주의 철학의 대표자인 셸링(Schelling, 1775. 1~1854. 8)은 "알파는 무의식의 상태이고 오메가는 자신에

91) 김광우 지음, 『뒤샹과 친구들』(미술문화, 2001. 7), p.177.

대한 충만한 의식에 이른 상태이다"[92]라고 말했다. 그러나 한천은 신백수에게 올리는 글에서 알파와 오메가를 당대 문단상황의 이데올로기를 빗대는 폐렴이라고 패러디한 것으로 보인다. 이러한 상징적 이미지 중에 제도적 습관적인 이미지를 원용하여 어떤 목적을 나타나는 메시지를 전달하려는 비전(꿈)을 환상적으로 제시하고 있는 것 같다.

이어서 ② 항의 시작품 「城」은 4연에 연마다 산문체로서 모두 19행으로 된 시다. 이 시작품의 특징은 동음이의어인 '성'의 단어를 반복적으로 배열함으로써 이미지효과를 극대화하고 있다 할 것이다. 반복을 통해 의미가 이중성을 띠면서 상충되는 등 더욱 애매모호성을 발생시키는 일종의 말장난(pun) 형식의 수사학적 표현기법을 쓰는 것으로 보인다. "城의 성 성 城과 같은", "城의 城을 싸고도는" 등에서 마지막 연의 마지막 절에서도 위와 같이 반복하고 있다.

또한 고의로 방언, 속어 등을 사용하여 친밀감 등에서 새로운 활력을 꾀하려는 비백(飛白) 수사학적 표현기법을 함께 동원하고 있다. 절연되는 현상도 간혹 나타나며, 모순어법 또는 비문법성의 언어구사력이 대부분이다. 이 시에도 환상적인 아이러니가 엿보인다. "바람 떠난 나의 풍선이 허우적거리고(띄워 쓰기, 이하 구절 같음—필자)", "자욱한 성의 비밀", "집시의 희망높이 꾸부러져가는", "세월 같은 온돌방의 아리랑 그 후의 이야기는", "그 길로 바로 맴매 잔 파고다공원의 벤치에서", "들장 없는 울타리 안에서", "병아리들의 유방 아닌 유방보다 나

92) Isaiah Berlin, 강유원 · 나현영 옮김, 『낭만주의의 뿌리(THE ROOTS OF ROMANTICISM)』(EJB, 2005. 6), p.160.

은", "황홀하고 섹스 한 아라베스크는 자인(Sein, 실재, 존재)치 않는 가보이!", "우리는 근성에 다 이바지 하는 에스페란토는 강변의 반딧불이다.", "공일날 하이킹은 추녀 모서리의 수정고드름처럼 곱게 나 난동 쓰지 말았으면", "임의 펜 끝에서 설레는 그네는" 등에서 발견된다. 이와 같은 유머의 기법들은 브르통 유파의 초현실주의자들이 즐겨 쓰기도 했다.

이 시의 요지는 성(城)과 성(性)으로 본다. 성(城)은 브르통이 말한 내 소유이며, 이미지로써 불가사의 하다고 말한 것[93]과 같이 한천은 성과 성이 많다고 전제하면서 하나의 성을 하나의 성이 지키는 성으로 전도(顚倒)시켜 칼렁부르(calembour; 동음이의어의 언어유희)적 의미를 확장시키고 있다. 한천은 이목이 집중되는 이 성을 지구(세계)의 눈동자라고 묘사하고 있다. 그러나 성을 지키지 못한 성의 비밀이 위태롭다는 세기말(오후)적인 작태를 지적하고 있다. 여기서 '짠 城'은 물리적으로 직조한 성(性), 즉 매춘(賣春)에 대한 알레고리라고 보아진다. 그러나 진주라는 보석과 집에 사는 카나리아는 집에 있어야 아침이 열리고 비록 벌레 먹은 임금(林檎, 능금나무—필자) 꽃이 피는 봄이 오는 그러한 '城의 성성 城과 같은 수많은 성들은 우주의 태양'이라면서 희망을 예찬하는, 상승적인 효과를 노린 것으로 보인다. 이 시에는 객관적인 우연성이 모순어법들에서 나타나기도 하고, 반복적인 유머도 풍부하며 꿈과 현실이 환상으로 나타난다고 볼 수 있다.

---

93) André Breton, op. cit., p.125.

(4) 정병호의 시세계

『三四文學』 제4집부터 발표한 정병호의 시작품 모두 세편 중에 「憂鬱」(제4집, 1935. 8. 1. p.11 참조)은 내용이 유사하기 때문에 유보하고, 다음과 같이 제4집과 제5집에 발표된 두 편에 한하여 분석해 보기로 하겠다.

① 漂動하는에—텔이누른햇빛으로彩色되든그날아침 감졍이의出發瞬間의트렁크속엔,
「久遠의豊滿을武器로삼는모나·리사의肖像畵一幅? 不滅의努力을伴侶삼은石膏彫刻의퍼우스트胸像? 그리고, 자랑이란집으로꼬은씩씩한새집신한커리—나란히그곳을占據하얏고」

綠色光射가虛無구름을물드러든그날저녁, 리셩이의到着瞬間의트렁크속엔,
「모나·리사의아릿다운입술가엔국직한수염이뚜렷이그려젓고, 剛健한퍼우스트머리가가엔삼껍질굴관이눌리듯쓰여있으며, 아아, 씩씩함을자랑튼그집신총이발기발기헤여젓음을」(昭和十年三月十八日東京을등지고)

— 鄭炳鎬, 「수염·굴관·집신」, 『三四文學』 제4집, 1935. 8. 1. 전재.

② 어제ㅅ밤·머리맡에두었든반달은·가라사대사팔득·이라고
오늘밤은·조각된이타리아거울조각·앙고라의수실은드럿습
마·마음의켄타아키이·버리그늘소아지처럼흐터진곳이오면

여보소

鄭炳鎬의

[illegible] 는 [illegible] · [illegible] 혹은 陜川따라海印寺 · 海印寺면系圖

NO · NO · 3 · MADAME

水直星 觀音菩薩 하 괴 구 렁 에 든 범 에 몸

土直星 如來菩薩 신 후 재 에 든 꿩 에 몸

HALLOO · · · 潤 · 三 · · 月

자축일 턴상에나고 묘유일 귀도에나고 바람불면 배꽃피고

사해일 디옥에나고 인신일 사람이되고 피었도다 샨데리아

— 鄭炳鎬 「여보소 鄭炳鎬의」, 『三四文學』 제5집, 1936. 10. p.22. 전재.

위의 ①항과 ②항 모두는 오브제를 통한 무의식적 요소가 자아의 존재로 드러내면서 재현시키고 있는 것으로 보인다. 먼저 ①항은 수염 · 굴관 · 집신을 오브제한 것으로 일상적인 사물을 낯설게 다른 존재의미를 산출하고 있는 것이다.

여기에 주목되는 것은 주제 자체가 기성품이라는 오브제이다. 내용은 정병호 자신이 두 개의 트렁크가 된다. 개인적 자아가 분열된, 즉 하나는 감정(感情)이 출발하는 아침 트렁크요, 또 하나는 이성(理性)이 도착하는 저녁 트렁크다. 감정의 트렁크를 열면 주술적인 오브제들, 즉 모나리자, 파우스트, 새 짚신 한 켤레 등이 풍만(豊滿), 불멸의 노력을 반려 삼는, 지푸라기가 좋은 자랑자랑한 짚으로 삼은 짚신의 씩씩함 등이 점거하여 뭔가 출발의 희망이 넘침을 제시하는 것으로 보인다. 이성의 저녁 트렁크는 이와 반대적이다. 어쨌든 아침저녁으로 변화는 심리를 무엇인가가 움직이는 것이 있다. 이 시는 바로 장자가 말한 감정[94]을 모티프 한 것 같다.

그러나 위의 시를 인간의 욕망과의 연관성에서 볼 때 전혀 다른 의미들이 꿈틀거리는 것 같이 보인다. 왜냐하면 감정 트렁크와 이성 트렁크의 내용물이 뒤바뀐 것이다. 수염이 없어야 하는 이성이가 수염(모나리자)이 나고, 파우스트가 굴관을 쓰고 새 짚신을 신은 짚신 총이 문드러지고 말았다는 것은 감정이가 갖고 있는 트렁크다. 따라서 이 시가 갖는 패러독스는 오히려 혐오스럽고 위협적이다.

욕망의 원래적 본능이 위장된 모습으로 드러내고 있는 것과 같다. 이성으로 억압된 우리의 심리를 미묘하게 표출시키고 있다 할 것이다. 말하자면 살바도르 달리가 말한 감정적인 원인에서 '변질된 오브제'[95]라고 할 수 있다. 특히 트렁크 안에 모나리자의 초상을 넣고 다닌다는 것은 다양한 의미를 확장시키고 있다. 마르셀 뒤샹의 레디메이드[96]를 떠올리기도 한다. 당시 뒤샹은 레오나르도 다빈치의 대작

94) 非彼無我, 非我無所取. ▷ 감정이 없으면 내가 존재할 수 없고, 내가 존재하지 않으면 감정이 나타날 데가 없다. ▷ 莊周, 宋志英 譯解, 「內篇 齊物論第二」, 『莊子』(東西文化社, 1978. 10), p.49.

95) Salvador Dali식 초현실주의 오브제 6가지 : 1) 자동작용연유에서 '상징적 기능의 오브제' 2) 감정적인 원인에서 비롯한 '변질된 오브제' 3) 꿈에 관한 것에서 연유된 '투사된 오브제' 4) 백일몽 등 '감추어진 오브제' 5) 실험적인 환상인 '기계적인 오브제' 6) 최면술에서 연유된 '본 뜬 오브제' 등이다. ▷ Fiona Bradley, op. cit., p.43 참조.

96) Marcel Duchamp은 '모나리자'의 얼굴에 레오나르도가 타계한 400주년

에 감히 그림을 그려 넣을 수 없는데도 극도의 다다주의의 한 방법으로 파괴함으로써 새로운 창조의 계기를 마련했다. 이러한 행동은 끝없이 지배하는 이성보다 자유로부터 해방감을 지닌 감각(감정) 쪽이 더 강하다.

리처즈가 그의 『문예비평의 원리』(1924)에서 "이미지들의 감각적인 속성들에 대해 그동안 노상 너무 많은 중요성이 부여돼 왔다. 이미지에 효과를 부여하는 것은 이미지로서의 생생함보다는 오히려 감각과 특수하게 연결된 정신적인 사건으로서의 그것의 특징이다"라고 한 것은 이미지의 효과는 감각의 '잔존'이며, '재현'인데서 생겨난다는 것이다.[97] 그러나 이 시는 이성과 감정이 함께하는 의식(정신)으로부터 분별된다고 보아지는 양면적인 상태로 남아 있는 것 같다. 이 시의 형태만 보아도 의식의 괄호 안에 무의식을 묶어놓고 있는 것과 흡사하다.

아도르노의 주장대로라면 친숙한 것의 놀라움들이 객관적인 부자유상태 속에 놓여 있는 주관적인 자유의 변증법인, 일종의 몽타주 기법이다[98]라고 한 것과 유사한 것으로 보인다.

한편 수염이 난 모나리자 그림은 에로티시즘과 연관되는 것으로 보인다. 입가에 도는 쾌락의 익살이 더 관능적인 모습으로 태어난 에로티시즘은 페티시즘과 연계된다. 왜냐하면 페티시(物神)는 성적(性的) 의미

되던 해인 1919년 10월에 수염을 그려 넣었다. 이것을 '수정 레디메이드'라고 한다. "L · H · O · O · Q는 프랑스어로, 그 여자는 뜨거운 엉덩이를 가졌다(Elle a chaud au cul)"는 뜻이다. 피카비아는 뒤샹의 '모나리자'를 잡지 『391』에 소개하기도 했다. ▷ 김광우 지음, 『뒤샹과 친구들』(미술문화, 2001. 7), p.176 참조.

97) René Wellek & Austin Warren, op. cit., p.271 참조.

98) T · W · 아도르노 著, 金柱演 譯, 『아도르노의 文學理論』(민음사, 1985. 5), p.150.

를 띠면서 꿈과 현실, 상상과 경험의 경계에 놓인 대상이기 때문이다.[99] 굴관, 짚신 등도 성과 관계되는 페티시라 할 것이다. 이 시에서 '파우스트'가 삼 껍질 굴관이 눌리듯이 쓰고 있다는 것은 지식과 학문의 무력함에 절망한 노학자 '파우스트'[100]가 악마의 유혹을 받아 쾌락을 찾는 중 순결한 소녀 그레트헨을 얻음과 동시 오빠를 죽이고, 그레트헨으로 하여금 그의 어머니와 영아를 죽이고 마침내 그레트헨을 살인죄로 처형당하게 하는 등 참담한 비극을 발화자(정병호)는 떠올리고 있는 것 같다.

이에 따라 오후의 트렁크를 들고 도착한 화자의 머리는 마치 삼베 굴관이 짓누르는 것과 같은 것이다. 지식과 학문 앞에 무력한 자신을 드러내는 것으로 보인다. 그러나 이러한 심리적 합성도 작용하지만 그것보다 수염, 굴관, 짚신을 오브제화한 것은 페티시가 갖는 성적이고 주술적인 강박관념 이미지를 통해 혼란스럽게 기만시키는 페티시즘적 오브제로써 이 시의 핵심으로 보인다.

다음은 풀리지 않는 과제로 남아 있는 ②항의 시작품「여보소 鄭炳鎬의」시의 제목이 있는지 없는지, 또한 주술적인 구절이 3행이나 계속되다가 제목이 나오는 등 우리나라 현대시에도 유례없이 혼란스럽게 하는 등 아주 매혹적인 시작품의 제목이다. 여기서 연구자들은 황당해질 수 있을 것이다. 심지어 이 시작품이 누구의 것인지 모르는 상태에서 이상의 작품에 포함시킨 커다란 오류를 남겨놓고 있다. 그동안 고정관념에서 탈피하지 못한 활자판에서부터 오류를 범하여 이 시가 이상의 시 또는 유연옥의 시로도 볼 수 있다는

99) Fiona Bradley, op. cit., p.44.
100) 요한 볼프강 폰 괴테,「파우스트」(1831) 참조.

코멘트까지 남겨놓고 있는 문제작이다. 따라서 『이상전집』에 수록되어 있는 것을 필자가 이상의 시세계를 논급하면서 문제점을 지적한바 있다(본고의 Ⅱ장 4)에 (4) 다다이즘에서 초현실주의로의 이행 각주 참조).

보다 더 구체적으로 살펴보면 이 시는 첫 서두에 있어야 하는 종전의 시 제목보다 먼저 시 본문을 3행이나 앞세운 다음에 시 제목을 「여보소 정병호의」라고 씌어져 있음으로써 이하 7행이 연관된다. 구어(句語)의 배열 형태가 특이한 것이다.

현재까지 주제의 위치가 가운데 있는 시작품은 거의 없다 할 것이다. 그러나 일부연구 논문은 앞에 말한 「여보소 정병호의」 이하 7행만 나열하여 논급한 것을 볼 수 있다.[101] 그러나 이 시의 발화자가 충분히 주제 위치를 독창적으로 전환시켜 시의 효과를 더욱 더 높일 수 있는 기법능력을 과시하는 등 의도적으로 시도한 시의 형태라고 보아진다. 왜냐하면 그것은 모나리자의 수염과 파우스트를 잘 알고 수염, 굴관, 짚신 등을 오브제로 차용했기 때문이다. 이에 따라 필자는 앞에 말한 것처럼 제외된 3행의 스타일은 여보소와 유사하기 때문에 연관시켜 살펴보고자 한다.

이 시작품은 주술적인 다의성을 갖고 있는데, 고대인들은 거북등껍질을 불에 태워 점을 쳤다는 것에서부터 점성술 중 거북점치기를 암시하는 것으로 보인다.

앞에 3행은 점치기에 들어가는 주술적인 구어(口語)로 시작된다고 볼 수 있다. "어제ㅅ밤 · 머리맡에두었든 반달은 · (…) · 버리그늘소아

101) 朴根瑛, 『三四文學』 研究, 논문집(제18집), p.82./ 간호배, op. cit., p.137./ 간호배 편저, 원본 『三四文學』(이화, 2004. 4), p.288에는 7행만 기록되어 있어 누락으로 보아짐.

지처럼흐터진곳이오면” 주술하면서 “여보소 정병호”를 부른다. 따라서 정병호의 이름을 넣어 거북점(龜占)을 치는 것이다. “焦 는 焦 · 焦”한다. 초(焦)란 “점조(占兆) 안 나타날 초”이다. 불에 태운 거북딱지가 눌어서 점조(占兆)가 나타나지 않는다고 반복주술을 한다. 혹은 “陜川 따라 海印寺 · 海印寺면 系圖”한다. 말하자면 거북점을 봐도 거북등은 해인사를 각인시킨 해인사 계도인지 도저히 식별하기 어렵다는 것이다.

점성술로서는 정병호의 사주팔자 또는 운세 등에서 살아온 발자취를 맞추지 못한다는 것을 암시한다.

그러나 (여자가 셋이 있는 것 같다고 할 때), 정병호는 “아니(No)아니(No) 라고 세(3) 마담(MADAME)”은 없다고 외쳐댄다. 말하자면 정병호 본인이 자신의 점을 치면서 아니라고 하는 아이러니다. 즉 정병호가 이미 여성으로 나타나서 다시 주술 하는 것이다. 수직성은 관음보살이며, 토직성은 여래보살임을 확신시킨 다음, 정병호를 향하여 하계(下界) 구릉(丘陵)에 든 범에 몸 그리고 신후재(身後齋 : 죽은 후의 재실— 필자)에 든 꿩에 몸이라고 애매모호하게 들러댄다. 그때 다시 정병호는 점쟁이를 보고 “여보소(HALLOO)”를 세 번이나 거듭 부른다.

‘潤 · 三 · · 月’, 즉 윤윤 삼삼삼월이라고 더듬거리듯이 외쳐댄다. 말하자면 윤달에는 토정비결이나 점성술이 맞지 않는다는 것을 반박한다. 그러나 “자축일 텬상에나고 (…) 사해일에 디옥에나고 (…) 피었도다 산데리아”라고 한다. 여기서 역서(曆書)에 따르면 육갑상식(六甲常識)이 나오는데, 간지(干支)의 합(合)과 충(沖)을 볼 수 있다. 그 간지의 육합(六合) 중에 ‘자축(子丑)은 합토(合土)’요, 지충(支冲)

에는 '묘유충(卯酉冲)', '사해충(巳亥冲)', '인신충(寅申冲)'이다. 따라서 거북점은 허위임을 재확인시킨다. 어쨌든 점성술이 속임수라는 것을 환기시키고 있다고 볼 수 있다. 이 시에 나오는 점쟁이는 정병호 자신이다. 타자가 되어 정병호 자신을 점치고 있다. 서로 여보소라고 외쳐댄다. 이 시작품은 히스테리성을 드러낸다. 자신이 자신의 점을 쳐도 맞지 않는다는 히스테리와 흡사하다.

이 시를 이러한 방법으로 분석할 경우 작품 자체가 함의하고 있는 생명력을 잃을 수도 있을 것 같다. 왜냐하면 이 시의 핵심인 오브제의 역할이 더 생명력을 갖게 하기 때문이다. 이 시는 바로 환희, 공포, 경멸, 예언 등의 감정을 표현할 때 흥분하여 자신의 생각을 멈추는 의식적인 파격 구문적 돈절법(頓絕法) 오브제를 내세워 숨겨진 주제(主題)를 확인시켜주는 것 같다. '여보소'와 같은 돈호법도 동시에 활용하고 있다. 또한 동음이의어가 단어의 반복을 통해 애매 모호성을 발생시키는 말장난(pun) 형식의 표현기법을 구사하기도 한다. 뿐만 아니라 꿈과 현실의 상반된 이미지들을 병치시키는 등 모순어법을 동시에 사용하고 있다 할 것이다. 도치 생략, 부정 등을 내포한 비시적이다. 처음부터 "버리그늘 소아지 흩어진 곳이 오면"에서 그늘을 버리는, 즉 그늘에 있지 않는 송아지가 흩어지는 곳이므로 갈피를 종잡을 수 없는 점성술의 수수께끼 세계가 제시되고 있다. 초(龜)는 초(龜) · 초(龜)하여 전혀 알 수 없는 추상(상징)적인 개념들을 오브제에 숨겨놓고 좀처럼 드러내지 않으려는 심리적인 알레고리의 시라고 할 수 있다. 다시 말해서 타자 속에서 주체를 만날 수 있는 것이다. 그러나 타자는 단순히 나와 다른 또 하나의 주체가 아니다.

무의식이 타자(대문자로 표시되는)의 담론이라고 말하는 이유는 그것이 개별주체들을 넘어선 어떤 차원을 가리키기 때문이다. 거기서 욕망은 타자에게 인정받기를 원하는 욕망이 된다. 달리 말하면 타자란 그것이 없으면 거짓말도 할 수 없는 내 속에 있는 진리의 보증자이다.[102] 셰익스피어도 자기의 희곡 속으로 사라져 버린다. 앞에서도 말했지만 존 키츠는 시인의 성격은 자아를 전혀 갖지 말아야 한다고 지적했다.[103]

이상으로 정병호의 시세계를 살펴본 결과 절묘한 페티시즘적 오브제의 미학이라 할 수 있다. 어떤 대상이 전혀 없는 가상의 공간에 불안정하게 병치시켜 주술적인 모호성을 더욱 분발시켰다고 보아진다. 토템적 상징 이미지들 사이에 있는 관념들을 거북등껍질을 통해 사실화하려는 비합리성의 가능성을 모순적으로 묘사하고 있다 할 것이다.

(5) 유연옥의 시세계

유연옥은 창간호부터 제5집까지 줄곧 시를 발표해왔다. 모더니티를 갖고 있었으나, 초현실주의적 시에는 미치지 못한 것 같다, 그러나 제5집에 발표된 「마네킹 人形」은 마네킹을 오브제로 하는 초현실주의적 시라 할 수 있다.

왜냐하면 그의 시 1부와 2부 전체의 흐름을 살펴보면 마네킹이 갖

102) Jacques Lacan, 권택영 엮음, 『욕망이론』(문예출판사 12쇄, 1995. 5), p.89.
103) 『존 키츠의 편지들(The letters of John Keats)』(M. B. Porman 編), 4판, York 1935, p.227. ▷ René Wellek & Austin Warren, op. cit., p.126 참조.

고 있는 "애틋한 눈물 한 방울도 못 가진 마네킹 인형"이라고 하면서 유리궁에 살면서 웃음이 있다는, 즉 "너의 입은 얌전히 담으러졌다만은/ 아스름한 우슴이 흐르더라"는 의미는 상반된 이미지로써 유혹적인 유머가 있다. 프로이트가 말한 "자기 자신을 어린이처럼 다루고, 그와 동시에 자기 자신인 그 어린아이에 대해 어른으로서의 우월한 구실을 한다"104)는 유머적인 태도가 엿보인다. 유머를 통해 합리성의 속박을 벗어난다는 것이다.

또한 환상적인 가장무도회에서는 수상하리만큼 자랑하는 화려한 몸매가 이제 하나의 생명체로써 현실에서 꿈꾸는 인생임을 인격화했다고 볼 수 있다. 다시 말해서 살아 있는 몸이 갖고 있는 눈, 눈썹, 입, 입술, 언어(방언), 웃음, 눈물, 살갗, 유방, 아들 딸, 집은 물론 즐거움과 그리움 그리고 춤까지 좋아하는 성숙한 여자 모습으로 나타난다.

> 너는 흠 없는 어린 입술을 아조 싫어하고/ 구슬처럼 아껴 둔다 하지만은, /(…)/ 너의 아들은 너를 닮았다,/ 너의 딸도 너를 닮았다,/(…)/ 너의 눈이 빛나기는 하다만은/ 아까운 눈물이 고만 자졌도다./(…)/ 너보다 훌륭한 것으로 만들고 싶다드니,/ 너는 그대로 圓舞를 좋아만 하는구나.(띄워 쓰기― 필자)
>
> ― 劉演玉, 「마네킹 人形」 2부, 『三四文學』 제5집, 1936. 10. p.21 일부.

위의 시는 마네킹 인형 2부이다. 1부에서 "밤과 낮이 비ㅇ빙 도라

104) Sigmund Freud, 김영종 옮김, 『예술미학 분석』(글벗사, 1955. 11), p.13.

오는 琉璃宮", "구렁이", "가장무도회", "불행을 잊고저 행복을", "일생을 도르고 도는", "젖이 고이지 않는 유방이여!"에서 상반된 이미지를 연관시키고 있는데, "험상한 몸에 얼룩진 흔적을 가려야 하기에"라고 한 것은 범상치 않다. 그러면서 위의 구어(句語)에는 "흠 없는 어린 입술을 아조 싫어하고"라는 것을 제시하고 있다. 복합적이고 모호한 모순어법으로 이미지를 병치시키고 있다. 이러한 모순어법에서 환상이 엿보인다. 아들과 딸들을 "너보다 훌륭한 것으로 만들고 싶다드니,/ 너는 그대로 圓舞를 좋아만 하는 구나"에서는 인형의 욕망과 꿈은 목적성을 갖고 있음을 보여준다.

여기서 욕망은 물질적 발현으로 볼 수 있기 때문에 드라이한 어떤 백화점의 여자 점원들 대상으로 묘사한 생명력을 갖고 움직이는 인형일 수도 있으며, "너는 흠 없는 어린 입술을 아조 싫어하고"라는 의미는 보들레르가 그의 『벌거벗은 내 마음』의 「암시 20」에서 노래한 "알퐁스 라브의 어조/ 첩살이하는 여인의 어조(나의 굉장한 미인이여! 바람기 있는 여인이여!)/ 영원한 어조/ 강렬하고 노골적인 착색법. 깊이 새겨진 듯한 스케치. 프리마돈나와 푸줏간 소년"105)에 대한 미묘한 암시와도 같은 것이다. 또한 〈三四文學〉의 회원인 한천(韓泉)의 「프리마돈나에게」(제2집)라는 시에서 "훌륭한 自由主義者여"라고 했듯이 유연옥의 시는 천진한 소녀인형보다 더 강렬한 성적 욕구마저 내포된 성숙한 여자인형으로 원무(圓舞)하고 있는 것이다. 바로 페티시가 갖는 에로티시즘이라고 할 수 있다. 물론 윈도우 안에 돌고 있는 한낱 마네킹 인형을 보고 쓴 시지만, 시가 갖는 의미연쇄는 더욱 경이롭게 확장력을 발휘한다 할 것이다. 초현실주의자들은 페티시를 오브제로

105) Charles Baudelaire, op. cit., p.48.

한때 즐겨 선택한 것도 이러한 광기적인 집착에서 창안한 것에서도 알 수 있다.

(6) 주영섭의 시세계

주영섭은 『三四文學』 제5집에 「거리의 風景」, 「달밤—停場車, 傳說, 急行列車」 등을 처음으로 발표하였다. 그 중에 「달밤」에 대한 관심은 이질적인 이미지들이 병치되고 있다. 필자는 먼저 표제를 '停場車'를 「停車場」으로 정정하여(만약 자의적으로 하지 않았을 경우에 한함) 살펴보고자한다. 먼저 「달밤—停車場」을 글자 그대로 옮겨보기로 하겠다.

> 달빛이 軌道를좇어간다/ 軌道는 曲線을그리고 倉庫 앞으로다러난다/ 倉庫 건너편에서 고양이가 軌道를밟고온다/ 그림자 도 없는 달밤에 汽車가떠난다/ 달도 고양이도 軌道도 아—무것도없어젔다/ 機關車 · 郵便車 · 貨物車 · 食堂車 · 寢臺車 · 등불킨 三等客車/(…)/ 고양이도없고 헌, 신문지조박도 없고 비인 벤도갑도없고…/(…)/ 두줄기 軌道는 번쩍인다.
>
> — 朱永涉, 「달밤—停車場」, 『三四文學』 제5집, 1936. 10. p.19. 일부.

달빛, 궤도, 곡선, 창고, 고양이, 기차 등이 갖는 이미지 중에서 기차, 궤도, 곡선은 밀접한 연관성이 있다. 그러나 달빛, 고양이, 창고는 연관성이 멀고 이질적이다. 이 시는 상징적 이미지인 창고, 빈 도시락(벤도) 이외는 대상 그 자체가 비유적 이미지와 지각 이미지의 일부분이 있을 뿐이다. 그러나 비유적 이미지 중 병치비유와 치환비유는 두 개념을 대립시켜 형태를 변용하고 의미를 획득했다고 볼 수 있다. 다시 말하면 달빛이 창고 앞으로 달아나고 창고 건너편에서 고양이가 궤도를 밟고 온다는 것은 전혀 관련성이 없는 병치비유라 할 수 있다. 이러한 병치비유는 제3의 의미를 생산해내고 있는 것이다.

달빛을 받은 밤기차가 달려갈 때 마치 은가루를 뿌리듯이 아름다워 눈이 부신다. 그러나 여기서 고양이는 불을 켜고 달려오는 밤기차다. 이미 서쪽으로 넘어간 달밤, 즉 "그림자도 없는 달밤에"라고 한 것은 컴컴한 밤에 검은고양이의 눈빛과 같이 헤드라이트를 켜고 달려오는 밤기차를 말하는 것이다. 달이 넘어간 밤을 대립시키며 유머가 동적인 기능을 한다고 볼 수 있다. 이러한 비유와는 달리 필자는 앞에 말한 '창고와 도시락'은 기관차, 우편차, 화물차, 식당차, 침대차, 등불 켠 삼등객차와 연관 된다고 본다. 이러한 돈절법에서 밤기차가 갖는 한 시대의 허기를 암시한 것으로 보인다.

"아―무 것도 없어졌다"는 것은 실재지만 상징성을 띤다. 무모하리만큼 절묘한 표현이라 할 수 있는 것은 '아―'가 갖는 동음이의어가 복합적인 애매 모호성으로 더욱 충격적인 의미를 산출하고 있는 것이다. 말하자면 발화자가 화물차, 식당차, 침대차를 들먹거리는 차별성을 내세우는 감탄사로써 아무것도 없으니 허탈하여 '아 ―'인 것으로 느껴진다.

또 하나는 밤기차가 배고픈 듯이 토하는 '아 ―'로도 느낄 수 있는 것인데, 하나의 어휘가 의미를 더욱 이질적으로 확장시킨다고 할 수 있다. 어쨌든 창고를 위치시켜 유머가 넘친다. 빈 창고를 빈 도시락으로 전이시키는, 즉 창고나 도시락마저 텅 비어 있다는 허기를 부추기는 것은 어떤 절규와도 같은 것이다. 어쩌면 일제 식민치하의 비참한 우리나라 모습을 위장시킨 달밤과 같을 수도 있다. 달빛처럼 환상적으로 백성을 잘 다스리는 체 하지만 밤은 엄연하게 이 땅을 암울하게 하고, 기차라는 어떤 문명의 속도를 통해 수탈해 가고 남은 것은 백성들의 뼈를 뽑아 만든 평행선뿐임을 암시하는 것 같다.

괴물과 같은 끔직한 현대문명의 이기심과 경이로움을 나타낸 시작품이라 할 수 있다. 이 시를 뒷받침하는 것은 「傳說」에서 더 확실해지고 있다. 당시 시작품의 활자 그대로 옮겨보았다. 왼쪽에서 오른 쪽으로 시작되는 가로쓰기로 인쇄된 활자판이다.

傳說

보름달이 섬을 넘어왔다.

힌 모래밭에는 능쿨스런소래가
조개껍질사이로 기어 단닌 다

바다밑에서는게색거들이기어나와서
조개껍데기속에담긴달빛을업들린다

고기 비눌 같은 물결속에 달빛이 넘친다.
(…)
물결보다 많은 고기떼가 *海岸*가득이몰려와서

물결속에담긴 달빛을 쌀닥쌀닥 다—삼켜버렸다.

(오— 랜사이)

海 岸 에 는

조개껍질도 없고

고기새끼도 없고

보름달도 없어졌다

뒤에는

灰色빛 하늘과

히멀거스름한 水平線 과

달없는 물결과

누—런모래밭이 남었을뿐이다

— 朱永涉, 「달밤—傳說」, 『三四文學』 제5집, 1936. 10. p.20. 일부.

이 시의 글자 배열을 보면 물결처럼 움직이는 듯이 보인다. 행은 띄우면서 간격을 넓게 띄우기도 하고, 때로는 글자의 띄어쓰기를 무시하고 있다. 이 시에는 섬[島]이 나오고 전설적인 흰 모래 밭에 어떤 넝쿨소리가 조개껍질 사이로 기어 다니고, 게[蟹]새끼들이 조개껍데기 속에 담긴 달빛을 엎질러버리는가 하면 바람이 불어 해안에 밀려오는 파도가 은빛 고기들로 변해, 달빛을 다 삼켜버리는 전설을 내세운 다음 "조개껍질도 고기새끼도 없고 보름달도 없어졌다"는 갑자기 블랙유머가 넘치고 있다.

보름달이 없어졌다는 것은 바다도 수탈해 갔다는 것일 수도 있다.

따라서 수평선도 희멀겋고 누런 모래밭만 남았다는 것은 식민치하의 압제에 굶주린 백성들의 모습으로도 볼 수 있을 것이다.

허기와 분노, 혼돈된 환경적인 사고(思考) 등 암울한 다의성을 드러내고 있기 때문이다. 마치 그림자와 명암법의 효과를 높이는 필름누아르를 보는 것 같다. 주영섭은 시인 주요한과 주요섭의 아우로서 이미지즘 시의 영향을 많이 받은 것 같다. 「傳說」, 「急行列車」는 오히려 이미지즘으로 돋보이고 있다. 그러나 이 시가 갖는 힘은 역전(逆轉)시키는 경이로움과 환상을 보여주는 것 같다. 배경은 바로 반복으로 인해 원상회복할 수 있는 꿈과 현실을 결합시켜 주고 있어, 초현실성을 획득한 것으로 보인다. 말하자면 보름달이 이 섬을 넘어 올 수 있는 희망(꿈)이 있다는 것을 오히려 암시하려는 시작품이라 할 수 있다. 이처럼 「달밤—傳說」은 비유적 이미지와 상징적 이미지가 충돌하면서 섬의 신비성을 엿보이게 기대심리를 자극하는 것 같다. 무엇보다 주목되는 그의 극시 「거리의 風景—세루로이드홓에쓴詩」는 장시에 가깝기도 하지만 「달밤」에 나오는 소재와 다소 엇비슷하여 본고에서는 유보하였다.

(7) 최영해의 시세계

최영해는 제2집에 「구관조」, 제4집에 「아무것도 없는 風景」 등 모두 두 편을 발표했다. 그런데 시 「아무것도 없는 風景」에 나오는 기차와 소재가 주영섭의 「停車場」의 배경에 나오는 것보다 긴장감을 더하여 초현실성이 더욱 돋보인다.

큰벌판. 미추름한비탈. 혼자선 패. 글자. 긴글자. 아지노모도공장.

또글자. 건축용지. 눈. 눈, 눈. 눈. 짝대기. 뭉뚱한작대기. 연기. 소리. 가는기차. 소리. 연기. 소리. 오는기차. 소리. 소리. 큰소리. 우으로오르는짝대기. 떨어지는짝대기.

날르는연기. 뿌연연기. 가는기차. 소리. 소리. 큰소리. 소리. 소리. 돌아서는기차. 선기차. 머리. 다리. 다리. 다리. 팔. 팔. 팔. 팔. 소리. 소리. 큰소리. 소리. 적은소리. 가는기차. 큰벌판. 미추룸한비탈. 긴 철로. 다라나는 철로. 글자. 긴글자. 혼자 선 글자. 연기. 눈. 눈. 눈.

— 崔暎海, 「아무것도 없는 風景」, 『三四文學』 제4집, 1935. 8. 1, p.34 전재.

이 시는 허허 벌판에 혼자선 팻말의 글자에서 파편화되는 풍경으로 전율을 느끼게 한다. 여기에 등장하는 시각, 청각 이미지들이 공감각, 즉 다른 감각으로 전이시키고 있는 것이다.

이 시가 갖는 긴장감은 이질적인 이미지끼리 부딪쳐 질적 변화를 일으키는 등 상호작용으로 제3의 의미를 산출하고 있다. 마치 글자를 속독하는 행위를 기차의 생리적인 소리처럼 청각 이미지와 시각 이미지를 혼돈 시키는, 즉 듣고 보는 것이 다를 수 있는 실재와 상상 사이가 모호해지리만큼 움직이는 이중 이미지의 기만이라 할 수 있다. 이러한 팻말에 새겨진 글자가 엄청난 의미로 작용하는 것은 이 시가 갖는 힘으로써 개인적 자아분열이기도 하다.

벌판에 혼자 선 팻말을 페티시즘 오브제로 하여금 숨겨진 메시지를 보내면서 머리 팔 다리가 발버둥치는 소리까지 전도시키는 기법이야말로 무시무시한 공포감을 불러일으키는 것 같다. 바로 블랙유머가 이 시의 전체를 감싸고 있다 할 것이다. 결국 "혼자 선 글자. 연기. 눈. 눈. 눈"뿐이다. 아무 것도 없는 풍경을 눈(雪)을 눈(眼)이 서로 응시하고 있다. 그러나 절단된 파편들은 기억 속에 이중 이미지로 박혀 반복적으로 움직이고 있다 할 것이다. 이처럼 최영해의 시는 바로 초현실주의 시라 할 수 있다. 페티시즘 오브제가 갖는 불가사의한 힘은 우리의 관심 밖에서 우연히 다가오는 사물에 대한 개념에서 비롯된다는 것을 알 수 있다. 이러한 시는 바로 생명력을 갖고 있다 할 것이다.

(8) 황순원의 시세계

황순원은 제5집에 「봄과 空腹」, 「位置」 등 모두 2편을 발표했다.

이 시작품은 1936년 10월 8일 『朝鮮日報』에 발표한 이상의 시 「危篤—位置」와 대조 분석한 결과 발상 및 그 내용은 전혀 상이함을 알 수 있다.

> 차라리 무성한 햇빛을/ 코로 벌름거리며 빨기만 해/ 化石처럼 굳어버릴 까부다,
>
> 돌멩이를 투치어/ 부서 앉치는 하늘키를 알었다./ 마을 굴뚝을 헤는 눈에는 생활의 거리가 있었다.
>
> 꼬리새린 개인양 호롯이/ 생각의 네지를 배배이는 동안/ 그림자는 몰래 밭이랑을 겼다.

벌덕 빛을 어즈럽히며 늘어섰다./ 그림자가 뒤에서 떠밀쳤다.

잠시 나는 사리 못잡힌채/ 한입 능니한 하품을 깨물어/ 버레먹은 잇자죽을 내었다.

— 黃順元, 「位置」, 『三四文學』 제5집, 1936. 10. p.24, 전재.

이 시는 어떻게 보면 삶에 대한 의식과 무의식의 대립이라 할 수 있다. 햇빛, 코, 화석, 하늘키, 굴뚝, 개, 네지(나사못), 그림자, 밭이랑, 사리, 입, 하품, 이빨자국, 벌레 등의 이질적인 낱말들이 연관된 심리 묘사가 내면의 갈등으로 일단 가시권에서 대결하고 있는 것처럼 형상화한 작품으로 보인다. 여기서 "돌멩이를 투치어 부서 앉치는 하늘키", "꼬리새린 개인양 호롯이 생각의 네지를 배배이는" 등에서 동적인 긴장성이 뒤따른다. 그러나 "마을 굴뚝을 헤는 눈에는 생활의 거리가 있었다"라고 한다.

이것은 현실과 꿈(욕망)의 경계에서 헤매는 권태와 고통이라고 할 수 있을 것이다. 자크 라캉에 따르면 상징계를 침투한 무의식이 언어를 통해 욕망과 감정을 나타내고 있는 것이다.[106] 삶의 충동이 강박적으로 윽박지르고 있는 것과 같다. "그림자는 몰래 밭이랑을 겼다./ 벌덕 빛을 어즈럽히며 늘어섰다./ 그림자가 뒤에서 떠밀쳤다"는 것이다. 그러나 아무리 삶에 대하여 애쓰고 있어도 자크 라캉이 말한 것처럼 사는 것은 구멍이 뻥 뚫린 것과 같다. 환영적인 것이다. 그래서 "차라리 무성한 햇빛을/ 코로 벌름거리며 빨기만 해/ 化石처럼 굳어버릴 까부다" 하며, "한입 능니한 하품을 깨물어/ 버레먹은

106) Madan Sarup, op. cit., p.135.

잇자죽을 내었다"는 것은 발화의 주체가 진실을 말하는, 즉 무의식적으로 말하고 있다. 또한 뭔가 빨기만 해 하는 것도 무의식적인 습관이다.

라캉의 주장과 같이 곧 발화의 주체는 주체가 되는 무의식인 것이다. 앞에 말한 대타자의 담론이라 할 수 있는, 닿을 수 없는 곳에 있는 대상이 우리의 욕망을 불러일으킨다[107]고 할 수 있다.

이 시작품을 주지주의 시로 쉽게 보려는 관점들이 대부분이다. 그러나 앞에서도 말했지만 죽음충동이 삶 충동으로 위장해 있어 더욱 괴기(uncanny)한 경이로움을 드러내고 있는 것이 이 시의 특징이다. 그것은 시커먼 굴뚝 속을 헤매며 빠져나오려고 애쓰는 것은 참담한 적막이 아닐 수 없는, 즉 암흑기를 암시하기도 하기 때문이다. 오히려 죽음과 맞물려 있는 환상으로 보인다. 또한 "코로 벌름거리며 빨기만 해" 하는 것과 벌레 먹은 이빨을 내미는 바보짓은 유머가 넘친다. 이러한 강박관념으로 겹쳐지는 이미지는 다양한 의미작용을 하기 때문에 초현실주의적인 시라 할 수 있다.

한편 그의 시 「봄과 空腹」은 2행 모두가 전부다. "밤알은 밤싹같은 싹이 엄튼 밤이었다./ 진공속인데도 꽃없이 열린 밤송이송이가 흔들렸다"에서 낱말 밤알, 밤 싹, 엄튼 밤에서 동음이의어(同音異議語)가 발견된다. 특히 절묘한 표현인 '엄튼 밤'은 싹이 움트는 밤알도 될 수도 있고 싹이 움트는 밤[夜]도 될 수 있는 애매모호한 의미를 산출한다. 초현실주의운동을 주도한 앙드레 브르통도 동음이의어를 즐겨 사용함으로써 의미가 훨씬 꼬여지기도 하는 등 상상력을 불러일으키게 한다

107) 라깡과 현대정신분석학회편, 『우리 시대의 욕망 읽기』(문예출판사, 1999. 5), p.59.

고 했다.

또한 이 작품은 짧으면서도 현실을 부정하고 현실과 비현실을 뒤섞어 두 개념을 초월한다는 오브제적인 유머를 갖고 있다.[108] 이처럼 「봄과 空腹」어휘 자체도 이질적이지만 당대 봄을 유추하면 보릿고개라는 배고픈 어떤 친숙한 것이 언캐니(uncanny)하게 다가오기도 한다. 이처럼 허기든 공복의 긴 봄날에 꽃이 피지 않고 바로 가을에 결실로 보는 가시달린 밤송이 송이가 봄날의 진공 속을, 즉 빈속을 흔들흔들 후벼 팔 때마다 가시가 창자를 찌르는 아픔의 이미지가 반복되고 있다.

마치 자코메티의 소리 없이 흔들리듯 초생 달 위에 바이올린 줄로 「매달린 공」(1930)처럼 욕망과 좌절에서 흔들리는 유혹과도 같다. 응축되어 있는 이 시는 동적이면서 다의성을 갖고 있는, 즉 정서와 두려움이 겹쳐지는 혼합쇼크라 할 수 있다. 따라서 이 시작품 또한 주지적인 시에만 머물지 않는 객관적 우연 일치가 함의된, 초현실성을 엿보이게 하는 작품이라 할 수 있다. 그 이외에도 '짧은 시간의 스케치'라는 뜻으로 발표한 정현웅의 연작시 「CROQUIS—日記帳, 郊外寫生, 길, 안개를 거름」(제2집, 1934. 12. 1, p.6), 김정도의 「보름달」(제3집, 1934. 12. 1, p.46) 등에서도 그런 요소가 보이나 유보한다.

이상으로 초현실주의적 시로 본 20여 편에 대하여 심도 있게 집중적으로 분석해 보았다. 그 결과를 정리해 보면 다음과 같다.

108) Yvonne Duplessis, op. cit., p.36.

1) 이시우는 심리자동기술에 접근하려는 등 산문시작법을 시도하였다 할 것이다. 어떻게 보면 브르통 유파의 초현실주의자들이 사고의 참된 움직임을 표현[109]하는 기법에 어느 정도 접근한 것으로 보인다.

다시 말해서 초현실주의는 협의에서 볼 때 하나의 글 쓰는 방식인데, 이성의 통제를 벗어난, 즉 구속으로부터 해방된 사고의 진술은, 다의성을 띠고 있다고 볼 수 있다.

2) 유머, 동음이의어 등을 통한 이미지들이 중첩되어 친숙하면서도 낯설게 하는, 즉 반복강박의 무의식의 분열들이 페티시즘적인 오브제들을 통해 환상기법을 시도하고 있다.

3) 형태를 해체하는 비대상시로써 애매모호한 이미지들을 콜라주 또는 전위시킴으로써 주체로 나타난다. 말하자면 상상력이 대상에 의해 제한을 받지 않는 주체(자아)가 그 모습을 직접 드러내지 않으려는 등 심리적 특징을 갖고 있다 할 것이다.

특히 주목되는 것은 포멀리즘적인 이상의 시세계와는 전혀 다른 특색을 보여주고 있다. 따라서 그동안 과소평가 되어온 대목들은 필연적으로 재고되어야 정당하다 할 것이다. 물론 연구의 관점에 따라 다르지만 그들의 비평적 오류로 보인다.

2) 평론—「絕緣하는論理」, 「詩評」, 「SURREALISME」

(1) 「絕緣하는 論理」

이시우는 평론 「絕緣하는 論理」는 『三四文學』 제3집(1935)에 발표하였다.

---

109) André Breton, op. cit., p.133.

김기림의 평론 다음으로 발표된 이시우의 「絕緣하는 論理」는 브르통의 초현실주의 제1선언문과 같은 유사한 성격을 띤 첫째 리얼리즘을 배격하는 날카로운 비평론이다. 이러한 초현실주의 시작법을 제시하기 위해 조선의 당대 문단작품상황, 즉 당시 현대시의 퇴영(退嬰)을 비판하고, 다음은 시창작방법론을 독창적으로 제시했다.

그는 리얼리즘과 쉬르리얼리즘의 개념을 제시하는데(인용문을 현재 띄어쓰기 이하 적용함—필자) "朝鮮에 있어서의 自由詩의 全盛時代는 임이 頹廢時代를 懷胎하였었고, 소위 民衆詩, '푸로레타리아'詩에 依하야 低下된 詩가 그 純粹性을 喪失한 代身에 그 商品價値를 獲得한 時代이기도 하였다. 卽 詩의 方法과는 달은 思惟의 方法으로의 結果的 産出인 '思想'이란 意味의 內容의 發展만을 探究하였고, 形式은 언제까지던지 固定된 「카메라」와 한 가지 發展치를 못하였든 까닭이다"라고 지적했다.

또한 "民衆詩가 '푸로레타리아'詩로 變化한 것을 우리는 詩의 進步라고 부를 수 있을까? 思想으로서의 進步는 必然的으로 文學의 現實性을 排棄하고, 思想의 現實性으로 나아간다. 思想의 現實性으로 나아가는 運動은 文學의 現實性인 超現實主義를 否定하고, 自由詩를 拒絕하고, 發生的인 「노래를 부를 수 있는 詩」에까지 退化하는 運動이다"라고 했다.

특히 이시우는 "요즈음 朝鮮 '프로레타리아'詩의 沒落에 (…) 朝鮮 民衆詩運動이 「노래를 부를 수 있는 詩」를 主唱하고 있는 것은 매우 興味 있는 現象이다. 變化하지 않는 詩人을 進步치 않는 詩人과 한 가지 우리들은 認定할 수 없다. 詩歌에 進步的 意義가 없어진다는 것은 葬送行進曲을 듣는 것이다. 社會는 發展性이 없는 如何한 것의 存在든지 許容할만큼 寬容치는 않은 까닭이다"[110]라고 신랄하게 비판한다.

다시 말해서 카프맹원들의 검거선풍에 따른 리얼리즘의 축소로 인해 충격을 받은 문인들은 모국어로 노래하는 등 순수문학을 지향하는 조선민중시운동으로 전향함으로써 목적문학은 자유시를 거절하고 있다는 것이다. 특히 초현실주의를 부정하는 등 진보 없는 사상의 현실성으로 질주하는 시인들은 과거의 대상만을 뒤좇아 다니는 사진작가의 종류에 불과하다는 것을 지적한다.

그는 "오늘날에 있어서 詩라고 부르는 것은 明確히 從來로 '自由詩' '散文詩'라고 불러왔던 것을 가리키고 결코 이러한 詩가 나오기 以前에 있어서 詩의 槪念을 차지하고 있는 '時調'라든가 '漢詩'라든가 혹은 '韻文詩'라든가를 意味하지 않는다. 이거와 똑같은 意味로서 또한 '自由詩'와 '散文詩(律的散文)'를 認定하지 않는다"라고 주장한다.

그는 "오오케라스트라가 끝이 나도 아직까지 나팔을 불고 잇는 자가 잇다(春山行夫의 「포에지이」論』). 혹은 昭和十年의 鐘路通에서 「비로우드 · 망도」氏를, '보헤미안 · 넥타이'를 볼 수 있다는 일은 대단히 우스운 일이 아니치가 않을가"111)라고 비판한다. 다시 말해서 이시우는 "一般으로 今日에 詩라고 부르면 무엇을 가리키느냐고 하는 境遇에, 우리들은 最初에 現在 우리들이 規定하고 있는 '파아손(fasten)'을 中心으로 그 詩의 性質과 範圍를 限定한다. 설혹 그것이 過渡期이기 때문에 적지 않은 混亂이 許諾되고 不明瞭한 若干의 保守的 詩人에 依하야 그들의 묵은 '파아손'을 固守시키는 若干의 餘地를 남긴다 하더라도, 歷史는 '파아손'의 '파아손'인 緣由로서 조곰도 그들을 許

110) 李時雨, 「絕緣하는 論理」, 『三四文學』 제3집, p.9.
111) Ibid., p.9.

容치 않는다"[112]는 것이다.

그의 이러한 지적은 일반적으로 1930년대의 시라고 일컫는 것은 처음부터 현재까지 우리들이 규칙으로 정해놓은 케케묵은 파손의 파손, 즉 고착시킨 채 고수하는 것은 역사는 용납하지 않는다고 강력히 주장하고 있는 것이다. 다시 말해서 그는 종래의 시조, 한시 혹은 운문시를 배척하고 진보 없는 시인들이 오히려 민중시운동에서 '노래 부르는 시', 즉 그들의 자유시와 음률적인 산문시를 인정할 수 없다는 비판을 하고 있다.

이처럼 이시우는 1920년대의 동인지의 미적 형성기로부터 자아를 분출하여 고수하려는 폐쇄적인 성향은 1935년(昭和1十年)까지도 폐허를 비롯한 각종 동인들이 서울 종로통(鐘路通)의 보헤미안 넥타이처럼 문화적 교양주의의 우월감을 날리며 일종의 당대의 윤리를 주도하는 등 한국시의 전통성을 민족주의와 연관시킨다고 비판한 것으로 보인다.

또한 그는 예술을 위한 예술의 독자성을 확보하려는 고착성은 마침내 사상과의 충돌에서 민족적 이념으로까지 치닫다가 분열을 자초한다고 지적한다. 특히 식민지 치하에 처한 목적문학일 수밖에 없는 순수문학에서도 자율성 없이 안주하려는, 즉 진보 없는 현실을 개탄하는 비판이라 할 수 있을 것이다. 오로지 문학의 현실성으로 나아가는 진보, 즉 시작품세계의 변화를 시도하기 위해 초현실주의적 문학을 수용해야 한다는 경고일 수도 있다 할 것이다.

이시우는 초현실주의란 "自然 그 自身의 絕對의 世界. 完全의 世界의 假說이야말로, 完全의 自然. 絕對의 自然이라는 「슈레아리즘」

112) Ibid., pp.9~10.

의 本體說"[113]이라고 정의한다. 이러한 이론은 앞에서 논급한 일본의 초현실주의 수용 양상에서 알 수 있듯이 시의 특징을 복수적 언어와 배열의 질서 차이에서 비롯된다는 영 · 미 주지주의자는 물론, 보들레르 문학의 근본적인 두 특질인 초자연주의와 아이러니[114]를 수용한 이반 · 골의 쉬르를 절충하여, 새로운 일본의 초현실주의를 내세운 니시와기 준사부로(西脇順三郎)를 중심으로 한 흐름과도 유사한 것으로 엿보인다. 그러나 깊이 있게 살펴보면 이시우의 독자적인 세계가 구축된 평론이라 할 수 있다. 앙드레 브르통도 절대자연, 즉 초자연주의를 그의 초현실주의 제1선언문에서 다음과 같이 언급하고 있다.

> 우리들은 네르발이 「불의 처녀」의 헌사에서 사용했던 초자연주의(supernaturlisme)라는 말을 따 왔어도 상관없을 일이었다. 네르발은 우리들이 원용하고 있는 쉬르레알리슴의 정신을 훌륭하게 지니고 있었던 사람인 것 같다. 여기에 반해서 아폴리네르는 쉬르레알리슴이라는 글자만을, 그것도 불안전하게 사용한 것에 불과했고, 또한 이 글자에 우리들의 기억에 남을만한 이론적인 개념을 부여할 수조차 없었다.[115]

위의 글에서 브르통은 초현실주의를 초자연주의라는 말을 원용해도 상관없다는 것을 밝히고 있다. 여기서 초자연주의는 초현실주의자

---

113) 李時雨, 「絕緣하는 論理」, 『三四文學』 제3집, p.8.
114) Charles Baudelaire, 이건수 옮김, 『벌거벗은 내 마음』(문학과지성사, 2001.1), p.39.
115) ① André Breton, op. cit., p.132. ② Maurice Nadeau, op. cit., p.50.

들에게는 오브제에 해당된다고 할 수 있다. 그렇다면 이러한 오브제는 이시우의 절연하는 시작법과 상통하는 것으로 보인다.

그러나 이러한 초자연주의는 낭만과 서정의 낡은 틀을 벗어나지 못한 아폴리르네가 초자연을 다시 초현실이라는 개념으로 명칭을 변경했을 뿐 사실은 초자연주의를 추구했다. 이러한 초현실을 추구한 이반·골은 브르통보다 빠른 초현실주의를 선언하기도 했다. 주된 내용은 대상의 피안(彼岸)에 존재하는 것을 보여줄 때의 표현주의적인, 결코 멀리 떨어진 리얼리티를 결부시킨다는 것이다.[116]

그러나 이시우는 "絶緣하는 語彙, 절연하는 센텐스, 절연하는 單數的 이미지의 乘인 複數的 이미지. 절연체와 절연체와의 秩序 있는 乘은 절연하지 않는 優秀한 約數를 낳는다"[117]는 것이다. 말하자면 복수적 이미지는 절연된 새로운 단어, 단락, 이미지가 우연적으로 접근되는 점에서 '우수한 약수를 낳는', 즉 브르통에 따르면 단어, 또는 계속 이어지는 단어군은 상호간 대단히 큰 연대성을 띤다는 것이다. 오브제의 기법과 같은 것이다.

좀 더 구체적으로 보면 방법론은 브르통처럼 내부 깊숙이까지 파고드는 것을 허용하지 않기 때문에 단어가 형상으로부터 그 사고를 되찾는 것이며, 두 개의 전도체 사이에서 동시적으로 발생되는 전위차(電位差)의 작용에서 이미지의 광채(光線)인 아름다운 불꽃을 말하며, 이렇게 강렬한 이미지는 아직도 미지수로 남아, 연상의 원리가 대립된다는 것과 같다.[118] 브르통은 "다리 위에서 암괭이의 머리를 가진 이슬이 좌우로 몸을 흔들고 있었다"는 것은 물론 로베

116) 鄭貴永, op. cit., p.123.
117) 李時雨, 「絶緣하는 論理」, 『三四文學』 제3집, p.10.
118) André Breton, op. cit., p,144.

르 데스노스가 말한 "로즈 새라비의 꿈속에 샘[泉]으로부터 나온 난쟁이가 있어 밤에는 빵을 먹으러 온다.", 로제 비트락이 말한 "불난 숲 속에서 사자들은 시원했다"[119]와 같은 것이다. 그리고 로트레아몽(본명 : 이지도르 뒤카스)의 "해부대위의 재봉틀과 박쥐우산의 예기치 않은 만남만큼이나 아름다운" 등을 제시한 것과 같을 수 있다.

또한 빅스비가 말한 것처럼 "범상한 물체들에게 비범한 특질을 부여하고, 외관상으로 관련이 없는 물체들, 사상(事象)들, 혹은 단어들을 맞 부닥치게 하고, 고의로 물체와 그것의 배경을 갈라놓는 것"[120]과 같다고 할 수 있다.

이시우는 이와 유사한 이론을 제시하고 있는데, "絕緣體와 絕緣體와의 距離에 正比例하는 Poesie Anecdote의 空間(Baudelaire이 말한 神과 갓치 崇高한 無感覺, 혹은 moi의 消滅). 이리하야 絕緣하는 論理에서 스사로 小說과의 絕緣은, '포에지이'의 純粹함은 實驗되는 것이다"[121]라고 주장한다. 어떻게 보면 보들레르처럼 말라르메도 범속한 요소들을 포기하고 절대를 지향한 시간과 공간과 사물의 틀에서 벗어나야 무(無)의 개념과 일치 한다[122]는 것과도 흡사하다.

자신과의 관계에서가 아니라 대상을 초월하여 대상자체를 있는 그대로 보는 것이다. 그러나 외관과 절연함으로써 무(無)의 개념에 이른다고 하는 실존주의자들과는 다르게 초현실주의자들은 외관과 절연

---

119) Ibid., p.146.
120) Bigsby, op. cit., p.82.
121) 李時雨, 「絕緣하는 論理」, 『三四文學』 제3집, p.10.
122) 兪平根 · 吳生根, 『프랑스詩選』(日潮閣, 1983. 5), p.26.

함으로써 새로운 미학을 찾아낸다[123]는 것이 더 신빙성이 있다 할 것이다. 왜냐하면 이시우의 다음 글에 오는 'Poesie Anecdote의 空間'은 모리스 나도가 말한 "무의식이 갖는 무(無) 속에 있는 것으로 (…) 초현실주의란 무의식의 영역 전체인 것이다"[124] 라고 말한 것과 같을 것이다. 이러한 의미는 브르통이 말한 꿈의 분석에서 일종의 쇼크를 통한 희열을 가져다주면서 주체의 자기강박관념을 흔들어버리는 (의식적인 자아, 즉 Moi의 消滅이 되면 무의식적인 자아인 Soi가 됨) 어떤 것의 강요된 아름다움이라 부르는 것의 경험, 즉 친숙한 것들이 절단되어 낯설게 돌아오는 변증법적인 이미지들로 보인다. 이러한 괴기함은 프로이트의 주장과 흡사하다.[125]

또한 위의 문장에서 당혹할 만큼 주목해야 할 부분은 "이리하야 絕緣하는 論理에서 스사로 小說과의 絕緣"이라고 한 대목이다. 이것을 필자는 일부 연구자들이 그들의 논문에서 계속 답습될 수 있는 오류임을 지적하여둔다. 이 글에서는 포에지는 소설과의 절연으로도 볼 수는 있으나, 당대의 리얼리즘소설을 비판한 것이 아닌 것 같다.[126] 왜냐하면 『

123) Yvonne Duplessis, op. cit., p.35.
124) Maurice Nadeau, op. cit., p.75.
125) Madan Sarup, 김해수 옮김, 『알기 쉬운 자끄 라깡』(백의, 1996. 6), p.45.
126) "絕緣體와 絕緣體와의 距離에 正比例하는 Poesie Anecdote의 空間(Baudelaire이 말한 神과 갓치 崇高한 無感覺, 혹은 moi의 消滅). 이리하야 絕緣하는 論理에서 스사로 小說과의 絕緣은, '포에지이'의 純粹함은 實驗되는 것이다"에서 인과(因果)적 내러티브적 시, 즉 소설 같은 시를 써서는 안 된다는 의미로 보아질 때, 朴仁基는 모리스 나도의 글(Maurice Nadeau, op, cit., p.73 참조)을 인용, "이시우가 파악하고 있는 초현실주의의 본질은, '범용성과 증오와 평범한 의지'밖에는 만들어내지는 못하는 리얼리즘에 대한 비판, 리얼리즘이 생산해서 독보적인 형식이 된 '소설'에 비판, (…)"이라고 해석하고 있지만 잘못 해석된 것으로 보인다. ▷ 朴仁基, op. cit., p.138 참조.

三四文學』 제4집(p.24 참조)에 발표된 그의 「詩評」 가운데도 "鄭芝鎔 「紅疫」(『가톨릭 青年』) 아름다운 抒情詩. 그러나 作品의 存在性의 리리시즘에 存在한다는 것은, 一種의 文學의 大衆小說이다"(p.24 참조)라고 언급했다. 뿐만 아니라 제5집에 발표된 그의 평론 「SURREALISME」에서 김씨(金氏; 金起林)의 시작품 「氣象圖」 외 다른 시작품에 대해서도 "氣象圖와는 달이 詩의 리고리즘에 對하야 당신의 로맨틱한 小說調의 포에티크는, 省略된 空間性에 不過하며, 作品上에서 一見 速度와 같이 보히는 것은 其實은 細密度의 缺如로서 보히는 錯覺이며, 卽 그의 情緖는 縮小시킨 小說의 印象性에 不過하다. 이 點 먼저 말한 鄭氏(鄭芝鎔)에 對한 批評의 後半은 其實은 當身에게 對한 批評이다"(p.31 참조)라고 뚜렷이 밝히고 있다. 이처럼 이시우는 이미 『三四文學』 제3집에서도 소설과 같이 이야기하는 식의 시는 절연을 통해서 '새로운 포에지'가 되어야 한다는 것을 강조한 것으로 본다.

또한 이시우는 20세기에 있어 시와 회화는 유사한 점이 많다고 지적한다. 저널리즘 시나 통속적인 회화는 가치에 있어서 무가치임을 주장하고 우수한 작품은 "作品의 必然性이 거기에 잇고, 따라서 그것이 그 때문에 價値가 있다고 하는 것을 認定하기 때문이다"라고 지적하는 한편, 시의 발전을 저해하는 요인은 "社會 一般이 詩 또는 詩人에 對하야, 沒理解하거나 無識한 것은, 조곰도 詩의 發展을 沮害하지는 못한다"면서 이는 소설가나 평론가들의 우수한 비평정신이 뒤떨어진다는 것을 지적하고 있다. 다시 말해서 이시우는 예술을 위한 예술이, 문학적으로 당연히 한정된 그룹 그것으로서 퇴영(退嬰)하고 있다면서 다만 그들이 공부의 부족함에 있다는 것이다.

특히 이시우는 앞에 말한 이런 것으로 하여 사회적 일반에게 시를 이해시키고자하는 욕구는 지당(至當)하기도 하고, 그것을 적극적으로 욕구하는 것도 구타여 불찬성은 아니나, 당연히 스스로 구별될, 차간(此間)의 소식을 혼동시키어 시 그것을 일반의 이해에까지 끌어내리려고 초조하거나, 의미를 모르는 시나 혹은 이해 못하는 시에 당면할 때마다 아무 반성 없이 적의를 품는 것은 언어도단이라는 것이다.

> 어떠한 새로운 秩序로서 현 秩序를 破壞하는 것이 '포에지이'라고 하면 단지 破壞한다고 하는 精神的인, 反抗의 態度로서만 破壞하는, 直接의 精神에 依한 秩序의 破壞는, 往往 反'포에지이'가 된다. 정작의 '포름' 卽 詩的形態의 破壞만은 完全한 代身, 이번에는 도로혀 破壞하였다고 생각하였던 詩의 觀念에 返還하는 것이다. 實상인즉 '포에지이'의 그러한 破壞의 또 한 個의 더 한 層 깊이 있는 主知의 位置, 卽 현 方法論的인 秩序를 必要치 않게 된 새로운 方法論的인 秩序로의 主知에 있다는 것을 沒却하고, 다만 現象的인 것을 過度하게 信用하야 거기에다 偶然的인 經驗的 事物을 添加, 接木할냐고 하였든 까닭이다. 여기에 自由詩를 標本으로 들수 있다. 所謂 自由詩가 自然主義文學運動에 對應하야 韻文의 形態를 깨트리고 散文의 文學的方法을 取하자 '잔르'로서의 散文을 主張하였으면서 그것을 基礎하는 方法論을 韻文의 그것에 비렸음으로, 단지 散文의 形態를 갖는다는 것으로만 말미암아, 다시 말하면, 散文 其 自信의 資格 뿐만으로는, '포엠'을 規定 할 수 없는 狀態에 있다. 卽 '포에지이'의 方法을 規定하는 批評的見地를 散文의 硏究에 있어 缺如한 關係로, 今日에 있어서도 韻文의 詩學인

音律을 唯一의 詩의 要素로 생각하는 수밖에는 없게 되엿든 것이다. 韻文의 詩論에 韻律이 不可缺한 것과 같이 散文에 있어서는, 純粹한 散文의 機能, 卽 韻律에서 獨立하는 純粹「意味」가 不可缺하다는 데서, 眞正한 意味의 散文詩는 출발한다는 것은, 여기서 暗示된다(시인들은 어찌하야 安易한 韻文으로 詩를 쓰는 것일가 (…) 그래서 산문으로 쓰지않으면 않된다. 韻文과 散文과의 헛된 妥協的인 試驗, 이것을 사람들은 漠然히「自由韻文」「解放된 詩」「律的散文」「自由詩」等으로 불넛지만, 이 試驗의 后에는 韻文은 '로이아리즘'으로 뒷거름질침에 틀님없다). 自由詩의 極北을 생각하는 것은, 歷史에서 歷史로 도라가는 데에 있다

— 李時雨,「絕緣하는 論理」,『三四文學』第3輯, (三四文學社, 1935. 3), pp.11~13.

이 글의 내용을 주목하게 하는 포에지는 '새로운 질서'가 '현 질서'를 파괴하는 것임을 밝히고 있다.[127] 이러한 의미는 브르통에 따르면 프로이트의 무의식이 갖는 힘에서 상상력은 그 권리를 회복할 수 있는 단계에 왔다면서 진보를 통해 '새로운 질서'를 언급했다.[128]

다시 말해서 인간의 관습적인 것과 이성적 사고, 즉 실재(實在·事

---

127) 박인기는 그의 논문에서 "이시우는 새로운 질서의 파괴는 '반포에지'가 된다"에서 이시우의「絕緣하는 論理」,『三四文學』제3집(p.12) 의 원전(元典)을 보면, "새로운 秩序로서 現 秩序를 破壞하는 것"이 '포에지'라고 씌어져 있다. 이 구절은 새로운 질서가 현재의 낡은 기존질서를 파괴해야만 포에지가 새롭게 탄생된다는 것으로 해석될 경우, 박인기의 해석은 잘못 해석된 것으로 보인다. ▷ 朴仁基, op. cit., p.138 참조.

128) André Breton, op. cit., p.118.

物 또는 현실)가 부재(不在)된 새로운 질서의 재창조라 말할 수 있을 것이다. 그러나 반항 또는 직접적인 정신으로 질서를 파괴하는 것은 반 포에지가 된다는 것이며, 포름, 즉 시적 형태의 파괴만은 완전함에도 이러한 반 포에지가 시의 관념에 반환하고 있다는 비평으로 보인다. 이러한 현상적인 것을 과도하게 믿고 우연적 경험적 사물을 첨가 접목하는, 대상을 묘사로 한정하는 등 인간의 감성을 메마르게 하는 현 주지주의의 방법론적인 질서를 예리하게 비판하고 있다 할 것이다.

필자가 볼 때 오직 새로운 방법론적인 질서로의 주지, 즉 그가 위에서 주장한 '포에지'의 파괴에서 또 한 개의 더 한 층 깊이 있는 '주지'를 제시하고 있는 것이라 하겠다. 어떻게 보면 모순적인 '더 한 층 깊이 있는 주지'는 브르통이 말한 것처럼 인간의 내면 깊숙이 감춰진 사고의 존재, 즉 사고를 본래의 순수성으로 환원시킬 수 있다고 선언한 것과 쉬르레알리슴은 순수성을 배제하고서는 행세할 수 없다는 각오가 되어 있다[129]는 것과 같다.

프로이트의 무의식이론을 수용한 초현실주의자들이 시도한 언어의 자유라 할 수 있다. 바로 무의식적인 심층에서 발현되는 자동작용으로 산문시창작법으로 보인다. 브르통은 당시 소설작법에 반대하는 소설의 새로운 기법을 말하지만 필자에게는 산문시도 포함될 수 있다고 보아진다. 그렇다면 브르통이 말한 "이 장르에 속하는 (…) 다른 모든 특징은 초현실주의적인 산문(散文)의 어떤 정도의 진보(進步)와 조금도 대립되는 것은 아니다"[130]하였고, 쉬르레알리슴의 방법은 보다 넓은 범위에까지 확대될 것을 요구하고 있기 때문이다.

129) Ibid., p.158, p.221.
130) Ibid., p.148.

이시우는『三四文學』창간호부터 제5집까지 시를 발표하고 있는데, 브르통이 구두점 없이 마음에 내키는 대로 계속해 쓰도록 해라고 말한 것처럼 대부분 띄어쓰기가 무시되어 있다. 그런데, 위의 글에서 발견되는, 간과할 수 없는 또 하나의 중요한 대목이 있다

그는 운문의 시학인 음률을 유일(唯一)한 시의 요소로 답습하기 때문에 시인들은 안이한 시를 쓰고 있다고 지적하였다. "—그 理由는 三世紀를 스사로의 造成에 消費한 韻文이 第三世紀의 初葉에 있어, 一躍 其 最後의 性質과 價値와의 總體에 到達하여 버리였든 까닭이다. 以後 韻文에 對하야는 아모것도 할만한 일이 없어젓기 때문이다 (…) 더 以上은 頹廢하기 以外는 더 없었든 때문이다. —그래서 散文으로 쓰지 않으면 않된다"[131]라고 주장하고 있다. 다시 말해서 옛날부터 현재까지 자연과 현실에 대한 묘사로 한정하여 묘사대상의 세계를 넘어설 수 없는 한계점[132]으로 보고 이것은 한 개의 '정서의 리얼리즘'과 한 개의 '사상의 리얼리즘'이요, 이미 정서와 논리 그 자체의 일치임으로 거기에는 시간도 없고 공간도 허락하지 않는다는 것이다. 따라서 역사는 역사로 돌아간다고 비판하고 있다.

이상으로 이시우의 평론「絶緣하는 論理」는 격식도 없이 짧은 비평이지만 다양한 의미가 함축 제시되고 있다고 본다. 처음에는 단절되는 언어구사력으로 의사전달의 기법이 매끄럽지 않고 거칠게 보이는 등 강박관념적인 문장으로 거부반응을 일으켰다. 그러나 반복적으로 탐독한 결과 30년대 최초로 초현실주의 시창작방법론을 어느 정도 구

---

131) 李時雨,「絶緣하는 論理」,『三四文學』제3집, p.13.
132) 鄭貴永, op. cit., p.258.

체적으로 제시한 귀중한 평론임을 알 수 있다. 오히려 김기림의 피상적인 브르통의 초현실주의 이론과 방법론의 소개보다도 현실성확보와 설득력이 있는 것으로 보인다.

현실과 자연을 노래하는 음률적인 운문시가 진보 없이 답습하고 있는, 즉 예술을 위한 예술지상주의에 급급한 당대 문단의 침체상황을 정확하게 지적한 것과 특히 '순수한 의미'로 산문시를 쓰지 않으면 안 된다는 그의 새로운 주장은 높이 평가되어야 할 것이다. 산문시가 하나의 장르로 인식되는 것은 프랑스 상징주의에서 찾을 수 있다. 이러한 영향에는 일본에서도 하루야마 유키오와 키타가와 휴유이코 등이 수용하여 '新 散文詩運動'[133]을 전개한데서 비롯된 것으로 보이지만 앞에 말한 브르통의 산문시작법이 내세운 '새로운 질서'와도 상통한다고 할 수 있다.

(2) 詩評―十九世紀의 藝術至上主義와 二十世紀의 藝術至上主義

이시우의 시평은 제4집(p.24)에 간결하게 발표되었는데, 각종 잡지에 발표된 시에 대한 비평이다. 대상되는 시인은 김기림(金起林), 정지용(鄭芝鎔), 이상(李箱), 유치환(柳致環)과 이찬(李燦), 장서언(張瑞彦) 등이다. 이시우의 시평에 대한 정당성을 발견하기 위하여 그의 비평(批評)을 간추려 보기로 하겠다.

첫 번째, 김기림의 시 「象形文字」(『가톨릭 靑年』)의 이미지에 대하여 자유자재로 구사하는 곳에 이미지의 고층건물이 남는다 하며 이미지의 릴레이의 레이스라고 지적하고 있다. 또한 「氣象圖」(中央)는 연마공의 입김으로 포에지를 흐리게 한다면서 이 두 작품은 리얼리즘에 불

---

133) 阪本越郎, 『詩と詩論―現代詩の出發』, pp.47~48. ▷ 이순옥, op. cit., p.31.

과한 작품으로 지적한다. "스사로 포엠의 위치를 소멸시키고, 필연적으로 레알리즘 이외의 길로 전개함을 허락하지 않는다"(p.24)는 것이다. 말하자면 이것은 사실묘사에 그치고 설령 로맨티시즘이 있다 하더라도 묘사대상의 세계를 초월할 수 없기 때문에 리얼리즘 시라고 비평한 것 같다.

두 번째, 정지용의 「紅疫」(『가톨릭 青年』)에 대해서는 아름다운 서정시지만, 작품의 존재성의 리리시즘에 존재한다는 것은 일종의 '문학의 대중소설'이라고 지적하고 예술적 정진이라 함은, 결코 리리시즘의 연마(錬磨), 랭귀지(language)의 조탁(彫琢)을 가리키지 않는다는 것이다. 그리고 김기림의 「象形文字」와 정지용의 「紅疫」과의 스케일에서 볼 때 윤선(輪船)과 목선(木船)에 비교하고, 정지용의 시 「悲劇」 작품에 대해서는 印象記錄이요, 포에지의 표백(漂白)이라 지적하면서 리리시즘의 죽음이라 하였다. 다시 말해서 리고리즘(rigorism)이 갖는 타완(拖緩—질질 끌어당김 : 본고 필자)은 타력(隋力)의 피로(疲勞)를 의미한다는 것이다.

이시우는 「絕緣하는 論理」(제3집, p.13)에서도 "鄭芝鎔氏가 朝鮮自由文壇에 가장 높은 자리를 가질 수 있다는 말은 鄭芝鎔氏가 가장 完璧에 갓가웁게 뒷거름질 칠 수 있다는 말과 一致한다. 北極—南極. 自由詩의 悲劇. 消滅을 努力하는, 意味의 獨立을 盈胎한 「海峽午前二時」, 「비로峰」, 「時計를 죽임」, 「歸路」, 「臨終」, 「별」, 「갈닐네아 바다」…等"을 열거하면서 한 개의 정서의 리얼리즘. 한 개의 정서의 처치(church)인 리얼리즘. 한 개의 사상(思想)의 리얼리즘. 한 개의 사상의 처치인 리얼리즘이라고 지적한다. 정서와 논리는 이미 그 자체와의 일치이므로 거기에는 시간도 공간도 없는 리얼리즘 작품이라고 지적하고 있다. 필자가 볼 때 김기림의 시작처럼 묘사로 사물이나 대상을 한정한다는 것이다.

다시 말해서 이시우가 주장하는 것은 오생근의 글에 따르면 "그것 자체가 대상이 되는 이미지, 즉 상상적인 것이 현실화되는 창조적 이미지가 초현실주의적 이미지의 한 특징"[134]으로 보기 때문이다.

세 번째, 이상의 「正式 I II III IV V VI」(『가톨릭 靑年』, 1935. 4)은 탈피하는 포멀리즘이라고 지적하며 작품에 나타나는 때때의 특징을 가지고 단순한 경향이라고 보는 것은, 포에지의 열등한 향수(享受)가 아니고 무엇이냐 하고, 시의 복원력(復原力)의 문제 그 자체는 각개의 사이에 심히 떨어진 간격을 보인다고 생각하는 것은 한 개의 유머라고 했다. 경향이 좋은지 나쁜지 아부로[135]의 배의 나침(羅針)에 고장이 없는 한, 나는 이 선수(選手)의 시간을 낙관(樂觀)하려는 한 사람이다 하면서 호평하고 있다.

네 번째, 유치환 「가을의 모노로그」(『가톨릭 靑年』)는 정지용의 아류(亞流)라고 지적함과 동시 이찬(근작 전부)의 시들은 안일할 뿐만 아니라 현실을 도피한다는 것은 있을 수 없다는, 긴 여운을 남기는 촌평(寸評)이다. 문제는 아류 적이거나 안이하게 작품을 쓰는 것은 어떻게 보면 아주 비겁한 것이라고 지적하고 있다.

---

134) 吳生根, 『자동기술과 초현실주의적 이미지의 의미와 특성』, 서울대 人文論叢 Vol 27, 1992. 6, p.50.

135) 뒤샹은 르 아브르 항구에서 뉴욕으로 가는 배에 승선하기 전에 '브로메' 거리에 있는 약국으로 가서 종(鍾)처럼 생긴 2회분 주사약이 든 병을 사서 병 끝을 잘라 달라고 주문하여 병에 든 약을 버리고 병을 봉했다. 그는 그것을 잘 사는 '아렌스버그' 부부에게 선물할 것은 파리의 공기밖에 없다고 생각했기 때문이다. 이것이 유명한 파리에서 선정한 세 번째의 레디메이드 작품이다. ▷ 김광우 지음, 『뒤샹과 친구들』(미술문화, 2001. 7), p.177 재인용.

다섯 번째, 장서언의 「室內」(『中央』)는 산포(散布)하는 다이아몬드의 광채에 현혹(絢惑)하여 판금(板金)을 가공하는 기계(プレーキ brake)가 돌지 않는 상태는 야번적(野蕃的—무성한 들 : 본고 필자)이라 하면서 다이아몬드로 왕관에 상감(象嵌)하고 꾸미는 것보다 포에지를 위하여 아낌없이 내다 버리는 수련(修練)이 필요하다는 것이다.

또한 「古花瓶」은 감정과 감각이 완전히 병행한 작품이라는 것이다. 그렇다면 시는 다이아몬드일가. 축음기(蓄音機)의 나사못과 기관차(汽罐車)의 나사못이 비슷하다하여 기관차는 축음기의 모조품이라고 하는 크리티시즘(criticism)은, 예술적일까, 아닐까 하면서 20세기의 이상 시인과 19세기의 예술지상주의자들을 구별할 수 있도록 독자들에게 질문을 던져 관심을 유도하고 있다. 이처럼 그의 시평을 보아도 그의 비판은 구체적으로 지적하는 등 정곡을 찌르는 것과 같다.

(3) 「SURREALISME」

이시우의 평론 「SURREALISME」은 1936년 10월 『三四文學』 제5집에 발표되었다. 제3집에 발표한 평론 「絕緣하는 論理」와 비교해 보면 주로 초현실주의적 관점에서 그의 시작방법론과 서정시의 본질에 대한 이론을 제시하여 개인의 작품세계를 지적하는 것으로 보인다. 또한 이미지 이론을 제시하고 개인의 작품 한계점을 지적하는 등 크게 세 가지로 나누어 비평하고 있다.

제3집에 일부 지적된 정지용 시의 세계에 대한 비평은 제4집에도 김기림과 이상의 시작품 세계와 함께 간단히 논평되었으며, 제5집에는 서두부터 아마추어와 아류에 대한 쟁점으로 비평대상에는 김기진, 임화가 추가되었다. 한편 함께 동인활동을 하는 신백수와 조풍연과의 소설에 대한 존평도 곁들이고 있다.

특히 정지용의 시세계는 물론 김기림의 전체주의(全體主義) 평론과 이미지 이론을 통하여 김기림의 시세계를 구체적으로 논박하고 있다. 그러나 당시 이상이 발표한 시작품 「街外街傳」, 「蜘蛛會豕」 그리고 『三四文學』 제5집에 발표된 「I WED A TOY BRIDE」 등 세 편에 대해서는 이해되지 않는 추상적인 존평에 그친 것 같다. 이 같은 이시우의 평론을 구체적으로 살펴보기로 하겠다.

첫 번째, 아마추어와 아류에 대한 논쟁이다.

이시우는 새로운 시의 이야기가 나오면 이상의 작품을 아마추어라고 하는 것은 잘못된 것임을 강조하는 한편, 아마추어라는 혹평에 아마추어가 아니라는 범주는 반드시 이상만이 아니고 쉬르레알리슴을 추구하고 있는 〈三四文學〉 동인들도 아마추어가 아니라는 것이다. 말하자면 이상은 아마추어가 아니고 이 말을 끄집어낸 자들이 오히려 숙명적인 감동에 매달려 있는 아마추어와 아류라는 것이다.

정지용은 아름다운 서정시를 잘 쓰는데, 서정시를 잘못 쓰는 임화는 정지용의 아류라고 지적하는 한편, 언어의 건강성을 내세우면서 마술을 운운하는 임화의 평론은 K씨(金基鎭—본고 필자의 견해)의 에피고넨에 불과하다는 것이다. 기실(其實)은 임화도 김기림의 아류라고 지적하고 있다. 김기림의 전체주의 평론은 언제든지 애매하고 늘 변화가 없는 컨디션으로 쉽게 쓰며 지속하는 등 그 자체가 고정되어 있으므로 아마추어라고 했다.

차종(此種)의 절충설은 여하한 경우를 막론하고 합리성이라고 하는 환상에 사로잡힌 정지이며, 죽음이라 하면서 K씨(金基鎭)의 아류라고 비판한다. 뿐만 아니라 김기진의 평론을 읽으면 전기상회 주인이나 생명보험외교원의 얼굴과 유사하여 웃음을 금치 못한다고 저돌적인 반박을 펼치고 있다. 이러한 동기는 어느 모모 "신문에는 ×××이라고 보도하지만 其實은 ××명인지 누가 아니랴던가. 肺病에는 오히려 담배가 有助한다던가 (…)"하는 모욕적이고도 가혹하게 이상을 매장시키는 비판에 대한 이시우의 비판은 반복적으로 아마추어가 아님을 성토하리만큼 감정적으로 반박하고 있다.

이시우가 왜 그의 평론을 통해 치명적인 인신공격을 가하고 있는지 좀 더 깊이 있게 살펴보겠다. 이상의 「鳥瞰圖」(1934. 8)가 연재 중, '詩題十五號'로써 중단되어 모욕적인 충격을 받은, 즉 "미친놈의 잠꼬대냐", "무슨 개수작이냐"136)등 거센 반발심이 충동질하여 당대 문단의 무기력한 창작을 향해 오히려 진부함을 지적하면서 분노를 터뜨린 것 같다. 말하자면 김기림과 정지용이 조선자유문단에 가장 높은 위치에 있기 때문에 진보 없는 작품세계를 지적함으로써 당대 문단에 충격을 가하는 등 파급적 효과를 유도한 것 같다. 어쨌든 제3집, 제4집, 제5집까지 계속해서 김기림과 정지용의 작품세계를 과격하게 비판하고 있는 것은 특이하다. 심지어 이시우는 "批評은 個人의 弱點을 無視한다!(p.29 참조)"하면서 집요하게 파헤치고 있는 것이다.

抒情詩의 本質은, 內包的인 깊이에 있는 것이라고 나는 생각하

---

136) 고은, 『이상평전』(향연, 2003. 12), p.260.

는 것이나, 詩人이 깊이를追求하는 倫理를 喪失하고, 對象의 周圍를 追從하는 것으로 간신히 한個의 軌道를 見失하지않을야고하는 卑屈함은,(此種의 詩로서는 단지現象的으로만본다면, 金氏의 바다나 금붕어, 奇蹟 其他 近作全部를 指摘할수있다) 對象에 淸敎徒와같이 반항함으로써, 한個의 깊이에까지 集中시킬야고하야 嚴烈하던, 浪漫主義의 에스테티즘에도 反하는것이라고 말할수밖에없다. 此種의 倫理의 貧困함을 가리켜 사람들은 詩가 말너버렸느니 詩를 짜내느니하지만, 이것을다른또한個의觀點으로觀察하야본다면, 苛酷함이없는 抵抗에는,(디멘슌이없는 抵抗, 먼저말한所謂간신히軌道를 見失하지않을냐고하는 경우에 實在하는, 事物其自體의消極的인 抵抗力을가리킴) 요量의代身에 曖昧함(傳達의不充分)이있을뿐이요, 卽요量이없는實在에는, 卽抵抗이없는混亂이므로, 抵抗은 均整이며, 抵抗은 요量이며, 따라서抵抗은 理解의手段이며, 요量이라는것은, 實로 捨象的포엠을規律하는 唯一의 論理일 것이다. 混沌한사물을 理解하기爲하야서는 몸소事物에부대치어 避하지않는곳에 詩人으로서의신세리티라던가, 액티비티가 비로소問題되는것이며, 卽抵(拘束)이라던가, 均整이라던가는 곧古典精神의明快性이다. 鄭氏의 paragraph나 倫理的인抒情詩에는 破綻이없으나, 一단對象이 主觀으로規律됨을 拒否하는境遇에는 따라서別個의리고리즘이必要되므로, 古典主義는 現象的으로는 此種의倫理의貧困으로부터 出發하다고 明言하야도 過言은않될것이다. 이같이 鄭氏의 詩가 古典主義에도 亦是反한다는 것은, (…) 137)

137) 『三四文學』 제5집, 1936. 10, pp.29~30.

위의 글과 같이 이시우는 김씨(김기림—필자)가 서정시의 본질을 상실하고 대상의 주위 궤도를 이탈치 않으려고 하는 다만 현상 있는 그대로 표현하는 시에 불과하다고 지적한다. 다시 말해서 메를로-퐁티의 말처럼 "그들이 사물을 바라보는 것이 아니라 사물이 그들을 바라본다"는 깊이에 천착치 못하고 오히려 대상에 청교도와 같이 반항함으로써 한 개의 깊이까지 집중시키려고 하는 엄렬하던 낭만주의의 감각주의에도 반하는 것이라고 한다. 차원 없이 요량이라는 것은 낱낱의 특수한 성질을 고려의 대상에서 제외하는, 실로 사상(捨象) 시로 규정하는 논리에 불과하다는 것이다. 차원 높은 시는 몸소 사물에 부딪혀 활기가 비로소 문제되어야 함에도 구속이라든가 균정(均整)이라는 고전정신의 명쾌성에 머문다는 것이다.

또한 이시우는 "정씨(鄭芝溶)의 경우, 단락이나 윤리적인 서정시는 파탄이 없으나, 일단 대상이 주관으로 규율됨을 거부하는 경우, 별개의 엄격주의가 필요함에도 정씨의 시 가운데 저항이 없는 저항(여백의 난해함)은 무슨 의미인지 알 수 없다"고 지적하는 것으로 보인다. 이러한 "정씨의 매너리즘을 누가 지적해주어야 함에도 '그냥 비평을 한 자(者)가 아류(亞流)하는데'" 불과하다는 것이다. 이처럼 "鄭芝溶. (…) 새초롬하기는 새레(새로에…커녕 등—필자) 회회(恢恢 : 여러 번 작게 감거나 감기는 모양—필자) 밀어 다듬고 나슨다고 鄭氏는 말하지만, 그의 修辭學은 한 토막의 어쩔 수 없는 逆說에 不過하다. 오퍼스(opus)의 疲勞에서 태엽처럼 풀려왔던가. 祈禱와 睡眠의 內容을 알 길이 없다. 咆哮하는 검은 밤, 그는 鳥卵처럼 희다. 무엇이라고 하얐으면 옳을런지, 람프에 갓을 씨우자! 도어를 안으로 잠갔다. (…) 鄭氏 自信의 藝術이 卽 亞流의 藝術에 不過하기 때문에!

(…) 情緖의 發散이다"라고 비판하면서 속물주의라고 날카롭게 지적하고 있다(p.29 참조). 뿐만 아니라 이시우는 대상이 주관으로 규율되지 않고 거부하는, 즉 대상의 이미지 그대로 묘사한다는 것은 리얼리티이기 때문에(제3집 참조), 한계를 벗어나지 못한 스노비즘에 불과하다는 것이다.

먼저 이러한 당대 문단의 흐름이 있는가 하면, 외국의 누군가 말한 "精神은 運動이다. 運動속에는, 無限한 自由와, 그리고 運動自信은 스사로의 Energie로서 Propeller와 같이 運動하지 않은 一切를 粉碎한다. 이것이 眞理다"라고 했다.

오생근에 따르면 "초현실주의가 문학이나 예술의 한 유파로 한정되기보다 인간의 영원한 정신상태 혹은 '정신의 외침'이기를 원했던 브르통은 시적 체험의 중요성을 강조한 입장과 일치한다"[138]는 것과 같을 수 있을 것이다.

또한 브르통은 우리는 우리 정신의 전적인 소유 현상에서 영감을 인정한다면서 이성적인 문제해결의 장난감이 되는 것을 막아야 한다는 것이다. 그리고 이미지는 정신의 보편적인 발산의 척도, 이러한 발산이 정신에게 미치는 장해의 척도를 정신에게 부여해주는 것인데, 이것이 쉬르리얼리즘의 시정신임을 밝히고 있다.[139]

두 번째, 주지작용을 통해 김기림의 시론에 대해서도 날카롭게 정면으로 반박하고 있다.

要컨대, 感性을心理的으로본다는것은 한個의主知의作用이지만,

138) 吳生根, 프랑스詩選, 『浪漫主義부터 超現實主義까지』(一潮閣, 2001. 2), p.28.
139) André Breton, op. cit., p.147. p.196.

金氏는우리들이感性을心理的으로 본다는것을 理解하지못하므로(나는이点을 金氏에對하야, 主知의缺如로서 指摘하고싶다)이메이지의 斷片的結合이니 印象主義니主觀의무어니하야 自己는客觀主義를主唱하시는것같으나, 내가먼저 말한主知의作用이야말로純粹하게 客觀的인作用이며, 나는여기서 金氏의客觀에對한思考의通俗的인點을 指적하고싶다. 主知의作用이라고하면 우리에게 거기서반다시秩序라는것을생각케하나, 印象主義라고하면, 우리들은거기서아모런秩序도생각할수없으므로 이點은金氏의判斷力이 아직 批評的으로 訓練되지못하다는 비難을할수밖에없다. 金氏는客觀이라는말을 主觀에對하는 客觀, 卽 現實(廣範圍로는 政治라던가, 社會라던가를包含함)으로서 現象的으로解析하신것같으나, 내가말한 客觀은 客觀性이라고하는 卽純全히主觀의追求에不過하며, 나아가서는 그가萬若그곳에秩序를要求한다면 이것도勿論 主知의作用에는틀님없으나, 그것은Anthropology의問題에屬하므로 問題밖이다. 以上이金氏의主唱하는 全體主義의 根底이나, 要컨대슈르 · 레아리슴을通過하지못한 金氏가, 主知라는말을 理知라는말의程度로 理解할能力밖에 없다는곳에 그의根底가있다. 卽二十世紀에서는 形態와心理를 한個한個의學問으로서 다시結合시킬수밖에는없는일이다. 理知라고하는것은 (…) 情熱과같이 한個의本能에不過하며, 鄭芝溶氏에게서도 원숭이와 같은理知는 얼마던지發見할수있으므로 당신의全體主義는 한個의Mannerism에 不過하다. 當身과같이말하신다면, 우리들의精神은 처음부터 全體的이다. 心理와形態를 分離시켜라. 心理와形態의獨立은 必然的으로 實在와方法을獨立시킴! 形態描寫와心理描寫와를 獨立的으로描寫할줄아는것이, 卽새로운 詩人의資格이다.

—『三四文學』 제5집, 1936. 10, p.30.[140]

이시우는 주지의 작용을 순수한 객관적인 작용이라고 전제하고 브르통이 말한 '새로운 질서'141)가 필연적임을 강조한다. 이러한 주장은 『三四文學』 제3집에 발표한 그의 「絕緣하는 論理」에서도 "어떠한 새로운 秩序로서 현 秩序를 破壞하는 것이 '포에지이'라고 하면 단지 破壞한다고 하는 精神的인, 反抗의 態度로서만 破壞하는, 直接의 精神에 依한 秩序의 破壞는, 往往 反 '포에지이'가 된다(p.11 참조)"는 것과 일맥상통하는 것이다.

순수한 객관적인 작용은 순전한 주관의 추구만이 객관성임을 밝히면서 김기림의 객관에 대한 사고는 주관에 대한 객관, 즉 현실을 그대로 받아들여 현상적으로 본다는 것이다. 이시우는 이러한 김기림의 객관주의는 이미지의 단편적 결합, 인상주의 등등을 내세우는 것은 전체주의라고 지적한다. 이 전체주의는 객관에 대한 사고의 통속적인 것임을 지적하면서 처음부터 갖고 있는 우리의 정신부터가 전체적이 아니냐고 반문한다. 이지와 정열 등도 한 개의 본능에 불과하다면서 "슈르·레아리슴을 通過하지 못한 金氏가, 主知라는 말을 理知라는 말의 程度로 理解할 能力밖에 없다는 그의 根底"를 치명적으로 비판한다.

브르통도 그의 초현실주의 제1선언문에서 "명철성이란 우둔과 병존하는 것으로서 개[犬]의 생활과 같은 것"142)이라고 단언한 것과도 유사하다. 이시우는 감성을 심리적으로 본다는 것은 한 개의 주지작용이라고 하면서 20세기에서는 형태와 심리를 분리시키고 또한 독립됨으로써 이는 실재와 방법을 필연적으로 독립시킴이라고 강조한다.

140) 본고의 필자는 당시 편집된 문체 그대로 옮겼음.
141) André Breton, op. cit., p.118.
142) André Breton, op. cit., p.114.

이런 형태와 심리를 이제 한 개 한 개의 학문으로서 다시 결합시킬 수밖에 없다는 것이다. 브르통 역시 그의 초현실주의 제2차 선언에서도 "쉬르리얼리즘은 구체적인 형태를 갖고자하고 (…) 사상은 어떠한 방법에 의하여 심리적인 힘을 전적으로 회복시키고자함을 목적으로 한다. (…) 그 방법이란 우리들 내부의 현기증 나는 하강, 감춰진 곳의 조직적인 조명, 그런가 하면 다른 곳에서는 점진적인 어둠, 그 금지된 야외지역에서의 영원한 산보, 말하자면 이런 것들이다"143)라고 했다. 필자는 브르통의 이러한 이론처럼 이시우는 새로운 시론방법을 제시하였다고 본다.

세 번째, 이시우는 이미지에 대하여 이미지의 명료성을 강조하고 김기림과 이상의 작품세계에 대하여 이미지의 방법으로 실재의 흐름을 저항하려고 한다는 것을 전제하고 있다 할 것이다.

먼저 김기림의 「氣象圖」는 앞에서 설명되었기 때문에 무엇보다도 "그의 情緖는 縮小시킨 小說의 印象性에 不過하다면서 그것은 細密度의 缺如로서 보이는 錯覺"이라고 비판하고 있다. 인상성이란 외부 현실이 내부로 들어오는 성질을 말하는데, 인상이 주관적 요소가 되어 묘사에 관여한다는 점이다. 정귀영의 글에 따르면 "인상주의나 리얼리즘은 등가적(等價的)이기도 하다"144)는 것과 같다.

그러나 내용도 없이 긴 문장에 치중하는 용만(冗漫)을 바라는 것은 아니지만 이시우가 주장하는 이 작품의 이미지에 대한 비평은 충분한 설득력이 결여된 것으로 보인다. 말하자면 쉬어리얼리즘의 관점에서는 스토리나 운율 등이 배제된 은유, 상징적인 시어들이 중요하다는 등 구

143) Ibid., p.171.
144) 鄭貴永, op. cit., p.94.

체적인 제시가 없을 뿐만 아니라 이상의 「蜘蛛會豕」, 「街外街傳」, 「I WED A TOY BRIDE」에 대한 비평도 그가 말한 이미지의 상호작용 등을 구체적으로 제시하지 않고 막연하게 추상적으로 지적하는 등 이해할 수 없는, 즉 마무리 부분에서 잘 다듬어지지 않은 비평으로 보인다.

그러나 그의 「SURREALISME」은 반박을 통해 새로운 방법을 제시한 평론이다. 특히 서정시의 본질과 주지의 작용이 갖는 방법을 구체적으로 제시하고 있어 간과할 수 없는 매우 중요한 시론의 미학을 획득하고 있다.

이상으로 필자는 『三四文學』에 발표된 이시우의 문학비평론을 살펴보았다. 한정된 지면에서 그의 평론은 일종의 간단한 평론이라 할 수 있을 것이다. 지금의 짜임새 평론에 비하면 미흡하지만 그의 주장을 내세운 이론의 제시, 즉 문학비평방법은 독창적인 것으로 보인다. 특히 그의 「絕緣하는 論理」는 전통적인 비평 방식이지만, 최초로 초현실주의적 시창작방법론을 구체적으로 제시하고 있다.

그간 한국문학사적인 측면에서 볼 때 김기림의 피상적인 초현실주의 방법론 소개보다 우월한 것 같다. 실로 그의 날카로운 비판은 상호실재(inter—réalités)에 관한 성찰을 불러일으킨 것으로 보인다. 다시 말하면 그는 당대 문단 상황을 신랄하게 비판함으로써 초현실주의 운동을 주도하는 활황(活況, Activity)적이야말로 높이 평가할만하다. 또한 유명한 외국작가들의 족적을 원용하면서 초현실주의의 핵심인 '새로운 질서'를 내세우고 있다.

첫째, 절연하는 어휘, 절연하는 센텐스, 절연하는 단수적 이미지의 승인 복수적 이미지 등을 제시한 것은 '절연의 미학'이라 할 수 있다.

둘째, 그의 평론에서 운율적 산문시가 아니라 최초로 주장한 순수한 '산문시' 권장이다. 韻文의 詩論에 韻律이 不可缺한 것처럼 散文에도 韻律에서 獨立하는 純粹 「意味」가 不可缺하다는 것이다. "시인들은 어찌하여 安易한 韻文으로 詩를 쓰는 것일까?"라고 하면서 이제 산문시를 쓰지 않으면 안 된다고 주장한다.

셋째, 그는 리얼리티와 예술지상주의를 반박하면서 '진보'만이 순수한 의미의 새로운 출발, 즉 현대문학을 받아드릴 필요가 있다고 역설하고 있다.

넷째, 그는 서정시의 본질과 주지의 작용이 갖는 방법을 제3집에 이어 구체적으로 제시하고 있다. 그러나 이시우의 평론은 너무 축약되고 포괄적으로 씌어져 있기 때문에 충분한 호응도를 얻어내는 데는 다소 시간이 지연될 것 같지만 그냥 간과할 수 없는 초현실주의와 관계되는 귀중한 평론이라 할 수 있다.

Ⅳ. 마무리

지금까지 필자는 초현실주의의 본질과 수용 양상을 전면 재고찰한 결과 이상문학에 대한 〈三四文學〉의 초현실주의적 시를 작품해석상 다다이즘과 혼동하는 경우, 인식론적 오류임을 알 수 있다.

또한 일부 연구자들이 〈三四文學〉의 초현실주의적 시들을 폄하함으로써 더 이상 〈三四文學〉의 중요성에 대한 관심은 더욱 저조해지는 것 같다. 이에 따라 필자가 심층적으로 분석한 결과 수준 높은 초현실주의적 시들임을 확인하였다. 그러나 본 연구는 부분적인 연구로 보이는 미흡함을 자성하면서 구명(究明)결과를 정리하면 다음과 같다.

첫째, 초현실주의는 현재 세계적으로 인식하는 브르통 유파의 초현실주의를 말한다. 그러나 한국의 초현실주의는 일본으로부터 이입된 일본식 초현실주의에서 출발한 것으로 보인다. 일본식 초현실주의의 본질은 광의적으로는 영·미의 모더니즘 계열로써 그들은 초현실주의를 모더니즘에 흡수시킨 것으로 본다.

그것은 김기림의 이론에서도 나타나는데, 김기림은 일본의 니시와기 준사부로(西脇順三郎), 하루야마 유키오(春山行夫)를 중심으로 하는 초현실주의의 영향을 받아 주지적 성격을 띤 포멀리즘을 수용했다고 볼 수 있다. 그의 후반기 이론은 초현실주의를 모더니즘에 포함시키고 영·미 모더니즘을 적극적으로 주도하면서 브르통 계열의 초현실주의를 주관적이고 현실 도피적 태도라고 비판한 것은 사실이다.

그러나 앙드레 브르통의 초현실주의의 정체성은 사실상 형식주의적인 모더니즘을 비판하는 운동이다. 뿐만 아니라 또 다른 중요한 가치를 갖고 있는 것은 "초현실주의는 정신분석학, 마르크스의 문화론, 인류학과 같은 모더니티의 중요한 집합점이다."[1] 이에 따라 초현실주의자들이 개인의 문제와 사회문제, 꿈과 현실 등을 분리하지 않고 융합시킨다고 할 때 드러나는 극단적인 兩面性 또는 다원적인 측면을 갖는 개념상의 문제점"도 없지는 않다.[2]

브르통은 이러한 초현실주의의 본질 중에서도 핵심적인 것은 자동글쓰기를 밝히고 있는데, 다만 의식으로 글을 쓰는 경우, 한마디로 의식의 해방감을 객관적 우연성에서 찾는 것이다. 왜냐하면 객관적 우연성 안에 무의식이 있는 심리적 자동기술을 시도한 방법론을 제시하고 있기 때문이다. 이럴 때만이 상상력을 발휘하게 되는데, 상상력은 현실과 꿈의 합일에서 이미지의 창조와 기능을 더욱 발휘한다는 것이다.

그러나 그동안 대부분의 연구 자료들은 다다와 초현실주의를 혼류

---

1) Hal Poster, op. cit., p.12.
2) 吳生根, op. cit., p.248.

함으로써 초현실주의 본질이 일부 왜곡되었다고 볼 수 있다.

둘째, 이상문학 연구에서도 다다 · 초현실주의를 혼류한 연구 자료들이 전혀 없지는 않다. 나름대로 필자가 고찰한 결과 초현실주의적인 작품은 극소하고 미래파(1909), 표현파(1911), 구성파(1914) 등이 혼성된 기호학적이면서 다다이즘적인 포멀리즘이라 할 수 있다.

특히 남은 과제로 보이는 이상의 수학기호와 수식의미 등 심리적 메커니즘을 전 작품에 걸쳐 분석한 결과 그의 가족사와 연관되는 의미망은 그의 모든 작품세계의 핵심적 변수로 작용한다 하겠다.

자의식의 긴장으로부터 그의 글쓰기는 냉담한 현실에서 꿈꾸어봤지만 이루지 못한 꿈, 즉 절단되고 파편화 되는 등 절망과 좌절하는 자아는 폐쇄된 것들로 표출되었지만 이러한 벽을 관통한 이상은 자신의 건강하고 당당한 모습을 유감없이 보여주고 있는 것이다. 다시 말해서 그에게 지병인 폐병과 조선 말엽의 비참한 운명이 겹쳐 있어도, 날카롭고 강인한 집념으로 작품에 몰입했기 때문에 필자는 정신적 장애자로 보지 않는다. 그의 작품세계는 시각과 기호학을 통해 환각적이고 경이로움을 드러내는 한편 역동적인 상상력은 작품의 도처에서 유머와 함께 신비감을 표출하고 있다.

이를 명증하는 그의 상상력은 서구문명을 의식해서 자의적으로 승화시킨 작품들에서도 알 수 있는데, "왜 미쳤다고들 그러는지 대체 우리는 남보다 數十年씩 떨어져도 마음 놓고 지낼 作定이냐(…)"[3]라고 분노하는 것을 보아도 알 수 있다. 이러한 경구(epigram)는 당시 조선 문단상황의 구태의연한 모습을 예리하게 지적한 것일 수도 있

3) 「散墨集—烏瞰圖 作者의 말—」(1934. 8). ▷ 김윤식 엮음, 隨筆 『李箱문학전집 3』(문학사상사, 2002. 5), p.353.

다. 무엇보다도 주목되는 것은 그의 후기 작품에서 포멀리즘을 해체하려는 몸부림도 엿볼 수 있다. 그것은 바로 『三四文學』 제5집(1936. 10)에 「I WED A TOY BRIDE」라고 발표한 시작품은 초현실주의적 시로써 그의 대표적인 초현실주의 시라고 할 만하다.

셋째, 본고에서는 이시우의 평론 중 「絕緣하는 論理」는 김기림의 피상적인 초현실주의 이론과 방법 등을 제시하는 소개보다도 현실성 확보와 설득력이 있는 최초의 시창작방법론이라 할 수 있다. 창작방법에 대한 논의 중에 대상이 주관으로 규율되지 않고 거부하는, 대상의 이미지 그대로 묘사하는 것이 리얼리티이기 때문에 기교에 치우친 순수문학운동 역시 위장된 목적문학으로 리얼리즘에 머문다고 신랄하게 비판했다.

또한 그는 브르통이 말한 순수한 산문시의 필요성을 제시하고 있다. 오히려 70년대 조향의 「斷絕의 論理」[4] 등 초현실주의 운동에 이론적 토대를 마련해주었다. 그의 평론 「SURREALISME」에서도 김기림의 평론 중에 나오는 전체주의 이론에 대한 맹점을 치명적으로 지적하는 비판과 함께 당대 문단의 침체마저도 정면으로 반박했다. 특히 주지작용을 제시하면서 정지용과 김기림의 작품세계를 비판했는데, 대상을 초월하지 않는, 다만 현상 있는 그대로 표현하려 한다고 구체적으로 지적했다.

넷째, 〈三四文學〉의 초현실주의 활동은 시도에 그친 것이 아니라 30년대의 초현실주의 문학론의 본질에 접근된 인식의 한 방법을 그

---

4) 조향, 「超現實主義宣言書—斷絕의 論理」, 『아시체』(亞成出版社, 1975. 9), p.5.

룹적으로 실천했다고 본다. 그것은 참여한 동인들이 실험적 기법을 통한 시세계를 역력히 보여주고 있기 때문이다. 그렇다면 이상문학의 시각적, 기호학적 포멀리즘 기법과는 엄연히 차별성이 있다고 본다. 왜냐하면 〈三四文學〉의 초현실주의적 시들은 유머도 있고 신비도 있는 꿈과 실재를 환상적인 오브제로 형상화한 것이 대부분이기 때문이다. 즉 심리적, 철학적인 의미를 함의한 반시적이다[5]라고 할 수 있다. 얼핏 접할 때는 수식어가 없는 작품세계가 건조하고 빈약한 것으로 보인다. 이러한 이질적인 것들이 비논리적이고 대립적일 경우, 루이 아라공처럼 오히려 의식이 무의식에 내재되어 있기 때문이다.[6]

그간의 대부분의 연구논문들은 이상문학의 '아류의 시', '이류 시', '함량미달의 시'라고 치명적으로 과소평가하여 왔다. 이러한 현상은 연구자들이 시작품 해석의 비평적 한계점을 극복하지 못한데서 비롯된 것으로 보인다. 그러나 필자가 집중분석해본 결과 20여 편에 불과한 적은 분량이지만 수준 높은 시작품들로 보기 때문에 마땅히 재평가되어야 정당하다 할 것이다.

끝으로 〈三四文學〉의 또 하나의 주목되는 업적은 〈三四文學〉에 가입한 이상(李箱)의 동인회 활동이다. 그것은 '九人會'에 가입(제3차)했던 이상이 1936년 구인회의 『詩와 小說』[7]의 편집을 도맡은 바는

5) Maurice Nadeau, op. cit., p.11.
6) Yvonne Duplessis, op. cit., p.71.
7) 구인회, 『詩와 小說』 1호, 창문사, 1936. 3. ▷ 이상의 詩 「街外街傳」 1편 발표됨.

있지만, 갑자기 그해 10월 일본 동경으로 건너가서[8] 개인적인 창작활동을 펴는 한편 〈三四文學〉의 동인회에 적극적으로 참여[9]한 것으로 볼 경우, 중요한 대목이 아닐 수 없다.

특히 이상은 이 동인지에 「I WED A TOY BRIDE—밤 1, 밤 2」라는 시를 발표하였고, 그 다음해에도 『三四文學』(1937. 4)에 「十九世紀式」이라는 작품이 발표되었다. 그러나 1930년대의 초현실주의 창작활동을 주도해온 〈三四文學〉과 이상문학과의 연관된 작품세계가 적극적이고 구체적으로 논의됐어야 함에도 거의 논급되지 않은 것으로 보아, 앞으로의 과제로 남는다.

8) 일본으로 간 이상은 그의 왕성한 창작활동에 목적이 있었다고 하지만 알 수 없음.

9) 1936년 11월 14일에 그의 「私信 六」을 보면 김기림에게 (…) "三四文學에 原稿 좀 주어주오." (…) . ▷ 김윤식 엮음, 隨筆『李箱문학전집 3』(문학사상사, 2002. 5), p.233. ▷ 이 글을 보면 이미 제5집 『三四文學』(1936. 10)에 그의 작품 「I WED A TOY BRIDE—밤 1, 밤 2」를 발표한 후에도 『三四文學』의 원고 모집을 위해 김기림에게 쓴 글임.

참고문헌

1. 기본자료

『三四文學』 제1집(영인본), 三四文學社(申百秀), 1934. 9.

『三四文學』 제2집(영인본), 三四文學社(申百秀), 1934. 12.

『三四文學』 제3집(원 본), 三四文學社(申百秀), 1935. 3.

『三四文學』 제4집(원 본), 三四文學社(李孝吉), 1935. 8.

『三四文學』 제5집(영인본), 世紀 肆 (申百秀), 1936. 10.

모리스 나도/ 閔憙植, 『초현실주의의 역사』, 高麗苑, 1985.

C. W. E. Bigsby/ 朴熙鎭, 『다다와 超現實主義』, 서울大學校出版部, 1987.

金澤東, 『金起林全集』전6권, 尋雪堂, 1988.

김승희, 『이상—시 전집 · 산문집/이상평전 · 연구자료』, 문학세계사, 1993.

김윤식, 『한국현대모더니즘비평선집—자료편』, 서울대학교출판부, 1995.

T. 쟈라, A. 브르통/ 宋在英, 『다다/쉬르레알리슴宣言』, 문학과지성사, 2000.

윤여탁, 『김기림문학비평』, 푸른사상, 2002.

김윤식, 『수필 · 이상문학전집 3』, 문학사상사, 2002.

고은, 『이상평전』, 향연, 2003.

이승훈, 『시 · 이상문학전집 1』, 문학사상사, 2003.

김윤식, 『논문모음 · 이상문학전집 4』, 문학사상사, 2003.

김윤식, 『논문모음 · 이상문학전집 5』, 문학사상사, 2004.

김주현, 『정본 이상문학전집 1— 詩』, 소명출판사, 2005.

김주현, 『정본 이상문학전집 2—소설』, 소명출판사, 2005.

김윤식, 『소설 · 이상문학전집 2』, 문학사상사, 2006.

2. 연구논문

가. 단행본

『韓國詩雜誌全集. 1—薔薇村 創刊號. 金星1~3號. 新詩壇 創刊號』, 1974.

超現實主義 硏究會, 『아시체』, 亞成出版社, 1975.

具然軾, 『韓國詩의考現學的硏究』, 詩文學社, 1979.

文德守, 『韓國모더니즘詩硏究』,詩文學社, 1981.

姜熙根, 『우리 詩文學 硏究』, 叡智閣, 1985.

延世春秋社, 『現代學問의 潮流와 그 展望』, 延世大學校 出版部, 1986.

鄭貴永, 『초현실주의文學論』, 意識社, 1987.

趙演鉉, 『韓國現代文學史』, 成文閣, 1990.

金澤東, 『金起林硏究』, 詩文學社, 1991.

오세영, 『20세기 한국시 연구』, 새문社, 1991.

최동환, 『천부경』, 하남출판사, 1993.

고명수, 『한국모더니즘시 이론』, 문학아카데미, 1995.

송현호, 『한국현대문학의 비평적 연구』, 국학자료원, 1996.

金容稷, 『韓國現代詩史』, 한국문연, 1996.

김광명, 『삶의 해석과 미학』, 문화사랑, 1996.

김종주, 『라깡 정신분석과 문학평론』, 하나醫學社, 1996.

황현산, 『아폴리 네르. 알코올의 시세계』, 건국대학교출판부, 1996.

金容稷 外, 『文藝思潮』, 문학과지성사, 1996.

______, 『韓國現代詩史硏究』, 一志社, 2000.

이승훈, 『이 상』, 건국대학교출판부, 1997.

金允植, 『李箱硏究』, 文學思想社, 1997.

______, 『韓國近代作家論攷』, 一志社, 1997.

_____, 『이상문학 텍스트연구』, 서울대학교출판부, 1998.

_____, 『한국현대문학비평사론』, 서울대학교출판부, 2000.

문재현, 『天符經』, 바로보인, 1997.

정명환 외, 『20세기 이데올로기와 문학사상』, 서울대학교출판부, 1997.

최 석, 『말라르메, 시와 無의 극한에서』, 건국대학교출판부, 1997.

권영민, 『이상문학연구 60년』, 문학사상사, 1998.

강진호, 『한국문단이면사』, 깊은샘, 1999.

라깡과 현대정신분석학회편, 『우리 시대의 욕망 읽기』, 문예출판사, 1999.

김윤식 · 김현 『한국문학사』, 민음사, 2000.

김준오, 『문학사와 장르』, 문학과지성사, 2000.

오생근 외, 『문예사조의 새로운 이해』, 문학과지성사, 2000.

이승훈, 『한국현대대표시론』, 태학사, 2000.

徐俊燮, 『한국모더니즘문학연구』, 一志社, 2000.

兪平根 · 吳生根, 『프랑스 詩選』, 一潮閣, 2001.

김욱동, 『모더니즘과 포스트모더니즘』, 현암사, 2001.

박찬국, 『해체와 창조의 철학자, 니체』, 2001.

이거룡 외, 『몸 또는 욕망의 사다리』, 한길사, 2001.

이병창, 『이야기로 풀어보는 20세기사상사』, 天池, 2001.

김광우, 『뒤샹과친구들』,미술문화, 2001.

金星元 外, 『노자와 장자의 철학사상』, 明文堂, 2002.

간호배, 『초현실주의시 연구』, 한국문화사, 2002.

이부영, 『자기와 자기실현』, 한길사, 2003.

李甫永, 『李箱의世界』, 도서출판 金文書籍, 2003.

黃浿江 外, 『韓國文學研究入門』, 지식산업사, 2003.

간호배, 『三四文學』, 이회문화사, 2004.

현대문학, 『김춘수시론전집』, 현대문학사, 2004.

권택영, 『몸과 미학』, 경희대학교출판국, 2004.

피종호, 『몸의 위기』, 까치글방, 2004.

최 열, 『화전畵傳』, 청년사, 2004.

이봉구, 『명동백작』, 일빛, 2004.

이진성, 『샤를르 보들레르』, 건국대학교출판부, 2004.

백승영, 『니체, 디오니소스적 긍정의 철학』, 책세상, 2005.

나. 학위논문

千素華, 『韓國 쉬르레알리즘文學研究』, 聖心女子大學校大學院, 碩士學位論文, 1981.

유재천, 『이상 시 연구』, 연세대학교 대학원, 석사학위 논문, 1982.

朴仁基, 「韓國文學의 다다이즘 受容過程」, 『국어국문학』 제86집, 1981.

______, 『韓國現代詩의 모더니즘 受容研究』, 서울大學校大學院, 博士學位論文, 1987.

문광영, 「韓國 쉬르리얼리즘詩의 표현기법론…」, 인천교대 『논문집』 제19집, 1985.

朴根瑛, 「『三四文學』研究」, 『論文集』 제18집, 상명여자대학교 사범대학, 1986.

______, 『韓國超現實主義詩의 比較文學的 研究』, 檀國大學校大學院, 博士論文, 1988.

趙恩禧, 『韓國現代詩에 나타난 다다이즘 · 超現實主義受容樣相에 관한 研究』, 서울대학교대학원, 석사학위논문, 1987.

심혜란, 『한국초현실주의 문학운동사연구』, 부산여자대학대학원, 석사논문, 1989.

오생근, 「자동기술과 초현실주의적이미지의 의미와 특성」, 『인문논총』 27집, 1991.

김정란, 「초현실주의의 형성과 전개과정」, 『현대시』 통권6권, 10월호, 1994.

이순옥, 『한국초현실주의 시의 특성연구』, 영남대학교 대학원, 박사학위논문, 1998.

반수연, 『삼사문학연구』, 성신여자대학교 대학원, 석사학위논문, 1998.

간호배, 『三四文學의 초현실주의 연구』, 아주대학교 대학원, 박사학위논문, 2000.

김주현, 「이상시의 창작방법 연구」, 『어문학』 제69집, 1998.

손광은, 「이상시의 시적논리 연구」, 『한국언어문학』 제40집, 1995.

김종은, 「이상의정신세계」, 이선영 엮음, 『문학비평의방법과실제』, 三知院, 2001.

윤수하, 「이상시의 영상이미지에 대한 연구」 전북대, 『국어국문학』 제129집, 2001.

다. 기 타

초현실주의연구회, 『雅屍体』, 비매품, 1974.

초현실주의연구회, 『아시체』, 亞成出版社, 1975.

http://kr.yahoo.com/ cijido@yahoo.com

3. 외국저서(번역본)

에릭슨/ 曺大京 譯, 『세계 사상전집42. 아이덴티티』, 삼성출판사, 1977.

莊周/ 宋志英 譯, 『莊子』,동서문화사, 1978.

호세 피에르/ 朴淳鐵 역, 『超現實主義』, 悅話堂, 1983.

T. W. 아도르노/ 金柱演 역, 『아도르노의 文學理論』, 민음사, 1985.

로버트 숄즈/ 유재천 역, 『기호학과 해석』, 현대문학, 1988.

휘트니 샤드윅/ 편집부, 『초현실주의와 여성예술가들』, 동문선, 1992.

이본느 뒤플레시스/ 趙漢卿 역, 『초현실주의』, 探求堂, 1993.

월터 코프먼/ 김평옥 역, 『프로이트와 그의 시학』, 學一出版社, 1994.

플로베르/ 김동규 역, 『플로베르 삶과 예술』, 건국대학교출판부, 1995.

장—이브 타디에/ 김정란 외 역, 『20세기문학 비평』, 문예출판사, 1995.

마르셀 레몽, 『프랑스 現代詩史』, 문학과지성사, 1995.

앤 제퍼슨 · 데이비드 로비/ 김정신 역, 『현대문학이론』, 문예출판사, 1995.

지그문트 프로이트/ 김영종 역, 『프로이트 예술 미학분석』, 글벗사, 1995.

에리히 프롬/ 최혁순 역,, 『프로이트와 정신분석』, 홍신문화사, 1995.

후고 프리드리히/ 장희창 역, 『현대시의 구조』, 한길사. 1996.
A. 아이스테인손/ 임옥희 역, 『모더니즘 문학론』, 현대미학사, 1996.
마단 사럽/ 김해수 역, 『알기 쉬운 자끄 라깡』, 백의, 1996.
노스롭 프라이/ 李尙祐 역, 『문학의 원형』, 명지대학교출판부, 1998.
하워드 P. 케인스/ 이명준, 『헤겔 철학의 현대성』, 문학과지성사, 1998.
린다 허치언/ 김상구 외, 『패러디 이론』, 문예출판사, 1998.
마르시아 뮐더 이턴/ 유호전 역, 『미학의 핵심』, 東文選, 1998.
바흐찐, 송기한 역, 『새로운 프로이트』, 예문, 1998.
폴 발레리/ 박은수 역, 『발레리 선집』, 을유문화사, 1999.
자크 라캉/ 권택영 외 옮김, 『욕망이론』, 문예출판사, 1999.
막스 밀네르/ 이규현 역, 『프로이트와 문학의 이해』, 문학과지성사, 1999.
자끄 라깡/ 김종주 역, 『라깡의 정신분석 입문』, 하나醫學社, 1999.
앤터니 이스트호프 지음 / 이미선, 『무의식』, 한나래, 2000.
질 들뢰즈 지음/ 김현수 역, 『비평과 진단』, 인간사랑, 2000.
陳鼓應 지음, 최진석 역, 『老莊新論』, 소나무, 2001.
메를로-퐁티 지음/오병남 옮김, 『現象學과 藝術』, 서광사, 2001.
데이비드 메이시/ 허경 옮김, 『라캉 이론의 신화와 진실』, 민음사, 2001.
매슈 게일/ 오진경 옮김, 『다다와 초현실주의』, 한길아트, 2001.
린다 볼튼/ 박찬순 옮김, 『초현실주의』, 보림, 2002.
칼 구스타프 융 외/ 권오석 옮김, 『무의식의 분석』, 홍신문화사, 2002.
V. 펠드망/ 박준원 역, 『프랑스 현대미학』, 서광사, 2002.
르네 웰렉 · 오스틴 워렌/ 李京洙 역, 『文學의 理論』, 문예출판사, 2002.
마크 애론슨/ 장석봉 옮김, 『도발Art Attack』, 도서출판이후, 2002.
엘리자베스 라이트/ 김종주 · 김아영 옮김, 『무의식의 시학』, 인간사랑, 2002.
김상환 · 홍준기 엮음, 『라깡의 재탄생』, 창작과비평사, 2002.

피오나 브래들리/김금미 옮김, 『초현실주의』, 열화당, 2003.

노스럽 프라이/ 임철규, 『비평의 해부』, 한길사, 2003.

C. 호제크 · P. 파커/ 윤호병 옮김, 『서정시의 이론과 비평』, 현대미학사, 2003.

C. G. 융/ 한국융 연구원, 『원형과 무의식』, 솔 출판사, 2003.

죠르주 바따이유/ 조한경 역, 『에로티즘 L'EROTISME』, 민음사, 2004.

메를로-퐁티/ 남수인외 옮김, 『보이는 것과 보이지 않는 것』, 동문선, 2004.

필 멀런/ 이세진 옮김, 『무의식』, 이제이북스, 2004.

허버트 마루쿠제/ 김인환 역, 『에로스와 문명』, 나남출판, 2004.

조르주 세바/ 최정아 옮김, 『초현실주의』, 東文選, 2005.

샤를 보들레르/ 이건수 역, 『벌거벗은 내 마음』, 문학과지성사, 2005.

E. T. A 호프만/ 김현성, 『모래사나이』, 문학과지성사, 2005.

미르치아 엘리아데/ 이재실, 『이미지와 상징』, 까치글방, 2005.

이사야 벌린/ 강유원 · 나현영 옮김, 『낭만주의의 뿌리』, 이제이북스, 2005.

조셉 산들러/이무석 외 옮김, 『안나 프로이트의 하버드강좌』, 하나의학사, 2005.

할 포스트/ 전영백 외 옮김, 『욕망, 죽음 그리고 아름다움』, 아트북스, 2005.

슬라보예 지젝/ 이성민 옮김, 『까로운 주체』, 도서출판b, 2005.

만 레이/ 김우룡 옮김, 『나는 다다다』, 미메시스, 2005.

존 스트로마이어 외, 류영훈 역, 『피타고라스를 말하다』, 퉁크, 2005.

알렌카 주판치치/ 조창호 옮김, 『정오의 그림자』, 도서출판b, 2005.

제임스 로드/신길수 옮김, 『자코메티』, 을유문화사, 2006.

조지프 르두/ 강봉균 옮김, 『시냅스와 자아』, 도서출판 소소, 2006.

프로이트, 『프로이트전집』 1권~15권 전권, (주)열린책들, 2002~2006.

슬라보예 지젝/ 박정수 옮김, 『그들은 자기가 하는 일을 알지 못하나이다』, 인간사랑, 2007.

마르코 야코보니/ 김미선 옮김, 『미러링 피플』, 갤리온, 2009.

부 록

1. 『三四文學』 1집

— 1집 겉 표제

— 1집 안표제화

— 참여인 명단

— 「3 4」의 선언

— 1집 목차

2. 『三四文學』 2집

— 2집 겉 표제

— 2집 안표제화

— 2집 목차

3. 『三四文學』 3집

— 3집 겉 표제

— 3집 안표제화

— 3집 목차

4. 『三四文學』 4집

— 4집 겉 표제

— 4집 안표제화

— 4집 목차

5. 『三四文學』 5집

— 영인본 게재

1. 『三四文學』 1집

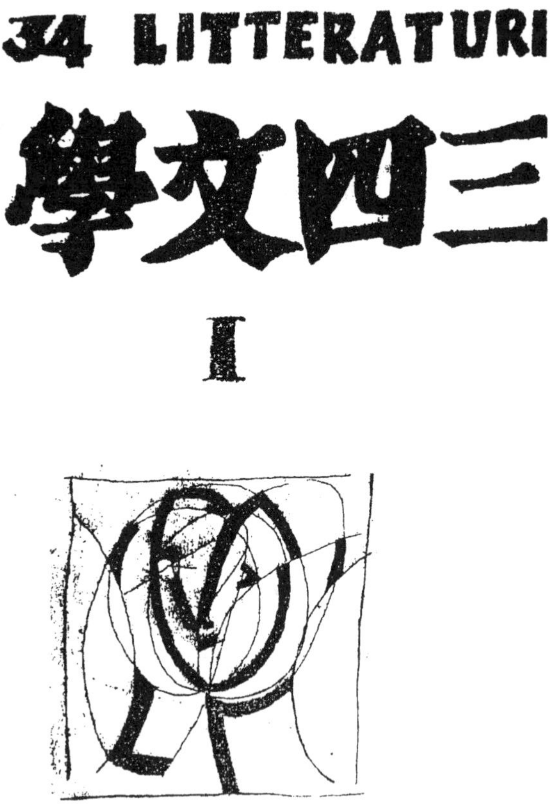

1집 겉 표제

1집 안표제화

金永基
金元浩
申百秀
劉演玉
李時雨
李涼和
鄭玄雄
鄭熙俊
趙豊衍
韓相稷
韓鐸理

(가나다順)

참여인 명단

5

「3 4」의 宣言

모임은 새로운 나래(翼)다.
——새로운 藝術로의 힘찬 患術이다.
모임은 個個의 藝術的 創造行爲의 方法統一을 말치않는다.
——모임의 動力은 꿈는 意志와 섞임의 사랑과 相互批判的分野에서 結成될 것이매.

이 한쪽의 묶음은 모임의 낯이다.
이 묶음은 質的量的 技法的……의 모든 的의 條件 環境에서 最大値를 年二回에 둔 不定期刊行이다.
發想과 難題를 앞세우고 이 쪽아리를 낯선 거리에 내세운다.
「3 4」는 1934의 「3 4」며 하나 둘 셋 넷……의 「3 4」이다.

(백 수)

三四文學 I
-5-

「3 4」의 선언

그림 · 현 웅
글씨 · 풍 현

1집 목차

2. 『三四文學』 2집

2집 겉 표제

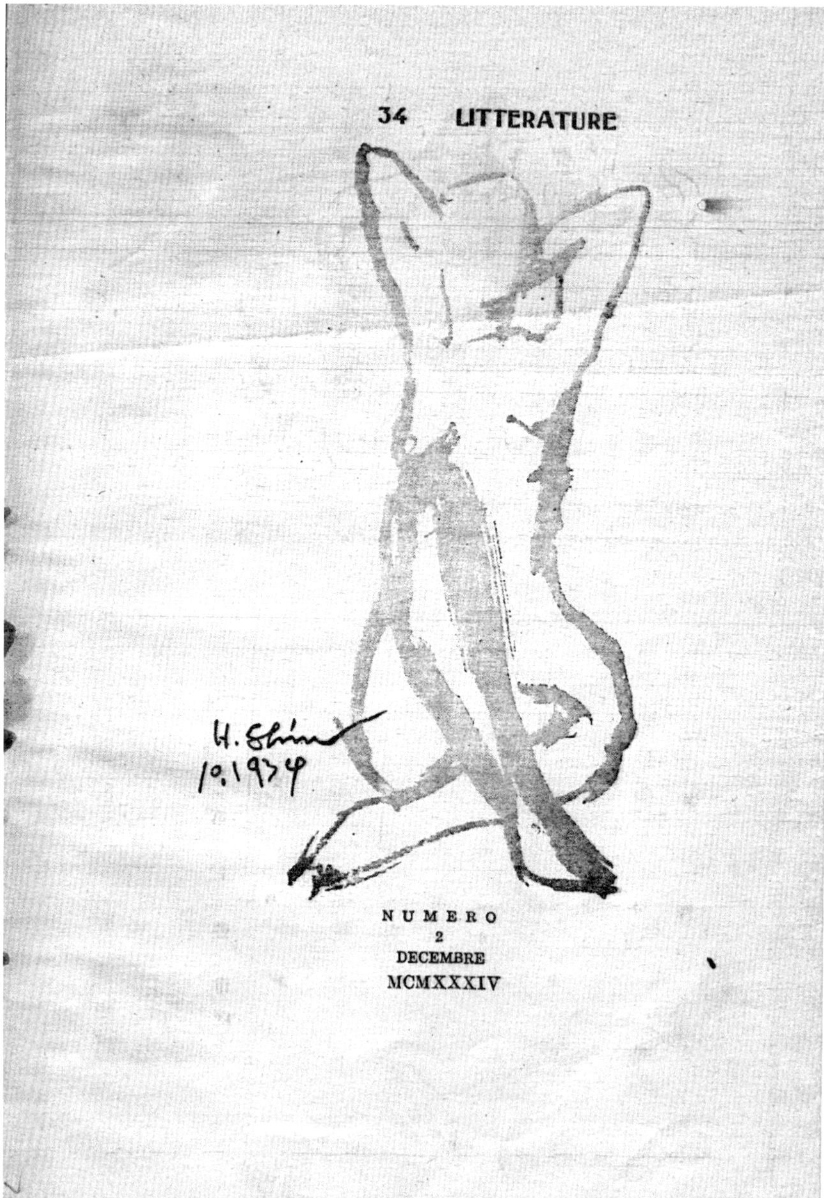

2집 안표제화

三四文學·十二月·第二輯

表紙 鄭玄雄
扉繪 申鴻休
CUT PICASSO

2집 목차

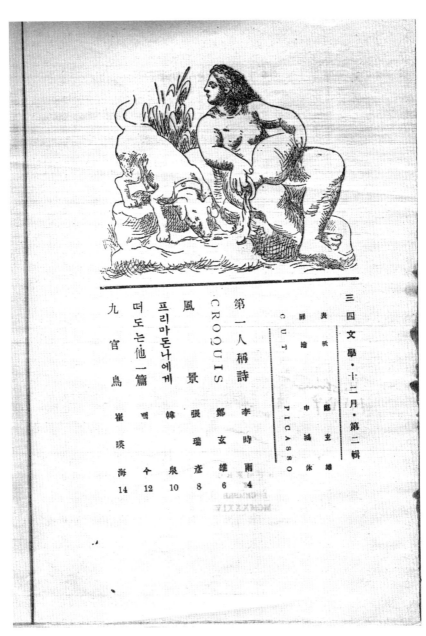

2집

同人

金元浩
백 수
劉演玉
李時雨
李孝吉
鄭玄雄
趙豊衍
韓 泉

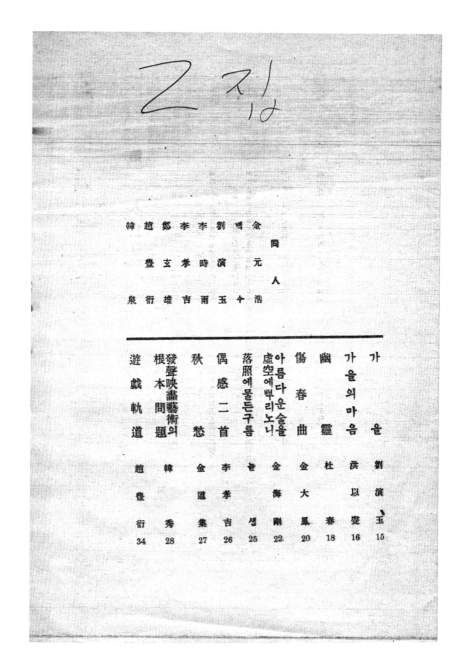

2집 목차

3.『三四文學』3집

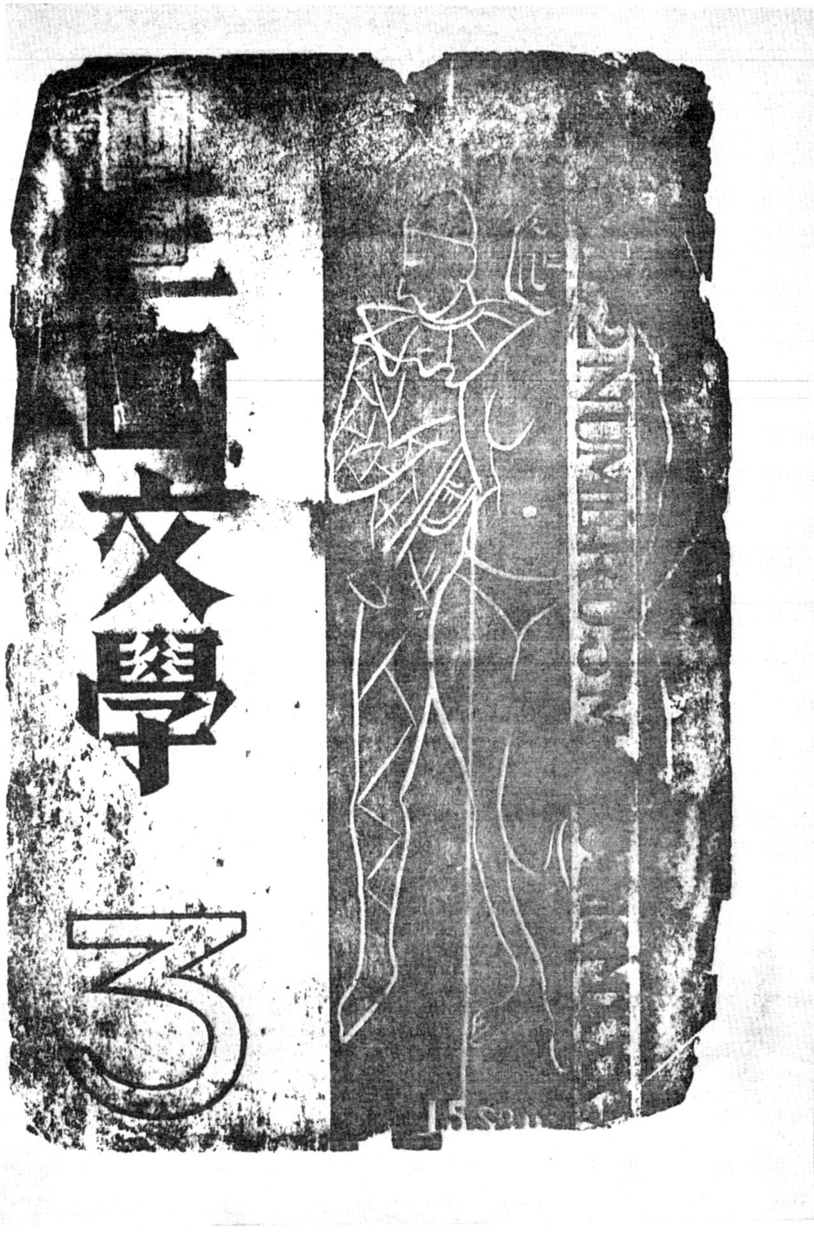

3집 겉 표제

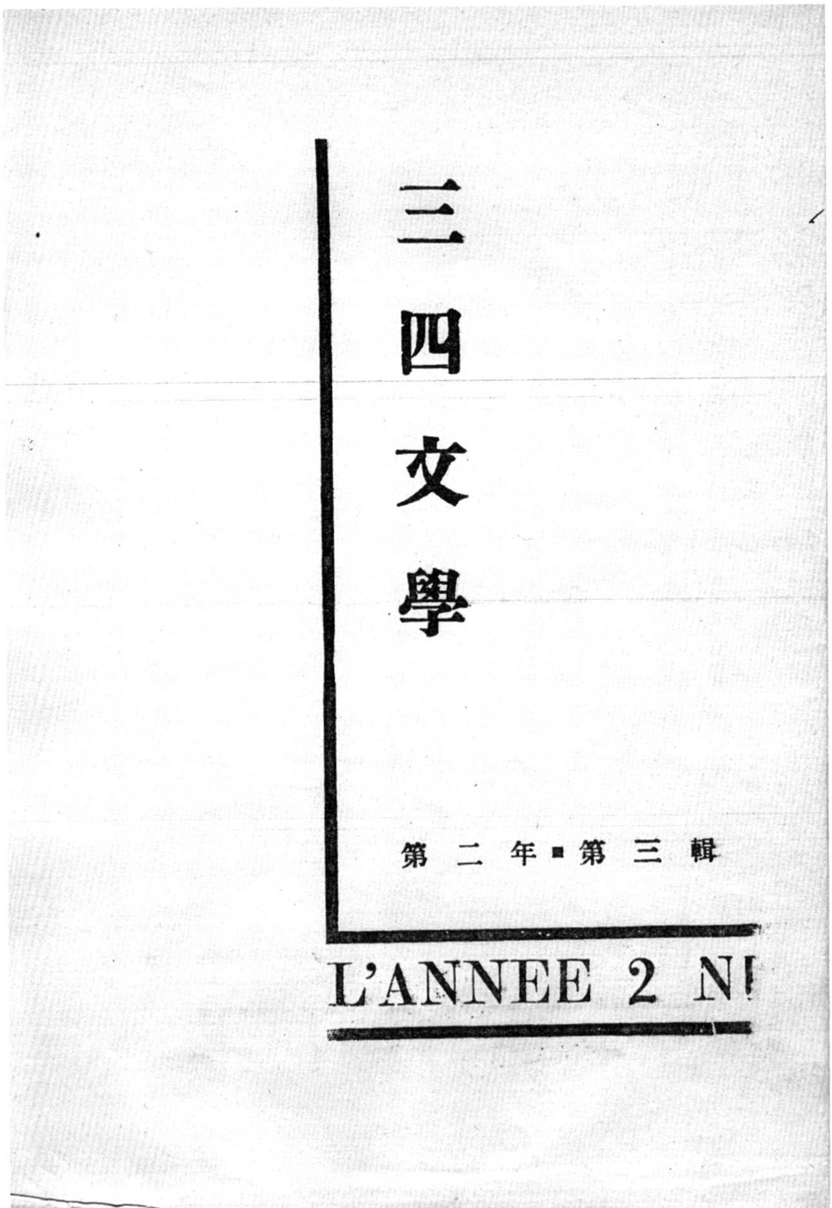

三四文學

第 二 年 ■ 第 三 輯

L'ANNEE 2 N

3집 안표제화

3집 안표제화

3집

三四文學

第三輯

詩

3집 목차

4.『三四文學』4집

4집 겉 표제

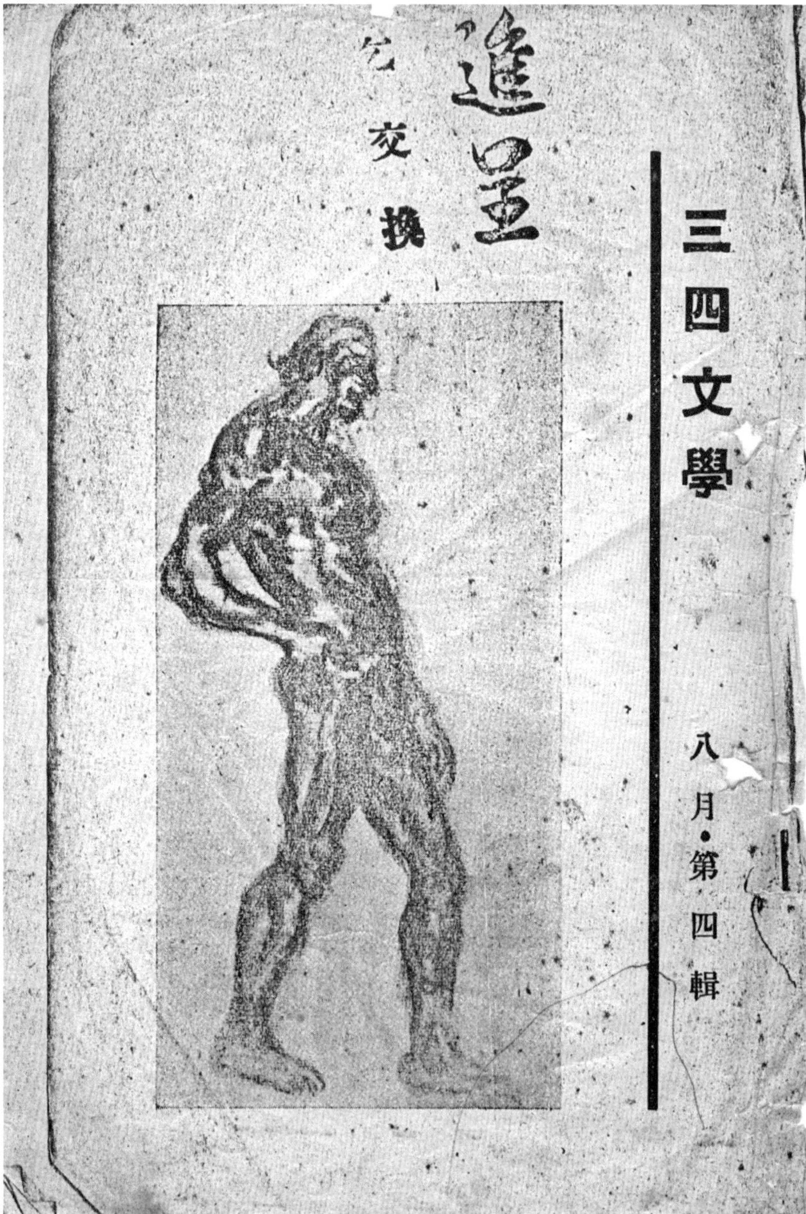

4집 안 표제화

目次

三四文學 ◦ 第四輯

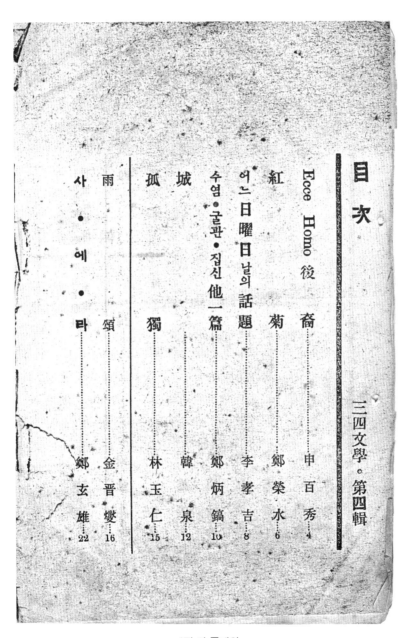

4집 안 표제화

表紙 鄭玄雄

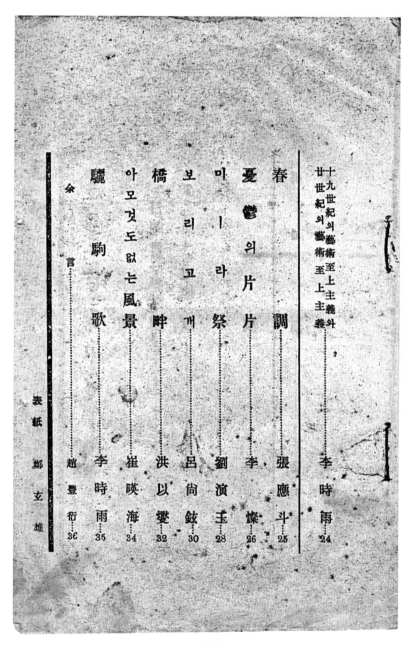

4집 목차

5.『三四文學』5집

littérature des
TROIS QUATRE
5
AUTOMNE
LIBRAIRIE SAIQUI

영인본 게재

la littérature des

TROIS QUATRE

5

AUTOMNE

LIBRAIRIE SAIQUI

1936、10、

世紀肆 三四文学

體 溫 說

申 百 秀

한 아파아트에서 어러달이나 함께 묵으면서 우리는 아주 친다워졌다。

내가 들은 십이호실은 이층응접실 바루 옆구리였다。

이 아파아트는 흰벽과 벗던 양철집웅이 잘 어울여보이는 삼층집이었다。삼층은 집웅이 웃뚝히 올라서서, 그 집웅으로 창이 다닥다닥 달이어있다。집웅의 빈건칠이 버꺼지고, 그 대신 벌겋게 녹이 씨른것이며, 흰벽이 검게 걸고 누런물이 배어있는게, 이 근방의 뒷골목다운 풍경과 잘 어울이어 보였다。

신쥬꾸에끼 新宿驛 마진편골목으로 한오분 들어슨곳게 이 집이 깉쯤히 있다。

판장집이 빽빽히 들어서있는 골목은 끝다은데없이 길게 뻗었다。이 아파아트정문오른편으로 더 좁은 골목이 있다。비스듬이 서남쪽으로 면한 정문앞이 얼마큼 밝었지만, 아래층은 늘 어둡고 컴컴 하다。정문옆에 층계가 있고, 그리로해서 이층에 올라스면 십일호실이다。여기가 명조의 방이고, 나는 그 건너편이다。건너편이래도 내방옆에는 응접실이 있어서 방문이 맞우보게 되도록은 안생겼다。십일호실 다음방이 십사호실이다。십사호실은 오히려 내방에서 맞보인다。사요꼬라는 여자가 혼자 들어있다。

사요꼬는 곳잘 응접실을 차지한다。응접실은 명색뿐이고 신상은 층계난간에 붙어서 삼조三疊 가량되는 헛칭이다。둥그런 테이불이 하나 있고, 거기맞어서 의자가 둘, 내방벽게 기대서 푹신한 소파가 하나, 그뿐이다。

사요꼬는 그 소파에 안저서 잡지를 보거나, 실로 무엇 짜거나 한다。

사요꼬는 목소리가 곱다。사요꼬의 곱게 나오는 음성은, 나의 귀를 아른하게시리 적시고, 유아스럽게 구비넘는다。부드러히 둥글맛을 품은 사요꼬의 노래를 처음 방구정왔을때 듣고, 나는 콘트랄토가수가 아닌가 했다。집주인여편네는 내가 들여는 방을 안내하면서 카뻬사람이라고 뀡겨주었다。

나의 방은 서편으로 창이 있다。창밖은 골목이다。나는 창앞게다 책상과 걸상을 드려놓았다。구월의 더위는 어지간하였지만, 나는 마진편방보다 일원 싼바람에 이리로 정해버렸다。명조방이 십일호이고 사요꼬의 방이 십사호, 그와 맞굳은방이 십육호인데 그방이 십이호실과함께 비어있었다。

마찬가지로 깨스와 수도가 달이고, 벽에붙은 의거리가 있다。의거리는 둘로 갈이어서, 한아는 이불을 쌓게 되었고, 그밑으로 숨직한 설합이 두칭 달여있다。정작 의거리편은 문짝게 거울이 다 달이었다。그러나 폭이 좁아서 옷을 가부서너벌만너면 꽉 찬것갈다。

방 한편벽에는 나무로싼 침대가 있다。스프링도 없이 그냥 푹신푹신한 보료갈은것이 두툼

2~16

거리의 風景

세루로이드옷에쓴詩

朱永涉

(F·I)
○地下道出口로쏘다저나오는 사람들
(O·L)
○森林같이드러찬빌딩。수많은들창
(O·L)
○거리를지나가는사람들——움지기는다리
(O·L)
○거러오는사람들의얼굴——畵面을채운다
(畵面이빈다、
먼리서들리는自動車크랙숀——가까워지면
서)
○自動車 横斷——70마일
○시그낼——赤에서靑(突然色)
○十字路를横斷하는사람들의긴—行列
○입벌린거지
(O·L)

○입벌린휴지통
(O·L)
○입벌린撒水機
(다미아의노래가 길건너로 들려온다)
(카메라移動)
○차례차례나오는商店쇼—윈도우
데파—트。果物전。冊房•洋服店。菓子房。자란감집。葬儀屋。프로리스트。
○쇼—윈도우앞에모혀드는사람들
(O·L)
○쇼—윈드우에싸히는人形들
○낮에나온 「夜市꾼」의고함소리
○둘러선사람들
웃는얼굴。멍하니드려다보는얼굴。好奇心에깜박이는눈。커다랗게벌린입。
○포켙속으로들어가는 옆사람의손

○도루나오는손——입맛다시는얼굴
○다리새로빠저나오는삽살개
○삽살개와입맞추는늙은貴婦人
(빼드아이뷰—로)
○거러가는사람들의帽子의行列
○茶집속에停止된人間들
○들창넘어보히는사람들의다리
○처진구두한켜레가 괴곤하게걷는다
(카메라移動)
○머리를숙이고 두손을주머니에넣고 거러가는無表情한사나이
○群衆속에 섞여서 밀려간다
(O·L)
○군중의행렬이整列한隊伍로變한다
○驚異와歡喜에가득찬사나이의얼굴(大寫)
○또다시、어지러운行列

○머리를숙인채밀려가는사나이
○누런얼굴에 빨간루-쥬를바르고지내가는
「거리의天使」(天然色)
○그뒤를쪼처가는뿔대같은男子
○救世軍의同情가마
(O·L)
○商品을한아름안고나오는사람
○굽신굽신썩하는다리없는거지
○때무든모자속에동어앉은동전여섯닙
○아까부터 그것을노리고섰는無表情한사나이
(O·L)
○모자속에가득쌩이는 金貨(天然色)
○놀래는두눈(大寫)
○돈을독수리같이움켜쥐고다려나는사나이
○다려나는 스-위-노우
○다려나는 다리
○다려나는 전선대
○다려나는 軌道
○두팔을벌리고 돌어오는사나이 (畵面을덮는다)
(O·L)
○다려나는사나이의잔등(멀어지면서)
○앞으로달려오는 電車
○앞으로달려오는 自動車

(크래숀의交響樂)
○앞으로달려드는 빌딩
○軌道中央에너머지는 사나이
○스하홀는 自動車·電車·오트바이·
○몰려드는 군중
(O·L)
○거리에나온金魚항——옥작복작숨쉬는고기떼·입 (大寫)
(O·L)
○森林같은이접치는삘딩·크레-인
(O·L)
○圓을그리는線路·돌아가는벨트·山같이쌓이는物品·
○사나이의가슴우로거러가는다리
(O·L)
○사나이가幻想한수있는모-든것
(敎會堂鐘소리)
牧場과푸른하늘·森林·시냇물·빨내하는女人네·빙글빙글돌아가는風車·寺院·鐘閣·乘天하는裸體·
(싸이렌交響樂)
○다시, 鐵橋·삘딩·軌道·거리·音樂·
○사나이의가슴을짚고거러가는구두-ㅣ커다란발바닥
○둘러싼삘딩中央을뚫고 에레베-타가全速力으로올나간다
(O·L)
○고무風船이올나간다
○스크린을채우는 고무風船-ㅣ터진다
(號外방울소리)
○四方에서들어오는汽車·電車·自動車·
○빙글빙글돌아가는삘딩
(다미아의노래다시계속)
○地下道出口로쏘다저나오는 사람들
(O·L)
○森林같이드러찬 삘딩·수많은들창
(O·L)
○거리를지나가는 사람들(한동안)
(O·L)
○安全地帶에뭉처선사람들
(머리우로카메라後退)
(노래끝이고)
○街路燈에불이켜진다
○街路燈이점점멀어진다——죽는다
○친나비한마리가 팔랑팔랑 날아온다
○스크린을 가득 채운다
(도라옴)

19

달 밤

宋 永 涉

● 終電車

달빛이 軌道를쫓아간다

軌道는 曲線을그리고 鐵橋밑으로다라난다

鐵橋 건너편에서 고양이가 軌道를밟고온다

그림자 도 없는 달밤에 汽車가떠난다

달도 고양이도 軌道도 아ー무것도없어졌다

展望車・郵便車・貨物車・食堂車・寢臺車・

등불켠三等客車

시그날이파ー란등을키구있는동안

긴ー列車가지내간다―――ー허리를구

뷔고그믐날森林같은다리ㅅ속으로들어갔다

뒤에는

고양이도없고 헌, 新聞紙조박도없고 비인벤도갑도없고…………

어스름ㅅ달이 되었는데

두줄기 軌道는 번쩍인다。

● 傳說

보름달 이 섬을넘어왔다。

흰 모래밭에는 능쿨스런소래가

조개껍질사이로 기어 단닌 다

바다밑에서는게색거들이기어나와서

조개껍데기속에담긴달빛을업드린다

고기 비늘 같은 물결속에 달빛이 넘친다 。

섬넘어로바람이불드니

물결보다많은고기때가 海岸가득이몰려와서

물결속에담긴 달빛을 짤닥·짤닥 다ー삼켜버렸다。

(오ー랜사이)

海 岸 에 는

조개껍질도없고

고기새끼도없고

보름달도없어졌다

뒤에는

灰色빛 하늘과

히멀거스름한 水平線 과

달없는 물결과

누ー런모래밭이 남었을뿐이다

急 行 列 車

들창을열고 손수건을흔들어라

들창에입김을흐리고 까물까물 먼山을그려라

午後의急行列車는 巨大한로맨티스트,

꿈이깨지거든 턴넬이아니라도汽笛을울려라

저녁때 비맞은집웅이 애처롭다

電線줄이 올랐다내렸다 들창을엿본다

時間表없는思念이하루에도몇번 전송客없는프랫폼을떠난다

외롭게우렁차게 새벽의北國을달리는機關車같이····

三等손님의꿈을실은急行列車가

驛長이잠자는停車場을휘파람불며다려난다。

劉 演 玉

마네킹人形

1

밤과 낮이 비ㅇ빙 도라오는 이 琉璃宮은
눈섭이 붉은 마네킹人形들이 산다는 나라。

方言은 서로 다르다、서로 모르다、
눈만이 한가지 暗號를 가지고、

이제 빙긋이 우슴하는 마네킹人形。

구렁이 처럼 우리의 冬眠이 상기 깊은데
머ㄴ 나라를 떠나는 새로운 손님만 그리워 한다。

애뜻한 눈물 한방울 못가진 마네킹人形。

험상한 몸에 얼룩진 痕跡을 가려야하기에
언제나 假裝舞踏會를 즐기게 되었다 한다、

벌서 몇번이나 되푸리하는 그 수상한 포ー즈!

제서 제 마음을 내어바리곤、
인제 不幸을 잊고저 幸福을 바란다지만
끝내 그들의 一生은 도르고 도는 마네킹人形。

2

너는 흠없는 어린입술을 아조 싫어하고
구슬 처럼 아껴 둔다 하지만은、

탐스레 볼룩이 부우른 것이
젖이 고이지 아는 너의 乳房이여!

너의 아들은 너를 닮었다、
너의 딸도 너를 닮었다、

透明만한 너의 집이 그리도 愛着스러우니?
오늘도 그 姿勢를 너는 잊지도 않었구나。

너의 눈이 빛나기는 하다만은
아까운 눈물이 고만 자젔도다。

너의 입은 얌전이 담으러졌다만은
아스름한 우슴이 흐르더라。

너의 아들은 너를 닮었다。
너의 딸도 너를 닮었다。

너보다 훌륭한 것으로 만들고 싶다드니、
너는 그대로 圓舞를 좋아만 하는구나。

어제ㅅ밤・머리맡에두었든반달은・가라사대사팔득・이라고
오늘밤은・조각된이타리아거울조각・앙고라의수실은드렷슴
마・마음의켄타아키이・버리그늘소아지처럼흐터진곳이오면

여보소

鄭 炳 鎬의

鵝는鵝・鵝 혹은 陝川따라海印寺・海印寺면系圖

NO・NO・3・MADAME

水曜星 觀音菩薩 하괴구멍에든범 에 몸
土曜星 如來菩薩 신후재에든쥐 에 몸

HALLOO・・・四・三・・月

자축일 련상에나고 묘유일 귀도에나고 바람불면 배꽃피고
사해일 다옥에나고 인신일 사람이되고 피었도다 샨데리아

I WED A TOY BRIDE

李 箱

1 밤

작난감新婦살결에서 이따금 牛乳내음새가 나기도한다。머(ㄹ)지아니하야 아기를낳으려나보다。燭불을끄고 나는 작난감新婦귀에다대이고 꾸즈람처럼 속삭여본다。

「그대는 꼭 갓난아기와같다」고……………

작난감新婦는 어둔데도 성을내이고대답한다。

「牧場까지 散步갔다왔답니다」

작난감新婦는 낮에 色色이風景을暗誦해갖이고온것인지도모른다。내手帖처럼 내가슴안에서 따끈따끈하다。이렇게 營養分내를 코로맡기만하니까 나는 작구 瘦瘠해간다。

2 밤

작난감新婦에게 내가 바늘을주면 작난감新婦는 아모것이나 막 찌른다。日曆。詩集。時計。또 내몸 내 經驗이들어앉어있음즉한곳。

이것은 작난감新婦마음속에 가시가 돋아있는證據다。즉 薔薇꽃 처럼……………

내 거벼운武裝에서 피가좀난다。나는 이 傷차기를곷이기위하야 날만어두면 어둔속에서 싱싱한蜜柑을먹는다。몸에 반지밖에갖이지않은 작난감新婦는 어둠을 커-튼열듯하면서 나를찾는다。얼는 나는 들킨다。반지가살에닿는것을 나는 바늘로잘못알고 아파한다。

燭불을켜고 작난감新婦가 蜜柑을찾는다。

나는 아파하지않고 모른체한다。

봄 과 空 腹

黃 順 元

밤알은 밤싹같은 싹이 엄흔 밤이었다.

眞空속인데도 꽃없이 열린 밤송이송이가 흔들렸다.

位 置

차라리 무성한 햇빛을
코로 벌룽거리며 빨기만 해
化石처럼 굳어버릴 까부다.

돌멩이를 투치어
부서 않지는 하늘기를 알었다.
마을 굴뚝을 헤는 눈에는
생활의 거리가 있었다.

꼬리새린 개인양 호못이
생각의 네지를 배배이는 동안
그림자는 몰래 발이랑을 겼다.

벌덕 빛을 어즈럽히며 늘어섰다.
그림자가 겁내어 늘어났다.
나는 나를 버리고 돌아섰다.
그림자가 뒤에서 떠 밀쳤다.

잠시 나는 자리 못잡힌채
한입 능니한 하품을 깨물어
버레먹은 잇자욱을 내었다.

왜사기가되는心理

백수

바다에로다다르기 그림은그리라면鄕愁를모르는까치의樂譜보다허물없는하픔 그눈을가리어서걷기로하자 잠이든가잣기 여름이되면바다바다바다바
다바다바다와樂譜겠

昨日

李時雨

왼쪽으로 왼쪽으로 빈들이 기우러지거나 로맛티그의 나무나무요
오—마담·보애리이와같이 薔薇花의 一瓣은 紙片와같이 갈갈이 찌저 버리었으나 薔薇와같이 붉은 꽃들의 송이 송이
오날도 아름다운 하날 멀—니
女孩們은 少女와같이 가는목소래로 로오레라이를 부르거나 昨日과같이 눈물을 흘니거나……나도 정말은 울고 있었다.

SURREALISME

李 時 雨

새로운詩의이야기가나오면 朝鮮에서는 곧李箱이를 그집어내지만, 그것은Amateur들의 宿命的인感動에不過하다。(여기서宿命的이라고한말은 習慣上의아카데미즘을 意味함) 外國의누가 精神은運動에不過하다고하았으므로 感動이나習慣等도 亦是運動일넌지모른다。具體的으로말한다면, 여기에내가李箱이를들었지만 이것은반다시李箱이가아니라도좋고, 내가李箱이에對하야 말했다고 생각하는것은, 그것은Amateur들의 宿命的인感動에不過하다。即李箱이는 Amateur가아니다。여기서내가말하고자하는것은, 새로운포에지이에對한 科學的認識과 및 그詩的實踐에있어서 三四文學同人들이 如何히運動과區別하았는지 포에지이의回歸線을測量하는1936年度의(Compass와 燦爛한이開花를 보아라。) 以上은 三四文學・新刊에對한 廣告文이었으나, 文中에, 여기에내가 李箱이를들었지만……………以下, 即李箱이는 Amateur가아니다까지의云云은, 납부게解釋하면, 李箱이에게對한卑劣한辨明같에서不愉快하나, 實은조곰도李箱이에게對한 卑劣한辨明이아니라는點을 李箱이에게對하야와는또달니, 나의純白性에對하야 다시한번辨明하고싶다。即李箱이는 Amateur가아니다。여기서내가말하고자하는것은, 따라서以下는Amateur라던가, Amateurish라던가, 或은亞流……………이라던가의 說明的인若干의考察이다。

Amateur。Amateur들에게는 浪漫主義라는말과 浪漫主義的이라는말을 區別하지못하는모양같다。鄭芝溶氏는 각금아름다운抒情詩를 잘쓰신다。林和等은 각금鄭芝溶氏보다도 잘못쓴다。또 金起林氏의全體主義는 常識的으로내라도 생각할수있으니까 Amateurish이며此種의折衷說은如何한境遇를勿論하고 合理性이라고하는 幻想에사로잡힌 停止이며 죽엄이다。(金氏의詩論은全體主義라고하는것이있다하면그것은얼마나至難한業이라는것에는抵觸하지아니하므로, 그것은언제던지애매하다。) 그러나 늘變化가없는Condition을持續하는것은, 復原力의問題를考慮삼을必要가없을만치 이이지하다고하면고만이지만, 復原力其自體는언제던지 固定되어있다고생각하는者가 곧亞流이라고하는것은 속일수없는事實이다。그리고 사람들이 빠레리이를읽는것은 한個의本能인것같다。또어떤種類의사람들은 本能을잊어버렸아고 빠레리이와將棋를두지만, 나의本能이회미하아질때, 정작빠레리이의知性은 異常한明瞭함을가지고, 또한種類의다른本能을 現象하는것이었다。하나는질거움이라고하면, 하나를슬픔이라고불너도좋다。일직이나는, 小說을읽고虛榮을享受하이도, 虛榮을欲望으로서享受하는安逸함을 修正한記憶이있으나, 藝術에, 이같은不幸이있다고하는것은…………다음애(音과意味와를 結合시킬아고하면서, 또自己自身과같이 不安定한線의, 두個의幻想을相等시킬아고 無限히努力할때, 그것을꿈꾸는者가 結局에는力盡하는 저 惡夢의하나를白日下에그리면서 우리들은無力한가운데 몸을두지않으면않된다) 고빠레리이가말했다면, 이悲調그대로를빠레리이의不幸이라고들더라도, 그사히에는아모런Mistake이없다。

그리고世上에는往往, 新聞에는×××이라고報道하았지만 其實은××名인지누가아느냐라던가, 朝鮮에는只今徐廷權보다도 더잘하는사람이얼마던지있다던가, 肺病에는 오히려담배가有助하다던가, 어데서들고오는지一一히新聞이나무엇을信用하지않는 徵兵商會主人이나 生命保險外交員들이있으나, 나는K氏의評論을읽으면, K氏의얼굴이 以上의徵兵商會主人이나 生命保險外交員들의얼굴과 점점비슷하아지는것같에서 우서죽겠다. 대소롭지못한일이 무엇이 그리 대소로우랴。逆說의正體는아마이런곳에고양이와같이숨어서있는지도모른다。그러나萬若言語가그眩惑의魔術을버린다면, 그것은거이그림자에不過한것이라고 K氏는말하나 날보고말하라면, 逆說家는逆說以上의魔術은 이世上에는다시없다고 忘執하는人間에不過하다。言語의健康性을말할나고 言語의魔術性을云云하는林和等도・K氏의에피고오넨에不過하다。金起林等도 亦是K氏의亞流이며, 其實은林和等은 金起林等의亞流에不過하다。임화등이云云하는言語의健康性은 말하자면Sports과같은 言語의生理性을意味하는데끝이나, 金起林등은 注目할만한逆說家이다。運動이라던가, 感動이라던가, Amateur와, Amateurish라던가, Intelligible과, Unintelligible…………等의區別은 내마음대로아모렇게나解釋해서區別하았지만, 萬若諸君이 이區別을明確히認識하지못하고讀過하았다면, 諸君

28

* Snobisme : 世俗主義. (佛) 世俗性 俗物性(근성) 속물근성

은文學批評의어느한個의태스트에 能히擔當한수없다고 할할수밖에없다。(奇蹟)을中心으로하는 베타극직쓰의 完全한一週轉에對하야。(일곱個의Graph에서) 이說明에에스프리를가리켜 便宜上物質的에스프리 或은音樂的에스프리라고불러서 一應普通一般的에스프리와 區別하아나는 使用하였다。以上은, 言語의健康性의一小部面에不過하나, 이것이임화·김起林등의 言語의Barbarism과의區別이다。言語의健康性을 言語의全體性이라고불러도좋고 言語의運動性이라고불러도 無關하나 一約한다면 言語의아름다움이라는 一言에같인다。

(이에反하야申君의素質은 趙君의그것과는거이對射的인것이어서, 그의 客觀性은 新人中드믈게보는 新人이다 (여기서 新人이라는말은, 얼굴이새롭다는 간단한意味)가까운例로 適確한描寫가이를말하며, 또그의 아마츄어릿슈한部分은, 좋은意味의아마츄어릿슈이며, 그의客觀性과함께 그의明日을約束하는것이다.) 나는 批判文學·(世紀)誤判說의(Amateur와Amateurism)에서 以上을說明하야, 趙豊衍君이常識的인素質을가졌다고하면 申君의素質은, 非常識的인素質이며,(이것은 그의 客觀性을 가리킴.) 申君은톨스토이나 지이드氏의小說을읽어도 조금도影響을받지않는다는 意味다。이곳으로부터小說을始作할수있는것은, 幸福한 環境에자라난 우리들Younger generation의 特典며, 한作家가되기까지의過程을 적어도五年以上은短縮하는것으로생각된다고하았으나, 더스트에프스키나 톨스토이로부터始作한 文學靑年들과의差異를 여기서는區別할나고하았다。우에서申君의素質을가리켜 非常識的인素質이라고부른것은, 現象的인解釋에조친것이었으나, 常識이라는意味를眞正히解釋하야본다면, 申君의素質은 非常識的이아니라, 오히려常識的이라고부르는便이 正常할것이다。眞正한常識主義는 正常한狀態이며, 虛榮이나게으름에盲目的으로反動하거나, 女子나戀愛를, 닥치는대로無視하거나하고난다음에오는슬픔은, 頑固한껍질속으로파드러가는 내自身이었다. 老人이頑固하아지는것도, 亦是價値判斷力을喪失하기까닭이겠지만, 또그림그리는靑年들이상인과區別하고자 머리를길게기르거나하는것도, 亦是포오즈의反動에不過하며, 常識主義는 此種의歪曲된

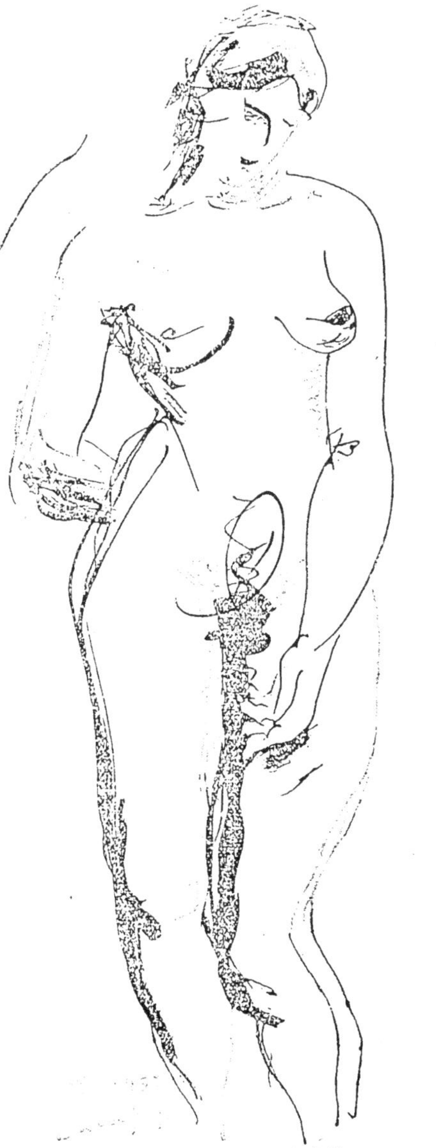

吉鎭燮

[illegible]를訂正한다。어머니나, 아주머니와같이平常한生[illegible] 이平常한生活에이르기까지에는 끊임없는슬픔과[illegible]있었다。法律學生들은 辯護士가된다고 東京에[illegible]力으로들 工夫한다。또나는체홉의愛情은理解[illegible] 氏의小說에서 이平常한生活을 發見한수있[illegible] 무엇이라고하는질거움일까。체氏의이층은意味[illegible]어렷슈한部分은, 그의溫雅한人品에서由來함인[illegible] 또는체氏以前에 萬若映畫가存在하았었다고한다면[illegible] 은한다ㅣ映畫의手法에틀님없다고하아아민된 그의[illegible] 은手法에서부터오는것일지, 이같은部分은 또한[illegible]들이고ㄱ도오의小說를읽어보드래도 容易히指摘할[illegible]部分이다。Rill 과같이같이없는 永遠한 生活의[illegible] 그러나 生活과않싸우고 大體우리들의孤獨을어[illegible]持할수있단말이냐。그러나, 싸우는者에게不幸은[illegible] 不幸은, 싸움이끝난다음에야 오는것이다。例컨[illegible]함과같이。(나는이러한 Genr 에서 頑固라던[illegible]의狀態를 생각한다。)

[illegible]의論理를展開시킨다면, 頑固함이란 畢竟 虛榮이[illegible]을 모함에다름없는것에는틀님없으나, 그러나對象[illegible] 은, 또이것은大體 무엇이라고하는슬픔이란[illegible] 이, 觀念과도比較할만한 謙遜한世界가 감춰[illegible] 이나。이强烈한虛榮은 드디어한個의精神의보[illegible] 올너가는것이다。그리고또 이것은戀愛와도比[illegible] 詩人의, 아름다운온갖表情이다。

[illegible] 일즉이 나의 딸하나와아들하나를 드린일[illegible]억, 혹은 이밤에 그가 禮儀를 가추지 않[illegible]랑이면, 문밖에서 가벼히 사양하겠다! 무엇[illegible]는 아름다움。그러나또, 무엇이라고하는 虛[illegible] 어느사람은 이虛榮을 다시없이사랑하며, 鄭[illegible]는또이로서 아름다웁게滿足하신다。요사히鄭氏[illegible])其他에 滴露하신短文을 가끔쓰시는것을[illegible]은적이있으나. 다섯토막의Paragraph은, 貧弱한[illegible] 不過하며, 그의교만함에對하야서는 나는사시룬[illegible]질수밖에는없다

[illegible] 運뉣에서 運뉣내가 나늣이, 그는 運뉣내[illegible]먼가. 以下 稚拙한나의告示를 繼續하자! 海[illegible] 넘어 옮겨다 심어도 푸르더라. 海峽이 무르듯[illegible]는, 結局類似라니보다도 類似에抵抗하는 充[illegible]인 捨象의世界이다。또한, 함초롬 저저 새[illegible]는새레 회회털어다듬고나슨다고 鄭氏는발하[illegible] 그의修辭學은 한토막의어찔수없는 逆說? 에[illegible]다고 나는생각하았다。오렉스의披瀝에태엽처럼[illegible]먼가, 新寫와睡眠의內容을 알길이없다。[illegible]은밤, 그는鳥卵처럼희다。무엇이마고하았으면[illegible], 램프에갓을씨우자! 도어를안으로잠깄다。나

같으면이같이토막처서쓰겠다。그리고 부끄럽기도하나 잔먹는다。끔직한 비이프스테이크같은것도! 라거나, 빗킨로 휘달니고나 거북처럼 興奮한다等의스노비슴等, 아모리鄭芝溶詩集을 읽어보아도 謙遜함이라거나 勤實함이라는것은조곰도없고, 따라서以後에 鄭氏의頭流가있을수있다고하면, 이러한그의스노비슴以外의部分에는 있을수없다고도생각하아보았다。왜그러냐하면 鄭氏自身의藝術이 奇頭流의藝術에不過하기때문에! (以前에 楊致瑞氏의(가을의모노로구)를가르켜 내가鄭芝溶의頭流이라고指摘한것도 亦是이러한部分을가리킴이었으며, 以後白菊嵩君의純眞함에, 열다간의期待를갖는것도 亦是抒情의길은 이러한것과의人間的인싸움에있다고 믿고있기때문이다) 바다나, 海峽이나 유리窓等에무슨詩感이, 또한몇感의實在的把握인 情緖의아름다움이있느냐。(情緖의發散이다。) 情緖의缺如를가르켜, 鄭氏의詩는理知的이니무어니하는者가있으나, 이것은또이것만으로만본다면, 저에게 鄭氏와같은理知의素質이없다는弱点을 숨기지않는点, 同情의餘地는있으나마, 批評은 個人의弱点을 無視한다! (鄭芝溶詩集에도, 成功한作品은二三篇은있다는것을 알고있는者가있느냐!)

抒情詩의本質은, 內包的인깊이에 있는것이라고 나는생각하는것이나, 詩人이이깊이를追求하는論理를喪失하고, 對象의周圍를追從하는것으로 간신히한個의軌道를見失하지않을아고하는卑屈함은, (此種의詩로서는 단지現象的으로만본다면, 金氏의바다나금붕어, 奇蹟其他近作全部를 指摘할수있다) 對象에 淸敎徒와같이反抗함으로써, 한個의깊이에까지集中시킬아고하야嚴烈하면, 演戱主義의에스페리를에도反하는것이라고 말할수밖에없다。此種의倫理의窮困함을가리켜 사람들은詩가말너버렸느니 詩를짜내느니하지만, 이것을다른또한個의觀點으로觀察하아본다면, 苛酷함이없는 抵抗에는, (디멘숀이없는 抵抗. 먼저말한所謂간신히軌道를 見失하지않을나고하는경우에 實在하는, 事物其自體의消極的인 抵抗力을가리킴) 요철의代身에 曖昧함(鄕達의不充分)이있을뿐이요, 卽요철이없는實在에는, 卽抵抗이없는混亂이므로, 抵抗은 均整이며, 抵抗은, 요철이며, 따라서抵抗은 理解의手段이며, 요철이라는것은, 實로 捨象的포엠을規律하는 唯一의論理일것이다。混亂한事物을 理解하기爲하아서는 몸소事物에부대치어避하지않는곳에 詩人으로서의신세리티라던가, 에티엔티가 비로소問題되는것이며, 卽抵(拘束)이라던가, 均整이라던가는 곧古典精神의明快性이다。鄭氏의Paragraph이나, 倫理的인抒情詩에는破綻이없으나, 一旦對象이主觀으로規律됨을 拒否하는境遇에는 따라서別個의티고

30

[illegible]되므로, 古典主義는 現象的으로는 此種의 [illegible]것으로부터 出發하았다고 明言히이도 過言[illegible]것이다 이같이 鄭氏의詩가古典主義에도亦是反[illegible]는것은. 나는鄭氏의(아름다운抒情詩)는 理解한수[illegible] 鄭氏의(아름답지않은抒情詩)는 무슨意味인지[illegible] 볼수가없다。鄭氏의個性의질이 理解못하[illegible] 나의無能한탓이겠지만, 餘白의難解함(抵抗이없[illegible])에對하야서는. 나는鄭氏의無詩함에 그責任을[illegible]고싶다。

[illegible] 원악 藝術共同體에 Mannerism은없다 [illegible]을論할때, 누가이點을指摘한者없고, 단지Mann[illegible]의藝術을 亞流의批評家가 亞流한데不過하았다. [illegible] 運動이다。運動속에는, 無限한 自由와, 그리[illegible]은 스사로의Energie로서 Propeller와같이 [illegible]지않는一切를 粉碎한다。이것은 詩理다. 一亞[illegible] 亞流임에不過한것과 마찬가지理由로, 여[illegible]運動이라고하았지만, 첫머리에 (外國의누가精[illegible] 運動에不過하다고하았으므로………) 云云의,(運[illegible]너, 이로서 運動의 二種類의다았을 說明한[illegible]。

[illegible] 以上으로서 내가이곳에서말하고자하았던 槪[illegible]說明되었다고 믿는다。그러나 이것은아직한[illegible]에 不過하다。생각하면 詩는또한 永遠의序[illegible]지도 모르겠다。가령 나도한번(黑과白)과같은 [illegible]보겠다하야, 自己와自己의虛榮과의사히에는, [illegible]수없는 間隙이있다고하는것을모른다。新時代는 [illegible]的인間隙을맥굴나고工夫하야, 諸君들亦是 結果[illegible]서는 結局, 虛榮에到達하기까지의工夫가아니냐[illegible]겠지만, 이러한것은, 오히려通俗的인생각에 不[illegible]。學問을 生活手段으로한것은 應用科學以後의[illegible]라고는 발레리이의指摘한바이다…………… 豫定[illegible]의餘白이있으므로 이機會에 아주 우에서채[illegible]못하았던 金起林·李箱兩氏에對하야 간單히批解[illegible]보겠다。

[illegible]건대, 感性을心理的으로본다는것은 한個의主知의[illegible]이지만, 金氏는우리들이感性을心理的으로본다는것[illegible] 理解하지못하므로 (나는이點을 金氏에對하야, 主[illegible]知로서 指摘하고싶다)이메이지의斷片的結合이[illegible] 印象主義나主觀의무어니하야 自己는客觀主義를主[illegible]하시는것같으나, 내가먼저말한主知의作用이야말로純[illegible] 客觀的인作用이며, 나는여기서 金氏의客觀에[illegible]한思考의通俗的인點을 指적하고싶다。主知의作用이[illegible]고하면 우리에게 거기서반다시秩序라는것을생각케 하나, 印象主義라고하면, 우리들은거기서아모런秩序도 생각할수없으므로 이點은金氏의判斷力이 아직 批評的으로 訓練되지못하았다는 비難을한수밖에없다 金氏는客觀이라는말을 主觀에對하는 客觀, 即現實(廣範圍로는 政治라던가, 社會라던가를包含함)으로서 現象的으로解釋하신것같으나, 내가말한客觀은 客觀性이라고하는 即純全히哲學的인解釋이다。따라서 그가말하는客觀의追求는, 哲學的으로는 純全히主觀의追求에不過하며, 나아가서는 그가萬若그곳에秩序를要求한다면 이것도勿論 主知의作用에는틀님없으나, 그것은Anthropology의問題에屬하므로 問題밖이다。以上이金氏의主唱하는 全體主義의根底이나, 要컨대슈트·레아리슴을 通過하지못한 金氏가, 主知라는말을 理知라는말의程度로 理解한能力밖에 없다는곳에 그의根據가있다。即二十世紀에서는 形態와心理를 한個한個의學問으로서, 獨立시키었으므로 다시結合시킨대면 二十世紀에서는 한個한個의學問으로서 다시結合시킬수밖에는없는일이다 理知라고하는것은, 원숭이가약다는셈으로말하자면 情熱과같이 한個의本能에不過하며, 우리들은鄭芝溶氏에게서도 원숭이와같은理知는 얼마던지發見할수있으므로 당신의全體主義는 한個의Mannerism에 不過하다。當身같이말하신다면, 우리들의精神은 처음부터 全體的이다。心理와形態를 分離시켜라。心理와形態의獨立은 必然的으로 實在와方法을獨立시킴!

映畵는 그機械性을가지고, 進行하고있는實在全體에서 그形態描寫만을獨立시켰으며, Proust는記憶이라고하는方法으로서 實在의進行과는關係없이 그안의心理描寫만을 獨立시키었다。勿論以上의獨立은, 全體로서의레아리슴이라는問題와는달이 한個의確立한方法論으로볼제, 그것은비로소創造的價値를 갖이게된다。換言한다면 形態描寫와心理描寫와를 獨立的으로描寫할줄아는것이, 即새로운詩人의資格이다。) 이메이지에對하야。이메이지보다는 事物을。現實이라던가, 思想의이름으로 이메이지를가볍게생각하는者。네가각금 이메이지니무어니云云하는것은 이메이지의方法으로 實在의흐름에抵抗할나고하는 即한個의方法性으로부터말하는것이므로 센티맨타리슴도 現實도없다。成功하는경遇에는이메이지가明瞭하야진다。

氣象圖에對하야。氣象圖는, 나는아름다운角度로傾斜하지않음을가하았다。그러나 傾斜面에없고, 傾斜의角度에興味가있다는것은, 注意할만하다。요약으로 傾斜한다면, 角度가포에지이를 彫刻하야나가나, 實로 角度와面과의사히는종이한겹이어서 튀어나온대면, 그의스노비슴은 이사히에서튀어나오겠다。(即그의角度속에는 유모어라거나 그의精神이있는게된다。)진실로 危

論한性質이라 하겠다. 그러나其實은, 鳥瞰作家는, 아모런批評도하지않이하므로 다만그의技術點은疑惑하다는點만 간단히저축하야둔다. 그러나 나의 批評이 '그에게는그러한努力하지못하다고하는點은 짐작할수있다. 왜그러냐하면, 나의主觀은 아직幼稚한主觀에不過하다는것을 나는 누구보다도 더잘알고있기때문에.

그리고 鳥瞰作家와는 또말이 詩의비로미에對하야 · 당신의또렝더한小說體의모에티그는, 省略된空間性에不過하며, 作品上에서 一見通俗와 같이보히는것은 其實은描寫의缺如로서보히는錯覺이며, 即그의技巧는 極少시킨小說의印象性에 不過하다. 이點먼저말한 鄭氏에對한批評의後半은 其實은 當身에게對한 批評이었다.

本篇 (鳥瞰作家에서)(街外街傳)을 빼어버리고남은것에다 다시(街外街傳)을加한즉 그것은도로 (鳥瞰作家)가되어버렸다. 나는街外街傳을 無作定하고 좋은것이라고만알었더니 本篇이는無作定?좋은것이라고하므로 無作定하고좋은것을 無作定하고좋은것으로만이기었던것은 나의錯覺이었다. 말하자면鳥瞰作家에는, 本篇이로서는어以上 아모것도添加할餘地가없다는곳에鳥瞰作家와는關係없이 그의方法의再檢討할여있으나 以上의 詩篇같은것도 흐린모델의主體인 옛러비러의技術에서 모혀오는錯覺이었다. (如此한詩的思考의主體인 모에지ㅡ비러비러를가리켜 나는詩의스타일이라고 부르고싶다.)

스타일이라고하는것, 新時代에서는 몽롱한詩를쓰는 것이通俗化하야버렸으며, 허多한詩法을을낳았다. 또한 ... 者까지생기었다. Jacob氏는 散文詩는, 스타일과位置를 갖이지않으면않된다고 하므로 詩法等은第一먼저 스타일이라고하는資格으로 한까번에상작비더처럼 묶어버리자. J氏는보오드렐이나 마라르메詩의批評段조차 認하지않어서는않된다고 하신다. J氏流로말하자면 街外街傳은 마라르메詩의 位置만이 간신히그의作品을位置시키었을뿐이며, 心理와心理의사히에는 深遠한本能이가숨어있었으나. (I WED A TOY BRIDE)의 心理에는本能이가숨어있을餘地가없으므로明瞭하였다. 스타일과位置가를分離시킬수없는곳에二十世紀의詩人의資格이있으나 스타일은位置에 直接으로擴大하는故로 그것은明瞭할수밖에없다. 또J氏는보오드렐의作品에는 位置도스타일도아모것도없다고 하시나, I에서는牛乳냄새는냄새가넘어나고, 當身은 詩와 같은것들작고써서, 當身의身體를 健康하게맨드는것이 좋다. 그리고 (작난감新婦는 어둔데도성을내이고대답한다)의 前後三行은 客觀的으로는 左右의무게에 견디어나갈수없다는것은, 저울대의ㅡ고가늘고가問題는 아니라 牛乳냄새는냄새가너머난다는 批難이된다. 鳥瞰作家를읽어보아도 心理와作者의時間性에서부어오는印象을 맥구는데 그의努力의全部를消費시킨것같으나, 스타일이라고하는것에 破綻이라거나欠缺할이라고하는것은없다. (鳥瞰作家에對하야는다음機會에다시한번말하겠다)

따라서 不明瞭한詩를읽고 요새쓰는詩는어떠와서모르겠다고 率直히告白하는者가있다면 그것은告白하는便이 오히려侮蔑을받드라도, 이것은아모렇게도하는道理가없다. 이것과는뜻달이, 내가가령 四尺八寸밖에맨뜨를못한다면 地面으로부터四尺八寸까지의空間에 나의精神이있다. 八寸내가空間이라고불는속에서 時間이라고하는 意味를享受하지못한다면 鄭芝溶氏는 敗北이었다고부를수밖에는없다!

No 50

月 刊 象 牙 塔

第 7 號
1946·6·25
定價 5 圓
서울市黃金町 2 丁目
發行·象牙塔社
主幹·[illegible] 澔

월간 상아탑 제7호의 '제자(題字)'와
『三四文學』 관련 내용 영인본
(본 속표지는 필자 삽입)

曆

申百秀特輯

故申百秀作

肖像 (落魄時代의申百秀)·鄭 [illegible] 作品

一章

이 야 기 는 運動 으 로 부 터

어디서 둥둥 떠오는듯 눈이 오시더부터 밖앗 아해들의 노는소리가 한층 쟁쟁하다。한참 겨울의 한나절、어쩐지 서글고, 그 소리 쟁쟁하다。

자리에 엎디어 기화는、손을 가지고 두덕과 등을 앞쳤다 뒤쳤다、간단없이 이것을 한다。손이 그럽에따라、옷소매가 서억서 슬치는소리를 낸다。이 소리가귀에 자미로워、이러이 하는것이다.

무엇을 하고있는것인가、 기화。보기에 그는。방금 잠에 꾼 꿈이 이처지 않는것갈기도 하고、혹은 무슨. 어따 뒤둔물건이 궁금한 화상같기도 하고。 잠이 깨어서도 그대로 그냥 눈을 감고 벼개에 귀를 기우리면、서걱하고 사각 심장이 노는모양이 옴저겨들이는 그 야릇한 음향、그것이 지금 기화는 숭내내지는것이다。

무슨 박자를 노는것 같어서、이것은 オイチ ニイ 걸어가는 것하고 비겼하다。제멋에 놀아나고、고개까지 까분다。

때로 멍없이 생각에 잠기면、생각이 스처가고 하는 어느 후련한 생각의 끝자기에서、이따금 그는 이러한 작난 이렇던 회상을 마지한다。그는 어지간히도 허하야 걸핏하면 탈을 맞나는것이오、그러면 그의 맥박은 출연히 날뛰어 이러나는것이어서、 그때마다 그는 감독하는것이다。그때마다 그는 자신의 생명의 전출을 얄굳게도 향낙하듯 하는것이다。

이즈음 번덕인 날새에、기화는 골골하고 지낸다。그런사람이 한낮에 눈을 떠 무릇 세상을 정탐하려면、편잣노리가 페―ㅇ 하고 여기서도 소리를 낸다。찬、짚고、아편하야、가이 앞바없는 소리다。밖에서 떠돌어오는 소리역시 뭇멀을 한날 와― 와― 야단 법석이지、바로 길건너에 빈며가 있어、할도 거기가서 써는 둥내조무래기들이다。

지금、그런 조무래기판에 가서、어즌 한사람이 규으짠을 줍고 있다。양회다가 자갈을 박어서 만든、흔히 보는 물건이다。이 설비에 의하야서는 간혹은 두내장 정들도 피는적이 있고、이거를 남 천방으로 닦어논데다 붙두고 쓰는 사람인즉、바로 이사람、타한백이다。낯은 침침하고、출림은 어쩌 등쌀인지 이사람은 조겨나와있는 광경이다。

기화는、씨근씨근하는 사람의 숨결이 필창에서 오는것을 몸으로 느껴 받는다。가다가는 따―ㄱ 하고、그의 가슴을 뜨끔케하는 소리도 있다。

――에잉、경칠놈이거、」

밤 마룻바닥 二밑에서의 거동은、거울처럼 그에게는 면역하다。그 아며층에 타한백해서 무사람이 있는데、그 저것은 타한백이 부리는 아이 차돌이의 곡소

略歷

1915年 7月 6日 京城北部鍾洞 30統 1戶에서 申?永氏長男으로出生。 1921年 ?이되든해 壽松洞 1?番地에移舍、그의幼年-生의大部分을 곰 19?年 寬勳町69番地로 移住할때까지 이곳에서 자랐으며 三四文學도 여기서 編輯發刊되었고 그의 作品의全部도 이집에서 씌어졌다。 1922年 壽松公立普通學校에入學、색종이 오려부치는것과 풍에 從?하야 古?을 玩具삼아노는것을 일삼았다하며 工夫에는 그다지 힘쓰지않었다고 한다。 ?年修了式이있든날밤 學父兄會役員으로參席하신 아버님이 優等못탄것을 분개하시고 우시며 책망하시었다하며、 君도 스스로허?하신바있어 그후부터 工夫에 힘썼다하나 學校를卒業할때까지 優等은 한번도 못하였다。

一九二八年 中央高等普通學校에入學、探偵小說을 질겼다하며 特히 코오난·도일을 좋아하야耽讀、 1932年 3學年에서 落第함으로서 同校를退學하고、 1933年 延禧專門學校英文科別科生이되었다。 1934年、 李時雨、鄭玄雄、韓泉、朱永涉、黃順元、趙豊衍、洪以燮、崔暎海、呂尙鉉 諸氏와 純文學誌 「三四文學」(三四年의 三四를 받어 三四文學이라稱함)을 主幹編輯하는 한편 知性的인作品을 發表하였다。 이때부터「三四文學」에 全혀 獻身하였고 極度의 不眠症으로 因하야흐지부지 學校에는 나가지않었다。 1935年 東京明治大學新聞硏究科에 入學하야 저어나리즘과 례이아울을 專門硏究하였다。 今日의 雜誌新聞等의 質的貧困을볼때 當時 重大한決心을갖이고 渡東한 그이야말로 先見之明이있었다하겠다。 1936年 同校를 卒業한 以後 朝信連鎖店會社員이 되기도있고「新世紀社」編輯員이된일도있었다。 1940年가을부터 그의 習作인「?」의 改作에 全力하야 3、4、次나 다시 쓰며고처서 屢次의 落望과 失意를 겪근끝에 비로소 오늘의 傑作인「?」이되었다。그동안 여러번「三四文學」의 再建을 꾀하였으나 끝々내 成就치 못하였다。 1943年 水原郡廳學校費書記가되어 난생後 처음으로 夫婦만의 家庭을가저보았고 1944年 水原郡廳을辭退、帝國?株式會社員이되어 다시 上京하여 寬勳町으로移舍하신 父母님宅으로 드러갔다。1945年 發疹지부스로 京醫專病院에入院加療中 恢復치못하고(陰 4月 24日) 永眠當 31歲 / 遺家族에 未亡人과 長男?均 (10歲)次男 ?均(9歲)과長女 文子(4歲)가있다。

그리고 그가 生前에 쓴 作品에는 遺作「?」以外에 「?은 ?이너라」(「三四文學」第3輯)「?」(東京에서 發刊된「創作」2輯)「아름다운 獨立의 配列」(「創作」3輯)「舞臺裝置」(「探求」)「?」(「三四文學」第5輯) 等과 또 몇篇의 詩가 있다。

터다。 그아이가 난로에 불을 이르키느라고 열심인 모양이다。 배가 볼록한、구식이고 쪼꼬만 난로가、되울라면 경치게는 내를낸다。 같은 난로가 기차의 처소에도 있다。그런생각이 도니、기차는 오스스해진다。 했었던 다리를 움추리고、자리에 앉더랬던 곰을 이드킨다。

아래층 난로는、자꼬만 차돌이의 속을 썩인다。 그러잖어도、더없이 거슬이고 때너 전방질、차돌이는 한참 그럴 나이다。막 욕지거리를 하면서 거기 지필 나무를 우직근 우직근 밟어뜨린다。 대장깐일이며 목공장일같은것을 하는아래층이라、바닥에는 널쪽이 많이 버려져있다。 이것을 심술딱지난놈처럼 야단스럽게 분질려간다。

차돌이로말하면、곰 심보가 날 그럴일도 있는것이、허울도 좋고 재조가 참 멍어리인데、하나 협으로 죽을 고생인것은、차돌이라는 아명을 이전 제길할 언제꺼정 끌를셈인구.

——인마、차돌아、」또는「차돌아、인마、」이래서、

타한백이 연 제속을 몰라주는것이 좀 걸여 원통분통하다、 꼭 타한백은、뱃대기가 오늠이 난로한가지로 생겼다。 제가 인장이 손이나 밥상을 두칠때치면

—— 효허、도야——、」

효허 허허、타한백은 고런 배꼽 가지고 더럽다 웃는다。 퍽 웃음이 많다。 퍽이 그렇게 자미나는지、좀 불거진 앞 배꼽 갔다가 한번 흔들어보살이면 한이 없다。 고 불룩하고 툼툼하게 생긴것이 바로 남의 뱃찬자를 요정을 내려는 심보처럼 불룩불룩、고냥 마냥 불룩불룩하는것이다。 이 채신을 당하는 재조가 없어、그 런덕 있는 배에 의하야、차돌이의 순간순간의 꼴딱지는 주드물처럼 까맣게 꺼 없어지고는 한다。 생각할말이면 이것은 뭐、더욱 더 비위가 긁히는일이다。 남이 그런 중은 알 뱃대기없는 타한백、룩하면 놀랍게 우서서、그런 차돌이를 사뭇 정신을 왔다 갔다 하게 한다。

소위 호떡집결상이라는것에 서로 앉어서 난로에다 발이나 걸치고 있는참인데、

—— 효허 허허허——·」

이런 비위는 세상에 없다。 줄면서、뭐라고 집고먹지 런지를 혼자 중얼대나보더니、 버란간 이랬다。 고개를 자빠트리고 우서제키는것이라、한번 멍솔은 했지만、그래도 차돌이는、이냥반이 무얼 이러나해서、 깊은 시늉으로 위를 처다보았다。

── 네예―」 하고 좀 불멘소리로 듣은 풍월을 하나 어제 좀 엔거다。

──은 그때 메치나 미쳤어―」

내 그럴줄 알었다。 냉수를 주르륵 수동에서 받어서 시린지도몰르고 마시고 아유 얼른 내려야 겠다 색시 아니라 도명일지라도 시집가고 장가드는 이야기는 흥불잡고듣는 재조가 없다。

──아유 저런」부디쳤다。 하마트면 상을 엎을번하고 비켜주시는 어머니물피해 기화는 뛰쳐간다。

마악 자기방문의 문고리를 쥐는데 문뜻 생각이 난다。 좀 말슴할일이 ──좀 용돈이 좀 필요한데요」돌아다본다。 출판에 아직 계시니까 거기서는 보이지않는다。 뒤 가서 ──가지신것 좀 있으세요?」──뭐?」──돈 돈 좀 　　그대로 문을 떠밀고 들어간다。 그늘어저있는 화포들을 시뿐무게 넘어 꿈때고 가서 나동그러진다。

뉘서 꼬무작 꼬무작 생각을 하니 암만해도 길꺼리를 나가야겠다。 근일 그는 좀이 쑤시는것이다。 게으름도 하나의 상처이고 아무느라고 그러는지 또는 실제로 경주하듯 맡여붙여는것인지 도모지 그는 드러가 나스지않고있는데 우선 나가자고 둘먹이는 마음이었다。 방안에 허질러논것은 내버려두고 외우금입고 밖으로 나간다。 두루마기를 벗으시고 다시찬간으로 가시는 어머니는 이 춘데 봄도 성지않고 날도 구질고 인제 곧 밥중이고 또 우산도 안가지고 하야 냥하에 스석서 만류하시듯 말슴하신다。 곽 큰 기회인데도 기화는 방번이 밟이 없다。 괜찮습니다。

총총대문을 나며가며니까 제앞발만보고 쫄쫄 올라오는누이동생 기욱이하고 공교롭게 또 부더친다。

──아유 어디 가슈。 구경가슈。 어디」 주워서 그런지 방정맞게 즉 나즐나즐말을 한다。 기화는 다나 모범을 뵈는듯엄닫은 이조로?

──학교서 인제 오니」

──응」

숨찬듯 기욱이는 난간을 붓잡고 올마간다、

──저― 너 네 그림 잘 됩니」

──응?」

──아냐 관둬라 관둬」

기욱이는 도모지 나갈지않다。 입맛을 다시고 눈질을 나슨다。

저억 또 바한벽이 앞을 막는다。

──으응 어디 가슈。 이리 좀 들오슈」

이것은 수난이다。 모처럼 출입하려면은 이런 변고가 생기지가。

주전자에다 약주를 받어다놓고 그렇잖어도 기와나 청하려면 참이다。

──이거 마 곡절이 있오」 하고 「비약제」 삭어한 다미좀 주물거서 내준다。

── 아 커서 자슈」 드 「아 이서 쭈 쥬」

찻종지각득이 한잔이다。 술이 돈다。

──어디가시는길유 어디유」연극장구경가시는구료」

──아니 본정 좀 가볼려구」

──반경에? 뭐 사러가는구료」

──아니 귀 책 좀 볼라구」그러니까「돈이 있어야지」

무의식중에 기화는 이런말이 나온다。

──돈? 히 허허허 너 디릴까」

──네구료。 돈 많수?」

──돈 많어요。 일백오십원이나 생겼에요」

차돌이가 곁에서 장구를 친다。

──인마 거저 생겼어!」

돈이나 무엇으로던지 사람이 든든한때를 보면 보는사람도 유쾌하다。 차돌이가 입을 벙긋거리고 바련력은 너털웃음을 한다。 기화도 마음이 녀긋해지는것을 느끼는데 그바람엔지 어떻게 그만 웃기가 살작하고 퍼졌다。 그담은 세상몰르고 떠드는 기화였다。

술이 잘못들어간것인가 하고난 주사인가 이것인즉 과연 변이었다。 그의 머리에는 아방궁같은 방들이 수천수만있어서 이것들이 일시에 들끓고 일어나는것이었다。 쉬쉐절어져서는 어찌게되는 영문없이 하소연같은 별 이야기를 두서없이 기화는 떠버리게되는것이었다。 뒤중에있어도 오히려 낯이 뜨거운 신변의 괴로움이라던가 몸이 허약하다는것이라 던가 그러한데 연관한 자잘구레한 비루한소리가 다 쏟아저나왔다。 그리고 그는 북어뜯은것을 가지고 꼼상굳게도 손바닥에다 지도를 줄곳 그리는것이었다。 서럽게도 옴지겨야겠는것이었다。 (계속)

「曆」의 내력

李 時 雨

一

「曆」의 이야기를 할라면 「三四文學」 이야기가 나오고, 또 「三四文學」 이야기를 할라면 우리들의 이야기가 아니나올수없다。 그만큼 申百秀와 우리들과 「三四文學」은 떠일래야 서로 떼일수없는 사이였고, 더구나 그의 「曆」은 이것들과 도

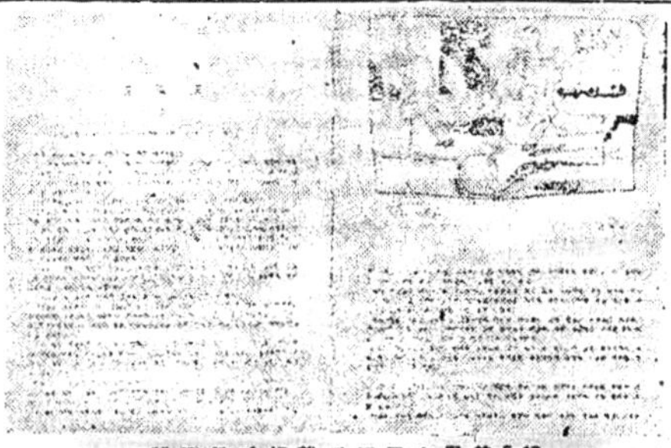

記涯說이揭載된三四文學第5輯 ↖

申百秀와 三四文學파나

鄭　玄　雄

申百秀君의 이야기를 하려면 自然히 「三四文學」의 이야기가 된다 十餘年前 朝鮮文壇한구석의 조고만 자리를 차지하고있던 同人誌「三四文學」이 그뒤 文壇에 얼만한 기여가있었던지 나는 아지못하나 어쨋든 나는 이「三四文學」을 通해서 直接으로 또는 間接으로 많은 사람을 알게되었고 여러 벗도 얻었다。申君도 역시 그中의 한사람이다。申君을 내게 紹介하기는 趙豊衍君이었다。그리고 처음으로 내게 同人雜誌를 만들어볼 意思가 없느냐는 말을 끄집어낸것도 趙君이었다。그때 나는 덮어놓고 좋겠다는 對答을하였으나 이런方面에는 아모런 經驗도없어서 엄두도 나지않었고 또 지나가는말같이 된 이러한 이야기가 直接 實現되리라고는 內心 생각되지도않아서 말하자면 건성 對答에 가까웠던것이다。그때 趙君의 말이 우리庭에 (延專一學年文學에 相當한 素質도있고 이

며나 그룹로서는 自己의 글은 明瞭하기 짝이없다는것이다。글고보면 마는 文法에도 合當하고 論理에도 妥當하다 그들은 文法에도 맞우어있고 論理에도 맞어있다。論理와 論理와의 行間이 너어나 사이가 떠서 걱정이었다。생각하면 一種의 時代兒들이다。李箱은 一步이나 넘어 때를 짝거 쓴 自己의 超現實을 俗衆들이 理解하지못한다하야 嘲弄하는 意味로서 그의 말을 빌다면 流行歌謠式으로「날개」라는 作品을 썼다。그러하였드니 果然 俗衆들은 몰고 일어나서 손벽을 쳤고

면데 大端한 熱情을갖인 讀者가있으니 가치하자는것이었다。

그뒤 며칠지나서 趙君은 果然『文學에 素養이있고 大端한熱情을 갖었다』는 그 親舊를 다리고와서 내게 人事를 시켜주었다。키는 내 어깨에 찰까말까 하고 어딘지少年의 풋내를느끼게하는 동근 얼굴에 두터운 도떼기를 버티어쓴 모양이 靑年이라기 보다는 당돌한 小學生을 聯想케하였다。이것이 申君이었다。하도 豫想밖의人間이어서 나는 저윽이 失望하였다。그러나 하여튼 그날밤 同人誌에關한 議論을 하자고 셋은 趙君의 집으로 왔었다。趙君은 일이있어 늦어지고 申君과나둘이서만 마조앉아 이얘기 저얘기 하다가 저절로 文學論으로 흘렀다。申君은 혼자서 興奮하고 그君이 興奮하면 언제나 그럴드시 그대로 남의말을 듣는둥마는둥 재빨은 語調로 달겨들드시 그君의獨特한 그러나 至極히 明快

했느니 뭐어니 하는者들은 大部分의 노름을 본안간 뽐내면서 現代文學의 무슨能이니 하고 떠들어댔다。여기서 이렇게 말하는것은「날개」라는 作品이 조금도 납부다는 뜻이 아니라 웨「날개」는 떠들면서 그보다 훨씬 앞서 發表된「雲逸宿本」는떠들지않았느냐말이다는 이야기가 너머도 비슷하였지만 그러나 余談의 이야기는 하여야 되百秀의 이야기도 읽는사람들이 삼어줄것이어 그만 두었다。

何如튼申百秀는 不幸하게 李箱의式의 流行作家로 넘지못하였다 그에

的이고 連結性이 稀薄한 文學論을 長時間 나는 멍하니 듣고있었다。이런種類의人間도 있었는가 驚歎하지않을수 없었다。그君과 가까워진 뒤에도 늘 이같의 獨斷論을 시끄럽도록 들었지만 나중에 李時雨君과도 사사고사에 衝突을 한것도 이獨善性과 少年的인 고집때문이었다。李君 역시 獨善과 고집에있어서는 申君에 뒤지지않은 人間이다。그러나 申君은 언제나 몰렸다 申君은 한가지고집 以外에는 理論의展開를 시키지못하는 때문이었다。

하여간 百秀가 나타난 뒤부터 同人誌는 着着 進行되어갔다。一切의 編輯에서부터 材質購入에 이르기까지 모든것을 申君이 도맡아서 정작 雜誌의 이야기를 끄집어낸 趙君이나 나는 從的存在밖에 아니되었다。

百秀는 무슨 일에든 골몰하고 全心全力을 다하였다。그러나 이런 타입의사람들이 흔히 그러드시 모든것을 自己맘대로 自己손으로 하지않으면 시원치 않어하는 性格이었다。

三四文學創刊號가 나오게된것은 이君의 이러한 性格에 힘입은 바가 컸지만 한편 自己맘대로 하려는 고집 때문에 同人들 간에 불평이

게는 그러한 才操조차 없었기때문에。그러나 그저을 申百秀는 떼기만 만하였다。그는 누어없었었고、여속이 그는自己의 누구보다도 才能있다는것을믿고있었기때문에。

二

一九三七年一月달에 烈火戰을 터이고「三四文學」이 廢刊된後 申百秀의「晨」은 多少間 곳을 잃은채 사람속에서 몇해를 살았다。「三四文學」이 어찌하여 廢刊하였든가는 몇수 아모리 생각하여보아도 記憶치가 않다。그냥 흐지부지、한줌도

| 차영한(車映翰) 약력 |
경상남도 통영 땅에서 출생하였으며, 국립 경상대학교 일반대학원 국어국문학과 석사, 박사과정에서 현대문학을 전공하여 석사·박사학위를 취득하였다. 주요 연구논문은 「청마 유치환 고향 시 연구」(석사학위 논문), 「초현실주의 수용과 〈三四文學〉의 시 연구」(박사학위 논문) 외 다수 발표하였다. 그리고 1978~1979년 2년에 걸쳐 시전문지 월간 『시문학』에서 자유시를 추천완료 받았고, 한국일보, 월간조선에 시를 발표하면서 현재까지 시작활동을 하고 있으며, 단행본 시집은 『시골햇살』(1988), 『섬』(초판 1990, 재판 2001), 『살 속에 박힌 가시들』(2001) 등을 비롯한 합동시집 45권 이상 출간하였고, 경남 진주에 위치한 국립 경상대학교 인문대학 국어국문학과 강사로서 다년간 출강하였다.

초판 인쇄 · 2011년 7월 15일
초판 발행 · 2011년 7월 20일

지은이 · 차영한
펴낸이 · 이선희
펴낸곳 · 한국문연

서울 서대문구 북가좌동 324-1 동화빌라 202호
출판등록 1988년 3월 3일 제3-188호
대표전화 302-2717 | 팩스 · 6442-6053
디지털 현대시 www.koreapoem.co.kr
이메일 koreapoem@hanmail.net

ISBN 978-89-6104-087-7 03810

값 20,000원

* 잘못된 책은 바꾸어 드립니다.